JOACHIM ANLAUF

Leipziger Maskerade

TÖDLICHER MACHTKAMPF Geänderte politische Machtverhältnisse führen in Leipzig zu einem erbitterten Kampf um die Bürgermeisterposten, in dem die Akteure nicht vor Intrigen, Verrat und Erpressung zurückschrecken. Die Ereignisse überschlagen sich, als Demonstranten in die Ratsversammlung vordringen und die Wahl des Sozialbürgermeisters verhindern. Als das Chaos sich lichtet, sitzt eine maskierte Leiche am Schreibtisch des Oberbürgermeisters, von dem wiederum jede Spur fehlt. Wer ist der Tote? Kriminalhauptkommissar Carlo Hoffmann nimmt die Ermittlungen auf und geht der Frage nach, was Politiker bereit sind zu tun, um an der Macht zu bleiben, oder diese zu erringen. Oder steckt etwa ein ganz anderes Motiv hinter dem Mord? Als es dem Kommissar schließlich gelingt, hinter die Leipziger Maskerade zu blicken, wird es auch für ihn brenzlig.

Joachim Anlauf, geboren 1967 in Bielefeld, ist Diplom-Volkswirt und Medienmanager. Nach der Jugendzeit in Minden führten ihn Studium und berufliche Aufgaben von Osnabrück über München, Herford, Dresden und Hannover schließlich nach Leipzig, wo er seit 2008 lebt. In der Buchstadt beschäftigt sich der ehemalige Pressesprecher (u. a. CDU-Landtagsfraktion Niedersachsen, Polizei Sachsen) beruflich mit der Stadt- und Regionalentwicklung. Im Jahr 2012 wurde er mit dem Publikumspreis des Leipziger Krimipreises ausgezeichnet. 2018/2019 gehörte Joachim Anlauf dem Vorstand des Syndikats an.
www.joachim-anlauf.de

JOACHIM ANLAUF

Leipziger Maskerade

Kriminalroman

GMEINER

Personen und Handlung sind frei erfunden.
Ähnlichkeiten mit lebenden oder toten Personen
sind rein zufällig und nicht beabsichtigt.

Immer informiert

Spannung pur – mit unserem Newsletter informieren wir Sie
regelmäßig über Wissenswertes aus unserer Bücherwelt.

Gefällt mir!

Facebook: @Gmeiner.Verlag
Instagram: @gmeinerverlag
Twitter: @GmeinerVerlag

MIX
Papier aus verantwortungsvollen Quellen
FSC® C083411
www.fsc.org

Besuchen Sie uns im Internet:
www.gmeiner-verlag.de

Im Ehnried 5, 88605 Meßkirch
Telefon 07575/2095-0
info@gmeiner-verlag.de

1. Auflage 2020

Herstellung: Mirjam Hecht
Umschlaggestaltung: U.O.R.G. Lutz Eberle, Stuttgart
unter Verwendung eines Fotos von: © jock+scott / photocase.de
Druck: CPI books GmbH, Leck
Printed in Germany
ISBN 978-3-8392-2726-8

Für meinen Vater
Walter Anlauf,

der mir in vielerlei Hinsicht ein großes Vorbild ist,
ganz besonders als
Erster Kriminalhauptkommissar im Ruhestand.
Er war den Tätern wirklich auf der Spur,
ich eifere ihm literarisch nach.

»Geh auf eine Kreuzung, verneige dich vor dem Volk,
küsse die Erde, weil du auch sie geschändet hast,
und sage laut vor allen Menschen:
›Ich bin ein Mörder!‹«

aus Fjodor Michailowitsch Dostojewskij, »Schuld und Sühne«

VORWORT

Liebe Leserinnen, liebe Leser,

mit Carlo Hoffmann betritt ein neuer Kommissar die Krimibühne. Der Leipziger hat den Polizeiberuf in der DDR gelernt und stand bei der friedlichen Revolution auf der anderen Seite. Diese Erfahrung hat ihn gelehrt, seinen Idealismus zu zügeln sowie Politikern und Vorgesetzten nicht zu sehr zu vertrauen. Hoffmann brennt für Gerechtigkeit und trifft manchmal eigenwillige Entscheidungen. Wenn er sich etwas in den Kopf gesetzt hat, stellen Wände kein ernstzunehmendes Hindernis dar.

Im Roman »Leipziger Maskerade« begegnet der Kriminalhauptkommissar im Neuen Rathaus Personen, die ihre wahren Absichten verbergen und im Kampf um lukrative Posten über die sprichwörtlichen Leichen gehen. Dabei habe ich den aktuellen Fall des Kommissars mit dem Handlungsstrang aus meinem Roman »Völkers Schlacht« verwoben. Oberbürgermeister Clemens Völker könnte nach seiner Wiederwahl ein glücklicher Mann sein. Wären da nicht die Schatten der Doppelgängerintrige, die ihn immer wieder einholen, sogar in seinem Privatleben. Der Schauspieler Alexander Sewing hatte ihn im Auftrag der Gegenseite innerhalb seiner Partei, der Stadtverwaltung und in den Medien in Misskredit gebracht. Die zufällige Begegnung mit seinem Double nahm einen dramatischen Verlauf. Der Oberbürgermeister ist sich danach nicht sicher, ob er seinen Doppelgänger umgebracht hat. Diese

Konstellation war für mich sehr reizvoll. Die Geschichte um das Leipziger Stadtoberhaupt sollte fortgeschrieben werden. Mich hat interessiert, wie Clemens Völker mit seinen Schuldgefühlen umgeht. Er wird hofiert, getrieben und benutzt. Der Oberbürgermeister ist gar nicht so stark und souverän, wie es das Amt vermuten ließe. Viele spielen hinter seinem Rücken nach ihren eigenen Regeln. Die bekannten Personen aus seinem beruflichen und privaten Umfeld sollten weiter agieren. Deren Erwartungen, Ängsten und Beziehungen untereinander habe ich ein stärkeres Gewicht verliehen. In dieses altbewährte kommunalpolitische Milieu dringt Carlo Hoffmann als Außenstehender ein. Ich wollte wissen, wie er falsche Motive und Verhaltensweisen demaskiert.

Auch wenn die Handlung im Jahr 2013 spielt, besitzt der Roman durch die anstehenden Bürgermeisterwahlen in Leipzig eine hohe Aktualität.

Ich wünsche Ihnen eine spannende und vergnügliche Lektüre.

Ihr
Joachim Anlauf

PROLOG

Mittwoch, 26. Juni 2013

Tatorte waren mir vertraut. Ich hatte in meinem Leben schon unzählige davon gesehen – einschließlich derer meiner persönlichen Tragödien. Manche erkannte ich auf den ersten Blick, manche erst spät, manche würde ich wahrscheinlich nie entdecken. Die äußeren Zeichen pendelten auf der Skala von still und unscheinbar bis hin zu laut und unerträglich. Einzelne Tatorte nisteten sich ungebeten in mein Gehirn ein, erzählten mir in langen Nächten immer und immer wieder ihre Geschichte. Die meisten Tatorte wurden jedoch von aktuellen Fällen und Ereignissen fortgeweht. Das war meine Hoffnung.

Tatorte bargen Geheimnisse. Opfer, Täter, Hergang, Tatwaffe, Motiv. Geheimnisse waren meine Welt. Meine eigenen tarnte ich, die anderen deckte ich auf, zumindest war das mein Ziel. Es gab Indizien, die sofort Zusammenhänge erkennen ließen. Es gab Zeugen, die schnell ein Bild entwarfen. Es gab Opfer, die stumm die Lösung des Falles verrieten.

Dieser Tatort war anders als die mir bekannten. Es kam nicht oft vor, dass im Dienstzimmer des Oberbürgermeisters ein Toter gefunden wurde. Eigentlich so gut wie nie. Zuletzt wahrscheinlich an dem Tag, an dem die Kämpfe des Zweiten Weltkrieges in Leipzig geendet hatten. Der Amtsinhaber, ein Nazischerge durch und durch, hatte sich und seine Familie vergiftet, bevor sie den anrückenden Gringos in die Hände gefallen wären. Diese konsequente Haltung war das einzig Positive, was man heutzutage noch über das damalige

Stadtoberhaupt berichten konnte. Mancher aktuelle Politiker könnte sich daran ein Beispiel nehmen – an der konsequenten Haltung versteht sich.

Jetzt also erneut ein Toter im Leipziger Oval Office. Ich befand mich bereits im Neuen Rathaus, als mich das Lagezentrum telefonisch an den Tatort im zweiten Stock beorderte. Um mich herum herrschte blanke Anarchie. Obwohl immer noch Menschen wild umherliefen – sei es, dass sie flüchteten oder störten, zerstörten und plünderten –, hatte das Crescendo einer Sinfonie aus Chaos und Gewalt seinen Höhepunkt wohl bereits überschritten. Aber der Nachhall war stark: Hunderte Schritte über, neben und unter mir, undefinierbare Geräusche der Zerstörung und über allem der nicht enden wollende, immer wieder anschwellende Ton einer Alarmsirene. Im Magen hatte ich ein Gefühl, als ob ich mich mit jedem Schritt dem inneren Kern des Epizentrums des Bebens näherte. Und im Kopf? Im Kopf spulte eine verbotene, eine bislang gut verdrängte Tonspur ab. Menschen, die um den Ring zogen. Schritte, Stimmen, Rufe. 70.000 sollten es sein. Hieß es heute. Damals wussten wir nichts. Hatten keine Information. Nur diese näher kommenden Geräusche. Und wir seit Stunden auf der harten Pritsche im Robur. Acht junge Männer mit ihrer Spezialausrüstung: Helm, Schild und Schlagstock. Gegen 70.000! Zum Schutz der Deutschen Demokratischen Republik gegen asoziale Elemente! Ein einziger Wahnsinn! Auch dass damals nichts passiert und dadurch doch etwas passiert war.

Jetzt war tatsächlich etwas passiert. Eine unangemeldete Demonstration der Occupy-Bewegung war aus dem Ruder gelaufen. Hunderte Maskierte sprengten zunächst einen Kongress in der Deutschen Bank. Danach drangen sie in das gegenüberliegende Neue Rathaus ein, in dem gerade der Stadtrat tagte. Der Mob drängte in das Gebäude. Der Sicherheitsdienst konnte nur kapitulieren. Menschen wurden verletzt, Mobiliar beschädigt, Diensträume verwüstet. Aus der nahegelegenen Direktion rückten alle verfügbaren Polizisten aus, um die Lage in den Griff zu bekommen. So auch ich.

Ich habe keine Erwartung mehr an die Politik. Meine Stimme hüte ich, ich gebe sie bei Wahlen nicht mehr her. Ich glaube auch nicht mehr an Gerechtigkeit. Zu oft wurde ich erst ge- und dann enttäuscht. Ich glaube nur noch an mich. Und an die Dinge, die ich selbst beeinflussen kann. An die allgemeine Gerechtigkeit. Ich lief aus der Polizeidirektion. Mit mir auch andere Kolleginnen und Kollegen. Auf der Straße überholten uns Einsatzfahrzeuge mit Signal und Martinshorn. Wir rannten an der Kirchen-Baustelle vorbei auf das Neue Rathaus zu. Mir ging es nicht um den Schutz der Bundesrepublik Deutschland vor Extremisten. Ich wollte das Leben und die Gesundheit aller schützen. Das ist mein Anspruch als Polizist.

Vor dem Gemäuer des Neuen Rathauses, das in seiner Architektur den historischen Ort der Pleißenburg samt Turm aufnahm, war der Verkehr zum Erliegen gekommen. Bedienstete des Rathauses flüchteten ungestüm auf den Martin-Luther-Ring und die Kreuzung vor dem Bundesverwaltungsgericht. Polizei-, Feuerwehr- und Rettungsdienstfahrzeuge standen auf jeder freien Fläche der Zufahrt zum Rathaus. Uniformierte und Polizisten in Zivil bahnten sich einen Weg durch das von steinernen Löwen bewachte Hauptportal. Unter den Flüchtenden befanden sich auch einige Demonstranten. Diese waren zu erkennen an blauen Overalls und weißen Masken. Einige von ihnen hatten sich im Laufen die Maske vom Kopf gerissen. Wir hatten sie ziehen lassen.

Nachdem ich mitten im Rathaus die Nachricht über den Leichenfund erhalten hatte, manövrierte ich mich über das imposante Treppenhaus mit dem roten Teppich empor, schubste so manchen braven Rathausdiener und so manchen Demonstranten aus dem Weg. Drei mir bekannte Kollegen der Schutzpolizei versperrten den Gang zum Oberbürgermeistertrakt. Sie ließen mich passieren. Als ich diesen Teil des Rathauses betrat, war es, als würde ich eine andere Welt betreten: Bis auf den Alarmton der Sirene war hier Ruhe eingekehrt. Die Ruhe nach dem Sturm. Die zersplitterten Scheiben der Glastüren, aufgerissenen Türen und verwüsteten Büros zeigten, dass hier bis vor Kurzem noch der Mob getobt hatte. Der Gang bog hinter der zerborstenen Glastür nach rechts ab. Das Vorzimmer zum Büro des Oberbürgermeisters stand offen. Es war leer. Ich orientierte mich nach rechts zu einer weiteren geöffneten Tür. Ich war am Tatort angekommen. Ein erster Blick in das Büro genügte: überall öffentlicher Dienst! Neben einem weiteren Kollegen und einer Kollegin der Schutzpolizei hielt sich dort eine Handvoll Mitarbeiter auf. Die Kleidung ließ darauf schließen, dass ein Teil der Anwesenden eine besser bezahlte Tätigkeit ausübten als die anderen. Eine Ausnahme vom öffentlichen Dienst könnte der Tote darstellen, der pikanterweise im Schreibtischsessel des Oberbürgermeisters saß. Seine Identität verbargen ein blauer Overall und diese weiße Maske. Also eher ein Demonstrant? In seiner linken Brust steckte ein messerähnlicher Gegenstand mit einem bunten Schaft.

Bevor ich weitere Eindrücke aufnehmen konnte, eskalierte unter den Anwesenden ein Konflikt. Der wohl Jüngste im Raum, eine Art Harry Potter im Dandy-Look mit modischer Out-of-Bed-Frisur – allerdings ohne sichtbare Narbe, dafür mit Nickelbrille – führte das Wort. Dabei spielte er sich als Statthalter des Oberbürgermeisters auf und betrachtete sich als legitimiert, die Identität des Toten festzustellen. Ein Vorhaben, das die beiden Polizisten zu verhindern suchten. Bei meinem Eintreffen hatten sie ihn in ihre Mitte genommen und hielten nun seine Hände auf dem Rücken fest. Harry strengte sich enorm an, um sich aus dem Griff zu lösen. Die Kollegin und der Kollege mussten ordentlich dagegenhalten. Plötzlich stellte er seine Gegenwehr ein und fing an zu diskutieren.

»Lassen Sie mich los! Wir verlieren hier wichtige Zeit. Vielleicht können wir noch Erste Hilfe leisten.«

Wie einfühlsam und hilfsbereit. War das eine Finte? Wollte er die Polizisten einlullen und sich dann mit frischen Kräften befreien? »Das ist vergebliche Liebesmüh. Die Person ist tot«, entgegnete die Kollegin.

»Wir müssen aber wissen, um wen es sich handelt. Wir müssen ausschließen, dass es der Oberbürgermeister ist.«

»Wir müssen vor allem verhindern, dass Sie am Tatort wichtige Spuren vernichten. Die Kollegen der Spurensicherung werden gleich hier sein.«

Ich hatte es geahnt: Harry versuchte nach der kurzen Erholungsphase wieder, sich loszureißen. Und tatsächlich gelang es ihm für einen Augenblick, die Polizistin abzuschütteln. Mit der freien Hand attackierte er den Kollegen, der dem Schlag auswich und den Arm zu fassen bekam. Nachdem sich die Kollegin wieder aufgerappelt hatte, befand sich Harry erneut in ihrer Obhut.

»Das ist Freiheitsberaubung. Nach Paragraf 239 Strafgesetzbuch kann Ihnen das bis zu fünf Jahre Knast einbringen.«

Es war Zeit einzugreifen. Ich löste mich vom Türrahmen und ging am Besprechungstisch und an der Sitzgruppe vorbei in die Mitte des Raumes.

»Ah, Sie sind vom Fach. Kennen Sie den Paragrafen 1 Sächsisches Polizeigesetz? Danach schützen wir gerade die Menschheit vor Ihnen.«

Ich stand jetzt direkt vor Harry, der gut einen Kopf kleiner war. Für einen Moment blieb er ruhig. Dann richtete sich seine Wut gegen mich.

»Wer sind Sie eigentlich? Was machen Sie hier?«

»Hoffmann, Carlo Hoffmann, Kriminalhauptkommissar. Und Sie? Mit welchem Recht spielen Sie sich hier so auf?«

»Ich bin der Persönliche Referent von Oberbürgermeister Clemens Völker. Im Gegensatz zu Ihnen habe ich hier quasi das Hausrecht inne. Und wenn Sie sich nicht ausweisen nach Paragraf 8 Satz 1 lasse ich Sie in hohem Bogen rausschmeißen. Frau Messerschmidt, rufen Sie bitte unseren Sicherheitsdienst.«

Ich hatte von diesem Dummschwätzer die Nase voll.

»Nicht, wenn Gefahr im Verzug ist, gleicher Paragraf, folgender Satz. Abführen!«

»Ich werde mich beim Polizeipräsidenten über Sie beschweren. Und sollte der Tote der Oberbürgermeister sein, dann werden Sie Ihr blaues Wunder erleben!«

Mit einer Handbewegung deutete ich den beiden Kollegen an, noch zu warten. War das mit dem Oberbürgermeister eine fixe Idee? Oder wusste der Persönliche Referent mehr?

»Warum meinen Sie, dass es sich bei dem Toten um den Oberbürgermeister handelt? Warum sollte er den Dress der Demonstranten übergezogen haben?«

Meine Aufmerksamkeit hatte die ganze Zeit über Harry gegolten. Jetzt riskierte ich einen Blick auf den Leichnam. Mutmaßliche Tatwaffe war eine Art Messer. Hinterher stellte sich heraus, dass es sich um einen Brieföffner handelte. Ein Abschiedsgeschenk des scheidenden Generalkonsuls der Vereinigten Staaten von Amerika. Mit einer scharfen Klinge aus Detroiter Stahl und einem Griff mit der angedeuteten US-Flagge. Dieser Brieföffner steckte feierlich in der linken Brust des Toten, so, als hätte Neil Armstrong einen weiteren Mond für die USA in Besitz genommen.

»Na, um auf der Flucht vor den Demonstranten nicht erkannt zu werden. Ich habe es doch selbst gesehen.«

»Wo und wann war das?«

»Er hat sich so einen Overall übergezogen und eine Maske aufgesetzt, Mann. Ich habe es selbst gesehen. Dann ist er mit

Dietmar Brandis über die innere Treppe im Sitzungssaal hoch zur Tribüne und von dort verschwunden.«

»Wann?«

»Vor einer halben Stunde. Ich sage doch, wir verlieren hier nur Zeit!«

»Wohin sind die beiden verschwunden?«

»Mann, einfach weg. Vielleicht ja hierhin, ins Büro!«

Harry unternahm einen neuen, erfolglosen Befreiungsversuch.

»Wer ist dieser Brandis?«

»Sein Büroleiter. Wollen Sie nicht endlich nachschauen, wer der Tote ist? Dann hätten wir Gewissheit. Mann, Clemens hat Drohbriefe erhalten. Und wer sollte denn sonst an seinem Schreibtisch sitzen? Wenn Sie nicht unverzüglich handeln, dann ist das nicht nur Unfähigkeit, sondern auch Strafvereitelung im Amt, Paragraf 258, jetzt wieder Strafgesetzbuch.«

»Sie meinen wohl Paragraf 258, Absatz 1, Verfolgungsvereitelung. Aber egal …«

Ich konnte meinen Gedanken nicht mehr beenden, weil sich der Persönliche Referent doch noch losriss. Geschickt duckte er sich zur Seite weg, sodass ich ihn nicht zu fassen bekam. Blitzschnell war er am Schreibtisch und zog den Brieföffner aus dem Herzen des Opfers.

»Zurück!«

Der Verrückte richtete die blutige Klinge mit stoßenden Bewegungen gegen uns. Erschrocken wichen die Anwesenden zurück. Eine junge Frau, wohl eine Sekretärin, schrie auf und fiel in Ohnmacht.

»Frau Messerschmidt, lassen Sie dieses dumme Ding liegen. Rufen Sie endlich den Sicherheitsdienst! Das ist ein Befehl!«

Super-Harry stand hinter dem Schreibtisch mit dem Rücken zum Toten und schaute uns abwechselnd an. Ich versuchte, ihm möglichst unbemerkt näher zu kommen. Langsam brachte ich mich in Position. Er wechselte den Brieföffner von der rechten in die linke Hand und wandte sich dem Leichnam zu, offensichtlich, um die Maske anzuheben. Das war der Moment, auf den ich gewartet hatte. Ich eilte nach vorn und schlug ihm mit meinem rechten Arm die Mordwaffe aus der Hand und schickte den Verrückten mit meiner linken Faust in das Reich der Träume.

TEIL 1

MONTAG, 27. MAI 2013

1

Leipzig, 11.45 Uhr

Clemens Völker wirkte ernst und angespannt. Als langjährige Chefsekretärin des Leipziger Oberbürgermeisters erkannte Dorothee Messerschmidt sofort, wenn Ihrem Vorgesetzten etwas gegen den Strich ging. Sein Blick schweifte ab. Seine linke Hand hatte die Tischkante fest umfasst, als zwänge er sich, sitzen zu bleiben und nicht davonzurennen. Seine Mundwinkel zuckten leicht, so, als ob er nach einer passenden Gelegenheit suchte, dem Wortschwall seines Gesprächspartners Einhalt zu gebieten. Von diesem Mann, der Oberbürgermeister Völker in der Halle des Steigenberger Grandhotels im alten Leipziger Handelshof gegenübersaß, konnte Dorothee Messerschmidt nur die Rückenpartie sehen. Er war groß und wirkte hager. Sein schwarzes, halb langes Haar hatte er streng zurückgekämmt. Auffällig war sein weißer, kragenloser Anzug. Mafioso oder Künstler, mutmaßte sie. In welcher Beziehung stand ihr Chef zu diesem Mann?

Als stille Beobachterin der Szene blieb sie vorerst lieber im Hintergrund. Dorothee Messerschmidt ging mit zwei Schritten zum u-förmigen Tresen, der das Herzstück der Hotelhalle bildete. Sie stellte ihre elegante Aktentasche auf einem Barhocker ab und sah sich um. Zu dieser Mittagsstunde befand sich die Bar offensichtlich im Siesta-Modus. Zwei Geschäftsleute saßen seitlich an einem Tisch. Beide in ihr Gespräch und in ihre Unterlagen vertieft. Der Barkeeper hinter dem Tresen widmete sich der Ordnung seiner Gläser und bemerkte sie zunächst nicht. Ansonsten waren keine anderen Gäste oder Angestellten im Raum. Ein perfekter Ort für ein konspiratives Treffen.

Plötzlich hob ihr Chef seine rechte Hand, woraufhin der andere Mann aufhörte zu reden und mit seinem Oberkörper bis zur Stuhllehne zurückwich. Instinktiv beschloss Dorothee Messerschmidt, ihre Deckung aufzugeben, und ging mit wenigen Schritten auf die beiden Männer zu. In diesem Moment bemerkte sie einen neuen Aspekt in ihrer Beziehung zu ihrem Vorgesetzten. Sie empfand Mitgefühl. Sie wollte ihn sogar vor einer unbedachten Handlung schützen. Das wäre ihr bis vor einem Monat noch herzlich egal gewesen. Im Gegenteil: Insgeheim hatte sie sich über jeden Fehltritt des Oberbürgermeisters gefreut und regelmäßig den Flurfunk bedient. Der Oberbürgermeister von seiner Ehefrau getrennt – wunderbar! Clemens Völker mit einer Journalistin liiert – großartig! Die Umfragewerte vor der OBM-Wahl im Keller – weiter so! Diese Hassliebe beruhte durchaus auf Gegenseitigkeit. Dorothee Messerschmidt war schon Chefsekretärin, als Clemens Völker vor sieben Jahren neu ins Amt gewählt worden war. Sein Vorgänger hatte sich gewünscht, dass sie ihre Position behalten konnte. Zähneknirschend hatte Völker das Erbstück akzeptiert. Allerdings setzte er regelmäßig eine zweite Sekretärin an den Schreibtisch gegenüber. Sie alle entsprachen dem gleichen Beuteschema: jung, blond und vollkommen unbedarft. Die aktuelle Besetzung machte leider keine Ausnahme, aber – und das musste Dorothee Messerschmidt neidvoll anerkennen – dafür vielleicht die beste Figur im Vergleich zu ihren Vorgängerinnen. Vor gut einem Monat jedoch hatte sich das Verhältnis zwischen ihr und Clemens Völker geändert. Ein unbedachter Moment, in dem sie beide nur Mann und Frau gewesen waren. In einer Nacht, in der sie ihre Waffen und Schutzschilde abgelegt hatten.

»Verehrter Monsieur Salomon«, Clemens Völker bleckte seine strahlend weißen Zähne. »Dass ich mich hier mit Ihnen treffe, zeigt, wie ernst ich Sie nehme. Ich habe heute eigentlich gar keine Zeit. Ich müsste längst in Berlin sein. Ich unterhalte mich aber dennoch gerne mit Ihnen, weil Leipzig eine wundervolle Kulturmetropole ist und mir vor allem unsere Musik- und Theaterszene sehr am Herzen liegt. Nicht von ungefähr wollen wir uns als Europäische Kulturhauptstadt bewerben. Sie als neuer und vor allem gemeinsamer Intendant von Oper und Theater könnten kraftvolle Impulse setzen. Gerade die Rückbesinnung auf die reichhaltige jüdische Kulturtradition könnte ein Aushängeschild für Leipzig werden.«

In diesem Moment bemerkte Clemens Völker seine Chefsekretärin. Halb ehrfürchtig, halb erschrocken stand er auf.

»Dorothee?«

Auch der Mann, den Völker mit »Monsieur Salomon« angesprochen hatte, drehte sich zu ihr um und stand auf. Ein südländischer Typ. Also war ihre Vermutung gar nicht so verkehrt gewesen.

»Monsieur Salomon, das ist meine Chefsekretärin, Frau Messerschmidt.«

Völkers Gesprächspartner beugte sich vor, ergriff ihre Hand und deutete formvollendet einen Handkuss an.

»Enchanté, Madame!«

»Ich wollte nicht stören … Herr Völker, es müssen einige Vorlagen dringend von Ihnen unterschrieben werden. Und ich dachte, bevor Sie nachher nach Berlin fahren, lege ich Ihnen noch die Unterschriftenmappe vor.«

Auf das Wort »Unterschriftenmappe« reagierte der Oberbürgermeister unter normalen Umständen allergisch. In diesem Fall kam ihm die Unterbrechung des Gesprächs anscheinend gelegen.

»Zeigen Sie mal.«

»Das ist unglaublich!«

Salomon sprach flüssig mit einem französisch anmutenden Akzent.

»Einen Moment bitte. Wenn Frau Messerschmidt sich extra herbemüht, ist es wichtig!«

Der Oberbürgermeister griff nach der Mappe.

»Ihr Interesse an mir scheint ja nicht mehr besonders groß zu sein. Warum haben Sie mich denn damals, als Sie mit einer Delegation in Herzlia waren, angesprochen und aufgefordert, mich auf die Intendantenstelle zu bewerben? Sie sagten, dass Sie das Theater neu erfinden wollen.« Salomon klang spöttisch.

»Verehrter Monsieur Salomon, ich will ein starkes internationales Bewerberfeld. Ihre Bewerbung adelt quasi unsere Bühnen.«

Dorothee Messerschmidt war fasziniert. Kommunalpolitik war nicht nur staubtrockene Verwaltungsarbeit. Bei diesem Geheimtreffen zwischen dem Oberbürgermeister und dem Künstler aus der israelischen Partnerstadt Leipzigs konnten auf Jahrzehnte hin wichtige kulturelle Weichen gestellt werden. Oder auch nicht. Offenbar stimmte die Chemie zwischen den beiden Herren nicht.

»Sie wollen meinen Namen nur benutzen, um das Bewerberfeld aufzuwerten? Ist es das, was Sie mir sagen wollen?«

»Um Himmels willen! Monsieur Salomon! Natürlich nicht! Sie sind einer unserer Top-Favoriten. Seien Sie sich dessen gewiss. Mir ist ihre Bewerbung sehr wichtig. Und die Tatsache, dass wir dieses Treffen vertraulich organisiert haben, zeigt Ihnen, dass wir Ihren Namen nicht missbrauchen wollen.«

»Sie hatten mir gesagt, dass Sie meine Bewerbung für sehr aussichtsreich halten. Ich stelle Ihnen mein Konzept vor. Aber

Sie gehen darauf überhaupt nicht ein. Und jetzt ziehen Sie diesen stumpfsinnigen, bürokratischen Bullshit vor. Was wollen Sie eigentlich?«

»Das ist doch nicht wahr. Ihre Ansätze sind sehr vielversprechend. Aber mir geht es auch um die Durchsetzungsfähigkeit Ihrer Kandidatur. Sie wissen, dass ich als Oberbürgermeister nicht allein entscheiden kann. Es wird eine Kommission eingerichtet, die alle Bewerbungen sichtet, das Bewerberfeld einengt, Gespräche führt und dann der Ratsversammlung einen Vorschlag unterbreitet. Und in der Ratsversammlung, lieber Monsieur Salomon, habe ich leider nur eine Stimme. Wir müssen deshalb taktisch vorgehen. Ich betrachte dieses Treffen als … als … ja, als Coaching. Ich erkläre Ihnen die Szene und sage Ihnen, worauf Sie achten müssen. Und dann sollte Ihre Bewerbung bei der Intendantenwahl eine Mehrheit erhalten.«

Völkers Lächeln wirkte wenig überzeugend. Bevor der sichtlich aufgebrachte Salomon etwas erwidern konnte, stand ein Kellner am Tisch. »Herr Völker, es ist angerichtet. Sie können mit dem Menü beginnen.«

Monsieur Salomon ging auf den Oberbürgermeister zu, legte seinen rechten Arm auf seine Schulter – eine Geste, die Außenstehende durchaus als vertraut und freundschaftlich auffassen konnten. Leise, aber für die Chefsekretärin noch vernehmbar, zischte er Völker ins Ohr: »Das wird Ihnen noch leidtun. So geht man nicht mit Arved Salomon um. Ich bin nicht Ihr Strohmann. Unser Treffen ist beendet.«

Mit den letzten Worten langte Salomon in seine Anzugtasche, holte eine Magnetkarte heraus und warf sie dem Oberbürgermeister vor die Füße. Dann ließ er Völker los und schritt davon, ohne die Zurückbleibenden eines Blickes oder eines weiteren Wortes zu würdigen. Völker überspielte diese Szene und rief Salomon ein fröhliches »Bon Voyage!« hinterher.

2

Sylt, 11.53 Uhr

»Ich weiß, wer Bundeskanzler wird!«

Henning Sieveking stapfte durch den feuchten, schweren Sand an der Südspitze Sylts. Es hatte fast den ganzen Vormittag geregnet. Doch dann brachen die Wolken auf und ließen die wärmenden Sonnenstrahlen durch. Michael Lenk war über die Aussage etwas verwundert. Genauso gut hätte sein Freund sagen können: »Morgen früh geht die Sonne auf.«

»Das ist keine Kunst.«

Lenk, der Jüngere der beiden Männer, kletterte einen Tetrapoden hoch. Diese Betonblocksteine dienten an der Hörnumer Odde als Wellenbrecher. Sie waren kreuz und quer, übereinander und nebeneinander im Sand eingelassen, sodass Strandspaziergänger diese Hindernisse für die Fortsetzung ihres Weges überwinden mussten. Lenk suchte sich auf der Spitze eines Tetrapoden einen sicheren Stand und reichte Sieveking, der von aller Welt nur »Capitano« genannt wurde, die Hand, um ihn hochzuziehen.

»Warum?«

»An Angela Merkel kommt niemand vorbei. Egal, ob sie allein regiert oder mit der FDP oder SPD.«

»Das meine ich nicht.«

Die beiden Männer versuchten, auf kürzestem Weg der Wellenbrecher-Formation zu entkommen, und balancierten durch die Tetrapoden. Der Capitano war schon etwas außer Atem.

»Für mindestens die nächsten 20 Jahre steht fest, wer es sein wird.«

»Aha! Woher weißt du das?«

»Naja, ich weiß nicht exakt, wer das Rennen macht. Aber diese Personen sind heute schon bekannt. Sie sind im System drin. Sie sitzen im Bundestag oder noch in einem Landesparlament. Aber sie sind heute bereits in der Auswahlmenge enthalten.«

»Du magst recht haben. Aber war das nicht schon immer so?«

Lenk, der Journalist und ehemalige Wahlkampfmanager, sprang vom letzten Tetrapoden und gewährte dem Capitano Hilfestellung.

»Ja, nur früher war die Auswahl besser, weil die Gesamtmenge größer war. Es gab mehr Parteimitglieder. Aus allen Schichten waren Menschen politisch aktiv. Und es gab keine Closed-Shop-Mentalität. Heute muss man doch schon früh in der Jugendorganisation einer Partei einen wichtigen Posten bekleiden, Netzwerke bilden und bloß nicht unangenehm auffallen.«

»So einfach ist das aber auch nicht. Die Abgeordneten müssen sich auf mehreren Ebenen parteiintern durchsetzen, und in der Regel haben sie ein kommunalpolitisches Mandat, für das sie von der Bevölkerung gewählt worden sind. Das schafft nicht jeder.«

»Findest du, ich bin zu kritisch? Aber es stimmt doch. Ludwig Erhard war der einzige Quereinsteiger, der jemals Bundeskanzler wurde. Und das Beste ist, dass er noch nicht mal Mitglied der CDU war. Ansonsten waren die Bundeskanzler zuvor entweder Fraktionsvorsitzende ihrer Partei im Bundestag wie Adenauer, Schmidt und Merkel oder sie waren Regierungschef in einem Bundesland wie Kiesinger, Brandt, Kohl und Schröder. Und deswegen sage ich: Wer in 20 Jahren Bundeskanzler ist, der sitzt heute schon in einem Parlament.«

Der Capitano blieb stehen, nahm sein Basecap ab und wischte sich mit einem Taschentuch den Schweiß von Glatze und Stirn.

»Pause?« Lenk zog eine Trinkflasche aus seiner Umhängetasche hervor und reichte sie dem PR-Guru. Der Capitano nahm einen Schluck.

»Der Höhepunkt der Entwicklung war dann ja der Andenpakt. Angela hat den jungen Schnöseln aber schnell gezeigt, wo der Hammer hängt. Und heute gibt es doch diese Parteiakademien, Mentorenprogramme, Patenschaften oder wie das Ganze heißen mag. CDU und SPD fördern damit nicht nur den Nachwuchs. Sie sichten ihn. Sie können bei manchen die Rakete zünden und bei anderen den Motor abwürgen. Und nicht zu vergessen: Sie binden die Talente. Sie machen sie dankbar und in gewisser Weise gefügig. Wer beißt denn schon die Hand, die einen füttert? So kann noch gezielter als bisher die Spreu vom Weizen getrennt werden.«

Die beiden Männer setzten ihren Strandspaziergang fort. Am Hundestrand wartete schon Capitanos Fahrer, der sich um Karlsson kümmerte. Für den Rhodesian Ridgeback wäre die Überwindung der Tetrapoden unmöglich gewesen. Als sie sich auf gut 100 Meter genähert hatten, rannte Karlsson wie ein geölter Blitz auf sie zu und begrüßte sie übermütig. Michael Lenk ließ es sich nicht nehmen, mit dem Hund um die Wette zu rennen. Der Capitano sah den beiden belustigt zu. Schließlich ließen sich Lenk und Karlsson mit hängender Zunge zu den Füßen des Seniors nieder.

»Ich gebe zu. Es hat auch etwas Gutes, die kommenden Kapitäne und Steuerleute auf unserem Bundeskahn so früh zu kennen. Wir können sie uns vertraut machen. Es geht doch nichts über persönliche Kontakte und Verlässlichkeit«, zog der Capitano ein versöhnliches Fazit unter seinen politphilosophischen Ausflug.

»Na also!«

3

Leipzig, 12.05 Uhr

»Schlemmerteller rot-weiß?«

»Clemens nennt es ›Kanzlerplatte‹.«

»Ja, ihr Hannoveraner!«

Florian Strieder, Persönlicher Referent des Oberbürgermeisters, prostete Büroleiter Dietmar Brandis als Antwort mit einem Glas Apfelschorle zu.

»Dann guten Appetit!«

»Danke, gleichfalls.«

Die beiden engen Mitarbeiter des Oberbürgermeisters hatten sich spontan zum Mittagessen in der Kantine im ersten Stock des Neuen Rathauses verabredet. Beide waren eigentlich keine typischen Kantinengänger. Häufig verließen sie mittags das Rathaus, um in der City etwas Nahrhaftes zu sich zu nehmen. Eine Pause in der Kantine bedeutete für beide die Gefahr, von Amtsleiter ABC für irgendein dienstliches Thema in Anspruch genommen zu werden. Oder Bürgermeister XYZ am Nebentisch schnappte irgendeine flapsige, aus dem Zusammenhang gerissene Bemerkung auf und schmierte sie ihnen während der nächsten Dienstberatung beim Oberbürgermeister auf die berüchtigte Bemme. Heute wollten beide jedoch nur kurz die Arbeit ruhen lassen, und so verabredeten sie sich zu einem kulinarischen Heimspiel.

Allerdings wählten sie einen Tisch im hinteren Raum der Kantine aus, um nicht ganz auf dem Präsentierteller zu sitzen. Auch hatten sie in diesem wesentlich kleineren Raum mit dem Kreuzgewölbe einen besseren Überblick, wer sich gerade in Hörweite ihrer Unterhaltung befand. Während Florian mit Currywurst und Pommes auf eine Sonderaktion auf dem Speiseplan zurückgriff, entschied sich Dietmar für eines der drei angebotenen Tagesgerichte. Das »Szegediner Gulasch« genoss einen ausgezeichneten Ruf, nicht zuletzt, weil das Küchenpersonal zum erweiterten Team des im Souterrain befindlichen Restaurants des Ratskellers gehörte. Dietmar betrachtete halb resigniert, halb spöttisch die Einrichtung der Kantine. Da war Leipzig eine der dynamischsten Städte Europas und konnte seinen Verwaltungsbienen etwas Ordentliches auf den Teller legen, aber das Innenleben des Neuen Rathauses glich an vielen Stellen, die nicht so stark vom Publikumsverkehr frequentiert waren, einer Bruchbude. Abgenutzter Linoleumboden auf den Gängen, Wände, die nach einem neuen Anstrich bettelten und freiliegende Stromleitungen, die sich wie Girlanden an den Flurwänden rankten. Und in der Kantine kam man sich vor, als wäre die Zeit Anfang der 90er-Jahre stehen geblieben. Eher spießig als dynamisch.

»Warum hat er dich denn diesmal nicht mitgenommen?«

»Keine Ahnung. Die letzten Male war ich bei den Vorstandssitzungen des Verbandes der kommunalen Unternehmen in Berlin immer dabei.«

»Na eben. Das ist doch auch für ihn wichtig, dass sein Persönlicher die Aufträge aus erster Hand erhält und gleich in die Pipeline einleiten kann.«

»Du sagst es. Er tat sehr geheimnisvoll. Bevor er nach Berlin losfährt, hat er noch einen Termin in Leipzig, über den im Kalender gar nichts vermerkt ist. Kein Ort, kein Anlass, kein Gesprächspartner. Meinst du, er hat wieder etwas am Laufen?« Florian erinnerte sich an das kurze Liebes-Intermezzo, auf das sich der Oberbürgermeister mit einer Fernsehjournalistin eingelassen hatte.

»Nein. Unser Vorzimmerdrachen kennt diesen Termin, wollte ihn aber partout nicht preisgeben. Ich bin extra mit einer Unterschriftenmappe bei ihr aufgetaucht und habe es eilig gemacht. Ich dachte, sie würde mir dann seinen Aufenthaltsort nennen und ich könnte ihm die Mappe persönlich überreichen.«

»Und?« Florian pökelte großzügig mit dem Salzstreuer die noch auf seinem Teller verbliebenen Kartoffelstäbchen.

»Pustekuchen. Madame hat nichts herausgerückt. Hat sich die Mappe untern Arm geklemmt und ist selbst losmarschiert. Sie meinte, sie kriegt die Unterschriften noch, bevor er nachher in den Zug nach Berlin steigt.«

»Echt? Das hätte die früher nie gemacht. Ohnehin, seit der Wahl sind die beiden ein Herz und eine Seele.«

»Bist du etwa eifersüchtig?«

»Nein, bestimmt nicht«, Florian musste grinsen. »Nur erstaunt. Vorher herrschte eisige Funkstille zwischen den beiden. Er hat sie mit knirschenden Zähnen von seinem Vorgänger übernommen. Aber so ist das mit den Politikern – sie belohnen mit kleinen Aufmerksamkeiten und bestrafen mit großem Liebesentzug.«

»Du sprichst wohl aus Erfahrung?«

»Wie man's nimmt. Ich glaube, die Sache mit der rechtsextremen Lipsia-Kulturstiftung, die hält er mir immer noch vor.«

»Meinst du?«

»Tja, wie du siehst, trägt Clemens manche Termine nicht mehr in seinen Kalender ein und nach Berlin nimmt er mich auch nicht mehr mit.«

Florian kam ein anderer Gedanke: »Warum hast du eigentlich die Messerschmidt nicht verfolgt?«

»Na hör mal, so wichtig ist mir Clemens Völker auch wieder nicht. Ich bin schließlich nicht sein Kindermädchen«, empörte sich Dietmar und wartete in Gedanken schon auf den Bericht von Völkers früherem Terminreferenten, Hannes Malzik, den er der Chefsekretärin an die Fersen geheftet hatte.

4

Leipzig, 12.07 Uhr

Ganz Kavalier schob Clemens Völker seiner Chefsekretärin den Stuhl an den Tisch heran. Das Geheimtreffen mit Prof. Arved Salomon von der New Israeli Opera in Tel Aviv hatte ein abruptes Ende gefunden. Anstatt die Aspekte einer möglichen Bewerbung auf die demnächst frei werdende Intendantenstelle von Theater und Oper bei einem Drei-Gänge-Menü in der hoteleigenen Brasserie Le Grand zu vertiefen, ließ sein Gast die Maske des kultivierten Künstlers und Hoffnungsträgers für die darniederliegende Leipziger Kulturlandschaft endgültig fallen und offenbarte sich als überbewerteter Dandy. Nach Völkers Meinung kein Einzelschicksal. Er schätzte, dass 90 Prozent der Künstler generell an Größenwahn und chronischer Selbstüberschätzung litten.

So kam jetzt seine Chefsekretärin in den Genuss des exquisiten Menüs. Aus Sicht des Oberbürgermeisters war dies eine gute Gelegenheit, das merkwürdige Verhalten, das seine Vorzimmerdame seit wenigen Wochen an den Tag legte, zu ergründen und gegebenenfalls einige Dinge klarzustellen. Ihre Beziehung war von Beginn an belastet, wozu Völker stets seinen Teil beigetragen hatte. Seit der Wahl, bei der er vor gut einem Monat erneut zum Oberbürgermeister gewählt worden war, benahm sie sich ihm gegenüber wie ein verliebter Teenager. Sie war auffallend freundlich und zuvorkommend. Wenn sie allein waren, fing sie an, ihn zu duzen, machte freche Bemerkungen und berührte ihn auf eine vertraute Weise.

Clemens hatte Dorothee den Platz mit dem Ausblick auf den Naschmarkt und die Börse überlassen. Die Touristen genossen draußen bei kühlen Getränken die Mai-Sonne. Viele konnten nicht widerstehen, sich vor dem Goethedenkmal fotografieren zu lassen. Drinnen lächelte seine Chefsekretärin vielsagend.

»Ist das ein Zufall?«

Clemens verstand nicht.

»Na, wir haben hier doch schon vor gar nicht allzu langer Zeit gegessen und nicht nur das …«

Dorothee kicherte und ihre Wangen färbten sich einen Rotton dunkler. Clemens ereilte blitzartig eine unliebsame Ahnung. Vor seinem geistigen Auge schossen Bilder vorbei. Bilder, die ihn an seine schlimmste Nacht und seine größte bisher erlebte Gefahr erinnerten: der Paternoster im Neuen Rathaus. Der Mann, der aussah wie er. Der Kampf auf engstem Raum. Die gelbe Krawatte um den Hals des Doppelgängers. Seine Hände, die die Krawatte zuzogen. Das Gesicht des Mannes, aus dem die Augen hervorquollen. Dazu kam ihm dieses kehlige Geräusch in den Sinn. Schließlich fiel der Mann schlaff zu Boden.

»Ist dir nicht gut?«

»Nein, nein, alles in Ordnung. Mich hat nur das Gespräch eben etwas mitgenommen.«

»Das war ja auch ein Verrückter. Den möchte ich nicht in meinem Vorzimmer haben. Gut, dass ihr euch hier getroffen habt.«

Und nach einer kurzen Pause und mit Augenaufschlag fügte sie hinzu: »Dir hat es hier wohl gut gefallen?«

Flirtete sie mit ihm? Deutete Dorothee an, dass sie beide oder vielmehr sie und sein Doppelgänger in diesem Hotel ein Rendezvous gehabt hatten? Er musste als Kavalier jetzt wohl mitspielen.

»Ja, ich denke gern daran zurück.«

»Das ist schön. Es war ja auch schön … und … unverhofft. Eigentlich warst du mein Antiheld – unfreundlich, abweisend, arrogant, schlecht gelaunt, ohne Manieren. Aber auf einmal konnte ich durch deinen Panzer hindurchsehen, und ich entdeckte deine andere Seite.«

Clemens schluckte und wusste nicht, ob er noch mehr Details hören wollte. Der Doppelgänger verstand offensichtlich sein Handwerk und hatte nichts anbrennen lassen.

»Ich weiß, dass das für dich eine schwere Zeit war. Trennung von Frau und Familie, Stress mit deiner neuen Partnerin, dann noch der Wahlkampf. Nicht von ungefähr hattest du diesen Zusammenbruch auf dem Marktplatz.«

Auch diese Inszenierung ging auf das Konto des anderen Völkers und war Teil der politischen Intrige gegen ihn.

»Ich freue mich, dass Martina und du wieder zusammen seid. Ja, ganz ehrlich. Ich möchte dir aber noch sagen, dass ich mich an unsere … besondere Begegnung gerne erinnere und ich finde, dass sie unser Verhältnis doch … bereichert hat.«

Dorothee hatte mit liebevoller, ernster Stimme gesprochen und zum Schluss kurz seine auf dem Tisch liegende Hand gestreichelt. Als Clemens nichts erwiderte, fühlte sie sich aufgefordert, keine Stille entstehen zu lassen.

»Es war verrückt. Die ganze Situation war verrückt. Du musst mir glauben: Ich hätte es nie so weit kommen lassen, wenn du damals nicht mit dieser Uta Studtmann liiert gewesen wärst. Zwischen Martina und dich hätte ich mich nie gedrängt. Aber bei Uta war es mir egal.«

Der Kellner servierte eine Suppe als Vorspeise und schenkte noch einmal Weißwein nach. Clemens war peinlich berührt. Er war gezwungen, den diskreten und verständnisvollen Liebhaber zu mimen, ohne einen blassen Schimmer davon zu haben, was genau vorgefallen war. Zumal sich die Bilder seines Doppelgängers in seinem Gehirn aufstauten. Verlegen erhob er das Glas und stieß mit seiner Chefsekretärin an.

»Zum Wohl!«

»Auf uns!«

»Soll ich gleich die Dokumente unterschreiben?«

»Ach, das hat Zeit. Der liebe Herr Brandis macht sich wieder wichtig. Erzähl mir lieber von eurem Kurzurlaub. Ich fand es gut, dass ihr gleich nach der Wahl ein paar Tage verreist seid.«

»Ja, das war das Beste, was wir nach allem tun konnten. Wir haben mit Venedig und der Toskana quasi unsere Hochzeitsreise im Zeitraffer wiederholt.«

Clemens sah von seinem Suppenteller auf und erkannte in Dorothees Gesicht in großen Lettern die Aufforderung »ERZÄHL MIR MEHR DAVON!« Und so fuhr er fort: »Wir hatten ein kleines Häuschen in einem Bergdorf namens Montebenichi gemietet. Rustikal, klein, sehr einfach, aber ausreichend. Von dort konnten wir schöne Ausflüge unternehmen. Venedig, Verona, Siena. In Verona waren wir sogar in der Arena. Schade, dass die Zeit so knapp war.«

»Das hört sich sehr romantisch an. Es ist schön, dass ihr euch wieder besser versteht. Ich habe übrigens auch eine Neuigkeit für dich.«

»Ah ja?«

»Ich habe morgen ein Date. Ein echtes Date!«

Dorothee strahlte. Clemens schlitterte hingegen von einer Verlegenheit zur nächsten. Für ihn ging das alles zu schnell.

»Ja, gratuliere. Wer ist denn der Glückliche?«

»Ich weiß es nicht genau. Wir haben uns im Internet kennengelernt. Wir haben gechattet und telefoniert, haben Fotos ausgetauscht und morgen sehen wir uns das erste Mal von Angesicht zu Angesicht. Ich hatte ja eigentlich mit den Themen Liebe und Männer abgeschlossen. Aber du hast mich wieder spüren lassen, wie es ist, eine begehrte Frau zu sein. Ich muss wirklich sagen, dass ich dir so viel Einfühlungsvermögen nicht zugetraut hätte. Du hast in dieser Nacht für jeden Moment die richtigen Worte gefunden: entwaffnende, anzügliche, schamlose, liebevolle.«

Unter normalen Umständen hätte Clemens diese Art von Kompliment genossen. Aber diese Lobeshymnen schmeckten bittersüß. Das Licht, in das Dorothee ihn stellte, galt nicht ihm. Er stand nur im Schatten. Im Schatten dieses Doppelgängers, der statt seiner die süße Frucht seiner Chefsekretärin gepflückt und gekostet hatte. Ihm wurde heiß. Er sah sie an. Sie war von jeher eine elegante Erscheinung, eine Lady, eine typische Chefsekretärin eben. Sie wirkte jetzt aber deutlich jünger und flotter, nicht mehr ganz so steif. Und hatte sie abgenommen? Der beigefarbene Rock mit dem schwarzen Gürtel, die weiße Bluse und die schwarzen Stiefel standen ihr hervorragend. Sie war zweifelsohne attraktiv – trotz ihres Alters. Warum war ihm das nicht vorher schon aufgefallen?

»Hast du abgenommen?«, platzte es uncharmant aus ihm heraus.

»Oh, das hast du gemerkt? Ja, ich habe ein wenig auf meine Linie geachtet.«

»Es steht dir gut. Also, du siehst gut aus, mit allem, Haare und Kleidung und so.«

»Danke, Clemens.«

Der Kellner servierte gebeizte Lachsfiletstreifen zum Hauptgang und gab Clemens' Kreisel im Kopf die Chance, sich auszutrudeln. Dorothee hatte offensichtlich ihre Betriebstemperatur erreicht und redete ohne Unterlass über die Liebesnacht, zitierte ihn, verglich ihn, lobte ihn – und meinte doch den anderen. Clemens wünschte sich inständig, sie möge aufhören zu erzählen. In ihm brodelte ein Gemisch aus Angst, Hass und zunehmend Eifersucht und Begierde auf.

Clemens stellte sich den Doppelgänger und seine Chefsekretärin beim Liebesspiel vor. Diese Fantasie wurde rasch von den Erinnerungen verdrängt. Die Krawatte, die quietschend gelbe Krawatte mit dem scheußlichen Paisley-Muster.

»Und deine Hände haben meinen Körper so berührt, als wäre ich, als wäre ich Ton, ein Klumpen Ton, in deinen Händen, und du hast mich geknetet und auseinandergerissen und wieder zusammengepresst, in immer neue Formen verwandelt.«

Clemens schwitzte. Er sah wie in Trance in ihre Augen, doch eigentlich sah er in die Augen des Doppelgängers. Die Augen des Totgeweihten, die größer und größer wurden.

»Du hast mich mal langsam, mal schnell wie auf einer Scheibe gedreht. Ich habe so etwas lange, ach was, so etwas habe ich noch nie erlebt.«

Clemens lockerte seinen Krawattenknoten. In seinem Kopf zog er die gelbe Krawatte immer fester zu.

»Dieses Gefühl war so tief in mir verschlossen und du hast den Zugang gefunden und mich befreit. Ich bin dir dafür sehr dankbar.«

Erneut legte sie ihre Hand auf seine. Doch Clemens sah nur, wie die Hände des anderen Mannes in der vermeintlichen Todessekunde schlaff herabfielen.

»Was hast du? Du wirkst so … so ergriffen. Ich sage ja, es muss dir nicht peinlich sein. Möchtest du noch Wein?«

Dorothee sah ihn vergnügt an.

»Weißt du, Clemens, es ehrt dich, dass es dir peinlich ist, von mir für deinen … speziellen Dienst gelobt zu werden. Aber ich musste es dir einfach sagen.«

Clemens spürte Schwindel aufkommen. Statt zum Wein griff er zum Wasserglas. Was hatte sich sein Doppelgänger erlaubt? Dorothee erschien ihm immer mehr wie die begehrenswerteste Frau der Welt. Sein Magen rebellierte. Und auch unterhalb der Gürtellinie regte es sich bei ihm. Seine Schwellkörper füllten sich mit Blut. Mit seiner rechten Hand prüfte er, ob sich die Magnetkarte zu Salomons Hotelsuite noch in seiner Jackentasche befand. Er würde sie einfach fragen, ob sie das Essen genauso ausklingen lassen wollte wie in jener Nacht.

»Herr Völker, Herr Völker, das ist doch die Höhe. Das geht so nicht. Schauen Sie sich das an«, der Wagenmeister vom Steigenberger mit Zylinder und Uniform wedelte im Näherkommen mit einem Knöllchen in der Hand.

»Eine Minute. Ach was, nicht mal eine Minute stand der Porsche eines Gastes vorm Hotel. Und dann das hier. Als ob Ihre Verwaltung es auf uns abgesehen hätte. Die Politessen lauern doch nur darauf, unseren Gästen das Geld aus der Tasche zu ziehen. Das ist moderne Wegelagerei.«

Clemens war insgeheim erleichtert. Nachdem sich ein Teil seines Körpers verselbstständigt hatte, hatte er fieberhaft darüber nachgedacht, wie er mit seinem Doppelgänger, dieser Wundernudel, gleichziehen konnte. Weiteren Überlegungen schob der Wagenmeister einen Riegel vor.

»Geben Sie her. Ich kümmere mich drum.«

»Danke, Herr Oberbürgermeister. Ich habe mich bei der Wahl doch richtig entschieden. Auf Sie ist Verlass. Sie halten Ihr Wort. Ich wünsche Ihnen noch einen schönen Tag und einen angenehmen Aufenthalt hier.«

Der Wagenmeister verbeugte sich leicht und kehrte zufrieden an seinen Arbeitsplatz vor dem Hoteleingang zurück.

»Du, Dorothee, entschuldige, ich muss los, sonst verpasse ich meinen Zug.«

Clemens stand auf, drückte seiner Chefsekretärin einen Kuss auf die Wange und machte sich hastig auf den Weg zum Hauptbahnhof.

5

Leipzig, 12.36 Uhr

»Bist du glücklich?«

Martina Felske-Völker schaute ihre Tochter verwundert an. Beide hatten in der Küche gegessen und wuschen nun gemeinsam Geschirr und Besteck ab.

»Warum fragst du?«

»Ist dir die Frage unangenehm?«

»Nein, nur … warum sollte ich nicht glücklich sein?«

»Bist du sicher, dass Papa dich noch liebt und nicht bei nächster Gelegenheit …«

Antonia biss sich auf die Lippen und stapelte die Teller im Wandschrank.

»Was willst du damit sagen? Dass Papa mich … uns wieder verlassen wird?«

»Ja, denkst du nicht auch dauernd daran, dass unsere Familie nur noch auf Bewährung zusammenwohnt?«

Martina staunte über den Wortschatz ihrer 14-jährigen Tochter. Insgeheim musste sie sich eingestehen, dass die Frage mehr als berechtigt war. Sie hatte in bitteren Stunden ebenfalls über das zerbrechliche Glück nachgedacht. Was würde jetzt »die Super Nanny« raten?

»Nein. Dein Vater und ich hatten eine schwierige Phase. Aber die haben wir überwunden. Im Gegenteil. Ich glaube, dass wir gestärkt aus dieser … Krise hervorgehen oder auch schon hervorgegangen sind.«

»Glaubst du das wirklich? Warum bist du dir so sicher?«

»Weil ich Clemens seit mehr als 20 Jahren kenne. Wir lieben uns, und er liebt dich und Paul und Kai.«

»Das hat ihn nicht davon abgehalten, mit dieser Fernsehfrau durchzubrennen.«

»Er ist nicht durchgebrannt.«

»Du weißt, was ich meine. Papa kommt mit so vielen Frauen tagtäglich zusammen. Woher willst du wissen, dass er nicht schon wieder eine Neue hat?«

»Ich möchte nicht, dass du so über deinen Vater denkst und sprichst.«

»Du nimmst ihn auch noch in Schutz. Es ist doch so, dass die Natur die Männchen so geprägt hat, dass sie zur Erhaltung der Art alles poppen, was nicht bei drei auf den Bäumen ist.«

»Antonia!«

»Ist doch wahr. So sind die Männer veranlagt!«

»Woher weißt du das denn so genau?«

»Lucie hat gesagt, dass es Untersuchungen mit Bullen gegeben hat. Je mehr Kühe sie zur Auswahl hatten, umso größer war ihre … Lust. Das scheint in der Natur der Männchen zu liegen.«

Martina staunte erneut. Gerade eben hatte Antonia noch mit Puppen gespielt, und jetzt analysierte sie messerscharf und nüchtern die andere Hälfte des Universums. Normalerweise hätte Martina ihre Tochter angegrinst und ihr einen Knuff in die Seite verpasst. Aber das Thema war zu ernst.

»Nun, vielleicht haben sich die Menschen im Laufe der Evolution doch von den Rindviechern abgekoppelt. Lust ist nicht alles.«

»Aber sicher bist du dir nicht?«

»Ja, das stimmt. Man sollte sich nie zu sicher sein. Aber Liebe braucht auch Vertrauen. Und ich vertraue Clemens … wieder. Ich meine, ich glaube, ich kann ihm wieder vertrauen. Es geht doch gar nicht anders, oder?«

Oh Gott, Martina. Jetzt fragst du schon deine 14-jährige Tochter um Rat, dachte sie sich.

Mutter und Tochter schauten sich an. Antonia ging auf ihre Mutter zu und nahm sie in den Arm.

6

Leipzig, 12.50 Uhr

Dietmar Brandis visierte sein Ziel an. Seine rechte Hand hielt in Kopfhöhe den Pfeil. Zwei, drei Mal holte er leicht aus und warf ihn dann auf seine Dartscheibe. Das Bullseye verfehlte er weiträumig.

»Und wer war der Typ?«

Völkers Büroleiter nahm einen neuen Pfeil von seinem Schreibtisch und hörte weiter Hannes Malzik zu, der über Völkers Treffen im Steigenberger Hotel berichtete.

»Arved Salomon. Den hat Clemens bei seinem letzten Besuch in unserer Partnerstadt Herzlia kennengelernt. Er ist an der New Israeli Opera in Tel Aviv als Direktor und Regisseur tätig.«

»Oper? Kann das mit der Intendantenwahl zusammenhängen? Seit wann beschäftigt sich Clemens mit Kultur?«

Zack. Der nächste Pfeil traf wenigstens den Triple Ring im 20er-Segment.

»Und der Künstler ist abgerauscht und Clemens hat mit seinem Vorzimmerdrachen diniert. Soso«, fasste Völkers Büroleiter zusammen und angelte sich den nächsten Pfeil.

Zack. Der Pfeil kratzte am Bull, blieb aber im weißen 5er-Segment stecken.

»Danke. Ich habe gleich noch einen Termin. Wir sprechen uns später. Und – zu keinem ein Wort!«

Hannes Malzik verließ das Dienstzimmer des Büroleiters. Dietmar Brandis nahm die Pfeile von der Dartscheibe, drehte diese um und begab sich wieder auf seinen Ausgangsort. Dreimal warf er in rascher Folge. Zufrieden betrachtete er sein Ergebnis: Die Rückseite der Dartscheibe war mit einem Flyer aus dem Oberbürgermeisterwahlkampf beklebt. Die Pfeile steckten zwischen Clemens Völkers Zähnen, im rechten Auge und mitten auf der Stirn.

7

Sylt, 13.35 Uhr

Kleine Schweißperlen bildeten sich auf seinem Unterarm. Michael Lenk wischte sie mit der linken Hand aufs Handtuch. Der Capitano und er hatten sich in der Strandsauna Rantum einquartiert. Direkt am Fuße der Dünen gelegen konnten sie in der finnischen Sauna bei 90 Grad Celsius und einer Aufgussmischung aus Sandelholz und Bergamotte die Nordsee durch die große Panoramascheibe beobachten und dabei wohlig vor sich hin schwitzen. Nach dem doch mühsamen Strandspaziergang gönnten sich die beiden PR-Profis noch etwas Ruhe und Entspannung, bevor es später »auf die Piste« gehen sollte.

Sehr angenehm, dachte Lenk, Schweißbildung ohne körperliche oder geistige Betätigung. Der Capitano brachte ihn jedoch sogleich auf andere Gedanken: »Das nimmt doch wirklich überhand, mein lieber Michele.«

Der Capitano sprach häufig in Rätseln. Daran hatte Lenk sich gewöhnt.

»Diese Rücktritte! Köhler, Wulff, Schavan, zu Guttenberg, der Papst. Oder Koch, Müller, Ole? Warum haben die Leute alle keinen Arsch mehr in ihrer Hose respektive in ihrer Soutane und halten die Zeit durch, für die sie gewählt worden sind?«

»Nanana, den Papst würde ich aus dieser Reihe einmal herausnehmen. Dessen Rücktritt fand ich mutig.«

»Sein Vorgänger hat es durchgezogen. Aber was ist mit den Politikern los? Der eine muss zurücktreten, weil er zu viel gesagt hat, und der andere, weil er zu lange Zeit gar nichts und dann nur das gesagt hat, was die Medien eh schon wussten. Und hätten mich die beiden Minister am Anfang ihrer Affäre um Hilfe gebeten, dann, das sage ich dir, wären die beiden noch im Amt. Ich frage mich, wozu sich die ganze PR-Branche so professionalisiert hat? Verbände, Seminare, Tagungen, Akademien, Preise, Fachzeitschriften. Alle Berater sind prima ausgebildet. Und auch den Politiken sollte klar sein, wie man Skandalen vorbeugt. Und wenn die Krise da ist, müssten sie doch wissen, wie man mit Kommunikation wieder herauskommt. Oder sie sollten jemanden kennen, der es für sie weiß und handelt. Und diese Ministerpräsidenten! Früher dachte ich immer, man sei Politiker aus Berufung, heute ist es wohl nur noch ein Beruf, in dem jeder versucht, seine Schäfchen frühzeitig ins Trockene zu bringen.«

Der Capitano richtete sich aus seiner Liegeposition auf und schaute aufs Meer.

»Politische Skandale laufen doch oft nach dem gleichen Muster ab. Vor allem, wenn die betroffenen Politiker aus der Defensive heraus agieren. Erst wird geleugnet, was das Zeug hält. Dann wird fleißig umgedeutet. Danach wird jedwede

Beteiligung abgestritten, um sich – wenn doch die Wahrheit herauskommt – zu rechtfertigen. Natürlich habe man keine negative Absicht gehabt und die Bedeutung sei ja gar nicht so groß. Am Ende stehen dann doch das Eingeständnis und der Rücktritt. Mein Rezept ist in so einer Situation immer ganz einfach: keine Salamitaktik, sondern Hose runter!«

»Wow! Hast du vor, damit an die Universität zu gehen?« Michael Lenk war beeindruckt.

»Würde das etwas bringen? Offensichtlich sind die Pressesprecher und die Berater zu schwach oder die Politiker generell beratungsresistent. Solche Kommunikationspannen sollten ein für alle Mal der Vergangenheit angehören. Aber nein, wir erleben sie immer und immer wieder.«

»Wie kommst du auf dieses Thema?«

»Constanze hat mich angerufen und mich – uns – um Unterstützung gebeten. Sie betreut ein Wahlkampfseminar der Konrad-Adenauer-Stiftung für Bürgermeister und Bürgermeisterkandidaten. Die CDU ist ja gerade in den Großstädten in einer schwierigen Lage. Und wir sollen in einem Crashkurs neue Impulse setzen.«

»Muss das sein? Ich würde lieber beim Bundestagswahlkampf miteinsteigen.«

»Bundestagswahl? Die heiße Phase kommt doch erst noch. Ich sage nur: ein schnuckeliges Seminar in einem exklusiven Hotel in Hannover!«

»Courtyard am Maschsee?«

»Exakt!«

»Suite mit Seeblick? Großzügiges Spesenkonto?«

»Selbstverständlich!«

»Na gut, ich bin dabei.«

»Prima, Michele! Übrigens, da kommt sie.«

»Wer?«

»Na, meine Tochter.«

Durch die Glasscheibe der Eingangstür zur Sauna sah Lenk eine Frau mit langem blondem Haar und weißem Bademantel näher kommen. Neben der Tür streifte sie ihre Badeschuhe ab und zog sich dann den Bademantel aus. Nachdem sie ihn aufgehängt hatte, öffnete sie die Tür.

8

Leipzig, 13.48 Uhr

»Klasse Fotos, die du von Clemens bei der 150-Jahr-Feier der SPD geschossen hast. Da hat sich doch mein Tipp mit dem richtigen Platz im Gewandhaus voll ausgezahlt.«

Pressesprecher Oliver Hardt, Völkers Voice, war in seinem Element. Gemeinsam mit dem Fotografen Rolf Rozok und dem Redakteur Jakob Brüggemann von der Leipziger Volkszeitung stand er im westlichen Innenhof des Neuen Rathauses und legte eine Zigarettenpause ein. Tief sog der frühere LVZ-Journalist am Glimmstängel und ließ den Rauch stoßweise aus seiner Lunge entweichen. Er war schon fast eine ganze Zigarettenlänge in Führung, während Rolf Rozok, in Fachkreisen RoRo genannt, immer noch technische Probleme bei der Herstellung einer Selbstgedrehten offenbarte. Schließlich hatte Hardt Mitleid und bot ihm eine Lucky Strike an. RoRo freute sich, dass seine Taktik aufgegangen war.

»Tja, Alter, für solche Hinweise bin ich dir jederzeit dankbar. Die Fotos sind auch bundesweit gut gelaufen. Sogar aus Frankreich gab es Abnehmer.«

»Kein Wunder, wenn Monsieur Hollande mal ausnahmsweise nicht mit seinem Motorroller unterwegs ist.«

Hardt war mit der Presseauswertung der vergangenen Woche sehr zufrieden. Bei der Festwoche zum 150. Jahrestag der Gründung des Allgemeinen Deutschen Arbeitervereins, die die SPD quasi zu ihrer eigenen 150-Jahr-Feier mit Gedenksteinenthüllung und Festakt im Gewandhaus erklärt hatte, war die gesamte europäische Prominenz der sozialdemokratischen Parteien in Leipzig gewesen. Darüber hinaus gaben sich sogar Bundespräsident Joachim Gauck und Bundeskanzlerin Angela Merkel die Ehre und Clemens war mittendrin – großartige Publicity.

Der Pressesprecher drückte seine Kippe am Metallaschenbecher aus, der seitlich am Kellerzugang hing.

»Der Clemens hat sich gut entwickelt. Wenn ich da an seine Anfänge zurückdenke … aber dann habe ich ihm das Laufen beigebracht. Und ich sage euch, das ist erst der Anfang. Clemens kommt ganz groß raus.«

Jakob Brüggemann, der mit dem Rauchen dieses Mal aussetzte, kniff skeptisch ein Auge zu.

»Wo soll die ganze Reise denn enden?«

»Dresden, Berlin, Brüssel, New York? Egal wohin, ich werde ihn dorthin bugsieren. Das ist todsicher.«

»Aber heute ist er allein nach Berlin gefahren.«

Eine Tatsache, die Oliver Hardt extrem ärgerte.

»Ach, das ist eine kleine Sache bei einem Verband. Sieht doof aus, wenn er ständig in Begleitung kommt. Dann denken die anderen, dass er einen Aufpasser braucht. Nee, das hatten wir so abgesprochen.«

9

Leipzig, 14.03 Uhr

»Kannst du was erkennen?«

»Nein. Es scheint niemand zu Hause zu sein. Da lehnt allerdings ein Fahrrad am Schuppen. Hat das was zu bedeuten?«

»Weiß nicht genau. Das steht dort öfter. Normalerweise fährt der Winter ein dickes Auto.«

»Lässt der sein Rad über Nacht draußen stehen? So leichtsinnig kann er doch nicht sein.«

Martin Kutschera setzte das Fernglas ab und spähte mit bloßen Augen durch die kleine Lücke zwischen den vergrauten Gardinen. Seine Ehefrau Margit würde es in dieser Rumpelkammer keine Minute lang aushalten.

»Die Sicht auf die Laube ist auch nicht optimal.«

Tatsächlich sorgten eine etwas mickrige Liguster-Hecke sowie die prächtig blühenden Zierkirsche und Forsythie links und rechts des Plattenweges für einen gewissen Schutz der Privatsphäre des Parzellennachbarn.

»Wir müssen ganz sicher sein. Gib mal her!«

Rüdiger Querfurth, der Besitzer der Laube in der Kleingartenanlage »Waldesruh e.V.« im Leipziger Stadtteil Connewitz, war ungeduldig. Er nahm dem Hausmeister im Vorruhestand das Fernglas ab und suchte selbst nach Lebenszeichen auf dem gegenüberliegenden Grundstück. Es musste doch in diesem Protz-Holzhaus mit der großzügigen Veranda, diesem Ponderosa-Verschnitt, etwas zu erkennen sein. Querfurth ärgerte sich, dass er den Wuchs der von seinem Nachbarn gepflanzten Hecke bei dessen Einzug im letzten Jahr nicht stärker behindert hatte. Dieses grüne Biest war zäh. Hin und wieder knickte er Zweige um und rupfte systematisch Blätter ab, um Sichtlücken zu schaffen.

»Verdammt! Da ist doch jemand. Ja, ganz deutlich.«

Querfurth nahm einen Schatten am Fenster wahr. Das könnte tatsächlich dieser Rechtsverdreher sein. Enttäuscht setzte er das Fernglas ab.

»Was jetzt?«, fragte Kutschera.

»Wir brauchen die Informationen so schnell wie möglich. Am Freitag trifft sich der Vorstand. Bis dahin müssen wir wissen, was der Winter ausheckt. Ansonsten führt der alle wieder an der Nase rum.«

Cornelius Winter, der Pächter der Nachbarparzelle, war nicht nur Schatzmeister im Vorstand des Waldesruh-Vereins, sondern auch Beisitzer im Kreisverband. Innerhalb eines Jahres war der auf Wirtschaftsrecht spezialisierte Anwalt wie eine Rakete in hohe Positionen im Kleingärtnerverein geschossen. Wie konnten sich diese lebendig gewordenen Gartenzwerge von diesem Emporkömmling nur so blenden lassen? Rüdiger Querfurth als dessen Intimfeind vermutete, dass das vor allem an der akademischen Ausbildung lag. Winter konnte sich gewählt ausdrücken und verstand es meisterlich, seine Argumente wie Trumpfkarten einzusetzen. Des Weiteren warf er nur so mit Halbwissen um sich. Zu jedem Thema mischte sich dieser Parasit ein. Im KGV war er so zum Meinungsführer geworden. Die übrigen Vorstandsmitglieder fraßen ihm aus der Hand. Nun hatte der Schatzmeister angesichts des zunehmenden Leerstands der Parzellen auf der Anlage angekündigt, dem Vorstand ein neues Zukunftskonzept vorzulegen. Für Querfurth stand fest, dass die Umsetzung dieses Konzepts nur negative Folgen für ihn persönlich haben konnte. Entweder würde der Vorstand die Aufnahmebedingungen lockern, sodass mit noch mehr niveaulosen Pächtern zu rechnen war, oder er würde die Mitgliedsbeiträge allgemein erhöhen, um die fehlenden Einnahmen aus den leerstehenden Parzellen zu kompensieren. Es gab das Gerücht, dass ein Teil der Anlage abgetrennt werden sollte, um neues Bauland zu schaffen. Der Flächennutzungsplan eröffnete hier gewisse Möglichkeiten.

»Solange Winter da ist, können wir nichts unternehmen.«

Zweifelsohne hatte Kutschera recht. Querfurth war leider auf dessen Kompetenz beim Schlösserknacken angewiesen. Ohne ihn hätte er keine Chance, sich in der Laube von Cornelius Winter umzusehen und möglicherweise dadurch Informationen über die Zukunft der Kleingartenanlage zu erhalten.

»Dann lass es uns morgen versuchen.«

Martin Kutschera hielt das für eine gute Idee. Er verbrachte neuerdings – sehr zum Leidwesen seiner Ehefrau Margit – viel Zeit mit Rüdiger Querfurth, den er nicht direkt als Freund bezeichnen würde. Vielmehr war dieser ein Zeitgenosse, der meistens auf der gleichen Wellenlänge funkte und der dem Ablästern nicht abgeneigt war. Und so konnten sich die beiden stundenlang an den Unzulänglichkeiten der Mitmenschen im Allgemeinen sowie der Politiker und der Behörden im Besonderen ergötzen. Danach fühlte er sich irgendwie besser, auf eine besondere Art und Weise überlegen. Außerdem genoss er es, mit einer Flasche Bier in Querfurths Garten zu sitzen.

»Gut, dann komme ich morgen wieder. Ist 14.00 Uhr okay?«

»Ja, ja. Sehr gut. Willst du dann etwas essen?«

»Nee, danke. Margit wird morgen kochen.« Und übermorgen und überübermorgen auch, führte Kutschera seinen letzten Satz gedanklich weiter. Auf die Kochkünste seines Kumpels hielt er keine großen Stücke. Im Gehen fragte er:

»Hast du schon etwas von deiner Anfechtung der Oberbürgermeisterwahl gehört?«

»Nein, es kam noch nicht mal eine Eingangsbestätigung von der Stadtverwaltung.«

»Das ist starker Tobak! Das würde ich mir nicht gefallen lassen.«

»Und was soll ich tun?«

»Mach der Verwaltung doch mal Beine. Was die gar nicht mögen, ist öffentliche Kritik. Ich würde beim Lesertelefon der LVZ anrufen und den Redakteuren einen heißen Tipp geben. Und vergiss bei dieser Gelegenheit nicht, diese Rüpel-Radler zu erwähnen, die die Fußgänger jagen.«

»Das ist eine gute Idee!«

»Also dann, bis morgen!«

10

Berlin, 17.30 Uhr

Regen prasselte an das Fenster im siebten Stock des Paul-Löbe-Hauses. Völker sah auf die Baustelle des Bundesbildungsministeriums und das massive Gebäude der Bundespressekonferenz. Im Hintergrund ragte das braune Bettenhaus der Charité in den wolkenverhangenen Berliner Himmel. Einzelne Beamte und Lobbyisten kreuzten mit hochgezogenem Kragen und Aktentasche auf der Kronprinzenbrücke und auf dem Schiffbauerdamm ihre Wege. Die einen wollten schnell vom Bundestag weg, die anderen gerade dorthin.

»Etwas kleiner als dein Dienstzimmer, oder?«

In der Tat. Ein schmaler Schlauch mit Regalen, Schreibtisch und einer halbhohen Kommode, auf der ein Flachbildfernseher mit Rekorder stand. Ansonsten Akten, Ordner,

Bücher, Zeitungen. Einziger Luxus schien ein rotes Zweisitzer-Leder-Sofa zu sein, das rücksichtslos in den Raum gequetscht worden war. Der Leipziger Bundestagsabgeordnete Gunter Bendix tauchte aus dem angrenzenden Zimmer seines Referenten mit einer Flasche Mineralwasser auf. Er schenkte dem durstigen Oberbürgermeister ein Glas ein und reichte es ihm.

»Wie war deine Sitzung?«

»Energiewirtschaft. Um- und Ausbau der Übertragungsnetze. Nicht ganz mein Thema. Immerhin haben wir uns dazu durchgerungen, eine Pressemitteilung herauszugeben.«

»Du wirst sehen. Dein Vorstandsposten im Verband Kommunaler Unternehmen wird dir noch nützlich sein. Als Oberbürgermeister der elftgrößten Stadt in Deutschland.«

»Zwölf, zwölftgrößte Stadt.«

Bendix sah seinen Parteifreund irritiert an.

»Ja, zwölf. Nach dem Ergebnis des Mikrozensus hat uns Dresden wieder überholt.«

»Echt? Na, das kann ja nur ein Überholen ohne einzuholen sein.« Gunter Bendix zwinkerte seinem Gast zu und fuhr fort:

»Ja, jedenfalls knüpfst du wichtige Kontakte und gewöhnst dich an das politische Parkett.«

»Schaden kann es nicht.«

»Genau, und wer weiß? Vielleicht braucht dich die Partei eher, als du denkst.«

Clemens Völker ahnte, was jetzt folgen würde, und sagte besser nichts. Gunter Bendix war das Urgestein der SPD in Leipzig. Ein Mann der friedlichen Revolution. Einer, der die SPD in der DDR nach der 40-jährigen Zwangspause mit aus der Taufe gehoben hatte. Der seinen Bundestagswahlkreis nach der Wende mit Ausnahme der letzten Wahl immer direkt gewonnen hatte. Einer, dessen Meinung als Chef der Landesgruppe Ost der Bundestagsfraktion innerhalb der SPD gehört und geschätzt wurde. Einer, der jetzt ansetzte, um ihm eine wichtige Botschaft zu übermitteln.

»Es gibt einige Genossen, einige einflussreiche, die mit der Fraktionsführung im Sächsischen Landtag nicht einverstanden sind. Genau genommen gefällt uns dieser Kurswechsel, diese Anbiederung an die Linke nicht. Tom Deckers hat keinen politischen Instinkt. Das ist der falsche Weg. Es bringt uns nichts bei der Bundestagswahl und schadet uns bei der Landtagswahl.«

Bendix setzte sich auf das Sofa und lud Völker ein, es ihm gleich zu tun.

»Diese einflussreichen Genossen sind skeptisch, ob Tom der richtige Spitzenkandidat bei der Landtagswahl 2014 ist. Sie könnten sich sehr gut vorstellen, dass ein erfolgreicher Kommunalpolitiker seinen Hut in den sächsischen Ring wirft.«

Völker schwieg noch immer.

»Weißt du, Clemens, deine Bescheidenheit ehrt dich. Aber es gibt irgendwann den Zeitpunkt, an dem jeder eine Entscheidung treffen muss. Dieser Zeitpunkt ist jetzt gekommen, er ist fast schon wieder vorbei. Du musst antreten. Du musst der SPD ein glaubwürdiges und markantes Profil geben. Du darfst nicht mehr zögern. Die Partei schaut auf dich.«

Clemens Völker hatte damit gerechnet, dass schon kurz nach seiner Wiederwahl als Oberbürgermeister die Frage der Spitzenkandidatur bei der nächsten Landtagswahl an ihn herangetragen werden würde. Und normalerweise fühlte er sich darüber sehr geehrt. Ihm steckte aber noch die »Doppelgänger-Intrige« in den Knochen. Eine Intrige, die im Wahlkampf von der gegnerischen Seite gegen ihn angezettelt worden war. Seit der Nacht im Rathaus, in der er mit seinem Doppelgänger im Paternoster gekämpft hatte, konnte er die Angst vor der Aufdeckung seiner möglichen Tat nicht abschütteln. Die Situation war besonders bedrohlich, weil es Mitwisser gab, die ihm offen kommuniziert hatten, dass sie eine Spitzenkandidatur nicht guthießen. Eine innere Stimme sagte ihm, dass er sich zurückhalten sollte.

»Es freut mich, dass ihr mir diese Aufgabe zutraut. Aber mein Platz ist in Leipzig. Die Menschen dort haben mich gerade wieder für sieben Jahre gewählt. Ich möchte sie nicht enttäuschen.«

»Enttäuschen! Papperlapapp! Die Leipziger wären stolz, wenn einer der Ihren die Regierungsgeschäfte in Sachsen übernehmen würde. Davon würde Leipzig enorm profitieren. Dann wäre auch diese Ungerechtigkeit im Vergleich zu Dresden beendet.«

»Ich denke nicht, dass ich eine realistische Chance hätte. Außerhalb der Leipziger Region bin ich doch kaum bekannt.«

»Täusch dich da mal nicht. Die Menschen haben sehr wohl deine Ansprache zur 150-Jahr-Feier registriert. Dein Appell, im Sinne August Bebels endlich einen flächendeckenden Mindestlohn einzuführen. Dein Einsatz für die Gedenkstätte am Pantheon. Das waren wohlgesetzte Ausrufezeichen!«

Clemens Völker musste sich eingestehen, dass er diese Ausrufezeichen einzig und allein seinem Wahlkampfmanager Robin Huth verdankte, der ihn zu dieser Aussage und zu dieser Aktion getrieben hatte.

»Überleg es dir gut. Aber nicht zu lang. Wir müssen uns bald auf einen Spitzenkandidaten festlegen.«

Gunter Bendix schaute seinen Gast fragend an, der es aber vorzog, darauf nicht einzugehen.

»Apropos 150-Jahr-Feier. Habt ihr schon etwas Passendes für Kevin gefunden?«

Völker erinnerte sich. Der SPD-Bundestagsabgeordnete hatte mit ihm auf der Gedenkfeier im Gewandhaus über seinen Schützling gesprochen, für den er im Rahmen der SPD-Führungsakademie, einer parteiinternen Kaderschmiede, die Patenschaft übernommen hatte. Ein aufgeweckter, ja sogar äußerst aufgeweckter, junger Mann mit unkonventionellen

Umgangsformen, der für viele Tätigkeiten leicht bis mittelschwer überqualifiziert wirkte.

»Ich habe seinen Lebenslauf an Robert weitergereicht. Ich denke, ich kann dir bald mehr sagen.«

Mit Robert meinte Völker den ersten Bürgermeister der Stadt Leipzig, seinen Stellvertreter. Dieser war als Bürgermeister für die Allgemeine Verwaltung, insbesondere für das Personalwesen, der Stadtverwaltung zuständig.

»Das ist gut. Denn wer weiß, wenn ihr nicht bald zuschlagt, dann geht unser Supertalent woanders hin. Das wäre schade, oder?« Ohne auf eine Antwort zu warten, fuhr der Leipziger Grandseigneur der SPD fort: »Du kommst doch heute Abend mit zu unserem Treffen in der Sächsischen Landesvertretung?«

»Oh, das geht heute nicht. Ich muss spätestens den Zug um 22.15 Uhr nehmen.«

»Heute Abend wäre es aber sehr wichtig. Es sind tatsächlich alle Abgeordneten aus Neufünfland plus Berlin anwesend, und auch unsere geschätzte Fraktionsspitze will mit uns ein Radeberger im Sachsenkeller trinken. Da darfst du nicht fehlen. Du kannst auch morgen noch zurückfahren.«

11

Leipzig, 18.35 Uhr

Martinas Stimme zitterte leicht.

»Ich verstehe dich ganz schlecht. Warum kommst du nicht?«

Ihr Mann befand sich offenbar an einer viel befahrenen

Straße in Berlin. Der Autolärm im Hintergrund störte das Telefonat massiv.

»Sitzung der Landesgruppe Ost«, wiederholte sie unbeholfen.

»Du kannst doch danach … kein Zug … bei Gunter … na ja, ja, dann mach es gut. Bis morgen!«

In Gedanken vertieft hielt sie das Telefon in ihrer Hand, ohne es auf die Ladestation zurückzustellen. Im Augenwinkel bewegte sich etwas. Sie sah zur offenen Tür und erkannte gerade noch ihren ältesten Sohn, wie er die Treppe hochrannte.

»Paul!«

12

Sylt, 21.23 Uhr

Ein Naturschauspiel. Der rote Feuerball sank am Horizont immer tiefer und tauchte schließlich ins Meer ein. Die Gäste der Sansibar hatten ihre Plätze verlassen, um an dem wenige Meter entfernten Strand fasziniert den Sonnenuntergang zu betrachten. Auch Constanze Sieveking hatte sich an den Strand begeben. Mit einem Glas Gin Tonic in der linken und einem Zigarillo »Romeo y Julieta« in der rechten Hand stand sie etwas abseits vom Trubel an den Dünen. Von dieser Stelle konnte sie nicht nur den Abschied der Sonne vom Tag, sondern auch die beiden Männer beobachten, die sie liebte. Henning und Michael saßen in einem Strandkorb und verfolgten aufmerksam das Geschehen. Von der Sansibar wehten traditionell die Klänge des »Capri-Fischers« herüber. Der Capitano schaute in Richtung Festland, winkte seiner Tochter zu und sang seinen Lieblingstext zu der Melodie: »Wenn bei Capri die rote Flotte im Meer versinkt ...« Michael grinste und stimmte mit ein. Ja, das waren ihre Männer. Ihre Helden von Kindesbeinen an. Zwar konservativ bis ins Mark, aber dafür mit einem phänomenalen Gespür für Trends gesegnet, das wie ein Radar alle Bewegungen in der Politik und der Gesellschaft erfasste. Hinzu kam ein Bauchgefühl, das sie bei Fifty-fifty-Entscheidungen selten trog. Und vor allem zeichneten sie der Schuss Genialität und die wohldosierte Prise Wagemut aus, die für wirklichen Erfolg unerlässlich waren. Als Team hatten sie in den 90er-Jahren zu allen politischen Fragen die passenden öffentlichkeitswirksamen Antworten gefunden. Bis die Wahl 1998 schiefging und sich Henning und Michael – und somit auch sie selbst und Michael – aus den Augen verloren. Constanze nahm einen Schluck und ertappte sich dabei, wie sie sich mehr die beiden Männer als den Sonnenuntergang ansah. Sie zog noch einmal am Zigarillo und ertränkte dann den schmalen Stummel in ihrem Glas. Für die Bestandteile ihres Gin Tonics – der »Gin Mare« aus Spanien mit der besonderen Note aus Wachholder, Thymian, Rosmarin und Basilikum sowie dem argentinischen »1724 Tonic Water« – eine tödliche Beleidigung. In ihrer Studienzeit an der »London School of Economics and Political Science« wäre ihr das nicht passiert. Damals hatte sie das Getränk insbesondere in der Beaufort Bar, einer ganz im Art déco gehaltenen Bar im Savoy Hotel, kennen und schätzen gelernt.

Langsam schlenderte sie barfuß zu dem Strandkorb. Sie hörte beide Männer flachsen. »Beim nächsten Ton des Zeitzeichens ist es Rubikon«, prustete ihr Vater. »Wahnsinn, wie man sich innerhalb von einer Minute um Kopf und Kragen reden kann. Meiner Meinung nach gehört die Bandaufzeichnung in ein Museum. Das ist Zeitgeschichte.«

»Schade ist es schon. Ich hätte gern mal an einem Empfang mit unserem Ex-Kunden im Schloss Bellevue teilgenommen.«

»Stimmt. Das haben wir verpasst. Amigo, auf unseren El Presidente!«

Der Capitano und Lenk hatten aus Bequemlichkeit die Gläser auf ihrem Tisch stehen gelassen und sich für den Sonnenuntergang nur die Weinflaschen gegriffen. Beide hoben feierlich die Flaschen.

»Auf Christiano! El Presidente fantastico!«

»Eine Möglichkeit gäbe es noch, wie wir ins Schloss, in die Casa Christiano kommen …«

»Sprich, mi hermano.«

»Wir putschen ihn zurück ins Amt! Viva la revolución!«

»Das ist es! Viva la revolución!«

Der Capitano nahm einen großen Schluck aus der Flasche und wischte sich anschließend ein paar Tropfen vom Mund.

»Wir brauchen einen guten Plan, einen piso famoso. Wir brauchen einen Panzer, nein, warte, wir nehmen dieses Bobby Car und fahren damit zur Casa Bellevue. Die Palastwache wird noch keinen Verdacht schöpfen.«

»Dann wird unsere Guerilla aus dem Hinterhalt heraus die Casa stürmen und die Macht übernehmen.«

»Genau! Und dann rufen wir die Republica Banana aus und holen unseren Christiano zurück aus seinem Exil. Viva la revolución!«

»El Presidente wird sich uns sicherlich erkenntlich zeigen. Mit Orden, Glasperlen und Plantagen …«

»Ach was, Michele, du wirst Ministro del Propaganda und ich übernehme das Ministerio del azúcar. Darauf verwette ich deinen Ehrensold!«

Als der Capitano seine Tochter am Strandkorb wahrnahm, hielt er ihr seine Flasche hin.

»Komm, mein Mädchen. Nimm einen Schluck.«

Doch Constanze lehnte dankend ab. Plötzlich ertönten – ein wenig zeitversetzt – zwei Signaltöne für eingehende Meldungen. Der Capitano und seine Tochter kramten ihre Handys hervor und schauten auf die Displays.

»Von Mutti?«, fragte Lenk.

Die beiden Sievekings sahen sich erst gegenseitig und dann den Fragesteller an und nickten, während Lenk sich freute.

Bei Constanze machte sich eine weitere SMS bemerkbar.

»Haben Angela und du Geheimnisse vor mir?«, fragte der Capitano eher belustigt als misstrauisch.

Die letzte Nachricht kam jedoch vom Berliner Hauptstadtbüro der Senator-Agentur für Marketing, kurz SAM-Werbeagentur genannt. Constanze überflog die wenigen Sätze. Ihre Miene wechselte dabei zusehends von nachdenklich zu verärgert.

»Aus Berlin. Völker ist heute Abend bei einem Treffen der ostdeutschen SPD-Bundestagsabgeordneten mit dem geschäftsführenden SPD-Fraktionsvorstand. Was macht der da? Ihr hattet mir doch erzählt, dass er raus ist.«

Wütend stampfte Constanze mit ihrem rechten Fuß auf dem Sand auf.

»Sicherlich Zufall. Nach unseren Informationen wird er sich hüten, Spitzenkandidat zu werden. Was sagst du dazu, Michael?«

Lenk überlegte, wann ihn der Capitano das letzte Mal mit seinem Vornamen angesprochen hatte, und antwortete: »Keine Panik. Clemens Völker weiß genau, dass die Spitzenkandidatur ihm schaden würde. Er ist vernünftig genug, die Finger davon zu lassen.«

»Ihr mit euren ominösen Andeutungen. Was macht euch so sicher? Der Typ bewegt sich schon auf dem nationalen Parkett. Ich will jetzt klipp und klar wissen, ob er kandidieren wird oder nicht. Falls ja, müssen wir sofort aktiv werden und Gegenmaßnahmen einleiten.«

»Immer mit der Ruhe. Michael wird schnellstmöglich nach Leipzig jetten und dort die Lage brutalstmöglich checken.«

Michael Lenk schaute aufs Meer. Die Sonne war mit einem Schlag verschwunden.

13

Leipzig, 22.02 Uhr

»Kommst du?«

Margit Kutschera rief bereits zum zweiten Mal aus dem Schlafzimmer.

»Ja, komme gleich.«

Ihr Mann saß bereits bettfein im Schlafanzug an seinem Schreibtisch im Arbeitszimmer und betrachtete im schwachen Schein einer Lampe die Unterlagen, die er vor wenigen Wochen aus dem Papierkorb von Michael Lenk herausgenommen und – entgegen dessen Auftrag – nicht dem Reißwolf zugeführt hatte. Drei Blätter waren zusammengetackert und mit einem Datum versehen. Es handelte sich um einen Tagesablauf. Neben den Uhrzeiten in der ersten Spalte waren in den anderen beiden Spalten offensichtlich Termine eingetragen. Über den Spalten stand »OBM« beziehungsweise »OBM II«. OBM II – war das der andere Mann? Er hatte ihn nur kurz gesehen. Aber er hatte eine frappierende Ähnlichkeit mit Clemens Völker gehabt. Beim Lesen blieb er in der dritten Spalte hängen. Dort stand »Rosenverteilaktion auf dem Marktplatz: Zusammenbruch – BILD-Leserreporter«, während der OBM zu dieser Zeit einen privaten Termin hatte. Was bedeutete das? Der ehemalige Hausmeister erinnerte sich an den Bericht in der BILD-Zeitung. Ein Foto, das Völker auf dem Boden liegend zeigte, umringt von zwei, drei Personen, die Erste Hilfe leisteten. »Ist Völker noch fit genug für sein Amt?«, hatte die BILD damals gefragt. War das gar nicht der echte Völker, sondern dieser andere Mann? Was hatte Lenk für eine Rolle im Wahlkampf gespielt?

»Maaartiiin!«

DIENSTAG, 28. MAI

14

Berlin, 2.34 Uhr

Clemens Völker war abgestürzt. In vielerlei Hinsicht. Der Rausch ließ nach. Er stand am Fenster und sah über den Paradiesgarten auf das erleuchtete Bundeskanzleramt. Er hatte widerstanden. Auf dem Nachhauseweg hatte Gunter Bendix ihn mehrfach aufgefordert, am Zaun zu rütteln und in Schröder-Manier »Ich will hier rein« zu schreien. Er hatte widerstanden. Aber es hatte nicht viel gefehlt, und er hätte der Versuchung nachgegeben. Die Genossen aus der SPD-Bundestagsfraktion hatten ihn nicht nur freundlich empfangen. Nein, sie hatten ihn hofiert, bewundert und über alle Maßen gelobt. Als Hoffnungsträger wurde er bezeichnet. Ein sächsischer Kennedy sei er, mit seinem smarten Aussehen, seinem politischen Erfolg und – hinter vorgehaltener Hand – seinem Schlag bei den Frauen. Irgendwann, so nach dem fünften Radeberger, hatte er es selbst geglaubt. Er war berauscht gewesen. Von der Vorstellung, ein Spitzenpolitiker, ein Politstar zu sein. Ein Umweg hatte den Kommunal- und den Bundespolitiker an der Spree entlang am Schloss Bellevue vorbeigeführt, dem Amtssitz des Bundespräsidenten. Über die Lutherbrücke waren sie schließlich zu ihrem Ziel gelangt, der Wohnanlage Spreebellevue im Park auf dem Moabiter Werder. Entgegen der ursprünglichen Planungen wohnten hier nur noch wenige

Bundestagsabgeordnete. Gunter Bendix gehörte zu den ersten Mietern in der Anlage und hielt ihr unbeirrt die Treue. Bevor sie in dessen Wohnung im vierten Stock angekommen waren, waren sie noch im »Cabinett« eingekehrt, dem Bistro in der Wohnanlage. Nach einer durchzechten Nacht konnte jeder Bundestagsabgeordnete mit Fug und Recht behaupten, er sei zumindest einmal in seinem Leben »im Kabinett gewesen«.

Der Rausch ließ nach. Und dahinter wartete das Elend. Völker konnte nicht schlafen. Anfangs war er zu aufgewühlt. Dann störten ihn die Schnarchgeräusche aus dem Nebenzimmer. Kurz darauf meldeten sich die Zweifel, und ihnen folgte die Schuld. Insgeheim musste er damit rechnen, dass eines Tages der verschwundene Alexander Sewing, sein Doppelgänger, wiederauftauchte – wahrscheinlich eher tot als lebendig. Lenk hatte ihn in der Hand. Er wusste, was mit Sewing passiert war, und er würde dafür sorgen, dass Sewing erneut auf der Bildfläche erschien, wenn er sich nicht nach dessen Vorstellungen verhielt. Was sollte er tun? Wie lange konnte er den Aufforderungen seiner Genossen widerstehen? Er blickte auf das Bundeskanzleramt und hatte doch nur die Bilder vor Augen, wie er die gelbe Krawatte am Hals des anderen Mannes zuzog.

MITTWOCH, 29. MAI

15

Leipzig, 10.59 Uhr

Bloß keine Sekunde zu früh in diese Folterkammer. Jakob Brüggemann schauderte es allein bei diesem Gedanken. Widerstrebend näherte er sich dem Großraumbüro in der LVZ-Redaktion, in dem sich neben einigen Bildschirmarbeitsplätzen und dem Besprechungstisch der Lokalredaktion in der hintersten Ecke der Arbeitsplatz des Lesertelefon-Redakteurs befand. Als der Journalist den Raum betrat, grinste ihn bereits eine Kollegin an. Trotz ihres Telefonats ließ sie es sich nicht nehmen, ihm ein tonloses »Toi, toi, toi« zuzurufen. Dabei streckte sie ihm bei jedem Wort den erhobenen Daumen entgegen. Sicherlich hatte irgendein übereifriger Leser, der es nicht erwarten konnte, bis das Büro besetzt war, seinen Ballast auf den Anrufbeantworter abgeworfen. Jakob schaute auf die Telefonanlage. Kein Blinken. Das Band war unbenutzt. Gott sei Dank!

Wie er das hasste. Wie er mit absolutem Widerwillen heute Morgen aufgestanden war, sich auf das Fahrrad gezwungen – nicht geschwungen – hatte und gen Redaktion geradelt war. Immerhin, nachdem die LVZ nur noch jeden zweiten Tag das Lesertelefon anbot, hatte sich die Anzahl dieses speziellen Dienstes nahezu halbiert. Dennoch musste er damit rechnen, dass er einmal im Quartal aus diesem Kelch, dem bitteren, trinken musste. Und heute war er dran. Im wahrsten Sinne des Wortes! Von 11.00 bis 13.00 Uhr konnten die Leser durch dieses Ventil Dampf ablassen, den Schmierfinken mal so richtig die Meinung geigen und die Mördergrube ihres Herzens freischaufeln.

Anfangs hatte er die Hoffnung gehabt, dass er mit einer freundlichen, originellen Begrüßung den Leser milde stimmen konnte und das Telefonat so einen angenehmen Verlauf nehmen würde.

»Guten Tag. Hier ist das LVZ-Lesertelefon. Sie sprechen mit Jakob Brüggemann. Was kann ich für Sie tun?«

»Guten Tag. Herzlich willkommen bei Ihrer Tageszeitung, der Leipziger Volkszeitung. Mein Name ist Jakob Brüggemann. Was haben Sie auf dem Herzen?«

»Einen wunderschönen guten Tag. Keine Meinung ist zu klein, kein Problem zu groß. Wir von der LVZ und Sie, also wir gemeinsam, sitzen im selben Boot. Wir kümmern uns um Ihr Anliegen. Ich bin Jakob, Ihr Zeitungsengel. Ich stehe an Ihrer Seite. Egal, was kommt. Ehrlich! Sie können auf mich zählen. Und hinter mir steht eine Armee investigativer Journalisten, die nicht eher ruht, bis die Dinge so sind, wie Sie sie sich wünschen. Also, schießen Sie los!«

Aber das war graue Theorie. In der Realität ließ sich der zielorientierte Leser nicht beirren.

Jakob Brüggemann hatte sich zur Vorbereitung auf den Telefondienst die Tagesausgabe der LVZ besorgt und die seiner Meinung nach diskussionswürdigsten Artikel durchgelesen. Heikel waren vor allem die Beiträge, in denen die DDR noch irgendeine Rolle spielte – sei es die Architektur oder Enthüllungen aus Stasi-Akten oder der Verbleib des SED-Vermögens. Dazu hatten insbesondere die älteren Leser eine klare Meinung. Mal so, mal so.

»Zwei Stunden, nur zwei Stunden«, sagte sich der LVZ-

Redakteur, der normalerweise die Kommunalpolitik in Leipzig begleitete, »drei Themen, nur drei Themen; 40 Zeilen, nur 40 Zeilen.«

»Brüggemann.«

»Ist da das LVZ-Lesertelefon?«

Eine männliche Stimme.

»Ja, Jakob Brüggemann am Apparat. Mit wem spreche ich bitte?«

»Nee, ist das wichtig? Müssen Sie das wissen?«

Eine ältere Stimme.

»Na, es wäre doch schön, wenn wir uns mit Namen ansprechen könnten.«

»Ach, schön ist es so oder so nicht. Ich habe auch nicht viel Zeit.«

Rufnummer unterdrückt.

»Um was geht es Ihnen denn?«

»Die Oberbürgermeisterwahl. Sie schreiben gar nichts über die Wahlanfechtungen. Die Wahl ist null und nichtig. Die muss wiederholt werden. Der Völker ist gar nicht Oberbürgermeister!«

Zwitscherte da im Hintergrund ein Vogel?

»Warum sind Sie sich denn so sicher? Was sind die Gründe für die Wahlanfechtung, Herr …?«

»Ach, hören Sie auf. Ich falle auf Ihre Stasi-Methoden nicht rein. Außerdem, ich habe Ihnen alles geschickt. Die Wahlwerbung war irreführend, dann war der Völker auf einem Werbeplakat für die Automobilmesse zu sehen. Mitten im Wahlkampf. Was soll das? Das ist doch unlauterer Wettbewerb! Und die Stimmzettel. Die waren zu dünn, viel zu dünn. Da konnte man nach dem Falten noch sehen, wo man das Kreuz gesetzt hat. Schreiben Sie mal darüber. Aber das trauen Sie sich wohl nicht. Sie stecken doch mit dem feinen Herrn unter einer Decke.«

Wellensittich oder Kohlmeise?

»Aber, aber Herr … Da haben Sie eine vollkommen falsche Meinung. Die LVZ ist überparteilich und berichtet strikt neutral …«

»Ach was. Hören Sie doch auf. Und die Rüpel-Radler. Da sollten Sie mal etwas schreiben. Fahren auf dem Bürgersteig ohne Licht und meinen, dass ihnen die Vorfahrt gehört. Wo ist denn die Polizei, wo ist denn das Ordnungsamt? Die Rüpel-Radler sollte man einsperren. Das ist endlich mal eine gute Forderung von der CDU! So viele Fahrradbügel, wie man bräuchte, um diese Rüpel-Radler anzuketten, gibt es ja gar nicht in Leipzig. Schreiben Sie das!«

Vollmeise!

»Ja, gut, wir haben Ihre Meinung registriert. Vielen Dank!«

Aufgelegt.

DONNERSTAG, 30. MAI

16

Leipzig, 7.32 Uhr

Das Ristorante Fra Diavolo befand sich auf dem Burgplatz vis-à-vis dem Neuen Rathaus. Völker hatte seine Verspätung telefonisch angekündigt. Als er über die Wendeltreppe die erste Etage erreichte, saß sein Stellvertreter, der Bürgermeister für Allgemeine Verwaltung Robert Schulte, schon mit Giorgio, dem Wirt, an ihrem Stammplatz. Giorgio öffnete an jedem letzten Donnerstag im Monat frühmorgens exklusiv für die beiden Politiker seine Pforten. Anfangs plauderten die drei über die italienischen Momente im Leben sowie über die neuesten Aufreger in der Messestadt. Nach wenigen Minuten ließ der Padrone seine Gäste mit einer gemischten Käseplatte, Bresaola und Cappuccino allein.

Völker nutzte mit Schulte, der auf Vorschlag der SPD-Fraktion von der Ratsversammlung als Bürgermeister gewählt worden war, die frühe Morgenstunde, um außerhalb des Protokolls wichtige Themen, ausgeklügelte Strategien und anstehende Entscheidungen abzusprechen. Gleich zu Beginn fasste der Oberbürgermeister ein heißes Eisen an.

»Wie steht es mit den Sicherheitsmaßnahmen für den Oberbürgermeistertrakt?«

»Unverändert. Wir warten auf das Gutachten des Landeskriminalamtes.«

»Warum brauchen die so lange?«

»Die wissen nicht, was sie zuerst tun sollen. Momentan ist die Sicherheitslage auch nicht besorgniserregend. Da hat das Gutachten nun mal keine Priorität!«

Keine Priorität? Wenn dieser Armleuchter wüsste. Völkers Wutpegel stieg.

»Ich schätze die Sicherheitslage anders ein.«

»Ja, ich weiß. Aber objektiv gesehen gab es im letzten Jahr keinen Vorfall. Der Wachdienst arbeitet vorzüglich. Wir sind schließlich ein Rathaus, ein öffentliches Gebäude für alle Bürger dieser Stadt und keine Festung.«

»Ja, verdammt noch mal. Muss es denn erst einen Toten geben, bevor ihr alle reagiert? Jeder kann bei mir ein- und ausspazieren. Ich fühle mich nicht mehr sicher. Und ich will, dass endlich gehandelt wird. Verdammt noch mal.«

»Okay, okay, ich werde gleich beim LKA anrufen und denen eine Frist setzen.«

Beide Männer schwiegen, ein wenig peinlich berührt, und stocherten auf ihren Tellern herum. Bis Robert Schulte das Eis brach.

»Wollen wir uns den Vogel wirklich antun? Diesen Kevin?«

Völker verstand nicht sofort. Die Begeisterung des Ersten Bürgermeisters für junge Talente, die auf Empfehlung von Politikern im Rathaus angestellt werden sollten, hielt sich offenbar in Grenzen.

»Clemens, ich habe mir das, was Gunter Unterlagen nennt, angesehen. Der Typ ist total schräg. Der war praktisch jedes Jahr auf einem anderen Internat. Immerhin auch mal auf einem in England. Immerhin. Seine in den Zeugnissen attestierten Leistungen sind eher unterdurchschnittlich. Ein Internat hat sich dann erbarmt, ihm das Gnadenabitur zu verleihen. Dann hat unser Talent durchgehend studiert, aber jedes Semester etwas anderes. Erst Betriebswirtschaftslehre, dann

Jura, danach ein wenig Informatik und Psychologie. Und zum Schluss hat er noch als Gast ein Medizinstudium beobachtet. Dafür hat er sich sogar einen Eigenbeleg ausgestellt. Also, das nenne ich einen geradlinigen Lebenslauf!«

»Robert, Kevin Fröhlich ist hochbegabt und damit in unserem Schul- und Studiensystem hoffnungslos unterfordert. So einen lässt unsere Gesellschaft vor die Hunde gehen. Er ist blitzgescheit mit einem hohen IQ und außerdem an der SPD-Führungsakademie der Jahrgangsbeste. So einer kann uns in Leipzig weiterbringen.«

»Oh je, oh je. Der Gunter hat dich ganz schön eingelullt, was? Du hättest nicht in Berlin übernachten sollen.«

»Also, was kannst du tun?«

»Was ich tun kann? Das ist ganz einfach. Es gibt nur eine Stelle, auf der ich ihn ohne jeden Ärger mit dem Personalrat ins Haus bekomme. Das ist dein Persönlicher Referent.«

Clemens Völker schluckte. Das würde die Versetzung von Florian Strieder bedeuten. Der Oberbürgermeister schaute aus dem Fenster und ließ beim Nachdenken seinen Blick über die zu dieser frühen Stunde noch abgespannten weißen Sonnenschirme des Fra Diavolo schweifen. Auf dem Platz folgten Völkers Augen dem früheren Verlauf der Grundmauern der Pleißenburg, der mit schwarzen Steinen dargestellt war. Diese massiven Zeugnisse des alten Leipzigs waren 1995 beim Bau der Tiefgarage zunächst entdeckt und dann entfernt worden. Mit dem Fahrrad oder zu Fuß legten einige Bedienstete auf diesem Pflaster die letzten Meter zum Rathaus zurück. Viele von ihnen kannte der Oberbürgermeister zumindest vom Sehen. Er brauchte nicht zu befürchten, dass Florian Strieder auftauchte. Sein Persönlicher Referent galt als Langschläfer.

Von Clemens Völkers Sitzplatz aus war die sogenannte Beamtenlaufbahn, die in der ersten und zweiten Etage das Neue Rathaus mit dem Stadthaus verband, nur zu einem kleinen Teil sichtbar. Tja, diese Entscheidung würde eine Karriere befördern und die andere stoppen. Um seinen Denkprozess zu verlängern, schwenkte Völker seinen Kopf in die entgegengesetzte Richtung. Zwischen Rathaus und Deutscher Bank erspähte er in der verlängerten Achse der Hugo-Licht-Straße die Stadtbibliothek und die Baustelle der St.-Trinitatis-Kirche. Das Burgplatzloch mahnte die noch ausstehende Vollendung der Petersbogen-Passage an. Nachdenklich blieb sein Blick im Inneren des Fra Diavolo an einer Schwarz-Weiß-Fotografie hängen. Der kardinalrote Farbton der Wand setzte das darauf abgebildete Paar kraftvoll in Szene. Zu sehen waren etwas verschwommen nur zwei Köpfe, eine Hand und eine Brust. Die Frau drückte den Kopf des Mannes an ihre Brust. Der Mann hatte seinen Mund leicht geöffnet und umzingelte die weibliche Brustwarze mit seinen Lippen. Sonst betrachtete Völker dieses Foto immer nur flüchtig und verschämt im Vorbeigehen. Jetzt hatte dieser intime Moment zwischen dem Paar etwas Tröstliches an sich. Oder auch etwas Gefährliches? Denn was würde der Mann als Nächstes tun? Küssen, saugen oder gar beißen?

»Erde an Clemens. Erde an Clemens. Können Sie mich hören?«

Schulte war ungeduldig. Völker löste sich von dem Paar und entschied sich fürs Zubeißen.

»Haben wir etwas für Florian?«

»Natürlich nicht. Wir müssen eher Personal abbauen statt aufbauen.«

»Was schlägst du vor?«

»Wie wichtig ist dir die Bewerbung um die Europäische Kulturhauptstadt jetzt nach der Wahl noch?«

»Unverändert wichtig.«

»Echt? Na gut, dann wird Florian der Beauftragte für die Bewerbung.«

»Das wird ihm nicht gefallen.«

»Kann sein. Da muss er durch. Und wenn Leipzig irgendwann einmal als Europäische Kulturhauptstadt erstrahlt, dann ist Florian ein gemachter Mann.«

»Wann können wir den Wechsel vollziehen?«

»Du bist der Chef. Wann brauchst du denn den Herrn Fröhlich?«

»Anfang, Mitte Juni!«

»Ich hatte es befürchtet. Okay, das kriegen wir hin. Dafür geht aber meine Wahl glatt, oder?

Aha, eine Hand wäscht da wohl die andere, dachte sich der Oberbürgermeister und sagte: »Die Wahl des Bürgermeisters für Allgemeine Verwaltung steht doch erst nach der Sommerpause an.«

»Lenk nicht ab. Insgesamt werden in diesem Jahr vier Bürgermeister neu gewählt. Da kommt es auf das Gesamtpaket an. Die SPD wird in der Stadtverwaltung kaum noch drei von sieben Bürgermeisterposten durchsetzen können, nachdem die Grünen klipp und klar gesagt haben, dass sie auf einem Bürgermeister bestehen. Und da unser dritter Mann, der geschätzte Baubürgermeister, erst in zwei Jahren zur Wiederwahl ansteht, bedeutet das, dass wir uns im Juni von unserem Sozialbürgermeister verabschieden müssen, damit ich nach den Sommerferien eine Chance habe.«

»Das ist noch nicht gesagt.«

»Doch, Clemens! Wenn der Hans-Uli noch einmal für sieben Jahre gewählt wird, dann werden mich die anderen Fraktionen vor lauter Wut auf dem Altar des Heiligen Proporzes opfern. Das ist so sicher wie das Amen in der Kirche. Clemens, einer muss in diesem Jahr bei diesen bescheuerten Mehrheitsverhältnissen im Stadtrat über die Klinge springen. Und ich werde das definitiv nicht sein. Und dafür brauche ich deine Unterstützung!«

»Gut, gut. Keine Frage, du bleibst Bürgermeister. Du bist mein bester Mann.«

»Versprichst du es mir?

»Ja, klar.«

»Ehrlich?«

»Natürlich. Was denkst du denn?«

Clemens Völker war von dem heftigen Ton seines Stellvertreters überrascht. Traute Robert ihm etwa nicht? Ein Zeichen für gute Menschenkenntnis. Sich selbst würde Völker auch nicht trauen. Es war besser, das Thema zu wechseln.

»Allerdings musst du dann endlich dieses Loch füllen.«

»Wieso? Das ist doch schick. Jede Großstadt in Sachsen, die etwas auf sich hält, hat in der Innenstadt ihr spezielles Loch. Solange Dresden das Wiener Loch und Chemnitz das Conti-Loch haben, können wir abwarten, oder?«

»Nein. Ich hab im Wahlkampf versprochen, dass es beseitigt wird.«

»Aha und bis wann, bitte schön, soll es verschwunden sein?«

»Innerhalb einer Woche wäre mir sehr recht.«

»Gut, dann veranstalten wir am Samstag einen Subbotnik. Alle Rathausmitarbeiter kommen mit Helm und Besen. Wir kehren einfach den ganzen Dreck aus dem Rathaus hinein. Das könnte sogar zum Füllen von zwei Löchern reichen.«

»Aber, aber, ich muss doch sehr bitten«, Clemens Völker grinste.

»Übrigens, deine Frau Dr. Storl hat sich auch beworben.«

»Um eine Bürgermeisterstelle?«

»Nein, das ist nicht ihr Stil. Sie hat sich gleich auf alle drei Posten beworben. Das nenne ich selbstbewusst!«

»In der Tat«, Clemens Völker wurde plötzlich von einem Geistesblitz getroffen. »Dann wird sie unsere Sozialbürgermeisterin auf dem Ticket der Grünen. Das ist es! Du bleibst

Bürgermeister für Allgemeine Verwaltung und Frau Dr. Storl macht künftig Sozialpolitik in unserem Sinne.«

Robert Schulte verschluckte sich.

»Ist das dein Ernst?«

»Ja, klar. Ich spreche mit dem Grünen-Fraktionsvorsitzenden. Der wird begeistert sein.«

»Wie du meinst, Clemens. Aber vergiss nicht«, Robert Schulte spießte mit dem Messer das letzte Stück Bündner Rindfleisch auf, »ich springe nicht über die Klinge!«

In diesem Moment kam Giorgio mit schnellen Schritten die Wendeltreppe hoch. In der Hand hielt er die aktuelle Ausgabe der BILD-Zeitung.

»Hey! Das glaubt ihr nicht. Das müsst ihr lesen!«

17

Leipzig, 10.07 Uhr

Stefan-Alberto Schubert hatte schon viele Büros gesehen. Am liebsten hätte der Leiter des Planungsstabes im Leipziger Rathaus an der Universität eine eigene Forschungsdisziplin im Fachbereich Psychologie begründet: »Bürokunde« – zeig mir dein Dienstzimmer und ich sag dir, wer du bist. Da gab es die Büros, in denen jede Fläche für die Aufbewahrung von Aktenordnern und Mappen genutzt wurde. Fein säuberlich von A bis Z oder präzise durchnummeriert oder wohl geordnet nach Jahreszahlen. Daran konnte man einen korrekten und fleißigen Mitarbeiter erkennen. Einen, der Akten mochte und brauchte wie andere die Luft zum Atmen.

Dann gab es die Büros, die mit Urlaubsbildern oder mit Pokalen von Sporterfolgen verziert waren. Deren »Bewohner« reklamierten eindrucksvoll ein Leben neben der Arbeit für sich. Die Blumenfreunde, die in ihrem Büro ein kleines Biotop einrichteten, schlüpften bei Dienstbeginn in bequeme Hausschuhe, um sich auch fernab der eigenen vier Wände bestmöglich wie zu Hause zu fühlen. Des Weiteren bildete Schubert sich ein, auf jeden Fall herausfinden zu können, ob der Büroinhaber weiblich oder männlich war. Mit einer Ausnahme, wie er jetzt beim Betreten des Zimmers mit der Nummer 195 erneut feststellen musste: Dr. Nadine Storl hätte nach seiner Theorie ein Mann sein müssen. Warum war ihm das nicht schon früher aufgefallen? Immerhin waren sie je nach Lesart fünf bis zehn Monate ein Paar gewesen.

»Hast du dir das gut überlegt?«

Die dicke schwarze Aktentasche, die hinter dem Schreibtisch im Pappenheimer Erker stand – sehr männlich, viel zu schwer für eine Frau.

»Ach, du bist immer so besorgt um mich.«

Nadine stand von ihrem Schreibtisch auf und ging auf Stefan-Alberto zu. Bei ihm angekommen, wussten beide nicht so recht, wie vertraut sie miteinander umgehen sollten. Vorsichtig nahm sie seine Hand und führte sie an ihre Wange.

»Du machst dir zu viele Sorgen. Das hast du immer schon getan.«

Stefan-Alberto schluckte. Er war nicht mal eine Minute in ihrem Zimmer, in ihrer Nähe und schon war die Sollbruchstelle ihrer On-Off-Beziehung freigelegt. Das, was er als seinen ausgeprägten Beschützerinstinkt bezeichnete, war für sie ein übervorsichtiges und bevormundendes Verhalten, wovon sie sich in ihrer Entwicklung eingeengt fühlte. Er war der fantasielose Bedenkenträger, der zu fest mit den Beinen auf dem Boden stand, und sie der Vogel, der die nächstbeste Chance nutzen wollte, um dem goldenen Käfig zu entfliehen.

»Bitte versteh mich nicht falsch. Ich bewundere deinen Mut, aber ich habe den Eindruck, dass du dieses Mal größenwahnsinnig geworden bist.«

Nadine drückte sich an ihn und Stefan-Alberto legte seinen Arm um sie.

»Es ist die Chance. Innerhalb von zwei Monaten wählt der Stadtrat drei Bürgermeister. Für den Zeitraum von sieben Jahren. Ich wundere mich, dass du dich nicht beworben hast.«

Meinte sie das ernst? Traute sie ihm zu, Bürgermeister zu sein? Stefan-Alberto sah auf die Fotos, die in Bilderrahmen in einem Regalfach aufgereiht standen: Nadine in schwarzem Talar und mit Doktorhut, Nadine in Lederkluft ohne Helm auf einem Motorrad, Nadine beim Oktoberfest mit einer Maß in der Hand, Nadine beim Paragliding. Wo waren die Fotos mit ihm bloß gelandet?

»Ja, du hast recht. Es ist die Chance. Aber warum hast du dich sowohl als Bürgermeisterin für Soziales als auch als Bürgermeisterin für Finanzen und als Bürgermeisterin für Kultur beworben? Das nimmt dir doch niemand ab, dass du für alle drei Ämter gleichermaßen qualifiziert bist.«

Nadine zuckte zusammen und löste sich von ihrem Ex.

»Spinnst du?«

Ihre Empörung war echt.

»Manno!«

Sie haute ihm mit der flachen Hand auf die Brust und wiederholte es noch einmal.

»Ich bringe die Grundqualifikation für jedes Bürgermeisteramt mit. Ich bin gescheit und nicht auf den Mund gefallen, ich kann meinen Mitarbeitern etwas sagen und kann mir von ihnen etwas sagen lassen. Ich kann fördern und fordern. Ich bin bereit, Verantwortung zu übernehmen, kann aber auch Verantwortung übertragen. Und als Justiziarin kenne ich alle Probleme der Stadt, also zumindest die, die schon hoch genug gekocht sind.«

»Ja, aber du erfüllst doch nicht für alle drei Ämter die fachlichen Voraussetzungen. Eine Bewerbung hätte ich ja noch verstanden, aber auf alle drei Bürgermeisterposten ... das ist doch übertrieben. Das werden dir die Fraktionen negativ auslegen.«

Nadine ging auf Distanz. Ihre Augen funkelten angriffslustig. Stefan-Alberto wurde schlagartig klar, dass dieses Gespräch ihre Beziehung nicht verbessern würde. Warum hatte sie nur dieses Modellflugzeug auf ihrem Schreibtisch stehen?

»Ich bin sogar bestens für alle drei Ämter geeignet. Du müsstest das eigentlich am besten wissen. Du hättest mich eigentlich zur Bewerbung auffordern, ja drängen müssen. Aber das ist wieder einmal typisch für dich und dein Weltbild. Ich habe unseren Oberbürgermeister im Wahlkampf mit meinem Einsatz im Rahmen der Sanierung der Musikalischen Komödie vor dem Finanzkollaps bewahrt. Also zwei Fliegen mit einer Klappe geschlagen. Außerdem habe ich ein glückliches Händchen für meine Geldanlagen, wie du mir schon mal attestiert hast. Vielleicht erinnerst du dich. Und ich habe die Hauptrolle in einem Schulmusical gespielt.«

Stefan-Alberto war nicht von der Begründung ihrer Qualifikation beeindruckt, sondern vielmehr davon, dass sie offensichtlich selbst so fest daran glaubte.

»Und was hast du an sozialer Kompetenz noch vorzuweisen?«

»Ich bin die Älteste von fünf Geschwistern.«

Nadine sagte es so, als wäre sie Mutter Theresa und Norbert Blüm in einer Person. Sie spürte, dass der Leiter des Planungsstabs immer noch skeptisch war.

»Schade, ich hätte mir gewünscht, dass du mir hilfst.«

»Natürlich helfe ich dir! Ich hätte dir nur empfohlen, dich auf eine Position zu konzentrieren. Was kann ich denn für dich tun?«

»Du hast doch gute Kontakte in die SPD-Fraktion. Die könntest du für mich spielen lassen. Würdest du das für mich tun? Das wäre wirklich sehr lieb von dir.«

»Ja, kann ich.«

»… sehr lieb … wirklich ganz, ganz lieb von dir …«

18

Leipzig, 10.55 Uhr

»Sie sind ein Schwein!«

Siegmund Jähnig zuckte nur kurz mit einer Augenbraue. Ansonsten zeigte er keine Reaktion. Die Beleidigung prallte an ihm ab. Damit brachte er sein Gegenüber, den Sozialbürgermeister Hans-Ulrich Hohmeyer, nur noch mehr in Rage. Der Jugendamtsleiter stand mit verschränkten Armen in Hohmeyers Dienstzimmer und schaute diesen mit festem, durchdringendem Blick an. Viel zu cool und zu selbstbewusst, befand sein Vorgesetzter.

»Sie sind ein Verräter. Nicht nur, dass Sie mich hinter meinem Rücken absägen wollen. Jetzt torpedieren Sie unsere politische Linie und tischen der Presse auch noch Lügenmärchen auf. Und zu allem Überfluss kommen Sie hier herein, als ob nichts passiert wäre, als ob das das Normalste auf der Welt wäre. Was sind Sie nur für ein Mensch?«

Jähnig, der seit rund einem Jahr kommissarisch auch das Sozialamt leitete und damit zweifach Untergebener von Bürgermeister Hohmeyer war, schwieg mit regloser Miene.

»Ohne mich wären Sie nichts. Ein Nichts. Ein Niemand. Ich habe Sie stets gefördert. Ich habe Sie eingestellt, obwohl Sie überhaupt nicht dem Anforderungsprofil entsprachen. Ich habe über Ihre fachlichen Unzulänglichkeiten und Ihre Eskapaden hinweggesehen. Ich habe mich immer vor Sie gestellt und mich bei Völker für Sie verbürgt. Und jetzt das. Das ist eine einzige Schweinerei!«

Hans-Ulrich Hohmeyer, das soziale Gewissen der Stadt, war außer sich. Erst musste er der heutigen Ausgabe der BILD-Zeitung entnehmen, dass er seinen Geschäftsbereich nicht im Griff habe. Marode Schulen, zu wenig Kita-Plätze, kriminelle Kinderbanden, die Einkaufsmärkte terrorisierten – und alles lastete man ihm an. Besonders pikant war, dass die BILD aus internen Vermerken und Protokollen zitierte und ausgerechnet ihn – seiner Meinung nach unberechtigt – in ein schlechtes Licht setzte. Es gab nur eine Person, die neben ihm Zugang zu den Interna der beiden Ämter hatte: Siegmund Jähnig.

Obwohl dem Fass damit schon der Boden ausgeschlagen war, brachte der unverschämte Amtsleiter dieses dennoch zum Überlaufen. Seiner Bewerbungsmappe für das Amt des Sozialbürgermeisters, von der jede Stadtratsfraktion ein Exemplar erhalten hatte, war ein 10-Punkte-Programm beigefügt, in dem er sich unter anderem für eine bessere Schulnetzplanung, für mehr Sozialarbeiter in den Brennpunkten und für eine Erhöhung des Fördertopfes für die Kinder- und Jugendhilfe einsetzte. Diese Information hatte Hohmeyer von seinem Parteifreund Hartmut Lötzsch erhalten, der für die SPD-Fraktion in der Auswahlkommission saß und alle eingegangenen Bewerbungen für die anstehenden Bürgermeisterwahlen sichtete. Was den Sozialbürgermeister am meisten ärgerte, war die Unverfrorenheit, mit der der »schöne Siggi«, wie der Amtsleiter von Freund und Feind genannt wurde, seine Mitverantwortung leugnete. Dieser Judas!

»Lieber Herr Hohmeyer …«, begann Siegmund Jähnig, dessen Eltern bei der Wahl des Vornamens sicherlich schon gewusst hatten, dass ihr Filius eines Tages nach den Sternen greifen würde, schließlich doch noch.

»Lieber Herr Hohmeyer! Das können Sie sich abschminken!«

»Lieber Herr Hohmeyer, wir können doch wie zivilisierte Menschen darüber sprechen«, und als Hohmeyer vor Erstaunen nichts darauf erwiderte, fuhr der Amtsleiter fort: »Ich kann verstehen, dass Sie überrascht sind. Aber ich glaube, dass Sie auf meine Kandidatur auch stolz sein können. Und ich bin sicher, dass Sie sich freuen werden, dass ich Ihre Arbeit in Ihrem Sinne fortsetze.«

Hohmeyer war perplex. Der Verräter hatte seinen Wahlerfolg offensichtlich schon fest einkalkuliert.

»Ich bin aus dem politischen Raum zur Kandidatur aufgefordert worden. Man hat mir glaubhaft dargelegt, dass Sie keine Chance auf eine Wiederwahl haben. Das ist bedauerlich. Aber politische Ämter werden nun mal auf Zeit vergeben. Glauben Sie mir, wenn Sie den Hauch einer Chance hätten, würde ich wie ein Löwe für Sie kämpfen. Jetzt denke ich aber an alle Mitarbeiter in unserem Dezernat. Wir brauchen keinen Neuanfang. Ihre Arbeit muss verantwortungsbewusst in großer Kontinuität fortgesetzt werden. Deshalb kandidiere ich.«

»Tun Sie doch nicht so. Wie kam denn die BILD-Zeitung an die Protokolle? Und wer hat diese Informationen so ausgelegt, dass alles gegen mich spricht? Das waren doch Sie! Aber wenn Sie glauben, dass ich klein beigebe, dann täuschen Sie sich. Ich werde Ihre Machenschaften aufdecken.«

Dieser neuerliche Gefühlsausbruch führte bei Jähnig nur zu einem Grinsen, einem gefährlichen Grinsen.

»Aufdecken wollen Sie etwas? Nur zu. Jedes Schriftstück trägt Ihre Unterschrift. Sie haben riskant gehandelt. Mit den besten Absichten vielleicht. Aber halt riskant. Und fragen Sie doch mal Ihre Genossen in der Fraktion. Die erhalten von ihren Parteifreunden in den Ämtern druckfrisch alle internen Unterlagen. Da will Sie jemand aus den eigenen Reihen hinausmanövrieren.«

Das war zu viel für den Sozialbürgermeister, der das siebte Jahrzehnt begonnen hatte. Wie von der Tarantel gestochen, sprang er auf und zeigte mit ausgestrecktem Arm zur Tür.

»Hinaus! Verschwinden Sie!«

Der Jugendamtsleiter ließ diese Aufforderung einen Moment lang im Raum stehen. Dann ging er betont langsam zur Tür, öffnete diese, hielt im Türrahmen inne und drehte sich noch einmal um: »Ach übrigens. Sie sind schon heute herzlich zu meiner Ernennungsfeier eingeladen.«

19

Leipzig, 12.13 Uhr

Warum sagte dieser Hinterwäldler nichts? Clemens Völker stapfte hinter Urs Helmund, dem Vorsitzenden der Grünen-Fraktion im Stadtrat, her, der gerade seinen Hund auf den Grünflächen rund um die Paul-Gerhardt-Kirche in Connewitz Gassi führte.

»Was meinen Sie? Frau Dr. Storl wäre doch eine erstklassige Kandidatin für Ihre Partei, oder? Und es stünde den Grünen gut zu Gesicht, die Männerphalanx in der Bürgermeisterriege zu durchbrechen.«

Hatte dieser Schrat ihn überhaupt verstanden? Über den Meinungsführer der aufstrebenden Grünen-Stadtratsfraktion war wenig bekannt. Auf der Internetseite der Grünen standen keine Angaben zum Lebenslauf. Auf der Kandidatenliste zur Kommunalwahl war »Hausmann« als Beruf angegeben. Glaubte man Gerüchten, dann war Urs Helmund Anfang der 90er-Jahre längere Zeit Aktivist in der Leipziger Hausbesetzer-Szene gewesen. Aber das könnte auch nur ein geschickter Werbeschachzug sein, um diesen Langweiler bei der Grünen-Klientel interessant zu machen. In der Ratsversammlung sprach er selten. Wenn er aber das Wort ergriff, hatte das stets Hand und Fuß.

»Was macht Sie so sicher, dass Frau Dr. Storl eine gute Sozialbürgermeisterin wäre?«, Helmund sprach jedes Wort bedächtig, ohne Völker eines Blickes zu würdigen. Vielmehr verfolgte er aufmerksam jede Bewegung seines Hundes, einer schillernden Promenadenmischung, die ihrem Herrchen mächtig die Show stahl.

»Obwohl der Sozialetat der größte der Stadt ist, fehlt es in diesem Bereich hinten und vorne. Die Decke ist einfach zu kurz. Wir brauchen jemanden, der mit Herz und Verstand kostengünstige, aber sozialgerechte Lösungen findet. Frau Dr. Storl hat bei ihrem Einsatz für die Musikalische Komödie das nötige Fingerspitzengefühl bewiesen.«

Keine Reaktion. Völker schlurfte dem dynamischen Duo hinterher. Als er gerade ansetzen wollte, um seine Antwort in etwas abgewandelter Form zu wiederholen, sagte Helmund: »Sonderbar. Gehört der jetzige Bürgermeister nicht Ihrer Partei an? Warum haben Sie nicht schon längst dagegengesteuert?«

Auf diese Gegenfrage war der Oberbürgermeister nicht vorbereitet. Völker legte sich umständlich in seinem Gehirn eine Antwort parat, um das Gesicht seiner Parteigenossen und vor allem sein eigenes zu wahren. Bevor er etwas entgegnen konnte, fuhr Helmund fort: »Lassen Sie es gut sein. Ich weiß, solche Fragen sind unangenehm. Und ›unangenehm‹ liegt Ihnen nicht so richtig. Sagen Sie mir lieber, warum Frau Dr. Storl gut zu den Grünen passen würde? Um ehrlich zu sein: Ich bin mächtig überrascht über diese angebliche politische Nähe zu uns.«

»Nun, sie ist eine Frau, die sich in der Männerwelt durchzusetzen versteht. Sie argumentiert aus einem konservativen Wertegerüst heraus. Sie verknüpft ihre wirtschaftspolitischen Ansichten mit ökologischen Aspekten.«

Der Fraktionsvorsitzende der Grünen schaute Völker erstmals direkt an, und beide wussten, dass der Oberbürgermeister in seiner Argumentation strauchelte. Helmunds Hund schickte sich an, auf dem Grünstreifen gegenüber dem Eingang zu den Nebenräumen der Kirche sein großes Geschäft zu verrichten. Während Helmund wohlwollend seinen Vierbeiner beobachtete und ihn lobte und ermunterte, schaute Völker pikiert zur Seite. Als der Hund fertig war, setzten sie zu dritt ihren Weg fort.

»Hey, machen Sie das weg!«

Aus der Kirche trat eine Frau.

»Hier spielen Kinder, hier gehen ältere Leute spazieren. Machen Sie die Hundekacke weg!«

Beide Männer drehten sich um. Völkers Befürchtung erfüllte sich. Der grüne Lokalpolitiker tat unbeteiligt und blieb stumm.

»Sie! Sie sind doch der Oberbürgermeister. Von Ihnen stammen das Schild und die Hundekotbeutelstation am Eingang der Anlage. Dann tun Sie mal etwas!«

Nach einer Schrecksekunde stapfte Völker los und trat mit seinem rechten Schuh den Hundehaufen platt, um danach verärgert und mit schnellen Schritten die Anlage zu verlassen. Das Lächeln auf Helmunds Gesicht sah er nicht mehr.

20

Leipzig 12.27 Uhr

Rüdiger Querfurth entging keine Bewegung auf dem Nachbargrundstück. Mit dem Fernglas observierte er im Schutz seiner Hütte den Schrebergarten des Cornelius Winter. Drei Polizeibeamte schwirrten auf dem Grundstück umher und versuchten, Spuren zu sichern. Spuren, die ein Dieb bei seinem Einbruch in die Gartenlaube in der letzten Nacht hinterlassen haben könnte. Der 55-Jährige nahm das Fernglas herunter und schmunzelte. Zu finden gab es nur bewusst gestreute Gegenstände, die sich eindeutig auf andere Kleingärtner in der KGA »Waldesruh e.V.« zurückführen ließen. Ein rundum perfekter Einbruch, dachte Rüdiger Querfurth.

Er hob das Fernglas wieder an. Ein Polizist befragte Cornelius Winter und notierte sich die Aussagen in einem kleinen Büchlein. Plötzlich drehte sich der Parzellennachbar in seine Richtung, sprach schnell, gestikulierte wild und zeigte schließlich mit ausgestrecktem Arm auf seine Laube. Ruckartig wich Querfurth einen Schritt zurück. Er war doch nicht zu sehen, oder? Das Licht hatte er gelöscht, den Grauschleier der Gardine gut gepflegt. Der Polizist folgte mit seinem Blick dem Arm und kratzte sich mit der Stift-Hand an seinem Kopf, notierte dann wieder etwas, schaute wieder rüber und nickte.

Dieser Denunziant. Na, warte!, dachte sich Querfurth. Das Ergebnis der Nacht-und-Nebel-Aktion konnte sich sehen lassen. Nachdem Martin Kutschera, der alte Hausmeister-Fuchs, das Schloss geknackt hatte, war es ein Leichtes gewesen, die gesuchten Unterlagen zu finden. Fein säuberlich lagen verschiedene Mappen auf dem kleinen Schreibtisch. Auf der Vorderseite waren sie beschriftet. Sie hießen »Vorstandssitzungen«, »Finanzen« oder »Beschwerdebriefe«. Am interessantesten für die beiden Einbrecher war die Mappe mit der Kennzeichnung »Grundstücksverhandlungen«. Diese vertraulichen Informationen – bei passender Gelegenheit platziert – würden dem feinen Herrn Ärger bereiten. Da war Querfurth sich sicher. Kutschera hatte die Seiten abfotografiert, während er für den Einbrechern geziemenden Grad an Verwüstung gesorgt hatte. Nebenbei hatte er noch den einen oder anderen Wertgegenstand wie etwa eine Digitalkamera, eine Kaffeemaschine oder ein paar DVDs mitgehen lassen. Die würden auf den Flohmärkten bei Ilses Erika oder bei der Feinkost noch ein paar Euro abwerfen.

Rüdiger Querfurth erschrak. Der Polizeibeamte mit dem Notizblock verließ das Nachbargrundstück und steuerte direkt auf sein Gartentor zu, öffnete es und betrat Querfurthsches Land. Hastig riss sich der Hausherr das Band seines Fernglases vom Hals und verstaute das optische Gerät behelfsweise unter einem Sofakissen. Es klopfte. Querfurth zählte bis zehn und versuchte sich zu beruhigen. Es klopfte erneut. Querfurth ging zur Tür und öffnete.

»Herr Wachtmeister, was kann ich für Sie tun?«

21

Leipzig, 13.16 Uhr

Ah, war das ein Rückfall in alte Muster? Chefsekretärin Dorothee Messerschmidt hob eher belustigt als empört eine Augenbraue und legte diesen Auftritt des Oberbürgermeisters in das imaginäre Fach »Kuriositäten« ab. Clemens Völker war auf Socken an ihr vorbei in sein Büro gerauscht. Sein edles Paar Lloyd-Schuhe hatte er dabei auf ihren Schreibtisch geknallt und nur verkündet, er sei für niemanden zu sprechen. Beim näheren Hinsehen und Hinriechen fiel Dorothee dann doch etwas »Empörenswertes« auf. Und richtig, als sie den rechten Schuh umdrehte, sah sie das Malheur. Sie entschied für sich, dass das nichts war, was sie aus der Fassung brachte. Es gab Schlimmeres. Wenn die Gerüchte stimmten, dann sollte einmal ein Dresdner Minister seiner besten Kraft eine Hose auf den Schreibtisch gelegt haben. Da war diese Situation allemal akzeptabler. Sie ergriff beide Schuhe mit einer Hand, stand auf und wanderte auf die andere Seite des Doppelschreibtisches, an der ihre Kollegin Sandra Marhofer wieder zu ihrer Tagesordnung zurückgekehrt war, was bedeutete, dass sie irgendwelche Nachrichten auf dem Handy an die Schar ihrer Verehrer tippte.

»Meine Liebe, Schuhe sind doch Ihre Spezialität.« Mit diesen Worten ließ Dorothee sie aus kurzer Höhe auf den Schreibtisch plumpsen, drehte sich um und ging an ihren Platz zurück. Mit wenig Interesse sah Sandra auf, erkannte schnell die Lage, legte das Handy weg, ergriff die Schuhe, öffnete das Fenster und warf sie hinaus.

22

Leipzig, 19.34 Uhr

Männer konnten anstrengend sein. Zu dieser Einsicht war Uta Studtmann weit vor ihrem dreißigsten Lebensjahr gelangt. Diese Erkenntnis nahm sie jedoch nicht zum Anlass, Exemplare dieses Geschlechts zu meiden. Sie war jedoch aufmerksamer und wählerischer im Umgang mit ihnen geworden. Die Journalistin hatte sich längst abgewöhnt, an die eine große Liebe zu glauben. Schon früh musste sie bei ihren Eltern erleben, wie Glück zerbrach, das vermeintlich für die Ewigkeit geschmiedet zu sein schien. Und selbst Columbus hatte nicht aufgehört, nach immer neuen Inseln zu suchen, nachdem er die Bahamas entdeckt hatte. Wenn Uta Studtmann die Reihe ihrer Ex-Gefährten durchging, stellte sie zufrieden fest, dass sie sich mit jedem sogenannten Lebensabschnitt verbessert hatte, dass ihr immer wieder eine neue Erfahrung zuteilwurde. Unterm Strich: Aus jeder verlorenen Liebe ging sie gestärkt hervor.

Sie kannte die verschiedenen Typen von Männern, die Machos, die Poeten, die Handwerker, die Rennfahrer, die Musketiere und die übrigen, teilweise merkwürdigen Ausprägungen dieser Spezies. Und sie wusste, wie sie sich zu verhalten hatte, um das Bestmögliche aus diesen Typen herauszuholen. Oliver Hardt war ein dummer, überheblicher und arroganter Flegel. Der einzige Grund, seiner Einladung ins Café Maître zu folgen, war die Sicherheit ihres Arbeitsplatzes. Der Privatsender »Leipzig Fernsehen« steckte in finanziellen Schwierigkeiten. Nötig waren entweder mehr Werbekunden oder weitere Anteilseigner oder eine höhere staatliche Förderung. Wenn die Geschäftsführung nicht bald neue Geldquellen erschloss, dann blieb künftig die Mattscheibe schwarz. Oliver Hardt, der Pressesprecher von Oberbürgermeister Clemens Völker, gehörte zwar zu den schlimmsten Typen, aber aus der Zeit ihrer Liebschaft mit dem Stadtoberhaupt wusste sie, dass dieser Geck aus irgendeinem unerfindlichen Grund das Vertrauen seines Chefs genoss. Bereits vor einer Woche hatte sie Hardt gebeten, ein gutes Wort bei ihrem Ex für den TV-Sender einzulegen. Völkers Sprachrohr hatte großspurig erklärt, dass er Völker für eine Rettungsaktion gewinnen könnte. Anstatt auf die Frage, ob Uta mit der Unterstützung des Oberbürgermeisters rechnen konnte, zu antworten, hatte der Pressesprecher sie spontan in das Jugendstilcafé an der Karl-Liebknecht-Straße eingeladen – angeblich, um letzte Details zu besprechen. Sehr zu seinem Leidwesen hatte sie ihm unmissverständlich mitgeteilt, dass sie keinen Hunger habe. Uta wollte dieses Treffen auf keinen Fall in die Länge ziehen. So nahmen die beiden im vorderen Teil des Cafés auf der grün gepolsterten Bank Platz.

Das Gespräch begann alles andere als galant. Hardt erlaubte sich die Frage, wessen Spesenkonto denn heute belastet werden sollte, um Uta dann großzügig auf Kosten der Stadt Leipzig einzuladen. Während sie nur eine Rhabarbersaftschorle bestellte, ließ er es sich nicht nehmen, neben einem Schaumwein aus dem Languedoc noch Bandnudeln mit Orangen-Basilikumsauce und confierter Ente auszuwählen. So zog sich der Abend dann doch länger hin, als es Uta lieb war. Während seines Mahls verlor Oliver Hardt kein Sterbenswörtchen über etwaige Fortschritte in Sachen »Leipzig Fernsehen«. Stattdessen »ich und Clemens hier« und »Clemens und ich da«. Der Höhepunkt war die Frage, ob sie und der Oberbürgermeister auch schon mal im Maître gegessen hätten. Was wollte er wohl noch aus der Zeit ihrer Affäre wissen? Ihre Geduld war nun am Ende.

»Und? Was ist nun mit ›Leipzig Fernsehen‹? Was sagt Clemens? Hat er schon etwas unternommen?«

»Warte«, Hardt tupfte stilvoll seinen Mund mit der Serviette ab, »das erkläre ich dir besser bei einem Dessert.«

Utas Blick fiel auf das Plakat, das neben der Glastür zum Raum mit dem Tresen hing. Der Schriftzug »Abschied vom Café Maître« sprach ihr aus dem Herzen. Wie gern wäre sie in den roten Citroën DS auf dem Plakat eingestiegen und weggefahren.

»Ich möchte jetzt lieber nach Hause. Es ist schon spät.«

»Okay, soll ich dich nach Hause fahren? Wir könnten dort noch einen Kaffee trinken.«

Was war das denn jetzt für eine plumpe Anmache? Und dann dieser treudoofe Augenaufschlag. Utas Blick wanderte auf dem Plakat nach oben zu dem tanzenden Paar. Warum war das Gesicht des Tänzers blau angelaufen? Hatte ihn seine Partnerin gewürgt? Keine schlechte Idee.

»Du hast wohl etwas falsch verstanden. Ich bin hier, um von dir zu erfahren, wie die Stadt uns unterstützen kann. Ansonsten verfolge ich mit diesem Treffen keine weiteren Absichten.«

Uta war selbst überrascht, wie bestimmt sie dies gesagt hatte. Hardt verschlug es einen Moment lang die Sprache. Als geübter Pressesprecher fing er sich aber schnell und hakte noch einmal nach.

»Wieso? Was du mit Clemens erlebt hast, kannst du auch mit mir erleben. Da ist doch nichts dabei. Oder bist du wieder vergeben?«

Die Eingangstür des Maître ging auf und ein Paar betrat das Café. Für einen Moment sah Uta von ihrem Platz durch den Windfang und die geöffnete Tür in die Arndtstraße auf das Gebäude der zentralen Hinrichtungsstätte der DDR. Die Journalistin hatte für das »Leipzig Fernsehen« erst kürzlich einen Beitrag gedreht. Die Geschichte und die Räumlichkeiten dieses Gebäudes ließen sie jedes Mal erschauern. Sollte sie tatsächlich mit Hardt mitgehen, dann wusste sie auch schon, wohin.

»Ich glaube, du willst uns gar nicht helfen. Dann werde ich mich direkt an Clemens wenden. Ich gehe jetzt.«

Uta wollte aufstehen, doch Hardt hielt sie am Arm fest, sodass sie sich notgedrungen wieder hinsetzte.

»So, du kleine Prinzessin. Wenn du die Wahrheit unbedingt wissen willst, dann pass jetzt gut auf. An deiner Stelle würde ich mir einen neuen Job suchen. Geh am besten gleich morgen zum Arbeitsamt. Eure ultrakritischen Beiträge braucht kein Mensch in Leipzig. Das hat mit der Realität nichts mehr zu tun. Kein Wunder, dass euch keiner sehen will. Clemens wird für euch keinen Finger krumm machen.«

»Hat er das gesagt?«

»Clemens wird den ersten Nagel in euren Sarg schlagen. Gute Nacht!«

Hardt stand auf und verließ fluchtartig das Café.

23

Leipzig, 20.15 Uhr

»Meinst du, er hat Verdacht geschöpft?«

»Was soll ich sagen, Martin? Ich bin stets der erste Verdächtige für den lieben Herrn Winter. Das ist wohl auch jetzt mehr oder weniger der Fall.« Rüdiger Querfurths Stimme hatte einen stolzen Ton angenommen.

Martin Kutschera drehte sein Bierglas in der Hand und schien zu überlegen. Er wirkte besorgt.

»Die Polizei hat aber nichts gegen dich in der Hand, oder? Werd bloß nicht leichtsinnig.«

»Wieso nur gegen mich? Warum nicht gegen uns beide?«

»Rüdiger, bleib ruhig. Du bist in eurer Kleingartenanlage bekannt. Ich nicht. Ich werde mich auch nicht mehr so häufig bei dir sehen lassen. Wir müssen vorsichtig sein.«

Das leuchtete Querfurth ein. Insgeheim bewunderte er Martin Kutschera. Er war ein echter Freund. Sein einziger Freund. Er hatte immer den Blick für das Praktische, das Naheliegende, das Gute. Und auch diesmal hatte er recht. Sie mussten vorsichtig sein. Martin war endlich jemand, der ihm zuhörte, der ihn ernst nahm, der ihn bestärkte. Rüdiger Querfurth fühlte sich sichtlich wohl in Martins Nähe. Und auch dessen Wohnung, in der er das erste Mal eingeladen war, behagte ihm. Es war ein gemütliches, echtes Heim – mit Bier, Weib und einer Muster-DDR-Wohnzimmer-Ausstattung im Top-Zustand. Querfurth streckte sich im bequemen Clubsessel aus der Selmanagic-Serie der VEB Deutsche Werkstätten Hellerau.

»Also, hat die Polizei irgendetwas gegen dich in der Hand?«

»Nein. Der Wachtmeister hat ganz höflich gefragt, ob mir etwas aufgefallen sei. Er bat mich, meine Augen offen zu halten und mich bei ihm zu melden, wenn mir noch etwas einfiele. Alles okay!«

»Gut, dann lass uns über die morgige Vorstandssitzung sprechen. Du gehst hin und wirst gleich zu Beginn beantragen, dass ein neuer Tagesordnungspunkt aufgenommen wird. Das wird für gehörig Unruhe sorgen!«

»Das wird ein Fest!«

»Hier in dieser Mappe habe ich dir die wichtigsten Daten aus den Unterlagen zu den geplanten Grundstücksverkäufen zusammengefasst. Da kannst du das eine oder andere zitieren. Mal sehen, wie der Winter reagiert.«

»Damit brechen wir ihm das Genick!«

»Sei vorsichtig! Spiel nicht alle Trümpfe auf einmal aus. Es reicht, wenn wir den Winter zum Schwitzen bringen und seine Vorstandskollegen zum Nachdenken. Wenn du es genau so machst, dann wird sich dein Ansehen und dein Einfluss im ›Waldesruh e. V.‹ vergrößern, wirst sehen!«

»Maaartiiin!«

24

Leipzig, 22.05 Uhr

Der Apfel fiel gemeinhin nicht weit vom Stamm. Aber wie weit konnten die herabgefallenen Äpfel auseinanderliegen? Vor allem, wenn einer davon einen Abhang herunterkugelte. Diesem Gedanken hing Stefan-Alberto Schubert nach, als er auf einem Barhocker in der Schleußiger Szene-Kneipe »Schlechtes Versteck« saß und vorgeblich der Life-Musik lauschte. Die dreiköpfige Band hatte sich mit Gitarre, Kontrabass und Kistentrommel inmitten des Lokals in den vorderen beiden Räumen aufgebaut und spielte zwischen den Gästen mit wachsender Begeisterung. Allerdings stand – für Stefan-Albertos Geschmack – der Elan dieses Trios in keinem Verhältnis zu der Qualität des musikalischen Vortrages. Singer-Songwriter-Mucke ging ihm sowieso auf die Nerven. Das sah jedoch die Mehrheit der Gäste anders, wozu auch sein jüngerer Bruder zählte. Andreas-Mario setzte vom Kopf über den Oberkörper bis hin zu den Fußspitzen viele Körperteile ein, um sein Gefallen zu bekunden. Wenn er nicht gerade Bier trank, lächelte er sogar.

Die musikalische Einlage hatte das Gespräch der beiden Brüder unterbrochen. Von einem einzelnen Thema ausgehend hatten sie sich erneut zu einer Grundsatzdiskussion über die politische Klein- und Großwetterlage hinreißen lassen. Stefan-Alberto gönnte seinem Bruder, der an der Universität mittlerweile Kulturwissenschaften studierte, den revolutionären Ansatz. So hatte schließlich jeder Jungsozialist einmal angefangen. Allerdings traute er ihm nicht zu, dieses Stadium rechtzeitig, also zum Ende des Studiums, zu verlassen. Andreas-Mario drohte ein Berufsrevoluzzer zu werden.

Rauchschwaden waberten durch die Kneipe in der Könneritzstraße und verliehen dem Wohnzimmercharme der Einrichtung eine besondere Note. Bei der dämmrigen Beleuchtung tauchten aus dem Nebel die grün, orange oder rot bezogenen Sitzmöbel auf, die der Wirt sich teilweise aus Wohnungsauflösungen besorgt hatte. Die Wände waren einfarbig gestrichen oder mit großmustrigen Tapeten beklebt. Die Wand hinter der Theke leuchtete in einem kräftigen Grün. Ein Farbton, den sich der Leiter des Planungsstabes der Stadt Leipzig nicht länger zumuten wollte. Und so drehte er sich auf dem Barhocker doch wieder zur Band um. Zu Hause würde er seine Klamotten sofort in der Waschmaschine verstauen. Endlich erklangen die letzten Töne, die Musiker legten eine Pause ein. Zeit für vertrauensbildende Maßnahmen.

»Willst du noch ein Bier?«

Stefan-Alberto kannte sehr wohl seine Pflichten als älterer Bruder.

»Joo!«

Stefan-Alberto signalisierte dem Wirt mit zwei Fingern

seine Bestellung. Anschließend suchte er krampfhaft nach einem allgemeinen, harmlosen Thema, um den Abend versöhnlich ausklingen zu lassen. Andreas-Mario kam ihm zuvor.

»Sag mal, kannst du mir Geld leihen?«

Das kam nicht überraschend. Der berufstätige Bruder hatte sich an diese Art von Fragen bereits gewöhnt. Innerlich musste Stefan-Alberto grinsen, äußerlich gab er sich zugeknöpft.

»Hoppla, junger Mann. Habe ich richtig gehört? Geld? Was ist denn mit deinen Schulden? Wäre es nicht eine gute Idee, die vorher zurückzuzahlen, bevor du mich wieder anpumpst?«

»Ach komm. Jetzt kannst du etwas tun, um dein schlechtes Gewissen zu beruhigen.«

»Schlechtes Gewissen? Was soll das denn?«

»Ja, du bist doch eine tragende Säule dieser Gesellschaft, dieser zynischen, kaputten Gesellschaft. Du sorgst an entscheidender Stelle dafür, dass dieses System nicht zusammenbricht. Und damit dich dieser Fakt, sollte er irgendwann einmal deinen Verstand erreichen, nicht mit voller Wucht trifft, hast du dir vorsorglich ein hübsches sozialdemokratisches Mäntelchen umgehängt.«

Schubert dem Älteren verging das innerliche Grinsen. Das waren ja ganz neue Töne. Hatte die Freundin seines Bruders ihm das eingeimpft? Anscheinend war der andere Apfel gerade dabei, den Himalaya herunterzustürzen. Stefan-Alberto nahm auf dem Barhocker Haltung an. Andreas-Mario fuhr trotzdem unbeirrt fort:

»Oh, da habe ich wohl einen wunden Punkt bei dir getroffen? Deinen Verstand hast du doch noch nicht ganz abgeschaltet, was?«

»Wie viel soll es denn diesmal sein?«

»Wir brauchen 700 Euro!«

»Stopp mal! Wer ist wir? Und wofür?«

»Kirsti und ich wollen zusammenziehen. Die Mieten sind

aber für uns allein einfach zu hoch. Deshalb wollen wir mit ein paar Kommilitonen eine WG aufmachen. Wir haben da eine Wohnung in der Oststadt aufgetan. Und die 700 Euro müssten wir als Kaution hinterlegen.«

»Mann. 700 Euro«, im Geiste berechnete Stefan-Alberto den Schuldenstand seines Bruders. Es war ein Fass ohne Boden.

»Ja, so schaut's aus. Wir sind sozusagen Opfer der zunehmenden Gentrifizierung.«

Auf diese Bemerkung mochte Stefan-Alberto nicht eingehen.

»Geben die anderen denn wenigstens auch was dazu?«

»Na klar. Kirsti und die anderen kümmern sich um die Einrichtung.«

Dabei handelte es sich dann wahrscheinlich um Möbel von der Sperrmüllabfuhr.

»Also, ich weiß nicht recht. So locker sitzt das Geld auch nicht bei mir. Wann willst du das denn zurückzahlen?«

»Du bekommst das doch bei unserem Auszug wieder zurück. Eine total sichere Sache!«

Andreas-Mario grinste breit, griff sich sein Bier und trank einen großen Schluck.

Der glaubt wirklich daran. Zeit, einen Riegel vorzuschieben. Der kleine Bruder muss lernen, der Realität gefasst in die Augen zu schauen.

»Sorry, ich kann dir diesmal nicht helfen. Ich finde, dass Kirsti und eure Kumpel sich finanziell mehr beteiligen sollten. Du bist doch schließlich nicht deren Finanzier.«

Der Wirt kam vorbei und ließ seinen Hut für die Band rumgehen. Anscheinend hatte er die letzten Sätze aufgeschnappt.

»Was? Das Geld sitzt nicht locker? Unglaublich! Du hängst zu sehr am schnöden Mammon. Hier, mit einer kleinen Gabe kannst du das Loslassen trainieren. Alles für einen guten Zweck.«

Stefan-Alberto tat, wie ihm geheißen, und entrichtete seine Spende.

»Na, okay. Wenn du nicht helfen willst, ist es auch gut.«

Stefan-Alberto horchte auf. Das war eine ganz neue Seite an seinem Bruder. Cool, sehr cool. Kein Nachhaken, kein Gequengel, keine Beleidigungen.

Schweigend tranken sie ihr Bier aus.

25

Leipzig, 23.22 Uhr

»Der lässt mich fallen!«

Hans-Ulrich Hohmeyer hatte sich einen Stuhl seitlich an den Billardtisch im »Noah« herangezogen. Den Kopf auf den linken Arm gestützt ließ er eine Kugel nach der anderen über die Bande über den grünen Filz flitzen. »Die lassen mich alle fallen.«

Hartmut Lötzsch, der Leiter des evangelischen Jugendzentrums, schaute auf seine Uhr. Die übliche Dauer ihres monatlichen Billard-um-halb-zehn-Treffens war längst überschritten. Morgen musste er wieder früh raus.

»Wir dürfen jetzt nicht klein beigeben.«

Ungeachtet des Hohmeyerschen Spiels sammelte er die Kugeln auf dem Billardtisch ein und sortierte sie nach Farben. »Die Konstellation ist auch nicht einfach.« Er nahm die beiden blauen Kugeln in die Hände.

»Das sind die beiden CDU-Bürgermeister. Im Juli wird

der Bürgermeisterposten für Finanzen in der Ratsversammlung neu besetzt.«

Lötzsch legte die halbe blaue Kugel in die Mitte des Dreiecks.

»Die Amtszeit des Wirtschaftsbürgermeisters läuft noch drei Jahre.«

Die volle blaue Kugel bugsierte er außerhalb des Dreiecks. Er nahm die beiden lila Kugeln hoch und setzte ebenso die halbe ins Dreieck und die volle außerhalb.

»Lila steht für die Bürgermeister der Links-Partei. Hier steht die Wiederwahl des Kulturbürgermeisters an. Auch im Juli. Die Neuwahl des Umweltbürgermeisters ist in drei Jahren.«

Als Nächstes griff der SPD-Sozialpolitiker die halbe bordeauxrote Kugel und die beiden roten Kugeln.

»Die SPD stellt bislang drei Bürgermeister, wovon der Sozialbürgermeister – also du – in vier Wochen und der Bürgermeister für die Allgemeine Verwaltung – also Robert – nach der Sommerpause zur Wiederwahl stehen. Unser Baubürgermeister hat noch zwei Jahre Ruhe.«

Lötzsch hatte Hohmeyer die rote halbe Kugel zugeordnet und zu den anderen beiden halben in die Mitte des Dreiecks gelegt, während die halbe bordeauxfarbene als Symbol für Schulte in eine Spitze des Dreiecks wanderte. Die volle Rote fand ihren Platz im Kreise der blauen und lila Vollen. Bislang hatte Hans-Ulrich Hohmeyer nur mit mäßigem Interesse die Aktion seines Parteifreundes verfolgt.

»Ich will Bordeauxrot. Nicht Rot. Ich will bordeauxrot sein, nicht der Schulte.«

Lötzsch registrierte wohlwollend die zunehmende Aufmerksamkeit für sein Farbenspiel und tauschte die rote gegen die bordeauxfarbene Kugel aus. Die zweite bordeauxfarbene Kugel sowie die gelben und die orangenen Kugeln schob der Jugendzentrumsleiter zur Seite.

»Die Grünen haben Anspruch auf einen Bürgermeisterposten erhoben, aber sich noch nicht klar zu ihrer Präferenz geäußert. Da wir aber in Leipzig im Stadtrat mit wechselnden Mehrheiten entscheiden, werden unsere Öko-Freunde sicherlich die Bürgermeister von CDU und Linken schonen und sich auf einen der beiden SPD-Bürgermeister, die in nächster Zeit zur Wahl stehen, konzentrieren. Also du oder Robert.«

»Ja, verdammt. Das ist nichts Neues. Neu ist, dass gegen mich über die Presse Stimmung gemacht wird und dass die Verwaltungsspitze nichts unternimmt, um mich zu verteidigen. Clemens hat sich bei mir nicht gemeldet. Stattdessen musste ich bei Robert antanzen. Der hat sich vielleicht aufgespielt. Dem geht es doch nur ums nackte Überleben. Eine Stunde hat er mir Zeit gegeben, eine Entgegnung zum BILD-Artikel zu verfassen. Und als ich geliefert hatte, haben sie sich entschieden, den Artikel doch nicht weiter zu kommentieren und auf eine Pressemitteilung zu verzichten. Die werfen mich den Löwen zum Fraß vor. Ohne mit der Wimper zu zucken. Das ist der Dank dafür, dass ich all die Jahre meine Arbeit gemacht und den Mund gehalten habe. Es ist eine einzige Schweinerei.«

Hans-Ulrich Hohmeyer hatte sich wieder aufgerichtet und fuchtelte mit seinen Händen über dem Billardtisch herum.

»Ja, aber Schimpfen und Lamentieren hilft uns jetzt nicht weiter. Wir brauchen einen Plan. Du kennst ja meinen Leitspruch: erst die Partei, dann wir, dann die Stadt und dann alle anderen. Für uns Sozialausschuss-Mitglieder in der SPD-Fraktion ist klar, dass die SPD weiterhin den Sozialbürgermeister stellen muss. Dieses Amt ist unser Flaggschiff, unsere Visitenkarte, Ausdruck unseres Selbstverständnisses. Und wir wollen, dass du unser Sozialbürgermeister bleibst. Du bist der Garant dafür, dass es in unserer Stadt sozial gerecht zugeht. Du stehst für unsere Kernkompetenz. Das ist nicht verhandelbar. Echt alternativlos.«

Der angesprochene Bürgermeister grunzte zustimmend.

»Ich werde mich im Fraktionsvorstand dafür einsetzen, dass wir dich offiziell wieder nominieren.«

Hartmut Lötzsch griff nach der halben grünen Kugel und hielt sie in die Höhe.

»Die Grünen werden aufgrund ihres Stimmenzuwachses bei der letzten Wahl auf einem Bürgermeisterposten bestehen. Wie gesagt, ich gehe davon aus, dass sie versuchen werden, der SPD einen Bürgermeister abzunehmen. Das heißt, wir müssen uns die möglichen Gegenkandidaten näher anschauen. Aus dem Kreis der Bewerber hat der schöne Siggi gute Chancen, von den Grünen nominiert zu werden. Mit dieser Lösung könnten auch die übrigen Fraktionen einverstanden sein.«

»Dieses Schwein, dieses elendige!«

»Weiterhin kandidiert die Justiziarin der Stadt Leipzig. Bislang habe ich gedacht, dass das so eine Art Verzweiflungskandidatur ist, zumal sich Frau Doktor auf alle drei Posten beworben hat. Aus der Grünen-Fraktion habe ich aber gehört, dass sich Clemens heute mit Helmund getroffen und Werbung für die Storl gemacht hat.«

»Was hat er?« Hohmeyer sprang entsetzt von seinem Stuhl auf. »Dieses Schwein, dieser Verräter, dieser Wessi-Arsch!«

»Beruhige dich! Helmund hat ihn wohl abblitzen lassen. Aber es kann sein, dass unser Oberbürgermeister seine Mitarbeiterin anderen Fraktionen anpreisen wird, zum Beispiel auch unserer. Wir sollten also auf der Hut sein und schnellstmöglich den Jähnig und die Storl kaltstellen.«

»Wie das?«

»Nun, bei meiner Scheidung habe ich mit einem Privatdetektiv zusammengearbeitet. Ein guter Mann. Die Investition hat sich ausgezahlt. Wir sollten ihn auf die beiden ansetzen. Der findet garantiert etwas.«

»Wer soll denn den bezahlen?«

»Tja, Hans-Uli. Ein bisschen was sollten dir sieben weitere Jahre als Sozialbürgermeister schon wert sein.«

»In Ordnung. So machen wir das. Und wenn es gut läuft, dann soll dein Detektiv auch diesen Völker ausspionieren. Der wird sich noch wundern.«

Der Sozialbürgermeister schnappte sich die schwarze Acht und warf sie mit voller Wucht auf den Billardtisch, sodass sie über die hintere Bande sprang und noch mehrfach auf dem Steinboden im Billardzimmer aufsetzte.

FREITAG, 31. MAI

26

Leipzig, 10.36 Uhr

Oft hatte sie den Oberbürgermeister bislang nicht auf Dienstfahrten begleitet. Dr. Nadine Storl, die Leiterin der Ratsgeschäftsstelle und gleichzeitig Justiziarin der Stadt Leipzig, durfte zwar die Kastanien aus dem Feuer holen, in den Genuss des Ruhms und der Reisen mit dem Chef kamen andere. Die 33-Jährige wurde erst fünf Minuten vor der Abfahrt von Völkers Chefsekretärin informiert. Ohne einen Hinweis auf Ziel oder Zweck der Fahrt packte sie schnell ihre Handtasche, legte prophylaktisch noch einen Boxenstopp auf der Damentoilette ein und rannte das mondäne Treppenhaus des Neuen Rathauses hinunter, um nicht zu spät bei dem vor dem Haupteingang wartenden Dienstwagen zu erscheinen.

Clemens Völker saß schon im Fond des schwarzen BMW 710d, schaute kurz von einer Mappe hoch und deutete ihr an, sich neben ihn zu setzen. Die Justiziarin ging um den BMW herum, öffnete die Tür und setzte sich hinein. Künftig würde sie als Bürgermeisterin mit einem eigenen Dienstwagen und Chauffeur unterwegs sein. Ein Chauffeur, der ihr die Tür aufhielt. Vielleicht könnte sie sich selbst eine Automarke aussuchen. Sie schielte zur Seite. Der Oberbürgermeister sagte nichts, blätterte in den Papieren und überflog mit wenigen Blicken den Inhalt. Der Fahrer fuhr an, und schon bald reihte sich der BMW in den Verkehr auf dem Ring ein. Wie wäre es, wenn seine Hand sich jetzt auf ihr Knie legte? Würde sie es sich gefallen lassen? Hatte er hier schon während seiner Fahrten Dienstliches und Privates vermischt? Immerhin gab es Gerüchte. Noch aus seiner Zeit als einfacher Bürgermeister, als der sogenannte Sachsensumpf hochkochte. Und der Justiziarin war klar, dass an jedem Gerücht mindestens ein Körnchen Wahrheit klebte.

Der Fahrer überquerte mit dem Dienstwagen die Kreuzung, folgte nicht der abknickenden Vorfahrt, ließ den Gegenverkehr passieren, um dann auf der Karl-Tauchnitz-Straße geradeaus weiterzufahren. Nach wenigen Hundert Metern fuhr er rechts ran und hielt auf Höhe des Café Kafic. Der Oberbürgermeister klappte seine Mappe zu.

»Frau Dr. Storl, wollen wir ein paar Schritte gehen?«

Die Angesprochene war überrascht und nickte nur.

»Gut«, sagte Völker und zum Fahrer gewandt, »wir sind in 20 Minuten wieder zurück.«

Beide stiegen aus und betraten über die Rasenfläche den Johannapark und bogen dann in Richtung des Teichs nach links ab. Mit ihrem Outfit – der Oberbürgermeister trug einen dunkelblauen Anzug und sie eine weiße Jacke mit einem schwarzen knielangen Rock – fielen sie unter den übrigen Besuchern des Parks auf. Um diese Uhrzeit waren überwiegend Jogger, Jongleure, Studenten, Rentner mit Hunden und Tagesmütter mit Bollerwagen voller Kinder unterwegs. Wäre noch ein Fotograf in ihrem Schlepptau gewesen, hätte man auf ein jung vermähltes Paar schließen können, zumal beide auf die Holzbrücke über den Teich zusteuerten.

»Frau Dr. Storl, Sie haben sich auf die drei ausgeschriebenen Bürgermeisterstellen beworben. Ich finde, dass das genau der richtige Schritt in ihrer beruflichen Entwicklung ist. Es wäre zwar sehr schade, Sie als Leiterin der Ratsgeschäftsstelle zu verlieren, aber ich bin mir sicher, dass Sie eine hervorragende Bürgermeisterin wären. Haben Sie eine Präferenz?«

Ohne auf eine Antwort zu warten, fuhr Clemens Völker fort:

»Ich könnte mir vorstellen, dass Sie sich erstklassig als Sozialbürgermeisterin eignen würden und eine breite Unterstützung von mehreren Fraktionen im Stadtrat erhalten könnten. Haben Sie schon Signale aus den Fraktionen erhalten?«

Die Leiterin der Ratsgeschäftsstelle traute ihren Ohren nicht. Legte ihr da der Oberbürgermeister den Sozialbürgermeisterposten auf ein silbernes Tablett? Und sie brauchte nur noch zuzugreifen? Irgendwo musste die Sache einen Haken haben.

»Ich teile Ihre Ansicht, dass ich eine hervorragende Bürgermeisterin wäre. Ich traue mir auch die Leitung aller drei Dezernate zu. Eine spezielle Präferenz habe ich nicht. Wenn Sie mir die Position des Sozialbürgermeisters vorschlagen, was passiert denn dann mit dem Amtsinhaber? Der ist doch schließlich SPD-Mitglied?«

Die beiden blieben auf der höchsten Stelle der hölzernen Brücke stehen und sahen auf die Türme des Uniriesen und des Neuen Rathauses.

»Hans-Ulrich Hohmeyer?«, Völker sprach nicht gleich weiter.

»Seine Chancen auf eine Wiederwahl sind eher gering. Aus meiner Sicht wird ein überparteilicher Kandidat das Rennen machen.«

Als Dr. Nadine Storl darauf nichts erwiderte, fuhr Clemens Völker fort: »Ich habe Kontakt zu der Grünen-Fraktion aufgenommen. Der Fraktionsvorsitzende steht Ihrer Bewerbung sehr aufgeschlossen gegenüber. Könnten Sie sich vorstellen, auf dem Ticket der Grünen Sozialbürgermeisterin zu werden?«

Dr. Nadine Storl lächelte.

27

Leipzig, 11.01 Uhr

Was hatte Querfurth, der Querulant, bloß in seiner Tasche? Wer nahm eine so große Sporttasche mit, wenn er einen Termin im Rathaus hatte? Für Florian Strieder, den Persönlichen Referenten des Oberbürgermeisters, sah Rüdiger Querfurth, der ihm auf dem Besucherstuhl gegenübersaß, auch nicht wie eine Sportskanone aus. Innerlich schalt er sich, dass er sich nicht nachdrücklich für weitere Sicherheitsmaßnahmen im Gebäude eingesetzt hatte. Jeder unangemeldete Gast konnte ohne Probleme durch das Neue Rathaus spazieren und seinen Unmut über politische Entscheidungen des Stadtrates oder über die Leistung der Stadtverwaltung jedem Repräsentanten und jedem Bediensteten direkt äußern.

Dietmar Brandis, Völkers Büroleiter, hatte ihm, dem »Mädchen für alles«, die unangenehme Aufgabe übertragen, Rüdiger Querfurth ins Gewissen zu reden und ihn davon zu überzeugen, die von ihm erhobenen Einsprüche gegen die Oberbürgermeisterwahl zurückzuziehen. Dies war aber leichter gesagt als getan.

»Lieber Herr Querfurth …«

»Ich bin nicht Ihr lieber Herr! Lassen Sie gefälligst diese plumpe Schmeichelei!«

»Schon gut, schon gut. Also, Herr Querfurth. Ich fasse noch einmal zusammen. Sie haben fristgerecht die Oberbürgermeisterwahl angefochten und zwei Einsprüche bei der Landesdirektion Sachsen als zuständiger Rechtsaufsichtsbehörde erhoben.«

»Erzählen Sie mir doch nicht etwas, was ich sowieso weiß!«

Der Persönliche Referent bemühte sich, unbeirrt fortzufahren.

»Ich kann Ihnen mitteilen, dass die Landesdirektion Sachsen mittlerweile die gesetzlich vorgeschriebene Wahlprüfung abgeschlossen hat. Es gab zwar Verstöße gegen kommunalwahlrechtliche Bestimmungen, die haben sich aber insgesamt nicht auf das Wahlergebnis ausgewirkt. Somit hat die Landesdirektion die Wahl für gültig erklärt.«

»Ha! Verwundert Sie das? Mich nicht! Schließlich hackt doch eine Krähe der anderen kein Auge aus!«

»Ihre Einsprüche werden deshalb mit hoher Wahrscheinlichkeit nicht erfolgreich sein und zurückgewiesen werden.«

»Das sagen Sie. Klar, das müssen Sie ja sagen. Und jetzt hoffen Sie, dass ich mich ins Bockshorn jagen lasse und meine Einsprüche zurückziehe, was? Da können Sie lange warten! Ich erwarte eine ordentliche Prüfung. Wenn nicht, gehe ich zur Presse!«

Das kannte Florian Strieder zur Genüge. Alle Bittsteller, Nörgler und Querulanten holten irgendwann die Keule heraus und drohten, alles den Medien zu erzählen. Und im Zweifelsfall konnten die Journalisten es gar nicht erwarten, noch so haltlose Vorwürfe und an den Haaren herbeigezogene Skandale mitgeteilt zu bekommen. Er fragte sich, warum die LVZ, die BILD oder die Leipziger Internetzeitung nicht ein eigenes Büro auf der Oberbürgermeisteretage betrieben. Das wäre doch sehr praktisch! Da könnten die Nörgler glatt von Tür zu Tür gehen. Aber Vorsicht, was machte sein Gast jetzt? Querfurth hatte sich zu seiner Tasche gebeugt und kramte darin herum. Der Persönliche Referent wünschte sich einen Alarmknopf unter seiner Schreibtischplatte, so wie sein Chef einen hatte. Aus den Augenwinkeln schätzte er den Weg zur Zimmertür ab. Wie lange er wohl bräuchte, um sich aus seinem Schreibtischstuhl herauszukatapultieren und sich auf den Flur zu retten?

»Hier. Da ist es!«

Rüdiger Querfurth fuchtelte mit einem kleinen Stapel Fotos herum, um sie dann wie beim Skat dem Persönlichen Referenten auf den Schreibtisch zu knallen.

»Ist das unser Oberbürgermeister? Auf einem Werbeplakat zur Automobilausstellung? Sehr süß! Mit einem blond gelockten Knaben auf einem Bobby Car! Hier sehen Sie die Werbetafel an der Brüderstraße, und hier an der Friedrich-Ebert-Straße. Schön, was? Willy-Brandt-Platz. Können Sie noch? Hier ist die Jahnallee. Und das alles in der Wahlkampfphase! Das ist unlauterer Wettbewerb! Bezahlt aus Mitteln der Leipziger Messe GmbH. Und wer ist Gesellschafter dieser GmbH? Richtig! Stadt und Land. Und wer ist Aufsichtsratsvorsitzender der GmbH? Richtig! Unser Fotomodell! Na, wenn das kein Zufall ist?«

»Lieber Herr Querfurth …«

Der Angesprochene sprang von seinem Stuhl auf und bellte den Persönlichen Referenten an, dass er nicht der liebe Herr Querfurth sei, nie gewesen wäre und auch nie sein werde. Dies solle doch der liebe Herr Strieder endlich mal kapieren.

»Zur Automobilausstellung: Erstens hatte das Plakat keinen Bezug zur OBM-Wahl. Und zweitens ist es im Februar aufgehängt worden. Gut drei Monate vor dem Wahltermin.«

»Ja, aber nicht exakt drei Monate. Damit hat der Oberbürgermeister gegen die von ihm selbst festgelegte ›Zeit der Zurückhaltung‹ verstoßen. Das war zum Nachteil aller anderen Kandidaten.«

»Diese dreimonatige Karenzzeit vor dem Wahltag ist rechtlich nicht verbindlich.«

»Ich bitte Sie! Kommen Sie mir nicht damit! Rechtlich nicht verbindlich! Die Sächsische Staatsregierung hat sogar einen Zeitraum von sechs Monaten vor dem Termin zur Landtagswahl festgelegt. In dieser Zeit hält sie sich mit der Öffentlichkeitsarbeit merklich zurück. Und von wegen auf wenige

Tage kommt es nicht an. Als ich meine 240 Unterstützungsunterschriften für die Oberbürgermeisterwahl Ihrer Justiziarin überreichen wollte, verweigerte sie die Annahme mit der Behauptung, dass die Frist abgelaufen sei. Um einen Tag. Um einen einzigen Tag! Das war in der Ausschreibung auch nicht eindeutig! Das kommt noch dazu!«

»Herr Querfurth, ich habe Ihnen den Sachverhalt verdeutlicht. Es liegt jetzt an Ihnen. Wenn die Landesdirektion Ihre Einsprüche zurückweist – und das ist sehr, sehr wahrscheinlich –«

»Papperlapapp. Das ist Rechtsbeugung!«

»… bleibt Ihnen nur noch der Rechtsweg.«

»Davor scheue ich nicht zurück. War das alles, was Sie mir erzählen wollten?« Und ohne eine Antwort abzuwarten: »Aber ich will mal nicht so sein. Ich habe da etwas für Sie.«

Rüdiger Querfurth beugte sich wieder zur Tasche herunter und Florian Strieder erhob sich von seinem Bürostuhl, um besser sehen zu können, was er wohl jetzt herauskramen würde. Mit zwei Händen griff der bekennende Hartz-4-Empfänger in seine Sporttasche und brachte eine Kaffeemaschine ans Tageslicht.

»Wie ich sehe, haben Sie gar keine Kaffeemaschine in Ihrem Büro. Und deshalb möchte ich Ihnen gerne meine zu einem Freundschaftspreis anbieten. Daran können Sie sehen, dass ich privat nicht nachtragend bin. Sagt Ihnen nicht zu, was? Ich hätte da aber noch etwas Schönes: eine Digitalkamera. Eignet sich hervorragend als Zweitkamera, zum Beispiel im Handschuhfach. Na, interessiert?«

28

Leipzig, 15.16 Uhr

Uta Studtmann hatte auf der Holzbank im Oberbürgermeistertrakt des Neuen Rathauses vor der gläsernen Tür Platz genommen. Notfalls würde sie hier auch ihr Lager aufschlagen, so lange, bis der Oberbürgermeister, ihr Ex-Geliebter, wieder auf der Bildfläche erschien. »Von einem Pressesprecher wie Oliver Hardt lasse ich mich bestimmt nicht abschrecken«, war ihr fester Vorsatz. Die Vorzimmerdame hatte ihr glaubhaft versichert, dass Clemens noch zu einem Termin außer Haus sei. Auffällig war die kühle Distanz, die von Dorothee Messerschmidt heute ausging. Als sie noch mit dem Oberbürgermeister liiert war, hatten sie sich beide ein Lächeln geschenkt und immerhin noch ein paar freundliche Sätze miteinander gewechselt. Die Konversation gerade eben beschränkte sich auf das rein Notwendige. Ein wenig empfand sich Uta als ungebetene Bittstellerin. Wenn ihre Affäre mit Clemens im Nachhinein noch einen Sinn gehabt haben sollte, dann doch, weil sie ihre Beziehungen nach ganz oben noch spielen lassen konnte.

Uta schaute auf die Uhr. Ewig konnte sie nicht bleiben, ungeachtet der eben sich selbst versicherten Bereitschaft, ein Lager aufzuschlagen. Für das Abendmagazin vom »Leipzig Fernsehen« musste sie in gut einer Stunde in den Schneideraum. Doch da kam Bewegung auf den Flur. Clemens erschien aus Richtung Oberer Wandelhalle in Begleitung zweier Referenten. Als er sie sah, verlangsamte er seine Schritte. Auf Höhe der Holzbank blieb er stehen und deutete den Referenten an, dass er ihre Dienste nicht mehr brauchte und sie weitergehen sollten. Uta stand auf. Beide schauten sich einen Moment lang prüfend in die Augen. Schließlich brach Clemens den Bann.

»Wie geht es dir?«

»Nicht so gut. Darüber würde ich gern mit dir sprechen.«

»Worum geht es denn?«

Clemens schaute sich um, ob jemand näherkam.

»Um meine Arbeit. Die Zukunft des ›Leipzig Fernsehens‹. Oliver Hardt hat dich doch bereits informiert, oder etwa nicht?«

Clemens verneinte. Als Uta anfing, über den unfähigen und hinterhältigen Macho-Pressesprecher der Stadt Leipzig herzuziehen, entschied Clemens, dass es besser sei, das Gespräch in seinem Büro fortzusetzen. Instinktiv legte er Uta für die ersten Schritte die Hand auf den Rücken. Uta ließ es sich aus alter Vertrautheit oder aus weiblichem Kalkül, so genau wusste sie es nicht, gefallen und folgte ihm. Im Vorzimmer wirkte die Chefsekretärin pikiert über den Anblick des Paares.

»Frau Messerschmidt, ich möchte bitte nicht gestört werden.«

Uta betrat das Oberbürgermeisterbüro, ohne die Chefsekretärin eines Blickes zu würdigen.

29

Hannover, 15.30 Uhr

Der Mann von der Konrad-Adenauer-Stiftung bemühte sich, in seinem Impulsreferat die »Essentials« einer erfolgreichen Großstadtstrategie für Wahlkämpfe aufzuzählen. Hauptkennzeichen der großstädtischen Lebenswelt seien Dynamik und

Wandel. Immer mehr Menschen lebten urban. Die großen Städte seien wie Leuchttürme. Das war das Stichwort. Michael Lenk schaute erwartungsvoll aus dem Panoramafenster des Courtyard Hotels auf den Maschsee. Die Palmen an der Promenade im Vordergrund und das glitzernde Wasser mit den weißen Segeln der Boote ließen eine heitere Urlaubsstimmung aufkommen. Entlang des grünen Uferweges im Hintergrund blieb Michael Lenks Blick schließlich beim »Pier 51« hängen. Ein Restaurant, das auf einem Steg in den Maschsee hineinragte und zu drei Seiten Sitzplätze auf einer umlaufenden Terrasse bot. Wenn doch schon 17.00 Uhr und damit der erste Seminartag beendet wäre.

Die anwesenden Oberbürgermeister, die wiedergewählt werden wollten, sowie die anwesenden OBM-Kandidaten, die das Rathaus erobern wollten, klopften pflichtgemäß auf die Tische. Klares Zeichen dafür, dass der Vortrag beendet war. Lenk riss sich vom »Pier 51« los, bedankte sich beim Referenten und versuchte eine routinierte Zusammenfassung der wichtigsten Punkte des Vortrages. Die CDU hatte ein ernstes Problem. Seit der Bundestagswahl 2009 hatte sie keine einzige der 27 Wahlen für sich entscheiden können, aus der ein Großstadt-Oberhaupt hervorgegangen war. Dies bedeutete schmerzhafte Verluste der Rathausspitzen in Hamburg, Frankfurt, Stuttgart, Wiesbaden, Wolfsburg, Duisburg und Karlsruhe. Alles Städte, die jahrelang fest in CDU-Hand waren. Michael Lenk bezweifelte, dass die CDU mit diesem Seminar, an dem zweifelsohne engagierte Kandidaten teilnahmen, einen Umschwung bewirken konnte. Vielleicht schleppte die CDU mit ihrer Tradition einfach zu viel Ballast mit sich herum. In jedem Programm musste umständlich erklärt werden, auf welchen christlichen, sozialen und liberalen Fundamenten ihre Politik beruhte. Wer da einsteigen wollte, musste erst mal einen intensiven Geschichtsunterricht absolvieren.

Bevor der letzte Tagesordnungspunkt beginnen sollte, gönnte Lenk als Seminarleiter allen OBM-Kandidaten eine kleine Pause. Vom Salon 4 gelangte man auf eine Terrasse, von der man einen beeindruckenden Blick über die gesamte Länge des Maschsees genießen konnte. Lenk stellte sich etwas seitlich an die Brüstung. Er wollte vermeiden, dass er in der Pause in irgendeine Diskussion hineingezogen wurde. Insgeheim beschäftigte er sich gedanklich bereits mit Leipzig. Die Stadt, in der ein siegreicher SPD-Oberbürgermeister möglicherweise zum Sprung auf die Sächsische Staatskanzlei ansetzte. Gut fünf Wochen war es jetzt her, dass Alexander Sewing, der von ihm in den OBM-Wahlkampf eingeschleuste Doppelgänger des Oberbürgermeisters, sich mit dem Original einen Kampf um Leben und Tod im Paternoster des Neuen Rathauses geliefert hatte. Fünf Wochen schon. Völker hatte den Kampf gewonnen. Sewing war bewusstlos im Paternoster liegen geblieben. Zusammen mit Capitanos Kontaktmann im Rathaus hatte er Sewing mit einem Putzwagen aus dem Rathaus geschafft. Beide hatten gedacht, Sewing sei tot. Doch durch eine Herzdruckmassage und Mund-zu-Mund-Beatmung konnten sie ihn ins Leben zurückholen. Zumindest vorerst. Mehr wusste Lenk nicht. Der Kontaktmann verfügte über persönliche Beziehungen zum St.-Elisabeth-Krankenhaus in Connewitz. Deshalb wollte er Sewing mit seinem Auto dorthin bringen. Lenk regelte zwar im Anschluss das Stillschweigen und verwischte Spuren; über den aktuellen Aufenthaltsort Sewings – unter oder über der Erde – wusste er nichts. Der Capitano meinte, dass es für ihn gut sei, nicht alles zu wissen. Wichtig sei nur, dass Völker glaubte, dass Sewing tot und er der Täter sei. Dies sei das Druckmittel, den Oberbürgermeister dazu zu bringen, nicht als Spitzenkandidat der SPD im nächsten Jahr gegen den amtierenden Ministerpräsidenten von der CDU anzutreten. Sewing war das Pfand, die

Trumpfkarte gegen Völker. Tot oder lebendig war in diesem Fall zunächst einmal ohne Belang. Morgen früh erwartete Lenk die Ankunft von Constanze. Mit ihr würde er die weitere Vorgehensweise in der Angelegenheit Völker abstimmen. Soweit es ihm bekannt war, hatte ihr Vater sie nicht über die Doppelgänger-Intrige informiert. Dies war eine reine Privataktion vom Capitano und ihm – ohne Wissen der Geschäftsführerin der SAM, Senator Agentur für Marketing, und deren größter Auftraggeberin, der CDU. Die Trumpfkarte Sewing würde er deshalb ihr gegenüber im Ärmel stecken lassen. Aber Völker, der sollte durch die Hölle gehen.

»Wie ist denn Ihre persönliche Meinung?«

Lenk schreckte aus seinen Gedanken zurück in die Gegenwart. Ein Seminarteilnehmer hatte sich dann doch zu ihm gesellt.

»Sind Sie auch dafür, den Grünen, der so genannten ›Lifestyle-Partei der bürgerlichen Mitte‹, Konkurrenz zu machen?«

»Tja, das macht sie doch schon, oder?«

»Wie meinen Sie das?«

»Unsere Bundeskanzlerin hat doch für einen gehörigen Modernisierungsschub gesorgt. Denken Sie an den Ausbau der Kinderbetreuung, den Ausstieg aus der Atomenergie, die Aussetzung der allgemeinen Wehrpflicht, die beginnende Neujustierung des Verhältnisses zu Migranten und Homosexuellen. Zum Teil handelt Angela Merkel ohne Rückendeckung der CDU. Sie marschiert voran und die Partei sowie deren Klientel können ihr kaum folgen. Sie sind zum Teil stark verunsichert.«

Michael Lenk stoppte kurz in seiner Rede und schaute als verantwortungsvoller Seminarleiter auf seine Frecce-Tricolori-Chronomat-Uhr der Schweizer Firma Breitling. Ein bisschen konnte er die Pause noch verlängern.

»Wir haben es also mit einer starken One-Man-Show der Angela Merkel in Berlin zu tun. Es gibt keinen ernst zu nehmenden innerparteilichen Gegenspieler. Die sozialen und konservativen Flügel der Union sind gestutzt. Debatten um den richtigen Kurs werden schnell kanalisiert. Denken Sie an die vielen Regionalkonferenzen mit handverlesenem Publikum. Die dienen doch eher dem Dampfablassen und gaukeln eine Einflussnahme der Basis auf die große CDU-Politik vor. In Wahrheit können diese aber eine interne und intensive Diskussion mit Beschluss auf einem Delegiertenparteitag nicht ersetzen. Darunter leidet die innerparteiliche Demokratie enorm. Und natürlich gibt es nach acht Jahren Kanzlerschaft Abnutzungserscheinungen. Vielleicht haben Sie das auch schon zu spüren bekommen: In den Ländern und teilweise in den Großstädten setzt eine Gegenbewegung ein. Da haben es die CDU-Kandidaten schwerer und müssen eventuell auch einmal eine konträre Position zur Politik der CDU auf Bundesebene einnehmen.«

»Wem sagen Sie das? Diskussionen in den Ortsverbänden machen zurzeit wenig Spaß. Aber was würden Sie denn empfehlen?«

»Ich bin der Meinung, dass es der CDU besser als in der Vergangenheit gelingen muss, attraktive Kandidaten zu finden, die als Kümmerer-Typen mit Weitsicht antreten. Die CDU sollte sich auch nicht zu schade sein, Quereinsteiger einzubinden. Oftmals werden doch diese sogenannten Findungskommissionen nur eingesetzt, um einen bestimmten Kandidaten zu verhindern. Der Kandidat jedenfalls, der dann auf das Schild gehoben wird, muss in der Lage sein, auf breite zivilgesellschaftliche, akademische und kulturell gebildete Gruppen zuzugehen. Er darf auch vor sozialen Brennpunkten in der Stadt nicht die Augen verschließen. Er muss sowohl die Sprache der vermeintlich abgehängten Unterschicht als auch die der Intellektuellen sprechen. Die CDU muss den Menschen in den Großstädten programmatisch mehr bieten als die klassischen Themen ›Wirtschaftsförderung‹ und ›Haushaltssanierung‹. Wo kandidieren Sie denn?«, fragte Lenk mit erneutem Blick auf die Uhr.

»In Osnabrück!«

»Na, dann viel Erfolg! Sie machen das schon!«

30

Leipzig, 15.38 Uhr

Dorothee Messerschmidt war nervös. Dies bekam vor allem der Bleistift zu spüren, den sie mit den Zähnen bearbeitete. Was wollte Uta Studtmann, die Ehebrecherin, von Clemens? Die beiden waren schon 20 Minuten allein im Dienstzimmer des Oberbürgermeisters. 20 Minuten reichten aus, um eine alte Liebe wieder aufflammen zu lassen. Die Chefsekretärin bedauerte zutiefst, dass der heutige Freitagnachmittag so ruhig war. Viele Rathausbedienstete hatten sich wohl schon ins Wochenende verabschiedet. Gerne hätte sie dem Ex-Paar im 5-Minuten-Takt wichtige Unterlagen zur Entscheidung oder drängelnde Mitarbeiter für kurzfristige Rücksprachen hineingeschickt. Sie stand auf und ging zur Durchgangstür, noch etwas unschlüssig, welchen Vorwand sie wählen sollte. Eine Variante wäre, ihren Chef zu fragen, ob sie heute früher gehen könnte oder ob er sie noch bräuchte. Allerdings könnte dies auch bedeuten, dass er sie ganz aus dem Spiel nehmen und sofort nach Hause schicken würde. Damit hätte sie nichts gewonnen. Die zweite Möglichkeit festzustellen, was sich im Nebenzimmer abspielte, war, freundlich nachzufragen, ob sie Getränke und Gebäck reichen sollte. Sie stand vor der Tür und überlegte. Da klopfte es an der Tür zum Flur. Noch bevor sie reagieren konnte, ging die Tür auf und Martina Felske-Völker trat ein.

Mamma mia, welch ein Timing, dachte sich die Chefsekretärin.

»Hallo, Frau Messerschmidt, wie geht es Ihnen?«

»Frau Felske-Völker! Gut. Mir geht es gut. Das ist ja eine Überraschung!«

»Ja, soll es auch sein. Ich wollte meinen Mann dem Schreibtisch und den Akten entreißen und ins Wochenende entführen. Ich hoffe, ich störe nicht. Das heißt, ich bin jetzt hier, um zu stören. Sie wollten wohl gerade zu ihm, oder?«

»Ich? Nein, obwohl … das trifft sich gut. Unter uns gesagt wollte ich nämlich heute schon etwas früher los. Und da wollte ich fragen, ob … bei dem Wetter …«

»Ja, herrlich nicht wahr. Die Kinder sind bei meinen Eltern, sodass ich ein Wochenende in einem Wellness-Hotel im Harz nur für uns zwei gebucht habe. Clemens weiß überhaupt nichts davon. Ist das nicht traumhaft?«

»Oh, bestimmt. Wenn Sie wieder zurück sind, müssen Sie mir davon erzählen. Vielleicht wäre das auch etwas für mich.«

… und meinen neuen Freund, vollendete die neugierige Chefsekretärin den Satz in Gedanken.

»Unbedingt! Ich freue mich auf die Bäder und die Massagen. Kann ich jetzt zu ihm? Oder ist er nicht allein?«

»Es ist noch jemand bei ihm. Genau genommen ist es eine Art Pressegespräch. Also nichts Außergewöhnliches.«

Dorothee Messerschmidt sah sich selbst vor ihrem geistigen Auge. Unsicher, fahrig, nervös. Sie stand unschlüssig vor der Durchgangstür zum Oberbürgermeisterbüro. Verdammt! Das war ihr Sekretariat, ihr kleines Reich. Sie war der Torwächter. Sie würde diese Situation meistern können. Reiß dich zusammen!

»Also, das Interview wird wohl aufgezeichnet. Da kann ich nicht einfach stören. Vielleicht möchten Sie im Nebenraum warten, bis das Gespräch vorbei ist. Ich bringe Ihnen etwas zu trinken.«

Martina schaute sie fragend an.

»Wissen Sie, warten ist das Letzte, was ich jetzt tun möchte. Ich klopfe einfach an und entführe ihn. So wichtig kann kein Interview auf der Welt sein.«

Martina ging zur Durchgangstür, klopfte und wollte diese öffnen.

»Nein! Öffnen Sie die Tür nicht!«

Die Frau des Oberbürgermeisters drehte sich verwundert um. Dorothee war mit kurzen Schritten ebenfalls zur Tür gegangen und hielt eine Hand dagegen. Bevor Martina etwas erwidern konnte, senkte sich die Klinke und die Tür wurde von innen geöffnet. Clemens Völker stand im Türrahmen. Er verdeckte die Person, die mit ihm am Besprechungstisch saß.

»Hallo? Was machst du denn hier? Habe ich irgendetwas verpasst?«

Dorothee ahnte, dass die Katastrophe kurz bevorstand. Die beiden Frauen waren der sich öffnenden Tür ausgewichen. Noch verdeckte der Oberbürgermeister seinen Gast. Aber anhand einiger Details, wie etwa der auf dem Boden stehenden Handtasche, war zu erkennen, dass es sich um eine Besucherin handelte. Es konnte nicht mehr lange dauern, bis Martina schreien würde.

»Oh, Frau Studtmann. Das ist ja eine Überraschung!« Und zu Ihrem Mann gewandt: »Schatz, das hättest du mir doch sagen können, dass du lieben Besuch empfängst.« Und in Richtung Chefsekretärin: »Das gilt auch für Sie, Frau Messerschmidt.«

»Wir waren ja auch schon fertig!«

Uta Studtmann griff hastig nach ihrer Handtasche und ihrem Mantel, der über einer Stuhllehne hing, und ging vorsichtig in Richtung der Durchgangstür.

»Also Clemens, es wäre schön, wenn du dich für ›Leipzig Fernsehen‹ einsetzen könntest!«

Beim Durchschreiten des Spaliers nickte sie den Frauen zu und verschwand durch die Tür in den Flur.

31

Hannover, 20.31 Uhr

»Ich bin der Chef, er ist mein Freelancer«, versuchte sich Constanze selbst zu beruhigen. Im normalen Leben war ihr Verhältnis zu Michael Lenk zwar durchaus freundschaftlich, aber von einer gewissen professionellen Note geprägt. Sie vergab Aufträge, die er zu ihrer Zufriedenheit – um nicht zu sagen zu ihrer vollsten Zufriedenheit – zu erfüllen hatte. Wenn er für eine Aufgabe nicht infrage kam, konnte er noch so sehr seinen Charme spielen lassen oder sich auf die alten Zeiten berufen, sie tappte ihm nicht in die Mitleidsfalle. Privat fehlte ihr das »Weisungsrecht«.

Sie war nervös. Und je näher sie ihrem Ziel kam, desto stärker pochte ihr Herz, kribbelte es im Bauch und wucherte der Zweifel. Sie konnte noch umdrehen und gehen. Nichts wäre passiert. Eine innere Stimme befahl ihr, langsam, aber beständig einen Fuß vor den anderen zu setzen. Mit jedem Schritt wurde sie jünger, beamte sich in ihre Teenagerzeit zurück, in der sie für diesen Mann, den besten Freund ihrer Eltern, geschwärmt hatte. Sie erinnerte sich an Feste, an denen sie miteinander gelacht und getanzt hatten. Michael Lenk hatte sie nie wie ein Mädchen behandelt, sondern immer wie eine junge Dame. Sein Interesse an ihren Erlebnissen und Gedanken war keineswegs vorgegaukelt, sondern echt. Ihr gefiel, dass sie sich mit Themen an ihn wenden konnte, über die sie mit ihren Eltern nicht hätte sprechen können. Und Michael benahm sich ihr gegenüber wie ein Gentleman. Er war so anders als die unbedarften, pickligen Jungs in ihrem Alter. Allerdings blieb es damals bei der Schwärmerei. Michael und ihr Vater gingen eines Tages beruflich unterschiedliche Wege. Mit zunehmendem Abstand wechselte das Personal in ihren Träumen. Und jetzt hatte Michael Lenk zu Ostern wieder die Bühne betreten. Ausgerechnet zu Ostern. Noch so ein Auferstandener! Er war da, mit einer unheimlichen Präsenz, und die Gefühle kehrten zurück. Nur, sie war kein Teenager mehr, sie war seine Chefin.

Constanze hatte es nicht sonderlich eilig. Sie verzichtete auf den Aufzug und nutzte lieber das Treppenhaus. Mit jeder Stufe wunderte sie sich mehr über sich selbst. Sie, die erfolgreich in die Fußstapfen ihres Vaters getreten war; die begonnen hatte, diese an seiner Seite auszufüllen, um sie dann nach dem Rückzug des Capitanos aus der Geschäftsführung ganz zu übernehmen und zu vergrößern; sie war jetzt nervös? In der Welt des Spiels mit Illusionen, Bedürfnissen und Images bewahrte sie stets einen kühlen Kopf. Während ihr Vater eher instinktiv handelte, agierte sie aus purer Berechnung. Gefühle spielten bei ihr keine Rolle. Wichtig waren Ergebnisse von Meinungsumfragen, Tests und wissenschaftlichen Analysen. Davon machte sie Entscheidungen abhängig. Gefühle hatte sie persönlich stets hintenangestellt, sich selbst nicht erlaubt, welche zu zeigen, geschweige denn diese zu leben. Diesmal sollte es anders werden. Diesmal wollte sie ihrem selbst gewählten Verlies entkommen.

Sie stand vor der Suite. Leise vernahm sie getragene Klaviermusik. Er war da. Sie atmete noch einmal tief durch und klopfte an die Tür. Keine Reaktion. Sie klopfte erneut, etwas schneller und lauter. Die Musik wurde leiser gestellt.

»Ja, bitte!«

»Zimmerservice.«

Etwas Besseres war ihr nicht eingefallen. Die Tür öffnete sich, und Michael Lenk erschien im Rahmen.

»Constanze!«

Beide schauten sich einen Moment lang an. Schließlich trat Michael einen Schritt zur Seite und lud sie mit einer Handbewegung ein, die Suite zu betreten.

»Das ist eine Überraschung. Ich habe erst morgen mit dir gerechnet. Komm rein.«

»Ich hoffe, ich komme nicht ungelegen. Wahrscheinlich musst du noch etwas für das Seminar erledigen. Aber ich konnte mich eher von Berlin loseisen und dachte mir, dass wir heute Abend noch ein wenig feiern könnten.«

Nachdem Michael die Tür geschlossen hatte, standen beide sich unentschlossen gegenüber. Für ihren Geschmack verhielt er sich betont zurückhaltend. Skepsis meinte sie in seinem Blick zu erkennen. Kein guter Auftakt.

»Was gibt es denn zu feiern?«

»Unser Wiedersehen nach langer Zeit. Auf Sylt war ja noch Papa mit dabei.«

»Ja, ich erinnere mich. Du meinst, er hat als Anstandswauwau gestört?«

»Du weißt, wie er ist. Wenn er dabei ist, will er im Mittelpunkt stehen. Alles bestimmen. Er ist sehr vereinnahmend. Da bleibt für persönliche Gespräche wenig Raum. Und ich wollte dich gern ein wenig für mich haben.«

»Du bist deinem Vater nicht unähnlich.«

Michael Lenk grinste. »Du hast Glück, dass ich noch hier bin. In wenigen Minuten wäre ich zu einem kleinen Spaziergang um den Maschsee aufgebrochen. Hättest du Lust, mich zu begleiten?«

Constanze spürte, dass er sich aus der verfänglichen Situation des Hotelzimmers befreien wollte. Sobald sie die Suite verließen, war ihr Vorhaben gescheitert.

»Schau, was ich mitgebracht habe!«

Constanze übergab Michael die Papptasche, die sie hinter ihrem Rücken versteckt hatte.

»Bollinger – La Grande Année Rosé! Hübsch. Sehr hübsch! Aber ich glaube, du hast zu viel ›Shades of Grey‹ gelesen.«

Mit dieser Bemerkung nahm Michael der Situation ihren ernsten Charakter. Constanze knuffte ihn am Arm.

»So ein Quatsch! Bollinger haben wir an der LSE immer nach unseren Klausuren getrunken. Woher weißt du das eigentlich mit den ›Shades of Grey‹?«

»Gute Allgemeinbildung. Das ist mein Job! Ich wette, ihr habt das Zeug auch vor und während der Klausuren getrunken.«

»Wofür hältst du mich? Ich war eine stets gewissenhafte Studentin!«

»Davon bin ich zutiefst überzeugt.«

Da war er wieder. Michael Lenk, ihr Held. Charmant, gebildet, humorvoll, interessiert, lässig elegant und dann dieses bewahrte jungenhafte Lächeln. Dafür liebte sie ihn. Constanze sah sich in der Suite um und ging zum Fenster.

»Schön hast du es hier!«

»Ja, meine Auftraggeberin ist sehr großzügig.«

»Jeder so, wie er es verdient. Was hörst du gerade?«

»Ich war in Stimmung für Nina Simone.«

»Oh, bist du nachdenklich oder traurig?«

Constanze setzte sich auf das Bett, während Michael die beiden Weingläser vom Schreibtisch in die Hände nahm und umdrehte.

»Nein, nein. Mir geht es gut. Nina Simone kann ja auch anders. Das ist ein Live-Mitschnitt von ihrem Konzert in der New Yorker Town Hall aus dem Jahr 1959. Das Konzert und das Album waren ihr Durchbruch. Ich wollte zum Ausklang des Tages einen Gang zurückschalten. Wie du weißt, habe ich ja morgen ein anstrengendes Meeting. Da passt die Musik ganz gut, dachte ich mir. Außerdem wäre Madame Simone in diesem Jahr 80 geworden. Daran wollte ich mich erinnern.«

Das hatte Constanze beinahe vergessen: Michael war ein wandelndes Musiklexikon. Sie hatte von ihm viel über die Musik der 50er- und 60er-Jahre erfahren. Und er hatte ihr all die Schritte der Tänze gezeigt, von denen die Jungs in ihrer Klasse keine Ahnung hatten.

»Übrigens, schön, dass du da bist. Das ist wirklich eine angenehme Überraschung.«

Constanze errötete leicht. Hatte er angebissen? Sie setzte sich auf die Bettkante.

»Meinst du wirklich, dass das Meeting morgen so anstrengend wird?«

»Kann schon sein. Meine Auftraggeberin ist sehr fordernd.«

»Aber auch … gerecht … fordernd. Und nicht überfordernd. Also, sie behandelt dich doch gut und sie weiß deine Arbeit zu schätzen, oder?«

Michael schaute sie prüfend an. Ja, die Katze schlich um den heißen Brei herum. Er hatte es erkannt. Schlich er jetzt als Kater mit?

»Sie ist kompetent, sie ist tough, sie kann Kurs halten und sie hat im besten Sinne Visionen. Sie ist eine echte Führungspersönlichkeit. Ob sie mich richtig einschätzen kann, so in

Bezug darauf, was ich im Bundestagswahlkampf einbringen könnte, da bin ich mir nicht so sicher.«

Mist. Trotz der Komplimente driftete das Gespräch in eine völlig falsche Richtung ab. Dieses Thema durfte frühestens morgen behandelt werden. Nicht heute Nacht.

»Der Bollinger ist mehr als 10 Grad Celsius warm. Soll ich ihn noch einen Augenblick in die Mini-Bar stellen?«

Constanze stand auf und ergriff seine Hand.

»Ich habe dich verletzt, nicht wahr? Aber sieh mal, das Team für den CDU-Bundeswahlkampf steht seit Ende letzten Jahres. Wir sind gut besetzt, wir sind eingespielt. Alle herausragenden Positionen sind vergeben. Ich kann einen Mann mit deinen Fähigkeiten und mit deiner Erfahrung nicht in die zweite Reihe stellen. Du bist kein Laufbursche. Warte bitte ab. Ich kann nichts versprechen, aber es könnte sich in der heißen Wahlkampfphase etwas ergeben. Ein Spezialauftrag, bei dem wir Agent Lenk dringend benötigen. Und bis dahin sollten wir unser Wiedersehen genießen und feiern.«

Bei den letzten Worten schmiegte sich ihr Oberkörper an ihn heran. Ihr Mund berührte fast sein Ohrläppchen. Sie legte seine Hand auf ihrer Hüfte ab und umarmte ihn. Der Mittfünfziger ließ es geschehen. Ihr Mund suchte seinen. Langsam ertasteten ihre Lippen die dortige Umgebung. Seine Passivität irritierte sie. Was machte sie falsch? Sie entschloss sich, ihre Zunge einzusetzen. Ein Mittel, das nie seine Wirkung verfehlte. Und jetzt öffnete er seinen Mund und küsste sie zurück. Seine Hand wanderte an ihrem Körper in südliche Richtung. Um etwas mehr Luft zu bekommen, lösten sie kurz den Knoten ihrer Zungen, um sich dann wieder ganz aufeinander zu konzentrieren. Die vier Hände gingen auf erkundungsfreudige Wanderschaft. Plötzlich stoppte er, streichelte mit einer Hand ihre Wange und hielt sie dann fest, als ob er einen weiteren Kuss verhindern wollte.

»Ist das richtig?«

Sie schauten sich mit schwerem Atem an. Ihre Nasenspitzen berührten sich ein wenig. Sein Mund befand sich immer noch in der Kusszone.

»Was sollte falsch sein? Ich habe so lange darauf gewartet. Ich bin froh, dass du wieder in meinem Leben bist.«

Jetzt war es raus. Constanze fühlte sich erleichtert. Wie zur Bestätigung startete sie eine erneute Kussinvasion, die er zunächst akzeptierte und erwiderte, dann aber abbrach.

»Ich fürchte, ich kann das nicht, nicht so einfach.«

»Aber warum? Findest du mich nicht attraktiv genug?«

Michael schaute sie an und schüttelte mit dem Kopf.

»Das ist es nicht.«

»Aber was dann?«

Beide hatten sich aus der Umarmung gelöst und standen einen Schritt voneinander entfernt.

»Constanze. Conny, du bist eine wunderbare Frau. Du verfügst über alles, was sich ein Mann wünschen kann. Aber ich bin mir nicht sicher, ob langfristig nicht das Bedauern größer sein wird als die kurzfristige Freude.«

»Scheiß auf morgen!«

Constanze wollte sich ihn schon wieder schnappen, aber Michael wich aus. Constanze wurde wütend. Widerspruch war sie nicht mehr gewöhnt.

»Versuchst du, deinen Preis nach oben zu drücken?«

»Unsinn. Das ist das Letzte, woran ich denke. So gut solltest du mich kennen.«

»Ist es wegen meines Vaters?«

»Nein!«

»Was hast du dann? Wir sind doch erwachsene Menschen.«

»Es ist eher wegen deiner Mutter.«

»Meine Mutter? Aber die ist tot. Schon lange tot. Und der Capitano muss nichts erfahren.«

Sie versuchte, seinen Gesichtsausdruck zu deuten.

»Ihr standet euch nah. Was ist daran schlimm?«

»Es war mehr als das. Wir waren ein Paar, bevor sie deinen Vater kennengelernt hat. Hast du das nicht gewusst?«

Constanze setzte sich wieder auf die Bettkante. Auch wenn sie im ersten Moment nicht sagen konnte, was diese Information bedeutete, war sie irritiert.

»Nein. Ich dachte immer, du wärst der Freund von Papa gewesen. Der Trauzeuge. Der beste Freund der Familie.«

Michael kniete vor ihr und hob ihren Kopf, sodass sie sich anschauten.

»Charlotte und ich haben zusammen studiert und waren an der Uni ein Paar. Ich fing dann bei der BILD-Zeitung mit der Arbeit an und sie in der Werbeagentur deines Vaters …«

»Und er hat sie dir …«

»Psst.«

Michael legte seinen Zeigefinger auf ihren Mund und küsste sie leicht.

»Du siehst ihr so ähnlich. Und es wirkt alles so vertraut. Das ist eigentlich schön. Aber ich komme damit gerade nicht ganz klar. Ich, ich kann nicht. Ich kann jetzt nicht. Ich hoffe, du verstehst das?«

Constanze schaute ihn an. Mit dieser Wendung hatte sie nicht gerechnet.

»Ich bin nicht meine Mutter! Ich bin eine eigenständige Persönlichkeit!«

»Ja, das bist du. Aber meine Gefühle fahren gerade Achterbahn. Verzeih mir bitte. Lass es uns einfach langsamer angehen. Okay?«

»Dann ist die Party noch nicht vorbei?«

»Nein. Sie fängt gerade erst an.«

Constanze stand auf, strich ihre Haare aus dem Gesicht, ging ans Fenster und schaute eine Zeit lang auf den Maschsee, der von den Lichtern am Ufer wundervoll illuminiert wurde. Dann drehte sie sich um.

»Ich will jetzt Champagner!«

32

Bad Sachsa, 22.15 Uhr

»Denkst du gerade an sie?«

Die Frage stand nicht nur im Raum, sie zerschnitt scharf die Luft, sie hallte nach wie ein Echo und hüpfte wie ein Flummi zwischen den Wänden hin und her.

»Na, gib es zu. Sie ist schon sehr attraktiv.«

»So ein Quatsch!«

Clemens Völker richtete sich im Doppelbett auf.

»Ist sie der Grund, warum du nicht … in Stimmung bist?«

»Was soll das heißen?«

»Ich hatte mir unseren Aufenthalt hier romantischer vorgestellt.«

In der Tat. Auf keinen Fall hatte Martina erwartet, zur Ouvertüre dieses Wochenendes auf ihre Ex-Nebenbuhlerin zu treffen, die zu allem Überfluss noch das Büro ihres Mannes verlassen hatte. Anstatt, dass sie während der Fahrt in den Harz die Vorfreude auf das komfortable Hotel mit dem großzügigen Wellnessbereich hätten weiter steigern können, schwiegen beide die meiste Zeit und schauten angestrengt aus dem Autofenster. Insgeheim ärgerte sich Martina, dass sie nicht cooler und abgeklärter auf die Begegnung mit Uta

Studtmann reagiert hatte. Irgendwann hätte es dieses Zusammentreffen gegeben, bei einem offiziellen Termin der Stadt oder einem gesellschaftlichen Ereignis. Es war nur eine Frage der Zeit. Aber warum musste dieses Zusammentreffen gerade heute, an »ihrem Wochenende« stattfinden? Den Wellnessbereich hatten sie sich für den kommenden Tag aufgehoben. Der Begrüßungscocktail und das Vier-Gänge-Menü konnten kurzzeitig die Stimmung zwischen ihnen wieder etwas heben. Das von Martina erhoffte zärtliche Finale des ersten Tages fiel aus. Und so lagen beide in ihrem Hotelzimmer auf ihrer Seite des Bettes.

»Was hast du denn? Eigentlich müsste ich doch sauer und unpässlich sein.«

»Sauer? Auf Uta? Das ist doch Unsinn!«

Clemens reagierte gereizt.

»Das hat es alles schon gegeben, solche On-Off-Beziehungen. Und sie weiß ja, wie sie etwas von dir bekommt.«

»Was soll das heißen?«

Clemens schaute Martina empört an.

»Kaum taucht diese Tussi auf, bringt sie wieder unser ganzes Eheleben durcheinander. Du bist wahrscheinlich lustlos, weil du an sie denken musst!«

»Das ist einfach Quatsch! Uta bedeutet mir nichts … mehr!«

Martina hatte sich auch aufgerichtet, griff sich das Kopfkissen und umklammerte es vor ihrem Oberkörper.

»Ich hatte gehofft, du würdest wieder so romantisch-verrückt sein wie damals in den Abito Suites, als du mich verführt hast und ich spüren konnte, wie sehr du mich immer noch begehrst.«

Ihrem Mann entglitten die Gesichtszüge. Martina hatte bei der Erwähnung der Liebesnacht in dem Automatenhotel am Augustusplatz in Leipzig vermutet, dass sie Clemens ein Funkeln in den Augen entlocken könnte. Mit dieser Schockstarre hatte sie nicht gerechnet. Da kam ihr der Gedanke, ihn mit einem weiteren Detail aus der Reserve zu locken:

»Weißt du noch, was du zu mir gesagt hast?« Sie lächelte Clemens an. »Du sagtest: ›Du hast jetzt einen gut.‹ Ich dürfte mir jetzt auch einen Mann suchen und mit ihm fremdgehen. Und wenn du heute nicht willst, dann schaue ich mal an der Bar nach, ob ich mir dort jemanden aufgabeln kann.«

Clemens stand wortlos auf und ging ins Bad.

33

Leipzig, 22.52 Uhr

»Ich war soo dicht dran, sooo dicht. Der hat's gewusst, der hat's einfach gewusst. Der Feigling! Dieser Feigling hat's gewusst. Der hat genau gewusst, dass ich es weiß, alles weiß. Ja! Der feine Herr Rechtsanwalt. Der feine Herr Advokat. Haha! Advokat. Lieber ein Doornkaat als ein Advokat. Ich bin nicht Advokats Liebling. Ich nicht. Ich hab ihn durchschaut. Alles durchschaut, mit meinen Adleraugen, meinem Röntgenblick. Der war mir gleich verdächtig vorgekommen. Von Anfang an. Feiner Pinkel. Der hat nichts zu suchen in unserem Verein. Der macht sich seine Hände nicht schmutzig, nicht mit Erde oder Lehm oder Torf oder Pinguinscheiße. Der nicht. Hat sich seinen Garten von anderen herrichten lassen. Ich hab's gesehen. Hat sich eine Ranch da hinstellen lassen. Wie Graf Koks. Wie Graf Koks. Und sein Garten sieht aus wie aus'm Prospekt. Geleckt, sage ich dir. Geleckt. Seelenlos.

Erbärmlich. So erbärmlich dieser Typ. Eine Schande! Eine Schande für den Vorstand und für den ganzen Verein. Aber immer der Erste, der das Maul aufreißt. Meint, dass er die Weisheit mit Löffeln gefressen hat. Und was glaubst du, wie der sich bei mir vorgestellt hat. Was glaubste? Ha! Gar nicht. Der feine Graf ist sich dafür zu schade, mit einem einfachen Mann aus dem Volk zu sprechen. Hält sich für was Besseres. Schaut mich mit dem Arsch nicht an. Aber wenn ein Zweig mal auf sein Grundstück reicht, dann ist die Hölle los. Dann ist Polen offen. Kannte mich auf einmal doch. Schickte mir einen Brief von irgendeinem Kanzleibüttel. Der wird sein blaues Wunder noch erleben. Hey, wo gehst du denn hin? Wo ich doch noch ein Pils trinken will. Hey! Mit wem telefonierst du denn? Mitten in der Nacht? Mit 'nem Taxi? Ich brauch kein Taxi! Ich brauche Pils, Pils, Pils! Wie der Pirat von der Schatzinsel. ›Jim, mein Junge. Doktoren sind alle Esel. Und jetzt lauf los und hole mir Rum, Rum, Rum. 15 Mann auf des toten Mannes Kiste und 'ne Buddel voll Rum, und 'ne Buddel voll Pils. Ha!«

»So! Feierabend! Hier gibt's nichts mehr! Sendeschluss!«

Der Wirt des kleinen Gartenlokals griff Rüdiger Querfurth unter die Arme und stellte ihn auf die wackligen Beine. Einen Augenblick hielt er ihn vorsichtshalber fest, damit sich sein letzter Gast auf der Terrasse stabilisieren konnte. Dann schob er ihn unsanft zum Tor, das direkt zum Wendehammer der Pfaffendorfer Straße führte. Widerwillig ließ sich Rüdiger Querfurth auf die Straße bugsieren. Er wusste aus leidvoller Erfahrung, dass Widerstand zwecklos war.

»Gute Nacht!«

Querfurth hatte Manieren. Der Wirt erwiderte nichts, verschloss das Tor und ging ins Innere des kleinen Gartenlokals. Kurz danach erloschen die Terrassenlichter. Der Vorkämpfer für Gerechtigkeit stand allein auf dem Wendehammer. Querfurth konzentrierte sich. Wichtig war, dass er den Schnellhefter mit den belastenden Unterlagen dabeihatte. In seiner linken Hand spürte er erleichtert die Plastiktüte, die er leicht schwenkte. Nach Gewicht und Größe des Inhalts musste es sich um seine kleine Faktensammlung handeln. Also, Herr Winter, aufgeschoben ist nicht aufgehoben. Er bewegte sich etwas, um seine Schrittfestigkeit zu testen. Er fühlte sich beschwingt und trat seiner Meinung nach sicher auf. Ein angenehmer und für ihn nicht ungewohnter Zustand. Um ihn herum war es dunkel. Querfurth versuchte sich zu orientieren und war dankbar für den schwachen Schein einer Laterne und das Hindernisfeuer des Schornsteins. Dann meldete sich der Ruf der Natur bei ihm. Das Auto des Wirts, das verkehrswidrig am Rand parkte, schien ihm eine günstige Projektionsfläche zu sein. Während er auf Höhe der Fahrertür an seiner Hose nestelte, bemerkte er nicht die Gestalt, die sich ihm hinterrücks genähert hatte. Bereits nach dem ersten Schlag sackte er zusammen.

34

Hannover, 23.03 Uhr

»Schade, dass wir nicht an deiner kleinen, aber feinen Londoner Privatuniversität sind. Ich wette, dass ihr dort Bollinger-Getränkeautomaten hattet. Für den kleinen Durst zwischendurch!«

»Du übertreibst. Die Idee ist trotzdem gut. Aber nur an den Elite-Universitäten. Ganz exklusiv. Das werde ich dem

Vorstand unterjubeln«, Constanze grinste, »die Briten fahren auf Bollinger total ab. Sogar James Bond trinkt das Zeug.«

»Ich weiß. In ›Diamonds Are Forever‹. Tiffany Case schickt ihm auf der Queen Elizabeth eine Piccolo-Flasche auf seine Kabine.«

»Das ist ja fast wie bei uns«, rutschte es Constanze heraus. Kaum hatte sie ihren Gedanken ausgesprochen, hielt sie sich die Hand vor den Mund und prustete los. Michael als James Bond und sie als Tiffany Case.

»Soll ich Shirley Bassey auflegen?«

Als Vertreter der Vinyl-Generation meinte der PR-Profi natürlich, dass er ein Lied von der Sängerin anskippen könnte.

»Hey, Mr. DJ. Gibt es etwas, was du nicht hast?«

»Doch ganz viel. So ab den 90er-Jahren habe ich den Überblick verloren. Ich weiß nur, dass der Song, den wir gerade hören, in dieser Dekade total verhunzt worden ist.«

»Mach mal lauter!«

Constanze lehnte sich zurück. Eine jazzige Ballade. Klavierbetont. Eine markante Stimme. Eigentlich für eine Frau zu tief und für einen Mann zu hoch. Bislang hatte sie noch keinen Hinweis auf eine 90er-Jahre-Version erkannt. Doch da war er, im Refrain: Nina Simone besang den »Cotton Eyed Joe«, aber ganz anders als in der Version von Rednex.

»Das gibt's ja nicht. Rednex.«

»Ja, aber da ist mir Nina Simone lieber.«

»Magst du keinen Eurodance?«

»Nein, mag ich nicht. Ich bin altmodisch.«

Michael entnahm der Mini-Bar die letzte Piccolo-Flasche und vermied es, auf das Etikett zu schauen. Entschlossen schraubte er den Verschluss auf und füllte gerecht die beiden Gläser. Constanze streckte schon ihre Hand nach dem Glas aus.

»Cheers!«

»Rerum cognoscere causas!«

»Wie belieben?«

»Ach, das ist der Wahlspruch der LSE. ›Die Ursachen der Dinge erkennen.‹ Den haben wir oft als Trinkspruch missbraucht.«

»Einen schöneren Missbrauch kann ich mir nicht vorstellen.«

»Weißt du noch, wie wir damals getanzt haben?«

»Unseren Sockenwalzer?«

»Jaaa. Ich stand auf deinen Füßen, und du hast mich durch den Saal gewirbelt. Das war toll!«

»Und danach hatte ich Plattfüße.«

»Du Schuft!« Constanze schnappte sich das Kopfkissen und schlug damit leicht auf Michael ein. Der Mittfünfziger brachte sein Glas in Sicherheit und versuchte ihr die mit Federn geladene Waffe abzunehmen. Sie rangelten und lachten und rauften, bis sie ein wenig atemlos nebeneinander auf dem Bett lagen.

»Ich will jetzt tanzen.«

»Einverstanden!«

SAMSTAG, 1. JUNI

35

Leipzig, 1.20 Uhr

»Bist du wahnsinnig? Was machst du hier? Mitten in der Nacht!«

Martin Kutschera grollte im Flüsterton.

»Und wie siehst du überhaupt aus?«

»Kann ich reinkommen?«

Rüdiger Querfurth stand im dunklen Treppenhaus. In seinem aufgewühlten Zustand hatte er den Lichtschalter im Eingangsbereich des Gebäudes am Siegfriedplatz nicht gefunden und sich vorsichtig in den ersten Stock hochgetastet.

»Bitte! Die haben mich zusammengeschlagen.«

»Was?«

»Darf ich reinkommen? Bitte!«

»Ja, aber sei leise. Margit hat einen leichten Schlaf. Ich bin froh, dass sie von deinem Klingeln nicht wach geworden ist.«

Martin Kutschera ging durch den spärlich beleuchteten Flur voran in das Wohnzimmer und schaltete eine kleine Leselampe an.

»Setz dich.«

Kutschera schloss die Tür, holte eine Flasche Becherovka aus dem Schrank und schenkte ein Schnapsglas ein.

»Hier, du kannst einen vertragen.«

Kutschera schenkte noch einmal nach und wartete, bis Querfurth das Glas geleert hatte.

»Also, was ist passiert?«

»Ich hatte dir doch gesimst, dass die Vorstandssitzung abgesagt wurde. Danach bin ich in die Gartenkneipe und habe etwas getrunken. Auf meinem Heimweg haben die mich auf dem Wendehammer umgenietet und mir die Unterlagen geklaut.«

»Wer sind die?«

»Weiß nicht. Aber das Schlimmste kommt noch. Die haben meinen Schlüsselbund genommen und sind bei mir zu Hause eingestiegen. Haben alles durchsucht und verwüstet. Ich kann da nicht bleiben, Martin. Ich bin nicht mehr sicher.«

»Wer sind die?«

»Keine Ahnung. Habe keinen gesehen. Ich bin aus der Kleingartenanlage raus, und da haben die mich plötzlich hinterrücks umgehauen. Ich hatte keine Chance.«

»War es irgendwer vom Vorstand oder aus der Kneipe?«

»Nein, da war niemand mehr. Ich war der letzte Gast.«

»Hast du irgendwem etwas erzählt?«

»Natürlich nicht. Was denkst du denn?«

»Warum sollten die dir ausgerechnet die Unterlagen klauen? Ist dein Geld noch da?«

Rüdiger Querfurth hatte sich darüber noch keine Gedanken gemacht und prüfte den Inhalt seiner Geldbörse.

»Alles da.«

»Das stinkt. Das stinkt gewaltig. Hast du nicht doch irgendjemandem etwas gesagt oder die Unterlagen gezeigt? Vielleicht ganz unbewusst? Kam dir jemand komisch vor?«

»Hmm. Der Wirt vielleicht. Der hat mich ziemlich unsanft rausgedrängt. Ist sonst nicht seine Art. Und telefoniert hat er kurz vorher auch noch.«

»Bist du verfolgt worden?«

»Wie verfolgt? Die Wohnung war leer. Die waren weg.«

»Kann ja sein, dass die auf deine Rückkehr gewartet und dich dann bis hierher verfolgt haben.«

»Mir ist nichts aufgefallen.«

»Warte mal.« Kutschera verließ das Wohnzimmer und ging in die dunkle Küche ans Fenster. Vorsichtig schaute er auf den Platz raus. Der Siegfriedplatz als Herzstück des Rundlings, der kreisförmigen Wohnsiedlung aus den 30er-Jahren, glich einer verlassenen Zirkusmanege. Der letzte Knall der Dompteurs-Peitsche war verklungen, die Clowns hatten sich aus dem aufgewirbelten Sägemehlstaub gemacht, der sich daraufhin wieder auf dem Boden niedergelegt hatte. Die acht Laternen sowie die wenigen erleuchteten Fenster wirkten wie Scheinwerfer, die der Bühnentechniker vergessen hatte auszuschalten. Punktuell rissen sie einzelne Spots in die urbane Dunkelheit. Kutscheras Augen versuchten, sich an das diffuse Licht zu gewöhnen. Zunächst fiel ihm nichts Ungewöhnliches auf. An der äußeren Straßenseite standen die Autos wie gewohnt dicht an dicht in Fahrtrichtung. Wer hier einen Parkplatz ergatterte, gab ihn des Nachts nicht mehr her. Dann fiel dem Ex-Hausmeister doch etwas auf: Auf der linken Seite, fast verdeckt von den beiden Robinien, stand ein Pkw mitten in der Fahrspur. Sehr unvorsichtig oder sehr dreist. Kutschera kniff die Augen zusammen. Im Inneren meinte er, Schatten zu erkennen. Waren das die Schläger? Beobachteten sie das Haus und warteten darauf, dass irgendwo Licht anging? Wann würden sie kommen, um nach Querfurth zu suchen? Kutschera strich sich über seinen kahlen Schädel. Er brauchte jetzt einen kühlen Kopf. Im Haus saßen sie in der Falle. Die Typen würden nach und nach alle Bewohner auskundschaften, um herauszufinden, bei wem Querfurth untergeschlüpft war. Dann war auch er dran. Er verfluchte leise, sich auf diesen Westentaschen-Zorro eingelassen zu haben. Diesen selbsternannten Rächer der Witwen, Waisen und Enterbten. Verdammt! Jetzt keinen Fehler machen. Kutschera schaute auf die Zirkusmanege und nahm unter sich auf der Straße den schwachen Schein eines Lichtes wahr. Wenn er sich konzentrierte, hörte er einen wummernden Beat. Und da kam ihm die Lösung. Einen im Haus musste es treffen. Das war klar. Und wenn schon, dann am besten diesen Neonazi aus dem Erdgeschoss. Sie brauchten ein Ablenkungsmanöver, mussten eine falsche Spur legen. Hauptsache, Querfurth behielt die Nerven. Er musste jetzt die Suppe auslöffeln, in die er sich selbst gespuckt hatte. Kutschera ging ins Wohnzimmer zurück und sah, wie Querfurth sich ordentlich Schnaps nachschenkte.

»Rüdiger«, behutsam nahm der Hausherr seinem Gast die Flasche ab, »den einen noch. Dann musst du in Topform sein und es diesen Kerlen zeigen. Wir drehen den Spieß um. Die werden ihr blaues Wunder erleben. Die werden sich wünschen, dass sie sich niemals mit uns, sich niemals mit dir angelegt hätten.«

Rüdiger erstarrte und sah seinen Freund mit großen Augen an. Martin legte ihm seine Hand auf die Schulter und fuhr fort.

»Die Typen sind da und beobachten das Haus. Sie wissen, dass du hineingegangen bist, aber nicht, wohin. Gut, dass wir mit dem Licht vorsichtig waren. Das ist unsere Chance. Wir werden ihnen eine falsche Spur legen. Zu meinem Nachbarn unter uns. Du weißt schon, Mister Tunichtgut. Der hat eine Lektion verdient. Damit schlagen wir zwei Fliegen mit einer Klappe. Jetzt kommt es auf dich an, Rüdiger. Du zeigst denen, dass du dir nichts gefallen lässt. Okay?«

DIENSTAG, 4. JUNI

36

Leipzig, 11.33 Uhr

Die Holzkohle war mit einer gleichmäßig weißen, bröseligen Schicht überzogen, die notwendige Grilltemperatur war damit erreicht. So mochte es Siegmund Jähnig. Im übertragenen Sinne auch in anderen Lebenssituationen. Die Rahmenbedingungen sollten immer so gut vorbereitet sein, dass den »Mitspielern« nichts anderes übrig blieb, als sich freiwillig auf seinen Rost zu legen, um sich von ihm grillen zu lassen. Im Idealfall merkten sie es nicht einmal. Heute grillte der Jugendamtsleiter der Stadt Leipzig, der kommissarisch auch die Leitung des Sozialamtes übernommen hatte, tatsächlich. Er griff in die neben ihm auf dem Boden stehende weiße Kühltasche und holte Bratwürstchen, Steaks und verschiedene Grillspieße heraus. Geschickt nutzte er den Platz für das Grillgut auf dem Rost aus. Der 1,90 Meter große Mann mit seinem graumelierten, etwas zu langen Haar und dem – für Amtsstuben – verwegenen Dreitagebart, der nicht von ungefähr der schöne Siggi genannt wurde, war sich für die niedrigen Arbeiten nie zu schade. An den Grill hätte er auch eine Erzieherin der Kindertagesstätte Meusi oder einen der anwesenden Väter der Kita-Kinder stellen können. Aber er zog es vor, selbst das von eigenem Geld bezahlte Grillgut zum Verzehr vorzubereiten. Mit dieser Haltung kam der 42-Jährige innerhalb und außerhalb der Stadtverwaltung gut an. Im Gegensatz zum Sozialbürgermeister Hohmeyer, der sicherlich das sozialere Gewissen hatte und die ehrlichere Haut war, der aber mit seiner Verwaltung im Allgemeinen und den Menschen im Besonderen fremdelte. Mit dem heutigen Pressegespräch in der Kindertagesstätte der evangelischen Kirchgemeinde Leipzig-Connewitz-Lößnig, an der zu seiner Freude auch Oberbürgermeister Völker und der Bundestagsabgeordnete Gunter Bendix teilnahmen, hatte er seine Position als Sozialbürgermeister-Kandidat untermauert. So sah es wohl auch der Pressesprecher des Oberbürgermeisters, der sich im Garten der Kita absichtsvoll dem Grill näherte.

»Na, Herr Hardt, haben Sie Hunger?«

»Ist denn schon etwas fertig?«

»Ja, gleich. Sie dürfen dann vorkosten. Das ist doch eine Rolle, die Sie bei unserem Oberbürgermeister häufiger ausüben müssen, oder?«

»Jaja, Vorkoster, Minenhund, Trüffelschwein, Jongleur – gebt mir noch mehr Namen!«

Oliver Hardt fühlte sich sichtlich bestätigt. Siegmund Jähnig setzte noch eins drauf.

»Kompliment. Das Pressegespräch war gut vorbereitet. Fast war der Raum zu klein für alle Journalisten. Wie haben Sie das nur geschafft?«

»Persönliche Beziehungen. Die sind das A und O. Klar, der Rechtsanspruch auf einen Kita-Platz und die momentane Lage in Leipzig sind schon ein Top-Thema. Aber wir hatten ja nicht wirklich etwas Neues zu verkünden. Deshalb habe ich mich ans Telefon gehängt und noch mal alle herzlich und nachdrücklich eingeladen.«

Der schöne Siggi drehte die Würstchen, das Fleisch und die Grillspieße, schaute prüfend, ob sie schon ausgeteilt werden konnten.

»Aber ich darf das Kompliment gern zurückgeben«, schob Hardt nach. »Die Themenvorbereitung war exzellent. Die Einleitung mit den Zahlen im bundesweiten Vergleich hat gezeigt, dass sich Leipzig nicht verstecken muss. Und das ist der Presse auch klar geworden. Wir haben die Schwierigkeiten dargestellt und unsere Aktivitäten erläutert. So werden die Prügel am 1. August, wenn der Rechtsanspruch dann besteht, nicht so groß ausfallen.«

»Tja, schlechte Presse kann man nie ganz vermeiden.«

»Ja, man kann sie aber in Bahnen lenken, um darauf aufbauend auch wieder positive Botschaften zu vermitteln.«

Vor allem freute sich Jähnig, dass er hatte platzieren können, dass Hans-Ulrich Hohmeyer, der bedauerlicherweise schon einen seit geraumer Zeit vereinbarten, auswärtigen Termin hatte, zu lange an einer völlig veralteten Bevölkerungsprognose festgehalten hatte. Unter ihm sei hingegen sofort gehandelt worden.

»Wie sehen Sie Ihre Chancen, zum Sozialbürgermeister gewählt zu werden?«

»Nun, wer nicht wagt, der nicht gewinnt. Immerhin hat mich die Grünen-Fraktion zu einem Vorstellungsgespräch eingeladen. Das ist, finde ich, ein ermutigendes Zeichen.«

»Dann wünsche ich Ihnen viel Erfolg! Ich würde gern enger mit Ihnen zusammenarbeiten!«

Jähnig ging auf seine Art auf das Lob ein:

»Hier nehmen Sie die. Die ist fertig.«

Und so erhielt Oliver Hardt mal wieder vorab seine Extrawurst.

37

Leipzig, 11.37 Uhr

Er hatte es nicht ablehnen können. Darüber war sich Oberbürgermeister Clemens Völker klar. Der Rechtsanspruch auf frühkindliche Förderung ab dem vollendeten ersten Lebensjahr war für Leipzig ein heißes Thema. Zu schnell wuchsen die Einwohnerzahlen, zu lange hatte die Verwaltung überholten Prognosen geglaubt. Völker war heilfroh, dass ihm die bald auch offiziell fehlenden Kita-Plätze in seinem Wahlkampf nicht um die Ohren geflogen waren. Nun galt es, in die Offensive zu gehen, Kritikern schon frühzeitig den Wind aus den Segeln zu nehmen und Lösungswege aufzuzeigen. Und vor allem die Presse geschmeidig zu halten. Aus seiner Sicht hatte es heute gut geklappt. Er war schon auf die Presseauswertung gespannt.

Zu dem Begleitprogramm gehörte aber auch, den Veranstaltungsort zu besichtigen. Natürlich war die Kindertagesstätte Meusi mit einer über 150-jährigen Tradition der wohl älteste Kindergarten innerhalb des heutigen Leipziger Stadtgebietes. Und natürlich ist das 1912 auf der Meusdorfer Straße 47b errichtete Gebäude, an dessen Fassade man immer noch den alten Schriftzug »Kinderbewahranstalt« lesen konnte, ein historisches Juwel. Und natürlich freuten sich die Mitglieder der Kirchengemeinde und die Angestellten des Kindergartens sehr, dass er sich als Oberbürgermeister die Zeit nahm. Schließlich rückte durch seine Anwesenheit auch die verdienstvolle Arbeit in dieser Einrichtung in den Blickpunkt der Öffentlichkeit. Aber all das rechnete er zu den täglichen Zeitfressern, die ihn veranlassten, in seinem Büro nachzusitzen oder Akten mit nach Hause zu nehmen.

Ein Blick aus dem Fenster in den Garten zeigte ihm, dass der schöne Siggi noch einen Imbiss vorbereitet hatte. Auch das würde ihn wertvolle Zeit kosten.

»Hier bist du ja!«

Und dieser Zeitfresser auf zwei Beinen hatte ihm gerade noch gefehlt. Der Bundestagsabgeordnete Gunter Bendix ließ es sich nicht nehmen, an öffentlichkeitswirksamen Veranstaltungen in seinem Wahlkreis teilzunehmen. In seinem Fahrwasser zog er einen schlaksigen jungen Mann mit, bei dem es sich wohl um den sagenumwobenen künftigen Persönlichen Referenten handeln musste.

»Ah Gunter. Ich hatte dich schon in der Meute gesehen. Schön, dass du kommen konntest.«

»Du weißt, zu solchen Terminen komme ich gern!«

Offensichtlich war Bendix auch der Geruch von Holzkohle, Grillanzünder und gebratenem Fleisch in die Nase gestiegen.

»Und das hier ist unser Goldstück. Junge, sag mal Guten Tag!«

»Hallo, Herr Fröhlich. Willkommen an Bord!«

»Hallo, Clemens. Ich freue mich auf unsere Zusammenarbeit!«

Unter Genossen war es üblich, sich zu duzen. Aber nicht viele hätten ihrem künftigen Chef gegenüber auf diesem Privileg bestanden – zumal bei ihrem ersten Treffen. Kevin Fröhlich hatte es getan. Ein forscher, junger Mann, dachte sich Völker.

»Haha, schau ihn dir an. Der geht ran wie Blücher an der Katzbach«, Gunter Bendix versuchte, den eventuell mangelnden Respekt humorvoll aufzulösen: »Warum kann er denn nicht gleich bei dir anfangen? Jeder Tag des Wartens wäre doch verloren.«

»Nein, wir müssen intern noch einige Dinge klären. Herr Fröhlich soll lieber über die Straßen und Plätze flanieren und die Stadt kennenlernen.«

»Was gibt es denn da noch zu klären?«

»Wir müssen für meinen jetzigen Persönlichen Referenten eine adäquate Stelle schaffen. Samt Büro und einem perspektivischen Personalaufwuchs.«

»Ach was. Dann improvisiert doch einfach. Lass deinen Persönlichen auf der Stelle, noch ein bis zwei Wochen vielleicht. In der Zeit kann er doch Kevin schon mal einarbeiten. Die beiden teilen sich das Büro. Null Problemo!«

Völker dachte nach. Was Bendix sagte, war nicht dumm. Der Neue konnte von Florian noch jede Menge Wissen abschöpfen und er hatte für eine gewisse Zeit zwei Persönliche zur Verfügung.

»Gut. Ich spreche nachher mit Robert und melde mich bei dir. Vielleicht kriegen wir das hin.«

»Ihr kriegt das sicher hin. Ganz bestimmt!«

38

Leipzig, 12.05 Uhr

Margit Kutschera verstand durchaus Spaß, aber nicht, wenn es mittags an der Tür klingelte. Die gemeinsamen Mahlzeiten mit Martin waren ihr heilig. Sie hatte sich den lang ersehnten Ruhestand ihres Mannes anders vorgestellt. Anstatt die meiste Zeit des Tages zusammen zu verbringen, entwickelte Martin Aktivitäten, die sie nahezu ausschlossen. Sie billigte ihrem Mann zwar zu Beginn seines neuen Lebensabschnittes eine gewisse Orientierungsphase zu, war aber gewillt, nunmehr mit den ihr eigenen Mitteln gegenzusteuern. Gerade die Mahlzeiten bedeuteten kostbare Zeit. Wer also jetzt keinen triftigen Grund hatte, die beiden zu stören, musste sich warm anziehen. Als sie empört mit einem Ruck öffnete, sah sie einen Mann vor sich, der sich äußerst sonderbar verhielt und offensichtlich dringend eine Typ- und noch besser Lebensberatung brauchte. Im ersten Moment schien er überrascht von dem schnellen Öffnen der Tür zu sein, sodass es ihm die Sprache verschlagen hatte. Den Polizeiberuf, den Peter Richter, den alle in der Polizeidirektion nur Pfeffi nannten, ausübte, sah man ihm tatsächlich nicht an. Zu klein für sein Gewicht oder zu schwer für seine Größe. Naturlocken. Sommersprossen. Zum karierten Hemd trug er eine blaue, ärmellose Weste eines bekannten Naturburschen-Ausstatters sowie eine robuste beige Hose mit seitlich aufgenähten Taschen. Während er diese mit beiden Händen nach einem Gegenstand absuchte, verbog er seinen Oberkörper, um einen Blick auf das Namensschild neben der Tür zu werfen.

»Guten … Tag … Frau …«

»Ja, bitte?«

»Kutschke…«

»Ich heiße Kutschera!«

Peter Richters Hände hielten einen Moment inne. Dann fasste er sich mit der linken Hand an seine Gesäßtasche und mit der rechten Hand holte er sein Portemonnaie aus einer Westentasche hervor.

»Ja … Kutschera … Entschuldigung.«

»Wissen Sie, jetzt ist es ungünstig. Wir essen nämlich pünktlich. Außerdem kaufen wir nichts an der Tür. Guten Tag!«

Mit diesen Worten schloss Margit dem unfreiwillig unerkannten Polizisten die Tür vor der Nase.

Es klingelte erneut. Margit machte auf dem Absatz kehrt und drückte die Türklinke runter. Was für eine Unverschämtheit!

»Ich hole gleich meinen Mann oder noch besser die Polizei.«

»Ich … bin die Polizei.«

Im Portemonnaie hatte Pfeffi endlich den gesuchten Dienstausweis mit Polizeistern und seinem Porträtbild gefunden. Erleichtert hielt er ihn Margit vors Gesicht.

Polizei? Da waren ihr die mittlerweile arg lang ziehenden Klöße wichtiger.

»Martin. Hier ist ein … Herr von der Polizei. Komm doch mal bitte.«

Martin Kutschera hatte aus dem Wohnzimmer heraus die Szene verfolgt, sich aber bewusst im Hintergrund gehalten. Aufs Stichwort erschien er im Türrahmen.

»Das Essen ist gleich fertig.«

Margit verschwand in der Küche.

»Polizeihauptmeister Peter Richter, Kriminalpolizei Leipzig.« Pfeffi hatte seine Selbstsicherheit ein Stück weit zurückgewonnen. »Herr Kutschera, ich hätte ein paar Fragen zu Ihrem Nachbarn Mike Grumlich. Kann ich bitte reinkommen?«

»Ich weiß nicht, ob ich Ihnen da behilflich sein kann. Den Herrn Grumlich kennen wir nämlich kaum.«

Nachdem das nachbarschaftliche Verhältnis grundsätzlich geklärt war, führte Martin Kutschera den Polizisten in das Wohnzimmer und bot ihm einen Platz an.

»Schön haben Sie es hier. Mannomann. Ist das eine echte Carat-Schrankwand? Toller Zustand. Kompliment! Und die Sessel. Alles Originale! Super!«

»Herr Richter, Sie arbeiten doch nicht bei der Zeitschrift ›Schöner wohnen‹, sondern bei der Polizei, oder? Also bitte, kommen Sie zur Sache.«

»Ja, also, Herr Kutschera. Wir – also die Kriminalpolizei – ermitteln wegen gefährlicher Körperverletzung.«

»Wen hat denn Herr Grumlich verletzt?«

Pfeffi schaute überrascht auf.

»Weshalb meinen Sie denn, dass Herr Grumlich jemanden verletzt hat?«

»Hat er nicht? Das wäre ja ganz was Neues. Herr Grumlich, müssen Sie wissen, hat nämlich häufiger mit der Polizei zu tun.«

Insgeheim freute sich der ehemalige Hausmeister, weil er wieder eine Information platzieren konnte. Allerdings verschwieg er, dass mindestens die Hälfte der Polizeikontakte seines Nachbarn von ihm veranlasst worden waren.

»Ach so? Und warum?«

»Das hat sehr wahrscheinlich mit den Hobbys dieses Herrn zu tun. Was ist denn eigentlich passiert? Gefährliche Körperverletzung haben Sie gesagt?«

»Nun, der Grumlich ist am Samstagmorgen in seiner Wohnung bewusstlos und mit schweren Verletzungen aufgefunden worden. Zurzeit liegt er auf der Intensivstation im St.-Elisabeth-Krankenhaus und ist nicht vernehmungsfähig. Die Spuren in der Wohnung lassen darauf schließen, dass er mit einer oder mehreren Personen gekämpft hat. Ist Ihnen in der Nacht irgendetwas aufgefallen?«

»Von Freitag auf Samstag? Lassen Sie mich überlegen. Sie müssen wissen, dass Grumlich des Öfteren, was die Lautstärke anbelangt, über die Stränge schlägt. Viele im Haus, auch wir, haben deswegen schon mal die Polizei gerufen, damit die Nachtruhe eingehalten wird.«

»Maaartin! Das Essen ist fertig!«

»Oh, Herr Kommissar. Das ist jetzt ungünstig. Können wir unser Gespräch ein anderes Mal fortsetzen?«

»Ich fürchte nein. Meine Kollegen und ich sind jetzt in der ganzen Nachbarschaft unterwegs und wollen die Befragung heute abschließen. Außerdem bin ich nur Polizei…«

»Ach, wissen Sie was? Essen Sie doch einfach mit uns mit.

Meine Frau kocht vorzüglich und es ist immer etwas für einen lieben Gast übrig.«

»Naja, das ist eigentlich unüblich. Aber was gibt es denn? Es riecht jedenfalls schon mal ganz fantastisch.«

»Rinderroulade mit Thüringer Klößen nach Art von meiner Frau.«

»Oh! Echt? Nun ja, da kann man schon mal eine Ausnahme machen. Ein Gesetzeshüter lebt ja auch nicht von Luft und Liebe allein.«

»Sehen Sie, Herr Kommissar. Das ist die richtige Einstellung. Sie gefallen mir. Ich hoffe, es macht Ihnen nichts aus, dass wir heute in der Küche essen?«

»Nein, nein. Machen Sie sich keine Umstände.«

Die beiden gingen in die Küche, in der die Frau des Hauses bereits unmissverständlich wartete.

»Margit, sei doch bitte so lieb und decke für unseren lieben Kommissar ein.«

Wortlos tat Margit Kutschera wie ihr geheißen, und so nahmen die drei am Tisch Platz. Pfeffi erhielt eine Extraportion. Sein Auftrag geriet im Tischgespräch ein wenig in den Hintergrund. Gerade als er freundlich aufgefordert wurde, noch einmal nachzunehmen, klingelte es. Martin Kutschera stand auf und öffnete die Tür. Davor stand ein Mann mit bereits gezücktem Dienstausweis.

»Hoffmann, Carlo Hoffmann, Kriminalhauptkommissar. Ist mein Kollege, Polizeihauptmeister Richter, möglicherweise noch bei Ihnen?«

»Ja, natürlich. Wir sind gerade noch in der Befragung. Aber kommen Sie doch herein.«

Als Martin Kutschera den neuen Besucher in die Küche führte, traf beide Polizisten der Schlag.

»Pfeffi, du bist der schlechteste Polizist Sachsens.«

MITTWOCH, 5. JUNI

39

Leipzig, 6.39 Uhr

Oberbürgermeister Clemens Völker nahm einen kräftigen Zug aus seiner Zigarette, behielt den Rauch fast bis zur Schmerzgrenze in seiner Lunge und formte Ringe aus dem weißen Dampf, die er stoßweise in Richtung Martin-Luther-Ring entweichen ließ. Völker hatte sich einen einfachen Stuhl auf den schmalen Balkon gestellt, der sich vor seinem Arbeitsbereich erstreckte und nur über einen Nebenraum, der an sein Amtszimmer angrenzte, zu erreichen war.

Diese frühe Stunde war seine Zeit, Quality Time, wenn man es so ausdrücken wollte. Sein Vorzimmer war noch nicht besetzt. Die Damen würden erstaunt sein, wenn sie bemerkten, dass er sich schon »auf der Brücke« befand. Zu Hause hielt er es seit ein paar Tagen nicht mehr aus. Das Wochenende im Harz war ein Fiasko gewesen, seitdem war das Verhältnis zu seiner Frau stark belastet. Musste er die Drohung Martinas ernst nehmen, dass sie einen Seitensprung frei hatte? Oder wollte sie ihn nur provozieren? Einen Warnschuss abgeben? Was bildete sich sein Doppelgänger ein, ihr in seinem Namen ein solches »Freispiel« zu gewähren. Zumal er ihr dieses Freispiel – von ihr unbemerkt – schon selbst eingelöst hatte. Fast gelangte Völker zu der Überzeugung, dass der Tod, oder was immer diesem Schauspieler Sewing widerfahren sein mochte, eine angemessene Strafe seinerseits gewesen war. Sofort verdrängte er diesen Gedanken. Unter ihm rollte der Verkehr hörbar an. Völker erhob sich kurz von seinem Sitz und aschte über die Brüstung. Nachdem er sich wieder hingesetzt hatte, griff er mit der rechten Hand die Flasche Sternburg, die auf dem Boden stand, und nahm einen Guten-Morgen-Schluck. Auf seinem Balkon war er der König. Niemand sah ihn, niemand reglementierte seine Arbeit, niemand behelligte ihn. Er konnte sich hier ganz ungeniert, frei von jeglicher Etikette bewegen.

Den nächsten Schluck trank er auf sein Wohl. Mit der Wiederwahl war sein Feld für die nächsten sieben Jahre bestellt. Jetzt musste er sein engstes Arbeitsumfeld beackern. Da gab es manche Baustellen: die anstehenden Bürgermeisterwahlen, der Wechsel des Persönlichen Referenten, die Verbesserung seiner Image-Werte in der Bevölkerung, die durch die Vorkommnisse während des OBM-Wahlkampfes rasant in den Keller gerutscht waren. Jetzt musste er die Weichen richtig stellen, um eine möglichst angenehme zweite Amtszeit zu erleben. Über seine Entscheidung, Florian Strieder zu versetzen, war er unglücklich. Aber er wusste, dass er eine Balance zwischen dem Nützlichen und dem Gebotenen finden musste. Manchmal galt es halt, über Leichen zu gehen. Bei diesem Gedanken zuckte er leicht zusammen. Über Leichen gehen – das Gefühl kannte er nur zu gut. Er lehnte sich auf dem Stuhl zurück und nahm noch einen letzten Schluck. Die leere Flasche stellte er auf dem Boden ab und hob die Leipziger Volkszeitung auf, die er in der Früh dem Pförtner geklaut hatte. Der Aufmacher war unmöglich: »Völker will Ministerpräsident werden«. Wer hatte das der Presse gesteckt? Bendix, um ihn endlich zur Kandidatur zu drängen? Oder Deckers, um seine Kampagne im Keim zu ersticken, bevor sie überhaupt begonnen hatte? Die Lage wurde für ihn nicht einfacher. Besonders ärgerte ihn, dass die LVZ dieser Spekulation einen so großen

Raum schenkte – mit einer Berichterstattung auf Seite eins, im Politik- und im Lokalteil. Vollkommen übertrieben. Und wer dazu alles seinen Senf abgab. Unglaublich. Warum hatte sein Pressesprecher nichts unternommen, um diesen Artikel zu verhindern? Wahrscheinlich schlummerte Oliver immer noch selig in seinem Bettchen und träumte nichts ahnend von seinen angeblichen Heldentaten. Den Zahn würde er ihm ziehen. Er würde andere Saiten aufziehen. Und dabei setzte er auf Kevin Fröhlich. Er sollte den ganzen Laden aufmischen und dazu am Freitag anfangen. Die Umsetzung von Florian würde dann in gut zwei Wochen erfolgen. Bis dahin würde er Kevin einarbeiten.

DONNERSTAG, 6. JUNI

40

Leipzig, 23.10 Uhr

Es hatte schon unbeschwertere Abende in ihrer Donnerstagsrunde im »Telegraph« gegeben. Robin Huth hatte vom Tresen einige Tageszeitungen gegriffen und wieder seinen Platz auf der viertelrund gebogenen Bank eingenommen. Aber zum Lesen fehlte ihm dann doch die rechte Muße. Lieber bestellte er noch ein Glas Bier. Florian Strieder tat ihm leid. Er hatte gestern erfahren, dass er eine neue Aufgabe im Rathaus übertragen bekommen würde. Er sollte der Beauftragte der Stadt Leipzig für die Bewerbung als Europäische Kulturhauptstadt werden. Kein Schritt auf der Karriereleiter – da waren sich alle am Tisch einig. Einige äußerten ihren Unmut darüber, dass Florian es nicht von seinem Chef erfahren hatte. Clemens Völker hatte diese »schmutzige Arbeit« seinem Stellvertreter Robert Schulte überlassen. Der Oberbürgermeister wurde daraufhin als feige bezeichnet. Immerhin war Florian seit zwei Jahren ein enger Mitarbeiter.

Robin Huth hielt sich mit seiner Meinung zurück. Als SPD-Wahlkampfmanager für die am 22. September stattfindende Bundestagswahl stand er dem Bundestagsabgeordneten Gunter Bendix, der antrat, um seinen Wahlkreis von der CDU zurückzuerobern, loyal zur Seite. Die Personalie »Kevin Fröhlich« hatte Bendix auch der SPD-Kreisgeschäftsstelle angeboten. Er hatte den jungen Studenten in höchsten Tönen gelobt. Die SPD-Führung war aber skeptisch, ob Fröhlich der richtige Mann wäre. Zu diesem Zeitpunkt gab es zudem keine freie Stelle in der Kreispartei. Eine Stadtverwaltung hatte da einfach viel mehr Möglichkeiten. Und jetzt war es Bendix gelungen, seinen Schützling unterzubringen – zulasten von Florian. Er hoffte für ihn, dass er mit der Europäischen Kulturhauptstadt noch einmal groß herauskäme.

Oliver Hardt und Stefan-Alberto Schubert lieferten sich eine hitzige Debatte, wer der beste beziehungsweise aussichtsreichste Kandidat für den Sozialbürgermeisterposten wäre. Während der Pressesprecher in höchsten Tönen von Siegmund Jähnig schwärmte, hielt der Leiter des Planungsstabes treu zu seiner Freundin oder Ex-Freundin – so genau wusste das niemand, wahrscheinlich nicht einmal die beiden selbst. Robin fand es merkwürdig, dass offensichtlich niemand mehr einen Cent auf den Amtsinhaber setzte. Er nahm einen beherzten Schluck aus seinem Bierglas und ließ genau so viel Flüssigkeit im Glas zurück, dass es noch für einen ordentlichen Rest-Schluck reichte.

Als hilfreich empfand er die Diskussion über die Frage, ob der Leipziger Oberbürgermeister seiner Amtskollegin in Chemnitz Wahlkampfhilfe leisten und bei einer öffentlichen Veranstaltung als Redner auftreten sollte. Manche in der Partei würden diesen Auftritt als Zeichen deuten, dass Clemens nach höheren Weihen schielte. Zumindest innerhalb ihrer Donnerstagsrunde waren sich alle einig, dass der Oberbürgermeister einen passablen SPD-Spitzenkandidaten abgeben würde. Sicherlich nicht ganz uneigennützig, denn bei einer erfolgreichen Landtagswahl konnten Posten in der Sächsischen Staatsregierung in Dresden winken.

Dietmar Brandis, der Büroleiter, bereitete ihm Sorgen. Er war auffallend schweigsam und zurückhaltend. Normalerweise war er – natürlich auch wegen seiner zentralen Funktion im Geschäftsbereich des Oberbürgermeisters – der Dreh- und Angelpunkt jedes Treffens. Stattdessen sprach er mehr dem Alkohol zu, als ihm guttat. Robin Huth nahm sich vor, Dietmar bei passender Gelegenheit darauf anzusprechen. Er schaute auf seine Armbanduhr, trank sein Bier aus – und bestellte ein Neues.

FREITAG, 7. JUNI

41

Leipzig, 9.15 Uhr

Arbeit. Hatte er sich das so vorgestellt? Zweifelsohne war Kevin Fröhlich in der Arbeitswelt angekommen. Am Morgen hatte er seinen Arbeitsvertrag unterzeichnet – unbefristet! –, hatte einen Dienstausweis erhalten und würde, wenn endlich sein Vorgänger auszöge, auch ein eigenes Büro erhalten. Im Oberbürgermeistertrakt vis-à-vis von Clemens. Jetzt wurde es ernst. Bislang hatte sich der vielseitig interessierte Schützling von Gunter Bendix jedes Semester neuen Herausforderungen gestellt. Der Besuch der Führungsakademie der Sozialdemokraten und die Bildung von Netzwerken erschienen ihm lohnender, als sich an der Universität in nur einer Disziplin zu verausgaben.

»Jeder Mensch hat das Recht auf Arbeit, auf freie Berufswahl, auf angemessene und befriedigende Arbeitsbedingungen sowie auf Schutz gegen Arbeitslosigkeit.« So stand es in der UN-Menschenrechtskonvention. Angemessene und befriedigende Arbeitsbedingungen – die würde er im Rathaus für sich reklamieren. Ihm würde gelingen, was der Arbeiterklasse verwehrt blieb. Kevin Fröhlich war bestrebt, sich nicht von dem Werk seines Geistes und seiner Hände entfremden zu lassen. Der 22-Jährige wollte Einfluss auf den Charakter und die Ziele der Arbeit nehmen.

Hier in der sogenannten Morgenrunde beim Oberbürgermeister kam der »Inner Circle« zusammen. Schnell analysierte Fröhlich: Alles Halbprofis, die ihm nicht das Wasser reichen konnten. Hier hätte keiner die Aufnahmeprüfung zur Führungsakademie bestanden. Unglaublich, wie Clemens mit dieser Truppe die Wahl gewinnen konnte. Seine Bewunderung für den neuen Chef wuchs deshalb noch ein wenig mehr. Er würde sich hier sehr schnell einarbeiten und dann neue Impulse setzen.

Clemens hatte ihn heute Morgen allein empfangen, sodass er schon am runden Besprechungstisch saß, als die übrigen Mitglieder der Morgenrunde nacheinander eintrafen. Clemens gab am Anfang die Organisationsänderung in seinem Geschäftsbereich bekannt. Es werde eine Stabsstelle eingerichtet, um die Bewerbung Leipzigs als Europäische Kulturhauptstadt zu forcieren. Er freue sich, dass Florian Strieder sich bereit erklärt hatte, die Leitung und den Aufbau zu übernehmen. Dann stellte Clemens ihn als neuen Persönlichen Referenten vor, las ein paar Stationen aus seinem Lebenslauf vor und bat um volle Unterstützung in der Startphase. Besonders von Kevins Vorgänger, der ihn noch zwei Wochen einarbeiten sollte.

»Florian, als neuer Beauftragter für die Europäische Kulturhauptstadt wirst du weiterhin Mitglied dieser Runde bleiben. Ich möchte, dass alle Aspekte der Kulturstadt Leipzig in unsere Bewerbungsstrategie einfließen. Deshalb ist es notwendig, dass du weiterhin nah am Geschehen bleibst und Zugang zu allen Unterlagen erhältst. Dietmar, ich möchte, dass du das auf allen Ebenen durchstellst. Florian, viel Erfolg und viel Freude bei deiner neuen Aufgabe!«

Der Angesprochene sagte nichts. Sein Blick ruhte starr auf einem imaginären Punkt auf dem Tisch. Interessiert stellte Kevin Fröhlich fest, dass sich Clemens mit einem Teil seiner engen Mitarbeiter duzte. Lag es auch an einer möglichen SPD-Mitgliedschaft oder gab es dafür noch andere Gründe? Er würde Augen und Ohren offenhalten.

Dietmar Brandis hatte als Büroleiter eine herausgehobene Stellung. Kevin Fröhlich fiel auf, dass dessen Beiträge von allen mit Ausnahme des Oberbürgermeisters meist kommentarlos akzeptiert wurden. Mit ihm würde er sich gut stellen müssen. Oliver Hardt als Pressesprecher hatte heute einen schweren Stand. Clemens missfiel, dass die Leipziger Volkszeitung seit Tagen über eine Spitzenkandidatur des Leipziger Oberbürgermeisters für die SPD bei der nächsten Landtagswahl spekulierte. Vor allem, dass diese Artikel ohne Wissen des Pressesprechers veröffentlicht werden konnten, regte Clemens auf. Negativ schlug auch das unprofessionelle Verhalten gegenüber einer Journalistin vom »Leipzig Fernsehen« zu Buche. Clemens erwartete künftig generell eine bessere Unterstützung der Leipziger Medien. Hardt sollte hierzu ein Konzept erarbeiten. Kevin nahm sich vor, bei Hardt vorsichtig zu sein. Offensichtlich handelte es sich um einen »Abschusskandidaten« und da wollte er nicht neben ihm im Mündungsfeuer stehen. Außerdem musste er darauf achten, dass er nicht in ein plötzlich ausgelöstes »Friendly Fire« zwischen Hardt und dem Rest der Morgenrunde hineingezogen wurde. Vor angeschlagenen Boxern sollte man auf der Hut sein. Das galt selbstverständlich auch für angeschlagene und verzweifelte Pressesprecher.

Stefan-Alberto Schubert kümmerte sich als Leiter des Planungsstabes um die Dezernate, deren Bürgermeister nicht der SPD angehörten. Dies waren momentan die Dezernate Finanzen, Kultur, Wirtschaft und Umwelt. Anscheinend war er gut vernetzt, gerade auch in die SPD-Fraktion hinein. Diese Kontakte könnte er sich zunutze machen und irgendwann Schubert als Hauptansprechpartner ersetzen. Dr. Nadine Storl, die

Leiterin der Ratsgeschäftsstelle, war die Einzige, mit der sich Clemens nicht duzte. Wohl keine Genossin. Sie lachte häufiger als andere, was entweder auf eine lebenslustige Persönlichkeit oder auf ein schlichtes Gemüt schließen ließ. Offenbar lief da etwas mit Schubert. Beide wirkten sehr vertraut miteinander.

»Es war ja schon eine Meisterleistung, dass das Liegenschaftsamt der Propsteigemeinde dieses Filetstück auf der anderen Straßenseite überlassen hat. Ich freue mich schon auf den atemberaubenden Anblick und den dröhnenden Lärm der Kirchenglocken.«

Dies meinte Clemens zweifelsohne ironisch.

»Stefan-Alberto, das Stadtplanungsamt soll den Bauantrag noch mal durchgehen. Noch mehr Zugeständnisse soll es nicht geben. Vor allem der Kirchturm. Der soll im Stadtbild nicht unserem Rathausturm Konkurrenz machen. 55 Meter, mehr nicht. Der Turm darf nicht höher werden als das Europahaus.«

»Warum orientieren wir uns nicht an den Portaltürmen des Rathauses? Das wäre doch so eine Höhe von 50 Metern, oder? Und wenn man vom Clara-Zetkin-Park Richtung City schaut, erhalten wir eine harmonische Portalsituation. Das ist dann auch unsere städtebauliche Begründung für die Reglementierung.«

Spontan hatte Kevin beschlossen, dass »Kirchturmpolitik« besonders geeignet war, um einen ersten konstruktiven Beitrag in der Runde zu leisten.

»Bravo! Danke, Kevin! 50 Meter! Mehr nicht! Leute, nehmt euch mal ein Beispiel an diesem Vorschlag! So will ich das in Zukunft haben!«

SAMSTAG, 8. JUNI

42

Hamburg, 17.18 Uhr

Henning Sieveking alias Capitano gehörte noch lange nicht zum alten Eisen. Im Gegenteil. Manche mochten denken, er hätte sich ganz ins Privatleben zurückgezogen und sei spleenig geworden. Lebte auf einem Hausboot, stand spät auf, verwöhnte den Hund wie einen Sohn, spielte Golf und schaut die Heimspiele des HSV, wenn nicht gerade die verflixte Sommerpause wäre. Nur weil seine Tochter als alleinige Geschäftsführerin das Tagesgeschäft der SAM – Senator-Agentur für Marketing ganz passabel leitete, hieß das nicht, dass er nicht mehr wusste, wie der Hase lief. Sollten ihn andere ruhig unterschätzen. Doch der Capitano hatte alles im Blick. Größter Auftraggeber war zurzeit die CDU Deutschlands, die alles daransetzte, am 22. September bei den Wahlen zum 18. Deutschen Bundestag das Bundeskanzleramt zu verteidigen. Die Vorbereitungen liefen gut. Die heiße Phase würde eh erst nach den Sommerferien beginnen. Hier brauchte er vorerst nicht einzugreifen. Anders sah es bei den Machtverhältnissen in Sachsen aus. Die Sorgen seiner Tochter bezüglich der SPD-Spitzenkandidatur zur sächsischen Landtagswahl im nächsten Jahr teilte der Capitano nicht. Die SPD hatte in Sachsen aus ihrer Regierungsbeteiligung von 2004 bis 2009 kein Kapital schlagen können. Wie sollte sie da aus der Opposition heraus, egal mit welchem Spitzenkandidaten, nach der Krone auf dem Staatskanzleigebäude greifen? Dennoch sollte alles versucht werden, damit das personelle Angebot des politischen Gegners nicht zu verlockend erschien. Und in der Tat, da konnte ein erfolgreicher Oberbürgermeister aus einer Großstadt den Otto Normalwähler schon in Versuchung bringen. Also sollte Michele ruhig einen Abstecher nach Leipzig unternehmen und Völker ins Gewissen reden. Der Capitano ahnte, dass Michele wieder nach dem Aufenthaltsort und dem Zustand des Doppelgängers fragen würde. Und er würde ihm erneut bedeuten, dass dies nicht wichtig sei. Entscheidend sei doch schließlich nur, dass der Oberbürgermeister sich als Mörder fühlte und sich nicht sicher sein konnte, ob irgendwann der Leichnam Sewings auftauchte. Oder irgendwelche eindeutigen Beweise für dessen Ableben und den Verursacher.

Vom Untergeschoss seines Hausbootes hörte er, wie die Haustür aufging, und kurz danach vernahm er Schritte, verursacht von den vier Pfoten von Karlsson und dann – etwas gemächlicher – den zwei Füßen von Michele. Die beiden hatten eine Runde am Norderkai-Ufer gedreht. Karlsson hatte ihn im Obergeschoss erschnüffelt und lief die Treppe hoch, um ihn zu begrüßen und dann neben ihm auf dem Sofa Platz zu nehmen. Michele kam ebenfalls die Treppe hoch.

»Karlsson wird heute gut schlafen«, stellte Michael Lenk in seinem Lauf-Dress fest.

»Hast du ihn ordentlich ausgepowert?«

»Und er mich!«

»Sehr gut! Wollen wir uns gleich noch ein bisschen aufs Sonnendeck setzen?«

»Gerne, aber lass mich erst mal duschen.«

Lenk ging durch zur Wohnküche und öffnete den Kühlschrank.

»Hast du nur Bier?«

»Nein, du musst im Gemüsefach gucken. Da könnten unter den Möhren noch kleine Wasserflaschen sein.«

Nachdem Lenk diese gefunden hatte, löschte er kurz den drängendsten Durst und nahm erneut die Treppe, um sich eine Etage tiefer im Gästebad frisch zu machen.

Michele war für seinen Zeitvertreib eine gute Gesellschaft. Ein Freund, ein richtiger, ein echter Freund war er vor langen Jahren gewesen. Die Zeit mag Wunden heilen, aber eine zerbrochene Freundschaft kitten, das konnte sie nur ganz schwer. Das Urvertrauen hatte gelitten. Müsste der Capitano jedoch aus irgendeinem Grund einen besten Freund benennen, wäre es immer noch Michele. Da war er sich sicher. Beide hatten immerhin eine Basis gefunden, auf der sie miteinander harmonierten. Und es gab nicht viele, die ihm, dem Capitano, auf Augenhöhe begegnen konnten. Michele konnte das. Der PR-Guru musste nur aufpassen, dass er ihn irgendwie bei Laune hielt. Natürlich spekulierte Michele darauf, in die Agenturarbeit zur Bundestagswahl einbezogen zu werden. Aber dafür war er schon zu lange aus dem Geschäft draußen. Da war sich der Capitano mit seiner Tochter einig. Also musste er sich für seinen »besten« Freund, der immerhin auch sein Trauzeuge war, regelmäßig kleine Sonderaufgaben einfallen lassen.

Henning Sieveking kraulte Karlsson den Kopf und stand auf, um die Terrassentür zu öffnen. Karlsson blieb liegen und sah ihm halb interessiert hinterher. Auf dem Deck spannte der Capitano den Sonnenschirm auf. Es war richtig, dass Michele sich in Leipzig selbst ein Bild von der Lage machte und Völker auf Linie brachte. Und es war richtig, den Doppelgänger als Druckmittel zu behalten. Tot oder lebendig – so oder so – das war die Rolle des Alexander Sewing, die Rolle seines Lebens. Nie war er als Schauspieler wertvoller gewesen. Der Capitano setzte sich auf die Liege, die im Schatten des Schirms stand, und lehnte sich an. Nein, Michele sollte nicht zu viel wissen.

In der Angelegenheit »Clemens Völker« zog er allein an den Schicksalsfäden. Er hatte den Informanten im Rathaus angeworben und hielt den Kontakt. Er allein wusste über den Verbleib des Doppelgängers Bescheid. Er war Herr über dessen Leben und Tod. Und er würde irgendwann das Urteil über den Oberbürgermeister fällen – schuldig oder nicht schuldig.

Der Capitano sah über das Deck den Mittelkanal entlang in die Ferne. Da kam ihm ein Gedanke. Mit seinem Hausboot könnte er sich doch auch auf den Weg nach Leipzig machen. Anker lichten, Motor anwerfen und dann über die Elbe in Richtung Sachsen schippern. Er würde sich morgen erkundigen, über welche Wege dies möglich wäre und welche Liegeplätze es in Leipzig gäbe. Als Michael Lenk frisch geduscht und mit zwei Flaschen Bier auf dem Deck erschien, war Henning Sieveking bester Laune.

TEIL 2

MONTAG, 10. JUNI 2013

43

Leipzig, 8.47 Uhr

Sie rannte. Ihr Auto hatte sie achtlos auf der Weißenfelser Straße im hoffnungslosen Stau stehen gelassen. Martina Felske-Völker wollte zu ihrem Kind. Das allein zählte. Die Erich-Zeigner-Grundschule in Plagwitz hatte über mehrere Kanäle SOS gefunkt. Über E-Mail, SMS und Nachrichtendienste wurden die Eltern dringend aufgefordert, umgehend ihre Kinder abzuholen. Die Schule sei aufgrund eines Vorfalls – mehr wurde nicht mitgeteilt – evakuiert worden. Martina rannte gehetzt an den stehenden Autos vorbei. Ihre Lungen verlangten nach Atem, ihre Seiten stachen und ihre Waden brannten. Als sie in die Erich-Zeigner-Allee einbog, registrierte sie ein anwachsendes Hupkonzert in der verstopften Straße, das leise Blaulicht der Feuerwehr- und Rettungsfahrzeuge und Lehrer, die die Eltern wohl in die Amalienstraße zum Schulhof lotsen wollten. Einer der Lotsen war Kais Klassenlehrerin.

»Wo ist Kai?«

»Auf dem Schulhof, auf dem Schulhof!«

»Was ist passiert? Geht es ihm gut?«

»Es geht allen gut, bitte bleiben Sie hier nicht stehen.«

Martina wollte etwas erwidern, als sie von der Seite angesprochen wurde.

»Martina!«

Sie drehte sich um und sah Rechtsanwalt Dr. Cordes, ihren unheimlichen Verehrer. Nie war der Moment unpassender, sich auf seine Schwatzerei einzulassen.

»Martina. Jemand hat an mehreren Stellen Buttersäure im Gebäude versprüht. Komm mit. Marie ist auch am Sammelplatz auf dem Schulhof.«

Martina folgte ihm. Überraschenderweise gern und ohne Einschränkung. Dr. Cordes schien ihr der Polarstern zu sein, an dem sie sich sicher orientieren konnte.

»Wer macht denn so was?«

»Kinder halt.«

»Aber warum?«

»Das wüssten wir wohl alle gern.«

Dr. Cordes nahm sie an die Hand, um sie durch die Menschen und Einsatzfahrzeuge durchzuschleusen. Sie gelangten durch den seitlichen Eingang auf den Schulhof. Unterhalb einer Baumgruppe standen die Schüler der Klasse 2b. Kai war dabei.

»Kai! Ist alles in Ordnung?«

Martina kniete sich vor ihren jüngsten Sohn und umarmte ihn. Als er nichts sagte, schaute sie ihn an und strich ihm durchs Haar.

»Warum kommst du mit Maries Vater?«

»Er hat mir gezeigt, wo du bist.«

»Das konntest du nicht allein herausfinden? Wo ist Papa?«

Martina wunderte sich plötzlich. Ihr fiel auf, dass sie Clemens nicht informiert hatte, sondern einfach losgefahren war. So, als ob ihr Mann mit der Familie ohnehin nicht viel zu tun hätte.

»Ich habe Papa nicht erreicht. Er wird sicher bald kommen. Er hat immer so viel zu tun. Das weißt du doch.«

Martina spürte, dass diese Antwort ihren Sohn nicht überzeugte.

»Hey! Haben Sie eben Ihre Karre in der Weißenfelser Straße stehen gelassen und sind davongerannt?«

Martina stand auf und drehte sich zu einem wild fuchtelnden Mann um.

»Ja. Warum?«

»Warum? Sie gehören ja wohl in eine Klapse. Wenn das alle machen würden! Sie haben das Chaos vergrößert.«

»Ich wollte zu meinem Kind.«

»Wir alle wollten zu unseren Kindern. Das gibt Ihnen nicht das Recht, Regeln außer Kraft zu setzen, Sie egoistische Schlampe!

»Gibt es ein Problem?«

Dr. Cordes stand nun zwischen Martina und dem Mann.

»Mischen Sie sich nicht ein.«

»Und ob! Sie entschuldigen sich jetzt sofort bei der Dame.«

»Dame? Sie gehören doch auch in die Geschlossene.«

Dr. Cordes ergriff den Arm des größeren und schwereren Mannes und drehte ihn auf den Rücken.

»Sie werden sich jetzt bei der Dame entschuldigen, Sie Arschloch. Los, kommen Sie. Es ist ganz einfach. Sprechen Sie mir nach: Es tut mir leid. Na, wird's bald? Es tut mir leid.«

»Es tut mir leid.«

Dr. Cordes ließ den Arm los und schubste den Mann von sich weg, sodass er auf dem Pflaster des Schulhofs landete. Sein Gesicht war gezeichnet von Schmerz und Wut. Im Aufstehen bemerkte er, dass sich eine Menschentraube um Martina gebildet hatte. Er schluckte seinen Ärger hörbar runter, nahm sein ängstliches Kind an die Hand und ging weg. Martina fiel ihrem Retter um den Hals.

»Danke!«

Dr. Cordes legte seine Hand um ihre Hüfte und zog sie leicht an sich heran.

»Keine Ursache. Gern geschehen.«

Martina merkte, dass die Umarmung zu lang und zu intensiv wurde, und beendete sie abrupt.

»Danke! Das war sehr freundlich.«

Kai schaute sie entrüstet an. Beim Verlassen des Schulhofes sah sie aus dem Augenwinkel, wie Siegmund Jähnig vorm Portal ein Interview gab.

44

Leipzig, 9.02 Uhr

»Hattet ihr ein schönes Wochenende?«

Dorothee Messerschmidt strahlte ihn an. In ihrem sommerlichen Kleid wirkte sie wie ein Teenager. Clemens gefiel die Strähne, die sich partout nicht in das Regime ihrer Hochsteckfrisur einbinden lassen wollte. Fasziniert schaute er sie an, bis er bemerkte, dass seine Antwort noch ausstand. Was sollte er sagen? Seit der Begegnung zwischen Martina und Uta hing der Haussegen schief. Dorothee konnte er nichts vormachen. Der Aufwand für Ausflüchte jeder Art war sinnlos.

»Es ist im Augenblick nicht ganz einfach. Das allgemeine Zusammentreffen mit Frau Studtmann hat unser Verhältnis ein wenig getrübt.«

»Oh, das tut mir leid.«

»Schon okay.«

Er hatte auch die letzte Nacht wachgelegen und sich ausgemalt, wie sich seine Frau unbewusst seinem Doppelgänger hingegeben hatte. Ein außereheliches Vergnügen, das er sich zuvor gerne mit Uta Studtmann zugestanden hatte, aber Martina nicht gönnte. Und dann sagt ihr dieser Schuft von Doppelgänger auch noch, dass sie ihrerseits einmal fremdgehen könne. So als ausgleichende Gerechtigkeit. Quasi ein Freischuss. Bei dem Gedanken zitterte Clemens vor unterdrückter Wut. Mit Überraschung stellte er fest, dass sich ein Gefühl der Genugtuung dazugesellte. Vielleicht hatte er diesem Gigolo tatsächlich und zu Recht das Lebenslicht ausgeblasen? Eine Hoffnung keimte in ihm auf, einen Weg gefunden zu haben, wie er mit der möglichen Schuld besser umgehen könnte. Aber ob tot oder lebendig, Sewing hatte seine Spuren hinterlassen, die bis heute und darüber hinaus noch sichtbar waren.

»Und wie war dein Wochenende?«

Eigentlich eine unverfängliche Allerweltsfrage. Doch Dorothee hatte nur auf dieses Stichwort gewartet.

»Wir haben es getan«, sie platzte mit dieser Neuigkeit förmlich heraus, »und es war fantastisch. Am Samstag bei mir und wir haben unsere Theaterkarten verfallen lassen, falls du verstehst, was ich meine.«

Leider zu gut. Beschränkte sich Clemens' Eifersucht bis eben noch auf den mutmaßlich verblichenen Sewing, so schloss er diesen neuen Lover seiner Chefsekretärin in dieses bittersüße Gefühl mit ein. Er wollte nichts davon hören, aber Dorothee erzählte munter drauflos und ersparte ihm kein Detail. Warum war gerade jetzt Frau Marhofer nicht im Vorzimmer?

»Und weißt du, was das Beste ist?«

Dorothee schien zum Schluss zu kommen.

»Er besucht mich heute Abend wieder, und da habe ich eine kleine Überraschung für ihn.«

Kaum hatte sie es gesagt, stand sie auf und zog ihren Rock hoch, sodass Clemens ihre Dessous sehen konnte.

»Wie findest du das?«

Clemens kam aus dem Staunen nicht mehr heraus. Wie hatte es dieser Sewing nur angestellt, dass die ganze Damenwelt so außer Rand und Band war?

»Kann ich so was tragen kann? Wird ihm das gefallen? Sei ehrlich!«

Wollte sie wirklich seine Meinung hören? Vielleicht sollte er diesen erotischen Ausflug unterbinden und ihr empfehlen, Liebestöter unterzuziehen.

»Solltet ihr euch nicht etwas mehr Zeit nehmen? Euch besser kennenlernen, gemeinsame Interessen entdecken?«

»Ja, Mutti.«

»Immerhin scheint es dir ernst zu sein. Ich hoffe, er empfindet genauso wie du.«

»Jetzt sei mal nicht so pessimistisch. Fast könnte man meinen, du wärst eifersüchtig.«

Dorothee knuffte ihren Chef in die Seite. Clemens betrachtete das Thema als beendet.

»Gibt es irgendetwas Eiliges?«

Dorothee schaute auf ihren Block mit handschriftlichen Notizen.

»Nein, es gibt die üblichen Verdächtigen, die kann ich aber an Herrn Brandis vermitteln. Ein gewisser Michael Lenk hat sich gemeldet, wollte unbedingt mit dir sprechen. Das ist der Journalist, oder? Soll ich ihn an Herrn Hardt verweisen?«

»Lenk?«, Clemens versuchte, sich sein Unbehagen nicht anmerken zu lassen. »Nein, den rufe ich besser zurück. Hat er gesagt, um was es gehen soll?«

»Nein, leider nicht. Willst du ihn gleich sprechen?«

»Nein, das hat Zeit. Sonst noch etwas?«

»Ja, am Empfang ist ein seltsamer Brief abgegeben worden. An dich persönlich adressiert, ohne Absender.«

Dorothee fischte die Post aus einem Ablagefach heraus und überreichte sie. Ein weißer, länglicher Umschlag. Unfrankiert.

Die Adresse hatte jemand mit unruhiger Hand in Druckbuchstaben darauf geschrieben. Clemens schwante nichts Gutes.

»Du hast ihn nicht geöffnet?«

»Er ist als persönlich gekennzeichnet.«

»Gefällt mir nicht. Bitte gib ihn Robert Schulte. Der soll sich darum kümmern.«

45

Leipzig, 10.33 Uhr

Eine Lichthupe blinkte zweimal auf. Das war das Zeichen. Vorsichtig näherte er sich der anthrazitfarbenen Limousine. Neben der Vorsicht spürte er auch deutlichen Widerwillen in sich hochkommen. Er dachte, dass er es überwunden hätte, dass er seinen Auftrag erfüllt und seine Schuld abgearbeitet hätte, dass er raus wäre aus dieser Geschichte, die sich letztlich um Leben und Tod drehte. Darauf hatte ihn niemand vorbereitet. Mit niemandem konnte er darüber sprechen. In jener Nacht war er ungewollt über sich hinausgewachsen. Jene Nacht, in der sein Chef, der Oberbürgermeister, im Paternoster mit dessen Doppelgänger gekämpft hatte. Und so, wie er damals pariert hatte, den Anweisungen dieses unbekannten, kühlen und geheimnisvollen Auftraggebers gefolgt war, so parierte er auch jetzt. Auf Knopfdruck. Gegen seinen Willen. Einer rief an, einer schnippte mit dem Finger und er reagierte. Sofort. Unverbesserlich. Er wagte es einfach nicht, zu widersprechen. Und so war er wieder mittendrin statt endgültig raus aus dieser Nummer. Sein Widerwille nahm das Gefühl der Wut huckepack.

Den Treffpunkt hatten sie telefonisch verabredet. Die Tiefgarage unterhalb der Marktgalerie. Sofort. Missmutig ließ er seine Arbeit ruhen. Der schnellste Weg führte ihn die Burgstraße stadteinwärts an der Thomaskirche vorbei. Über die Thomasgasse gelangte er in das Treppenhaus und fuhr im Aufzug zwei Stockwerke hinab.

Er öffnete die Tür und setzte sich auf den Beifahrersitz.

»Da sind Sie ja.« Michael Lenk tippte eine Nachricht auf seinem Handy zu Ende und wandte sich ihm zu. »Wie geht es Ihnen?«

»Gut.«

»Fein. Wir brauchen Ihre Hilfe.«

»Ich dachte, es ist vorbei.«

»Nein, solange Clemens Völker mit dem Gedanken spielt, bei der Landtagswahl als Spitzenkandidat anzutreten, ist es nicht vorbei. Es ist auch nicht so, dass wir unzufrieden oder undankbar wären. Wir schätzen Ihre Dienste sehr. Und wir kommen gerne darauf zurück. Natürlich springt etwas für Sie heraus.« Mit diesen Worten deutete Lenk auf das Handschuhfach. Sein »Beifahrer« öffnete das Fach und entnahm ihm einen braunen Umschlag. Er ahnte den Inhalt und entspannte sich.

»Das Gleiche gibt es, wenn Völker endgültig aus dem Rennen ist. Das ist doch in Ihrem Interesse, oder?« Als der andere nichts sagte, sprach der PR-Profi weiter. »Wir brauchen weiterhin Informationen aus dem Umfeld des Oberbürgermeisters, die uns helfen, ihm eine Falle zu stellen und ihn dann auszuschalten. Ich gehe davon aus, dass das keine Gewissenskonflikte bei Ihnen auslöst.«

»Nein.«

»Hervorragend. Gibt es diesbezüglich etwas Neues?«

»Jetzt nach der Wahl?«

»Ja.«

»Er hat plötzlich einen neuen Persönlichen Referenten aus dem Hut gezaubert. Ein affektiertes, altkluges Würstchen. Dafür wurde sein alter Persönlicher auf eine Loser-Stelle abgeschoben. Das sorgt derzeit für Unruhe im Stab. Und der Kampf um die Dezernentenstellen geht in die heiße Phase. Völkers Favoritin für den Sozialbürgermeisterposten hat wenig Chancen.«

»Das wird ihn ärgern. Sehr gut. Sonst noch irgendetwas?«

»Nein.«

»Gut, halten Sie Augen und Ohren offen. Für mich ist erst mal alles interessant. Haben Sie etwas von dem Doppelgänger gehört?«

»Dem Schauspieler? Nein, ich weiß nicht mal, ob er noch lebt. Sie müssten da doch besser informiert sein.«

»Eigentlich ja. Ich werde mich auch bald erkundigen. Wo hatten Sie ihn noch gleich abgeliefert?«

»Bei der Notaufnahme vom St.-Elisabeth-Krankenhaus. Dort hat mein Vater noch gute Kontakte. Und die Brüder von der St.-Bonifatius-Gemeinde waren auch sehr hilfsbereit.«

»Ja, das war eine großartige Aktion, wie wir den Sewing mit dem Reinigungswagen von der Putzkolonne aus dem Rathaus geschafft haben.« Lenk hielt inne und schnupperte. »Sie riechen nach Alkohol. Haben Sie wieder getrunken? Das hört ab sofort auf! Wir müssen uns auf Sie verlassen können!«

»Ich habe nicht getrunken.«

»Hier haben Sie einen Euro.« Lenk kramte ein Geldstück aus seiner Jackentasche. »Testen Sie mal hinten am Gerät Ihren Alkoholwert. So geht das nicht!«

46

Leipzig, 11.09 Uhr

Warum sitzt der Kerl an meinem Schreibtisch?, dachte sich Florian Strieder, als er das Büro des Persönlichen Referenten betrat, der er immer noch war. Dass es einen zweiten Persönlichen gab, bedeutete nicht, dass er schon aus dem Spiel genommen worden war. Es waren sein Zimmerschlüssel, seine privaten Gegenstände, seine Akten und Vermerke. Kaum ging er einmal raus, kam Mr. Wichtig und nahm alles wie selbstverständlich und ohne jeglichen Anschein von Skrupel in Beschlag. Florian war zum Kotzen zumute, aber er lächelte. Man konnte in seiner Position nie wissen, ob er irgendwann einmal auf die Gunst Kevin Fröhlichs angewiesen sein würde.

»Wo waren Sie denn? Wir hatten uns für elf verabredet.«

Das gibt dir nicht das Recht, mein Zimmer zu betreten und rumzuschnüffeln, du blöder Affe.

»Ja, kann sein. Ich musste noch etwas Dienstliches erledigen.«

»Was denn?«

Neugierig wie ein Waschweib.

»Nur eine kurze Abstimmung.«

»Ging das nicht auch digital? Das muss anders werden, Herr Strieder. Wir sollten als Verwaltung mit gutem Beispiel bei den neuen Kommunikationsmitteln voranschreiten. Verstehen Sie? Und Sie sollten im Eigeninteresse künftig Termine einhalten. Clemens mag keine Unpünktlichkeit. Ich werde diesmal noch ein Auge zudrücken.«

Florian Strieder war von diesem unverschämten Verhalten wie vor den Kopf geschlagen. Was erlaubte sich diese Flachzange?

»Was meinen Sie, wie lange die Einarbeitung dauern wird?«

»So lange, wie ich noch kein neues Büro habe, kannst du mir … können Sie mir über die Schulter schauen.«

»Nein, nein. Das dauert möglicherweise zu lange. Sie räumen am besten zügig dieses Zimmer aus. Die meisten Sachen werden Sie ja für dieses Kulturhauptstadt-Ding gar nicht mehr brauchen. Ich habe in dem einen Schrank schon mal angefangen, ein paar Ebenen auszumisten.«

Kevin Fröhlich zeigte auf einen Kopierpapierkarton, in dem Verschiedenes wild durcheinander lag.

»Übrigens, Sie sollten vorsichtig sein mit Alkohol. Ihren Vorrat an Piccolo-Flaschen habe ich gleich mal in den Abfluss entsorgt.«

Sollte sich Florian darüber aufregen? Er hatte den richtigen Zeitpunkt verpasst. Als der Kerl an seinem Schreibtisch saß, hätte er ihn zusammenfalten müssen. Nun war es zu spät und Kevin hatte Oberwasser. Er spürte, dass sein Abstieg begonnen hatte.

»Du, wollen wir uns nicht duzen? Also, wir alle duzen uns hier.«

»Ich weiß nicht, ob das so toll ist. Vielleicht bin ich eines Tages Ihr Vorgesetzter, und dann ist das mit dem Duzen nicht so günstig.«

47

Leipzig, 11.20 Uhr

»Stell dir vor, mir wäre etwas passiert und niemand kann dich erreichen. Ich könnte meinen Schlüssel verlegt haben und käme nicht in meine Wohnung. Oder man hätte mich ins Krankenhaus eingeliefert und jemand müsste mir eine Tasche packen. Oder ich müsste aus dem Stand eine wichtige Entscheidung treffen und du könntest mich nicht beraten.«

Stefan-Alberto Schubert war dieses Phänomen nicht neu. Im ersten Moment fühlte sich der Angesprochene, als wäre er die wichtigste Person auf dem Planeten. Unentbehrlich, unersetzlich, unbezahlbar. Wenn er genau darüber nachdachte, dann war das alles Unsinn. Letztlich ging es nur um Nadine. Nadine ganz allein. Nadine mit dem Anspruch auf Dauerverfügbarkeit.

»Seit wann bin ich dir so wichtig?«

»Na hör mal. Kennst du mich so schlecht? Also, das hätte ich jetzt nicht erwartet. Nicht von dir.«

Dr. Nadine Storl war tatsächlich entrüstet. Das war nicht gespielt. Sie lebte ihren Prinzessinnentraum, dass die ganze Welt sich um sie kümmerte, wenn sie auf der Erbse geschlafen hatte.

»Dir ist ja nichts passiert. Ich war halt kurz weg.«

»Während der Dienstzeit, Stefan. Wo warst du denn?«

»Trag ich heute Abend alles in meine Zeiterfassungsliste ein. Keine Sorge.«

»Und wo warst du? Du, wenn du eine andere hast. Das merke ich eh.«

Interessant. Sind wir also doch zusammen.

»Ich kann dich beruhigen. Es gibt keine andere. Ich habe nur kurz einen Geschenkgutschein besorgt. Morgen hat eine Kollegin Geburtstag.«

»Kollegin? Wer denn?«

»Kennst du nicht.«

»Doch, bestimmt. Wer denn?«

»Willst du gar nicht kennen.«

»Das ist ja gemein. Wo hast du denn den Gutschein gekauft?«

»Bei Douglas, wenn du das unbedingt wissen willst.«

»Du hast doch eine andere!«

Nadine verschränkte beleidigt die Arme.

»Es gibt keine andere. Frau Rehbach hat Geburtstag.«

»Ja, die. Die kann sich sehr gut mal ein Deo von dem Gutschein kaufen. Sehr gut! Hast du irgendein Parfum ausprobiert? Puuh, das riecht aber streng. Das war wohl umgekippt. Geh dir bloß gleich dein Gesicht waschen.«

Einfach unglaublich.

»Warum brauchst du mich denn so dringend?«

»Ich bin – tada! – eingeladen, mich bei der Fraktionssitzung der Grünen vorzustellen. Morgen Abend. Was sagst du jetzt?«

»Na, herzlichen Glückwunsch. Das ist ja toll!«

Stefan-Alberto ging auf sie zu und umarmte sie.

»Ich habe mir das schon gedacht, dass die Grünen Interesse haben.«

»Warum das denn?«

»Weil ich eine gute Kandidatin bin und die Grünen das richtig erkannt haben. Außerdem hat unser Oberbürgermeister so etwas angedeutet. Wahrscheinlich hat er schon eine Mehrheit für mich organisiert.«

Sollte er sie im Glauben lassen? Vielleicht war es für das Vorstellungsgespräch förderlich, mit einer gehörigen Portion Selbstbewusstsein aufgetankt zu sein.

»Das sind ja gute Neuigkeiten. Aber warum wolltest du mich denn unbedingt sprechen?«

»Also, erstens natürlich, weil du der wichtigste Mensch in meinem Leben bist, und zweitens würde ich mich gern mit dir auf das Gespräch in der Fraktion vorbereiten. Kannst du dir nicht ein paar grüne Fragen ausdenken? Und wir gehen das heute Abend einmal durch? Du darfst auch gern bei mir übernachten.«

Jetzt konnte auch Stefan-Alberto Nadines Kandidatur eine positive Seite abgewinnen.

48

Leipzig, 11.17 Uhr

»Mensch, Dietmar. Das geht so nicht! Wo warst du denn? Eine geschlagene halbe Stunde haben wir dich gesucht. Wenn du so lange weg bist, dann melde dich gefälligst bei meinem Vorzimmer ab. Das ist immer besetzt. Du bist doch nicht wieder in der Spielhalle gewesen und hast getrunken? Dietmar, du weißt, was wir besprochen hatten!«

Oberbürgermeister Clemens Völker war in Rage. Dietmar Brandis vermutete, dass seine kurze Abwesenheit nicht der alleinige Grund sein konnte. Und richtig: Der eigentliche Grund lag auf dem Schreibtisch des Oberbürgermeisters. Ein geöffneter Briefumschlag und ein auseinandergefaltetes weißes Blatt Papier, auf dem mit verschiedenen Buchstaben-Schnipseln eine Botschaft geklebt war. Der Büroleiter trat näher heran und las: *Ich weiß, was du im letzten Mai getan hast!*

»Was ist das denn für ein Bullshit? Das ist doch aus diesem Film, ich glaube, der hieß genauso, nur mit Sommer statt Mai. Du nimmst das doch nicht ernst, oder?«

»Ich nehme alles ernst. Es ist hier in den letzten Monaten zu Unregelmäßigkeiten gekommen. Das müssen wir so gut wie möglich eindämmen. Und dieser Brief hat eine neue Qualität.«

»Was sollen wir jetzt tun?«

»Erst mal hängen wir das nicht an die große Glocke. Sprich mit Robert Schulte. Er ist dabei, ein Sicherheitskonzept zu entwickeln. Er soll diesen Brief dabei berücksichtigen und noch schneller arbeiten, als er es ohnehin schon tut.«

»Soll ich den Brief mitnehmen?«

»Nein, ich lasse ihn zunächst bei mir. Ohh, ist das der Klebstoff, der hier so stinkt?«

49

Leipzig, 16.40 Uhr

Holger Stepansky grübelte darüber nach, ob seine Performance schon ausgereift war. Sicherlich gab es an unterschiedlichen Stellen etwas zu verbessern. Wäre auch sonderbar, wenn es nicht so wäre. Aber wo sollte er ansetzen? Die Akquise von Aufträgen. Für einen Privatdetektiv sehr wichtig. Aber sollte er als Sandwich-Man durch die Innenstadt tigern und Flyer verteilen? Die Lage seines Büros. Gerade erst war er nach Zentrum-Ost umgezogen. Mehr als eine kleine Einheit in einem hässlichen Verwaltungsgebäude war finanziell zurzeit nicht drin. Andererseits musste er an seine Tarnung denken. Es war gut, dass seine Gegner – und das konnten potenziell alle sein – nicht wussten, wo sein Basiscamp lag. Von hier aus war es ihm möglich, unerkannt und ungestört zu operieren. Der Service und die Höflichkeit gegenüber Kunden. So weit kommt es noch. Wenn die schon viel Geld bezahlen, dann wollen die auch das volle Programm mit einem echten Raubein erleben. Das ist halt die Privatdetektiv-Illusion. Die war bei ihm eingepreist. Weiter kam Holger Stepansky bei seinem Gedankenspiel gar nicht, weil sich vor seiner Geschäftstür etwas tat, wie er auf dem Monitor feststellen konnte. Zwei Männer jenseits der 50 standen vor der Tür und stritten sich. Der eine war schon mal sein Klient gewesen. Neugierig schaltete der Privatdetektiv den Ton mit dazu.

»Das war eine Schnapsidee. Komm, wir gehen wieder.«

»Du kannst dir wenigstens ein Angebot machen lassen. Du warst doch überzeugt.«

»Ja, ich habe meine Meinung aber geändert.«

»Fragen kostet nichts. Du wirst dich ärgern, wenn du es nicht zumindest mal versuchst.«

In diesem Moment öffnete Holger Stepansky die Tür, womit Hans-Ulrich Hohmeyer und Hartmut Lötzsch nicht gerechnet hatten. Sie fühlten sich offenbar ertappt.

»Meine Herren, geht es auch etwas leiser bitte? Ich bin Privatdetektiv. Ich lege Wert auf unauffällige und diskrete Aktivitäten. Also das Gegenteil von dem, was Sie hier gerade veranstalten. Was kann ich für Sie tun?«

DIENSTAG, 11. JUNI

50

Leipzig, 8.47 Uhr

Wie lange hatte er nicht mehr gebetet? Konnte man das Beten verlernen? Ab wann war es einem Menschen nicht mehr erlaubt zu beten? Die Verbindung zu Gott gekappt. Kein Anschluss unter dieser Nummer. Ihr Gebet kann im Augenblick nicht entgegengenommen werden. Michael Lenk stand in der katholischen Pfarrkirche St. Bonifatius in Connewitz und schaute wie gebannt auf das große Kreuz mit der riesigen Christusfigur, das über dem Altarbereich hing und den Innenraum dominierte. Die flache goldene Kuppel, die ockerfarbene Altarwand, die daran anschließenden dunkelblauen Putzwände, die rötlichen Tonziegel auf dem Fußboden sowie das kühle Türkis in den Seitenkapellen ließen in ihm eine mystische Stimmung aufkommen. Der PR-Profi fühlte sich in ein anderes Land zu einer anderen Zeit zurückversetzt. Konstantinopel vielleicht. Zu dieser frühen Stunde schien das wenige Licht, das durch das runde Altarfenster mit den blau-roten Glaselementen einfiel, auf den gekreuzigten Christus und verstärkte Lenks Eindrücke. Das Morgenlob, an dem er von der hinteren Bank des runden Hauptraumes aus teilgenommen hatte, war beendet. Einige Gläubige hielten sich noch in den den Hauptraum ringförmig umschließenden Seitenkapellen auf. Er wandte sich der Marienfigur zu. Einem spontanen Gedanken folgend überlegte er, ob er eine Kerze anzünden und das Beten versuchen sollte.

»Herr Lenk?«

Er drehte sich um und war überrascht. Hatte er bei seiner Verabredung mit dem Pater an einen Mönch mit vorzugsweise brauner Soutane und Kapuze gerechnet, so stand nun ein Mann von Mitte 30 mit weißem Hemd und Jeans vor ihm.

»Ja, sind Sie Pater Roman?«

»Ich stehe vor Ihnen. Grüß Gott.«

»Grüß Gott.«

Michael Lenk wunderte sich, er hatte selbst im tiefsten Bayern noch nie diese Grußformel benutzt.

»Was kann ich für Sie tun?«

»Ich bin ein Freund von Herrn Sieveking. Er hat mich gebeten, bei meinem nächsten Leipzigaufenthalt Kontakt zu Ihnen aufzunehmen und zu fragen, ob die Spende auch in Ihrem Sinne angekommen ist?«

»Das ist sehr freundlich. Aber Sie haben sicherlich Verständnis dafür, dass wir verantwortungsvoll mit den Bedürfnissen unserer Brüder und Schwestern umgehen. Das schließt auch die weltlichen Angelegenheiten mit ein. Wir sind zwar kein Schweigeorden, aber würden es dennoch vorziehen, diese Information nur direkt unserem Mitbruder zu übermitteln. Ich hoffe, Sie haben dafür Verständnis.«

»Absolut. Ich begrüße es, wenn in dieser rastlosen Welt an Prinzipien festgehalten wird. Herr Sieveking schien mir aber besorgt zu sein, dass seine Spende möglicherweise nicht ausgereicht habe und Ihr Orden zu bescheiden sei, um ihn darauf hinzuweisen. Als Vorstandsmitglied im Verband der Katholiken in Wirtschaft und Verwaltung liegt ihm dieses Gotteshaus besonders am Herzen. Aber das brauche ich Ihnen bestimmt nicht zu sagen.«

»Das ist uns sehr wohl bekannt. Herr Sieveking ist uns ein guter Freund. Unsere Türen stehen ihm immer offen.«

»Pater Roman, es steht ein besonderer Anlass an. Wie Sie sicherlich wissen, zieht sich Herr Sieveking mehr und mehr aus dem aktiven Geschäft zurück und überträgt seiner Tochter Constanze nach und nach mehr Verantwortung. Deshalb wird demnächst eine kleine Feier im engsten Familien- und Freundeskreis stattfinden. Dazu möchten wir ihm gern ein Geschenk mit besonderem Wert verehren.«

»Ich verstehe.«

»Ich habe gehört, das Bleiglasbild des heiligen Bonifatius bedarf dringend einer Sanierung? Herr Sieveking würde sich sehr freuen, wenn wir mit unserem Beitrag ihm zu Ehren dieses Vorhaben maßgeblich unterstützen würden.«

»Maßgeblich?«

»Maßgeblich!«

»Herr Lenk, da lässt sich ein Weg finden.«

»Pater Roman, ich weiß, dass Ihrem Orden vor Kurzem eine verlorene Seele anvertraut worden ist. Darf ich mich erkundigen, wie es um die physische und geistige Gesundheit dieser Person bestellt ist?«

»Sie sind ein Freund der Familie?«

»Unbedingt!«

»Er befindet sich in Gottes gütiger Hand.«

MITTWOCH, 12. JUNI

51

Leipzig, 8.15 Uhr

Stefan-Alberto Schubert war sich nicht sicher, ob er in diesem Haus an der Georg-Schwarz-Straße richtig war. Seine Mutter hatte ihn gestern Abend angerufen und ihm ihre Sorgen über ihren jüngeren Sohn mitgeteilt. Stefan-Alberto gelang es nicht, sie zu beruhigen, und er versprach, noch vor Arbeitsbeginn Andreas-Mario einen »Hausbesuch« abzustatten. Die Adresse, die ihm seine Mutter telefonisch durchgegeben hatte, kannte er nicht und er fragte sich, warum ihm sein Bruder den Umzug bei ihrem letzten Treffen verschwiegen hatte. Eigentlich wollte er doch in eine WG in der Oststadt umziehen.

Das Haus zu der angegebenen Nummer stammte aus der Gründerzeit und bedurfte dringend einer Sanierung. Die Fenster im Erdgeschoss waren zum Teil mit Spannholzplatten vernagelt oder deren Rollläden waren runtergezogen. Gegen Graffitischmierereien wehrte sich schon seit Langem niemand mehr. Von der offen stehenden Haustür blätterte die grüne Farbe ab. Im Treppenhaus roch es muffig, modrig. Die Treppenstufen knarzten bedrohlich. Nicht alle Einheiten im Gebäude schienen bewohnt zu sein. Es gab keine Namensschilder. Im ersten Stock angekommen, lauschte Stefan-Alberto. Als er kein Lebenszeichen auf dieser Ebene ausmachen konnte, stieg er eine Etage höher. Er hörte Musik. Wieder so ein Singer-Songwriter-Gedudel. Eine Tür war nur angelehnt. Stefan-Alberto schob sie ein Stück weit auf. Der Flur machte einen verwahrlosten Eindruck. Aus einem hinteren Zimmer fiel Licht in den unbeleuchteten Flur. Der »große Bruder« wagte sich vor.

»Hallo. Ist hier jemand?«

Stefan-Alberto ärgerte sich. Er würde zu spät zur Arbeit kommen. Er wagte sich Schritt für Schritt vor.

»Hallo, Andi, bist du hier?«

Die Musik wurde ausgeschaltet.

»Wer ist da?«

»Stefan-Alberto.«

Die hintere Tür öffnete sich erst einen Spalt und dann ganz. Andreas-Mario stand in Unterhose im Türrahmen. Die Beleuchtung von hinten setzte Stefan-Albertos kleinen Bruder merkwürdig in Szene: Eine Lichtgestalt in Unterhosen? Sonnenstrahlen erhellten den Flur und erneuerte in Stefan-Alberto die Überzeugung, dass man auch mal für Dunkelheit dankbar sein konnte. Eine Art Kommode gewann ihre Konturen zurück. Es fehlten einige Schubladen. Auf der Kommode lag ein hoher Stapel mit akkurat aufeinandergelegten DIN-A5-Blättern.

»Was machst du denn hier?«

»Das könnte ich dich auch fragen.«

»Wenn man keine Kaution zahlen kann, muss man sehen, was noch übrig bleibt.«

»Hier zahlt ihr anscheinend keine Miete, sondern müsstet eigentlich vom Eigentümer Schmerzensgeld verlangen.«

Andreas-Mario lachte.

»Das ist eine gute Idee. Der Eigentümer hat sich nur noch nicht gemeldet. Das Haus stand wohl mal auf der Hauswächter-Liste und ist irgendwann wegen Hoffnungslosigkeit rausgeflogen. Und jetzt bringen wir es auf Vordermann.«

Oder gebt ihm den Rest, dachte der große Bruder.

»Mutter macht sich Sorgen.«

»Das kommt vor.«

»Wie ist euer Plan für das Haus?«

»Wir haben einen Raum bewohnbar gemacht. Ich würde ihn dir gerne zeigen, aber es ist nicht aufgeräumt, fürchte ich. Einen Stuhl kann ich dir auch nicht anbieten. Als Nächstes werden wir also einen Stuhl auftreiben müssen.«

»Wie viele Leute seid ihr?«

Andreas-Mario fing an, umständlich imaginäre Personen an seinen Fingern abzuzählen.

»Genau genommen … zwei.«

»Also bei euch ist so weit alles in Ordnung?«

Stefan-Alberto wollte den Absprung machen. Und nach einem Blick auf die Armbanduhr am besten sehr schnell.

»Was macht der hier?«

Die sagenhafte Freundin tauchte vom Treppenhaus her auf und versprühte sofort ihren giftigen Charme.

»Das ist mein Bruder.«

Stefan-Alberto wunderte sich, dass sein Bruder ihn offensichtlich verteidigte.

»Der steht auf der anderen Seite.«

Kirsti schob ein Herren-Rennrad in den Flur und sicherte es mit einem soliden Bügelschloss. Wie spießig!

»Jetzt stehe ich erst mal in einer Wohnung, die euch nicht gehört und für die ihr keine Miete zahlt, bei der der Eigentümer gar nicht weiß, dass ich hier zu Besuch bin.«

»Vielleicht weiß der Eigentümer gar nicht, dass ihm das Haus gehört. Oder er kümmert sich bewusst nicht darum, weil er darauf spekuliert, dass es eines Tages in sich zusammenkracht.«

»Gut möglich. Ein Grund mehr, dieses Haus zu verlassen. Es ist zu gefährlich hier.«

»Gefährlich wird es nur, wenn Bullen meinen, dass sie es beräumen können.«

»Euer größter Feind wird nicht die Polizei sein, sondern Ungeziefer.«

»Hört! Hört! Da haben wir aber schon anderes erlebt. Aber was soll ich sagen? Du stehst auf der anderen Seite. Also, die Besuchszeit ist abgelaufen.«

Stefan-Alberto drehte sich um und stieß den Stapel von der Kommode.

»Oh, wie ungeschickt.«

Er kniete sich hin, um die Blätter aufzuheben, doch Kirsti eilte zu ihm, drängelte ihn weg und versuchte, ihm die Blätter rabiat abzunehmen.

»Das geht dich nichts an. Verschwinde!«

Stefan-Alberto stand auf und verließ tonlos die Wohnung und das Haus, schwang sich unten auf sein Fahrrad und fuhr los. Als er meinte, aus der Sichtweite zu sein, stoppte er ab und öffnete seine Faust, in der er eins der Blätter zusammengeknüllt hatte. Stefan-Alberto strich das Papier glatt. Es handelte sich um einen Demonstrationsaufruf gegen einen Kongress der Deutschen Bank.

52

Leipzig, 8.32 Uhr

Um Himmels willen! Das kann er doch nicht ernst gemeint haben, dachte Oberbürgermeister Clemens Völker. Vorsichtig schaute er sich im zweiten Obergeschoss des Alten Rathauses um, ob er versteckte Kameras ausmachen konnte. Sicherlich würde gleich Guido Cantz aus irgendeinem Hinterhalt auftauchen und diese Posse auflösen. Er konnte diesem Gedanken auch etwas Positives abgewinnen. Denn es würde bedeuten, dass er als Gast an der nächsten »Verstehen Sie Spaß?«-Sendung teilnähme. Samstagabend Prime Time. Er durfte nicht vergessen, nachher mit Dorothee über die kommenden Wochenendtermine zu sprechen. Und Oliver sollte mit der ARD ein Kontingent an Freikarten und Hotelzimmern aushandeln.

Vorgeblich nahm Völker eine Denkerpose ein, stützte sein Kinn auf seiner Hand ab und fixierte das Porträt des Mannes, der sein Vorgänger als Oberbürgermeister in Leipzig war. Aus den Augenwinkeln blickte er nach links und rechts, weil er jeden Moment mit der Auflösung dieser Falle rechnete. Aber kein Guido Cantz, keiner der umstehenden Besucher gab sich als Lockvogel zu erkennen. Er stand schon viel zu lange vor dem Gemälde, das Bestandteil der neu konzipierten ständigen Ausstellung »Moderne Zeiten. Leipzig von der Industrialisierung bis zur Gegenwart« war. Der Direktor des Stadtgeschichtlichen Museums hatte ihn zu einem Rundgang eingeladen, bevor die Ausstellung offiziell eröffnet werden sollte. Völker musste jetzt irgendeine Reaktion zeigen. Also näherte er sich dem Bild und tat so, als wollte er sich ein Detail näher anschauen.

»Na, Clemens, willst du dich auch mal so porträtieren lassen?«

Clemens Völker drehte sich um und sah in das grinsende Gesicht von Jonas Kreutzer, dem SPD-Fraktionsvorsitzenden in der Leipziger Ratsversammlung.

»Nein, wirklich nicht. Ich gucke gerade nach, ob irgendein Scherzbold heimlich das Porträt übermalt hat.«

»Wieso? Gefällt es dir nicht?«

Völker überlegte, ob eventuell Kreutzer der Lockvogel für das Fernsehen war. Ihm würde er nicht auf den Leim gehen. Ihm nicht!

»Tja, weißt du, Jonas, was soll es uns sagen?«

»Du bist Oberbürgermeister. Nur du kannst dich in ihn hineinversetzen. Wir anderen sind bloß Normalsterbliche.«

»Also, positiv ist, dass man ihn erkennt. Das Gemälde wirkt sommerlich, mediterran. Die Sonne scheint von oben und spiegelt sich auf der Glatze. Ich frage mich, ob er wirklich so lässig war, wie er auf dem Bild rüberkommen möchte?«

Er würde nicht auf Kreutzer hereinfallen.

»Bemerkenswert ist doch auch, wie er da sitzt. Jeans, weißes T-Shirt unterm offenen Hemd, Ärmel hochgekrempelt, der rechte Arm lässig auf die Sofalehne gelegt. Ich finde das attraktiv. Als Frau würde mich das ansprechen. Die Botschaft könnte lauten: ›Leipzig – wir sind arm, aber sexy‹.«

Kreutzer hatte mit dem Lästern vorgelegt. Es juckte Völker, darauf einzugehen.

»Ich frage mich, warum er nicht die Amtskette trägt, aber vielleicht konnte er sie nicht rechtzeitig im Pfandhaus auslösen.«

»Und der Blick ist doch klasse: ›Ich bin zufrieden mit mir, seid ihr es also auch.‹«

»In der Tat!«

»Der Direktor hat eben darauf hingewiesen, dass der Alt-Oberbürgermeister sich frei auswählen konnte, wie er dargestellt wird. Die Hieronymus-Lotter-Gesellschaft hat das Werk finanziert und dem Stadtgeschichtlichen Museum geschenkt.«

»Aber doch nicht für die Ratsstube zu Lotter oder Romanus, oder?«

»Das wisse man noch nicht. Es fällt zugegebenermaßen ein wenig aus dem Rahmen. Außerdem ist die Ratsstube schon voll. Aber wie wäre es bei dir im Neuen Rathaus, als Leihgabe vom Museum?«

Vorsicht! Das könnte das Stichwort für Guido Cantz sein, dachte sich Völker.

»Nein, nein. Alt-Oberbürgermeister gehören ins Alte Rathaus!«

»Apropos alte und neue Bürgermeister«, Kreutzer senkte seine Stimme und zog Völker am Arm ein wenig zur Seite, »die Fraktion hat sich gestern einstimmig für eine erneute Kandidatur von Hans-Uli ausgesprochen.«

»Aber das geht doch nicht. Frau Dr. Storl hat sich bei euch noch gar nicht vorstellen können.«

»Das war auch nicht nötig. Wir kennen unsere Leiterin der Ratsgeschäftsstelle.«

»Das ist ein großer Fehler! Die Mehrheitsverhältnisse im Stadtrat haben sich geändert. Nur Frau Dr. Storl könnte von den Grünen als gemeinsame Kandidatin unterstützt werden. Hans-Uli nie und nimmer.«

»Das werden wir sehen.«

»Mensch, Jonas. Mit den Bürgermeisterposten für Allgemeine Verwaltung und Bau können wir uns in Leipzig besser profilieren.«

»Clemens«, Kreutzer legte Völker feierlich die Hand auf die Schulter, »uns war es wichtig zu zeigen, wofür die SPD steht. Das S bedeutet ›sozialdemokratisch‹, weißt du noch?«

»Was soll der Blödsinn?«

»›S‹ heißt auf jeden Fall nicht ›Spekulationsobjekte‹ oder Ähnliches.«

»Versteh ich nicht.«

»Denk mal drüber nach, wer deinen Wahlkampf finanziert hat.«

»Ah, daher weht der Wind. Aber wenn mich nicht alles täuscht, hat Robin Huth mir unter dem Siegel der Verschwiegenheit gesagt, dass meine Unterstützer sich auch schon für die Parteikasse zur Kommunalwahl engagiert haben. Buddy, du lebst auch nicht schlecht davon! So, ich muss jetzt wieder los, die Millionäre ein wenig reicher machen.«

53

Leipzig, 8.45 Uhr

Nein, er tat ihm nicht leid. Robert Schulte hatte längst aufgehört, Mitleid für politische Beamte zu empfinden. Jeder, der sich auf diese Laufbahn einließ, tat das bewusst. Es war ein Amt auf Zeit. So lautete die ganze Wahrheit. Basta! Eigentlich hätte Hans-Ulrich Hohmeyer allen Grund zur Freude gehabt. Die SPD-Fraktion hatte sich für ihn ausgesprochen, obwohl es als offenes Geheimnis galt, dass der Oberbürgermeister von der SPD eine andere Kandidatin favorisierte. War das die Art der Fraktion, ihrem Frontmann zu zeigen, wo der Hammer hing? Hohmeyer hätte das unerwartet zugeflossene Oberwasser genießen können, aber stattdessen wirkte er verbittert und vorwurfsvoll, auch in Richtung seines Bürgermeister-Kollegen.

»Du willst doch insgeheim auch, dass ich ins Gras beiße. Gib es zu!«

»Hans-Uli, du verrennst dich in irgendwelche Verschwörungstheorien. Kein Mensch will dir etwas Böses. Im Gegenteil, wenn du jetzt aufhören würdest, dann bin ich mir sicher, dass du einen großen und ehrenvollen Abschied von allen Fraktionen und allen Verwaltungsmitarbeitern erhalten würdest.«

»Ihr wollt mich loswerden. Das dürft ihr nicht. Das könnt ihr nicht. Ich wehre mich jetzt. Hans-Ulrich Hohmeyer wehrt sich jetzt. Ja, sag das deinem Sklaventreiber. Hans-Ulrich Hohmeyer wehrt sich. Und die Fraktion steht hinter mir. Und – sollte ich wiedergewählt werden – dann ist mir dein Schicksal egal. Du kannst sehen, wo du bleibst. Ich werde nicht dafür werben, dass die SPD weiterhin drei Dezernenten stellen darf.«

Das wäre dann mein Aus, dachte sich Robert Schulte.

54

Leipzig, 8.51 Uhr

Wütend stapfte Clemens Völker über den Marktplatz. Dieses verdammte Gemälde. Er würde den Direktor des Stadtgeschichtlichen Museums anweisen, dieses Kunstwerk auf unbestimmte Zeit im Depot aufzubewahren.

»Clemens!«

Der Oberbürgermeister stoppte seinen schnellen Schritt, mit dem er in die Petersstraße eilen wollte, und drehte sich um. Ein Radfahrer kreuzte den Marktplatz und winkte ihm zu. Im Näherkommen erkannte Völker Gunter Bendix. Der hatte ihm jetzt noch gefehlt.

»Guten Morgen, Clemens.«

Der Bundestagsabgeordnete war ein wenig außer Atem, als er neben Völker anhielt.

»Guten Morgen, Gunter. Ich bin etwas in Eile. Ich muss gleich zu einem Termin nach Halle.«

»Es dauert auch nicht lange.«

»Können wir dabei in Richtung Rathaus gehen?«

Bendix stieg ab und schob sein Fahrrad neben dem ungeduldigen Oberbürgermeister.

»Ich komme gerade aus der Kreisgeschäftsstelle. Die Artikel-Serie in der Leipziger Volkszeitung zeigt Wirkung. Die Parteispitze denkt wohl darüber nach, im Herbst auf einem vorgezogenen, außerordentlichen Parteitag den Spitzenkandidaten zur Landtagswahl zu nominieren. Du, Clemens, denen geht der Arsch auf Grundeis.«

Völker setzte unbeeindruckt seinen Weg fort.

»Ach, Clemens! Sei doch nicht so cool. Der Deckers weiß genau, dass du ihm gefährlich wirst. Der versucht jetzt seine Schäfchen ins Trockene zu bringen, bevor du richtig losgelegt hast.«

Als sie den Petershof passierten, schielte Völker nach links auf die Uhr des Werbepfeilers. Er musste sich sputen, durfte keinesfalls stehenbleiben.

»Weißt du was? Du musst deine Kampagne jetzt starten. Und zwar am Samstag in Chemnitz. Auf der Abschlusswahlkampfveranstaltung deiner geschätzten Kollegin Oberbürgermeister. Ich verzichte zu deinen Gunsten auf meine Rede.«

Jetzt blieb Völker abrupt stehen, sodass Bendix ihm beinahe den Lenker in die Seite gerammt hätte.

»Das mache ich nicht!«

Völker setzte seinen Weg fort, etwas schneller als zuvor.

»Ach, Clemens. So eine Chance kommt nicht wieder. Du hast die Möglichkeit, als erfolgreicher Oberbürgermeister zu zeigen, dass du für die SPD in ganz Sachsen Verantwortung übernehmen kannst. Mein Büro hat meine Rede in weiten Teilen schon ausformuliert. Die darfst du gerne übernehmen.«

Doch Völker blieb stur und beschleunigte noch einmal seinen Schritt.

55

Leipzig, 9.13 Uhr

Bei Neonazis verstehe ich keinen Spaß. In diesem Fall musste ich meine Abneigung zügeln, weil Mike Grumlich mutmaßlich das Opfer war. Mittlerweile hatte sich sein Zustand stabilisiert, sodass er im St.-Elisabeth-Krankenhaus von der Intensivstation verlegt werden konnte und als voll vernehmungsfähig galt. Grumlich zeigte sich aber keineswegs kooperativ. Die meiste Zeit der Befragung schaute er an mir vorbei und schwieg. Es schien, als hätte er selbst kein Interesse an der Aufklärung seines Falls. Oder er kannte die Zusammenhänge und würde nach der Entlassung aus dem Krankenhaus zur Selbstjustiz schreiten. Wer weiß, was ihm sein Rechtsanwalt und seine Kumpel in der Zwischenzeit eingeflüstert hatten. Im Zweifel sorgten diese Typen selbst für die Bestrafung. Heute kam ich kein Stück weiter. Ich kündigte ihm an, dass er nach seiner Entlassung eine Vorladung auf die Polizeidirektion erhalten würde, und verabschiedete mich. Ich nahm den Fahrstuhl ins Erdgeschoss. Als die Tür aufging, hörte ich eine aufgeregte Stimme am Empfang.

»Ich will zu Grumlich, Mike Grumlich!«

»Sie wiederholen sich. Dann wiederhole ich mich auch: Sind Sie ein Angehöriger?«

»Ja, das kann man wohl sagen.«

»In welchem Verhältnis stehen Sie denn zu dem Patienten? Können Sie sich ausweisen?«

»Hören Sie, den Polizeistaat haben wir doch gerade erst überwunden. Das fängt jetzt von vorne an, was? Ich bin ein freier Bürger, und ich will zu Herrn Grumlich. Wenn Sie mir nicht sagen wollen, wo er sich aufhält, dann warte ich hier. Ich habe Zeit. Ich finde ihn schon.«

Es war der Punkt erreicht, einzugreifen. Dieser Mann interessierte mich.

»Haben Sie nach der Polizei gerufen?«

»Nein, mischen Sie sich nicht ein!«

»Kennen Sie Mike Grumlich?«

»Was soll die Frage? Wäre ich sonst hier?«

»Warum nehmen Sie an, dass Herr Grumlich hier behandelt wird?«

»Das stand in der Zeitung oder im Internet. Warum wollen Sie das wissen? Wer sind Sie eigentlich?«

»Kriminalpolizei, Kriminalhauptkommissar Carlo Hoffmann.«

»Haben Sie auch einen Ausweis?«

Ich hatte einen Spruch auf den Lippen, beherrschte mich aber und zeigte ihm meinen Dienstausweis.

»Es ist merkwürdig, dass Sie wissen, dass Mike Grumlich etwas zugestoßen ist, denn wir haben diese Straftat nicht der Presse gemeldet. Also denken Sie noch mal in Ruhe nach. Woher wissen Sie, dass Herrn Grumlich etwas zugestoßen ist und er hier behandelt wird?«

»Kein Kommentar!«

»Ich ermittle in dieser Angelegenheit. Bitte nennen Sie mir Ihren Namen. Es wäre hilfreich, wenn Sie sich ausweisen könnten.«

Der Mann wurde nervös.

»Ich … ich … ich bin der Kaiser von China.«

Der Mann hatte abgewartet, bis eine Gruppe von acht Personen mit Kinderwagen den Empfang erreicht hatte. Geschickt tankte er sich durch und lief durch die Ausgangstür hinaus. Ich war eingekesselt und brauchte gar nicht erst den Versuch zu starten, ihm hinterherzulaufen. Außerdem hatte ich vom Fahrstuhl aus ein Handyfoto gemacht.

56

Halle, 10.46 Uhr

Wenn der Berg nicht zum Propheten kam, dann ging der Prophet zum Berg. Michael Lenk hätte Clemens Völker gern in seinem Dienstzimmer in Leipzig getroffen. Er schätzte die psychologische Wirkung auf ihn in Tatortnähe höher ein als an einem neutralen Ort. Völkers Vorzimmer machte jedoch einen Strich durch die Rechnung: Kurzfristig war kein Termin mehr frei. Sicherlich legte der Oberbürgermeister keinen gesteigerten Wert auf ein erneutes Gespräch und dann auch noch von Angesicht zu Angesicht. Lenk musste eine andere Möglichkeit finden, um mit Völker einige Sätze zu wechseln. In den Frühnachrichten von MDR Info wurde der heute in Halle stattfindenden Sitzung des Vorstandes der Metropolregion Mitteldeutschland ein Beitrag gewidmet. Übers Internet hatte der ehemalige Journalist Tagungsteilnehmer und -ort recherchiert. So viel stand fest: Clemens Völker würde kurz vor 11.00 Uhr das Dorint-Hotel Charlottenhof in Halle betreten und sicherlich aus Bequemlichkeitsgründen mit dem Fahrstuhl zum Tagungsraum »Schloss Neuenburg« ins Dachgeschoss fahren. Lenk hatte sich in der Lobby in einen Sessel gesetzt und sich mit der aktuellen Ausgabe der Mitteldeutschen Zeitung ausgestattet. Von dort aus konnte er beobachten, wie die Teilnehmer der Vorstandssitzung vorfuhren, ausstiegen und an ihm vorbei zum Fahrstuhl gingen. Er hoffte, dass Völker allein und nicht im Pulk eintraf. Und sein Plan ging auf: Ein wenig nach 11.00 Uhr – aber noch im akademischen Viertel – erschien der Leipziger Oberbürgermeister. Lenk registrierte zufrieden, dass Völker nicht in Begleitung eines Referenten die Fahrt nach Halle angetreten hatte. Er wartete, bis Völker ihn passiert und den Knopf für den Fahrstuhl gedrückt hatte. Die Fahrstuhltür öffnete sich, Völker ließ zwei Hotelgäste aussteigen, um dann seinerseits die Kabine zu betreten. Bevor er per Taste das Dachgeschoss ansteuern konnte, huschte Lenk noch hinein. Völker schaute über den Spiegel mäßig interessiert auf seinen Mitreisenden. Die Tür schloss sich.

»Guten Tag, Herr Völker.«

Michael Lenk drückte auf die Taste für das erste Stockwerk.

»Wir kennen uns?«

»Wir haben vor Kurzem telefoniert – über Ihr Erlebnis im Paternoster.«

Völkers Gesichtszüge entgleisten.

»So ein moderner Aufzug ist schon geräumiger als ein Paternoster. Finden Sie nicht auch?«

»Was wollen Sie?«

Der Aufzug hielt in der ersten Etage. Lenk stellte sich in die Tür.

»Es ist schade, dass Sie mich bislang nicht empfangen haben. Das sollten Sie nicht einreißen lassen. Ich empfehle Ihnen, mir beim nächsten Mal sofort einen Termin zu geben. Ansonsten lege ich die Termine fest. Aber zur Sache: In der lokalen Presse werden Sie erneut als Ministerpräsidentenkandidat gehandelt. Das ist gegen unsere Abmachung.«

»Wir haben keine Abmachung.«

»Dann nehmen Sie zur Kenntnis, dass der Körper Ihres bedauernswerten Doppelgängers gut behütet nur darauf wartet, im Neuen Rathaus entdeckt zu werden. Statt Tagungsfiesta im Nobelhotel wird es dann für Sie als Höhepunkt des Tages nur noch den halbstündigen Hofrundgang geben. Überlegen Sie selbst, was Ihnen lieber ist. Sagen Sie die Kandidatur ein für alle Mal ab! Genießen Sie Ihre Weiterfahrt, Herr Oberbürgermeister.«

Lenk verließ schnell den Aufzug und ließ einen verunsicherten Völker die Fahrt fortsetzen. Über das Treppenhaus gelangte der PR-Profi wieder ins Foyer und dann nach draußen. Bevor er zu seinem Parkplatz ging, wählte er eine Nummer auf seinem Handy.

»Guten Tag, hier ist Kevin Fröhlich. Ich bin der neue Persönliche Referent von Oberbürgermeister Clemens Völker. Ich habe eine Nachricht für Herrn Deckers.«

57

Leipzig, 17.32 Uhr

Dr. Nadine Storl war schrecklich nervös. Am liebsten hätte sie ihre Fingernägel angeknabbert oder heimlich im Rathaus eine Zigarette geraucht. Warten war für sie von jeher unerträglich. Der Geschäftsführer der Grünen-Fraktion im Stadtrat hatte sie gebeten, sich ab 17.15 Uhr bereitzuhalten. Nun dauerte offensichtlich das Gespräch mit einem anderen Bewerber für das Amt des Sozialbürgermeisters länger, wodurch ihre Wartezeit anstieg. Um sich abzulenken, ging die Leiterin der Ratsgeschäftsstelle den Flur entlang an den Räumen der Ratsfraktionen vorbei und schaute auf dem Rückweg in das Foyer hinunter. Endlich öffnete sich die Tür der Grünen-Fraktion. Ein sichtlich gut gelaunter Siegmund Jähnig erschien im Türrahmen. Neben ihm stand der Fraktionsvorsitzende Urs Helmund, der sich per Handschlag von dem Kandidaten verabschiedete. Jähnig sah sie und ging direkt auf sie zu. Als er auf ihrer Höhe war, beugte er sich zu ihr runter und flüsterte ihr leise ins Ohr: »Sie können sich diesen Auftritt sparen. Sie haben keine Chance!«

58

Halle, 17.55 Uhr

Die ganze Vorstandssitzung lang hatte Clemens Völker über die Worte von Lenk nachgedacht. Bislang hatten sie nur telefoniert. Ansonsten war er ihm durch Internetrecherchen bekannt. Das plötzliche Treffen und die unverhohlene Drohung hatten Völker zugesetzt. Er stand in der Toilette im Dachgeschoss des Dorint-Hotels und wusch sich die Hände. Nach Stunden genoss er es, allein zu sein und nachdenken zu können. Er musste Lenk und Konsorten die Stirn bieten. Sonst drohte ihm eine lebenslange Knechtschaft. Ein Befreiungsschlag war notwendig. Außerdem spielte die Zeit für ihn. Je länger Sewing tot war, desto schwieriger war es, den Leichnam wiederauftauchen zu lassen und ihn damit in Verbindung zu bringen. Genauso spannend wie die Frage nach dem Mörder wäre nämlich dann die Frage nach dem Verbleib der Leiche in der Zwischenzeit. Und wenn Lenk ihm hätte etwas anhängen oder beweisen können, dann hätte er es längst getan.

Mit dem Fahrstuhl erreichte Völker die Hotellobby und wollte just das Hotel verlassen, als er wie am Morgen gerufen wurde.

»Clemens!«

Eine bekannte Stimme, die er aber in diesem Moment in

Halle nicht zuordnen konnte. Völker drehte sich zur Sitzgruppe in der Lobby um, von wo er seinen Namen gehört hatte. Ja, diesen Herrn, der nun aufstand und sich ihm näherte, kannte er. Er komplettierte das Dreigestirn der Typen, mit denen er lieber nicht über seine Politkarriere sprechen wollte: Tom Deckers, Vorsitzender der SPD-Fraktion im Sächsischen Landtag und eigentlich designierter SPD-Spitzenkandidat zur Landtagswahl 2014. Eigentlich, wenn es nicht noch andere Bewerber gäbe.

»Tom. Das ist eine Überraschung.«

»Wie läuft es mit der Metropolregion Mitteldeutschland? Du solltest mich da regelmäßig auf dem Laufenden halten.«

»Gut, aber du bist doch nicht deswegen nach Halle gekommen, oder?«

»Nein, dein Büro hat mich angerufen und mir mitgeteilt, dass du in Halle bist und mich sprechen wolltest. Da ich heute eine Fraktionsvorsitzendenkonferenz in Frankfurt hatte, dachte ich mir, ich mache auf dem Rückweg hier Station, damit wir uns mal in Ruhe unterhalten können. Wir kommen jetzt bald in die heiße Phase der Vorbereitungen auf die Landtagswahl und wir müssen unsere Reihen schließen und persönliche Egoismen für die gemeinsame Sache zurückstellen.«

»Der Meinung bin ich auch.«

»Großartig. Der Genosse Bendix hat dem Landesvorstand mitgeteilt, dass du für ihn in Chemnitz reden wirst. Ich finde es gut, dass unsere dortige Oberbürgermeisterin beim zweiten Wahlgang jedwede Unterstützung erhält. Da ich auch rede, sollten wir unsere Texte aufeinander abstimmen. Was hältst du davon?«

Völker fühlte sich überrumpelt, machte aber gute Miene zum bösen Spiel.

»Wenn wir uns auf die Schwerpunkte einigen können, spricht nichts dagegen.«

»Wunderbar. Dann bekommst du morgen meinen Entwurf. Es wäre gut, wenn du uns deine Rede auch morgen zuschicken könntest. Ich würde die Landespolitik in den Mittelpunkt stellen, du könntest die Kommunalpolitik mehr beleuchten. Das passt ja auch zu unseren derzeitigen Politikfeldern sehr gut.«

»Sicherlich werde ich mich auch zur Landes- und Bundespolitik äußern. Wir Kommunen hängen doch stark am Tropf der dortigen Entscheidungsträger.«

»Soso. Dann ist es ja gut, wenn wir uns abstimmen.«

»Gerne.«

»Und was wolltest du jetzt mit mir besprechen?«

59

Leipzig, 19.55 Uhr

»Es war eine einzige Katastrophe. Ich habe keinen klaren Gedanken mehr fassen können. Unglaublich, einfach unglaublich!«

Nadine war sichtlich am Boden zerstört. Nach der unglücklich verlaufenen Kandidatenvorstellung bei der Grünen-Stadtratsfraktion war sie auf direktem Weg zu Stefan-Alberto gegangen, ja geradezu gerannt. Er hatte daraufhin sein Fahrrad im Innenhof stehen lassen und sie mit einem kurzfristig gecharterten »teilAuto« nach Hause gebracht, ihr dort ein Wannenbad zur Beruhigung eingelassen, die Wohnung etwas aufgeräumt, sie nach dem Bad in eine warme Decke gehüllt und ihr eine Tasse heiße Schokolade gebracht.

»Wie kann das sein, dass mich zwei Sätze von diesem Idioten so durcheinanderbringen?«

Stefan-Alberto setzte sich zu ihr aufs Sofa.

»Ich ärgere mich gar nicht so sehr über Jähnig als vielmehr über mich, dass mich diese Provokation so beeinflusst hat.«

»Noch hat sich die Fraktion nicht entschieden.«

»Doch, doch. Das Ergebnis ist klar. Du hättest mal sehen sollen, wie er verabschiedet wurde. Eine ganz andere Stimmung als bei mir. Das war's.«

»Ach, jetzt gräm dich nicht. Mehr als versuchen konntest du es nicht. Du bist auch sehr spät erst eingeladen worden.«

»Was soll der Oberbürgermeister von mir halten?«

Wenn das deine größte Sorge ist, dachte Stefan-Alberto. Bislang hatte er ihr verschwiegen, dass Clemens Völker nicht mal die eigene Stadtratsfraktion von ihrer Kandidatur überzeugen konnte. Nadine würde das noch früh genug erfahren. Stattdessen sagte er: »Beim nächsten Mal machst du es besser. Die Erfahrung kann dir keiner nehmen. Und wer weiß, du bist ja immer noch im Rennen, auch bei den anderen Bürgermeisterposten.«

»Verliererfahrung? Wer möchte die schon haben?«

»Nein, immerhin Kandidatenerfahrung mit Vorstellungsgespräch und Psychotricks inklusive.«

Nadine nahm einen Schluck aus ihrer Tasse.

»Der war so fies. Unglaublich.« Und zu Stefan-Alberto gewandt: »Kannst du nicht bleiben? Ich mag heute Nacht nicht allein sein.«

60

Leipzig, 20.55 Uhr

Lisa hatte sich in Leipzig als beste Freundin von Martina Felske-Völker herausgestellt. Mit ihr konnte sie viele unterschiedliche Dinge unternehmen und fand in ihr immer eine verständnisvolle und kluge Ratgeberin sowie eine verrückte und lustige Kameradin, je nachdem in welcher Verfassung und in welchem Gemütszustand sie sich befand – auf Lisa konnte sie zählen. In letzter Zeit waren die gemeinsamen Unternehmungen zu kurz gekommen, und so freute sich Martina ganz besonders auf diesen Mädelsabend. Schließlich gab es viel zu erzählen.

Lisa bewohnte eine kleine Maisonettewohnung in einem Altbau im Waldstraßenviertel. Der Clou war eine Dachterrasse, von der man eine wundervolle Aussicht auf Leipzig hatte. Sie saßen unter freiem Himmel und tranken Prosecco.

»Wie ist das, wenn man seinen eigenen Mann wieder zurückerobert?«

»Wie meinst du das?«

»Ist es besser? Gibt er sich mehr Mühe, weil er es bereut? Fühlst du dich gegenüber der anderen Frau überlegen? Hat es dein Selbstwertgefühl gesteigert? Du bist mir diese Erfahrung voraus, also erzähl!«

Martina wusste nicht genau, wie sie anfangen sollte. Sie hatte sich diese Fragen noch nicht gestellt.

»Unsere Beziehung ist schon anders. Und ich kann nicht leugnen, dass ich auf diese Frau eifersüchtig bin. Wenn ich sie sehe, ist das ein Stich ins Herz.«

»Aber du hast gewonnen.«

»Ja, wer weiß, wie lange es gut geht. Bis die nächste Journalistin oder Praktikantin oder wer auch immer bei ihm auf dem Schoß sitzt.«

»So schlimm?«

»Nein, ist es nicht. Eigentlich ist es wie ein zweiter Frühling. Ich spüre schon, dass Clemens sich Mühe gibt. Worüber ich nachdenke, ist ein Angebot, das er mir gemacht hat, als wir wieder zusammengekommen sind.«

»Was für ein Angebot?«

»Er hat gesagt, dass ich jetzt auch einmal Fremdgehen guthätte.«

»Echt? Das ist ja lieb!«

»Lieb?«

»Ja, er ist kein Egoist. Er gönnt dir auch diese Erfahrung. Das kann ja für eine Ehe ganz belebend sein.«

»Ich lehne so was ab. Aus Rache mit einem x-beliebigen Mann auf die Matratze steigen. Pfui Teufel! Aber ich muss gestehen, dass ich immer öfter drüber nachdenke.«

»Wow. Hast du schon jemanden im Visier? Den Gärtner oder einen Pizzaboten?«

»Nein, nein. Vielleicht … nein, da gibt es keinen.«

»Oh, oh. Ich glaube schon. Aber wenn jetzt nicht der Richtige dabei ist, dann erhöh doch einfach das Abkommen. Wenn Clemens wieder fremdgeht, dann lässt du dich auf einen Dreier mit zwei Männern ein.«

Die Freundinnen kicherten und schenkten sich noch einmal nach.

DONNERSTAG, 13. JUNI

61

Leipzig, 10.02 Uhr

Das DIN-A4-Schreiben, in einer Plastikhülle verpackt, ging von Hand zu Hand. Clemens Völker legte es auf den kleinen Holztisch bei der Sitzgruppe. Ein zweiter Drohbrief war im Neuen Rathaus eingetroffen. Wieder aufgeklebte Buchstabenschnipsel auf einem weißen Blatt Papier.

»Ich weiß, was du getan hast, es macht mich krank, ich werde es verraten«, las Robert Schulte vor. »Was soll das bedeuten?«

»Der Text stammt aus der ersten Folge von Desperate Housewives«, Dietmar Brandis hatte mit seiner Google-Suche Erfolg. »Hier erlaubt sich wohl jemand einen Scherz und zitiert munter aus Film und Fernsehen.«

Clemens Völker stand aus seinem blauen Sessel auf und ging in seinem Zimmer hin und her.

»Ich finde, wir sollten das ernst nehmen. Es ist schon die zweite Warnung.«

»Aber was soll das bedeuten? Clemens, du bist das Stadtoberhaupt. Die Texte richten sich offensichtlich an dich. Kannst du dir vorstellen, was du getan haben sollst? Hast du eine Erklärung?«, hakte der Verwaltungsbürgermeister noch einmal nach.

»Nein, ich regiere die Stadt. Muss man mir deswegen Drohbriefe schicken?«

»Bist du vor Kurzem mit irgendjemandem aneinandergeraten? Einem Investor, einem Oppositionspolitiker, einem Mitarbeiter der Stadtverwaltung?«

Völker stand am Fenster und schaute in Richtung Bundesverwaltungsgericht. Tatsächlich sah er vor seinem geistigen Auge seine Hände, wie sie die Krawatte um den Hals seines Doppelgängers enger zogen und dessen Augen hervorquollen.

»Clemens?«

»Nein, nein, nein. Wer sollte das sein? Und warum fangen sie erst jetzt an. Das ergibt keinen Sinn.«

»Was sollen wir tun?«

»Die Sicherheit muss erhöht werden. Momentan kann jeder vom Haupteingang unbehelligt die Treppe hochlaufen, auf den Gang einbiegen, von meinem Vorzimmer die Türklinke runterdrücken und uns alle ermorden. Das ist ein Kinderspiel. Wann schließt das Landeskriminalamt endlich die Gefährdungsanalyse ab? Das wäre doch die Grundlage für bauliche Maßnahmen?«

»Ich war bei der Begehung dabei. Natürlich gibt es Maßnahmen. Die Frage ist, ob wir aus dem Neuen Rathaus wieder eine Pleißenburg machen wollen. Wir können mit Videokameras den Vorplatz überwachen, jeder Besucher müsste sich am Empfang ausweisen, ein Drehkreuz könnte dafür sorgen, dass nur noch überprüfte und als sicher eingestufte Besucher das Rathaus betreten. Die Glastüren vom OBM-Trakt statten wir mit einer Videosprechanlage aus, ebenso die Vorzimmertür. Das ist technisch alles machbar. Wir können auch das Sicherheitspersonal verstärken. Das ist eine reine Kostenfrage. Aber willst du das? Leipzig ist eine stolze und freie Bürgerstadt. Wollen wir jetzt die Bürger aussperren?«

»Es geht um meine Sicherheit. Das sollte der Stadt etwas wert sein!«

»Clemens, hoffentlich sieht das die Ratsversammlung auch

so. Im Haushalt ist dafür kein Cent eingestellt. Das muss alles bewilligt werden.«

»Wenn ich sicher bin, sind es die Stadträte auch. Das wird sie überzeugen. Bereite schnell eine entsprechende Ratsvorlage vor. Das Gutachten des Landeskriminalamts soll dann nachgereicht werden.«

»Übrigens«, brachte sich Dietmar Brandis ein, »die Deutsche Bahn hat mir mitgeteilt, dass der Safe Room, der gemeinsam von der Bahn und uns benutzt werden kann, kurz vor der Fertigstellung steht. In der kommenden Woche findet die technische Abnahme statt. Ich werde daran teilnehmen.«

»Das sind doch endlich gute Nachrichten! Halte mich auf dem Laufenden, Dietmar!«

»Was machen wir mit dem Brief?«

»Soll sich der Polizeipräsident drum kümmern. Wir sind durch, oder?«

Clemens Völker schaute auf seine Uhr. Robert Schulte und Dietmar Brandis erhoben sich und steuerten zur Ausgangstür.

»Dietmar, denke bitte an die Redevorbereitung für Chemnitz. Trommle alle Referenten zusammen. Die Rede muss sitzen!«

62

Leipzig, 13.12 Uhr

»Das ist ein Spiel. Und wir wollen einmal sehen, wer am Ende der Sieger ist!« Obwohl die Happy Hour im Gleis 8, der Bierbar im Hauptbahnhof, schon fast zwei Stunden vorüber war, zeigte Rüdiger Querfurth auch in der Verlängerung vollen Einsatz. Auf dem Bierdeckel standen einige kunstvolle Striche, die Martin Kutschera nicht eindeutig zählen konnte. Das Hasseröder Pilsener hatte Querfurth die Zunge noch mehr gelöst als üblich. Jeder Gedankenblitz wurde ungefiltert ausgesprochen. Das konnte manchmal amüsant sein. Heute beschlich Kutschera die lauter werdende Ahnung, dass es unappetitlich werden konnte. Beide saßen an der Theke und hatten ein frisch gezapftes Pils vor sich. Diese Pilslänge musste der Rentner mindestens noch mit seinem ziemlich besten Kumpel aushalten. Wenigstens konnte er sich an der Zigarette erfreuen, die er sich von ihm geschnorrt hatte. In dieser Raucherkneipe konnte man das Leben noch in vollen Zügen genießen.

»Die sind bei mir in die Datsche eingedrungen.«

»Und was haben sie angestellt?«

»Das glaubst du nicht. Sie haben aufgeräumt und geputzt und sogar neue Batterien in meine Wanduhr eingesetzt.«

»Was? Das ist wirklich unglaublich.«

»Ich sage dir, die sind gefährlich. Die schrecken vor nichts zurück. Sogar die Gardinen haben sie gewaschen!«

Kutschera ließ die Worte im Raum stehen und blies sie mit einer Rauchwolke fort.

»Ich habe einen Plan.«

Kutschera tat Querfurth nicht den Gefallen nachzufragen.

»Ich habe einen todsicheren Plan. Ich werde sie verwirren. Ich kündige meine Wohnung, lagere die Möbel ein, miete mir ein Postfach und ziehe von Unterkunft zu Unterkunft, sodass die gar nicht mehr wissen, wo ich bin. Dann werden die unruhig und machen einen Fehler, und dann schlage ich zu.«

Kutschera hörte das gar nicht gerne. Erwartete Querfurth jetzt etwa, dass er bei ihm übernachten konnte? Dem musste er beizeiten einen Riegel vorschieben.

»Wenn die dich in deiner Wohnung nicht mehr antreffen, dann werden sie zu deiner Datsche gehen und dann zu der Wohnung von Grumlich, weil sie dich damit verbinden. Da darfst du dich auf keinen Fall mehr sehen lassen.«

Rüdiger Querfurth dachte nach.

»Das stimmt. Aber das ist kein Problem. Über meine Petition zu den Rüpel-Radlern habe ich so viele Kontakte von alleinstehenden Herren und Damen bekommen, dass ich bei denen für ein paar Tage locker unterkommen kann«, Querfurth zwinkerte Kutschera zu, »oder sogar für länger.«

Kutschera mochte sich das nicht vorstellen und überlegte, wie er das Thema wechseln könnte.

»Hast du von dem Grumlich etwas gehört? An seiner Wohnung klebt nach wie vor das Polizei-Siegel. Er wird wohl immer noch im St.-Elisabeth-Krankenhaus sein. Also ist ja schon spannend, wie das mit dem weitergeht, oder?«

Querfurth griff nach seiner Zigarettenpackung und nestelte eine Fluppe heraus.

»Entschuldigen Sie bitte. Würde es Ihnen etwas ausmachen, in der nächsten halben Stunde nicht zu rauchen?«

Kutschera und Querfurth drehten sich überrascht um.

»Häh? Was wollen Sie? Das ist eine Raucherkneipe.«

»Ja, aber wissen Sie, gleich trifft sich der Rosenstolz-Fanclub Sektion Leipzig.«

Kutschera erkannte den Polizisten, der ihn befragen wollte und dann Margits Rinderroulade verspeist hatte. Was hatte es mit Rosenstolz auf sich? Der Polizist stand erwartungsfroh vor ihnen, so als ob sie seiner Bitte wie selbstverständlich nachkommen müssten.

»Na und? Das ist eine Raucherkneipe!«

»Verstehen Sie nicht? ›Gleis 8‹ ist die neue Band von AnNa R. von Rosenstolz. Hier trifft sich gleich der Rosenstolz-Fanclub.«

»Das ist eine Raucherkneipe!«

»Und im Fanclub sind wir überwiegend Nichtraucher. Aber laut der Vereinsstatuten müssen wir uns hier treffen. Es wäre ja nur für eine halbe Stunde.«

»Das! Ist! Eine! Raucherkneipe!«

»Ja, wenn man sich hier aufhält, darf man rauchen, man muss aber nicht rauchen. Das ist kein Zwang. Genießen Sie die Freiheit, nicht rauchen zu müssen. Sie werden sehen, das befreit ungemein.«

»Guten Tag, Herr Kommissar«, Kutschera konnte nicht länger tatenlos zusehen, wie die Dinge eskalierten, »gibt es schon etwas Neues im Fall Grumlich?«

»Oh, hallo. Ich habe Sie gar nicht gesehen. Tut mir leid. Wir ermitteln noch.«

»Hat denn mein Nachbar schon ausgesagt?«

»Bitte haben Sie Verständnis. Über laufende Ermittlungen darf ich nichts sagen.«

»Ja, verstehe. Wenn er den Täter erkannt hätte, könnte er ja auch eine Zeugenbeschreibung abgeben und den Tathergang erläutern, oder?«

»Wenn er mit uns sprechen würde, Herr …«

»Kutschera.«

»Ja, genau. Herr Kutschera. Der Grumlich schweigt. Aber die Rinderroulade von Ihrer Frau Gemahlin. Göttlich.«

»Schön, dass es Ihnen geschmeckt hat. Wird der Grumlich bald aus dem Krankenhaus entlassen?«

»Das kann noch ein Weilchen dauern. Und die Thüringer Klöße erst. Phänomenal.«

»Okay, okay. Eine halbe Stunde rauche ich nicht. Aber dann müsst ihr Flitzepiepen fertig sein.«

»Okidoki. Vielen Dank! Und grüßen Sie Ihre Frau Gattin, Herr Kutschera.«

»Soso, Martin, warum ladet ihr diesen komischen Vogel zu Rinderrouladen mit Thüringer Klößen ein und mich nicht?«

63

Leipzig, 14.07 Uhr

Robin Huth, der SPD-Wahlkampfmanager vom Dienst, mühte sich am Flip-Chart redlich ab, um die Bestandteile einer perfekten Rede, so wie er das auf den Seminaren der Friedrich-Ebert-Stiftung gelernt hatte, aufzuzeichnen. Die Mehrheit der Sechserrunde entschied sich aber schnell dafür, dass der vom Bundestagsbüro Bendix zugesandte Entwurf die Grundlage der Völker-Rede zur Unterstützung seiner Chemnitzer Amtsschwester bilden sollte. Sie fingen an, sie Satz für Satz zu lesen und an einzelnen Wörtern zu feilen, bis sie feststellten, dass sie noch um Mitternacht im Neuen Rathaus sitzen würden, wenn sie mit der Methode weiterarbeiteten. Stefan-Alberto Schubert regte dann an, in dem Bendix-Text nur bestimmte Abschnitte, die zu »bundeslastig« waren, gegen kommunalpolitisch geprägte Passagen auszutauschen. Dieser Vorschlag inspirierte Florian Strieder zu einem Gegenvorschlag: »Lasst uns drei Zweier-Teams bilden, von denen jedes ein Drittel des Textes überarbeitet, und uns in zwei Stunden wieder treffen.« Dietmar Brandis stellte dann die wohl eher rhetorisch gemeinte Frage, warum Clemens Völker überhaupt in Chemnitz sprechen müsse. Oliver Hardt fühlte sich daraufhin berufen zu betonen, dass das die mit Clemens abgestimmte Strategie sei, den Bekanntheitsgrad zu steigern und die Meinungsführerschaft im Freistaat anzustreben. Kevin Fröhlich hörte interessiert zu. Ihm war klar, dass es eines ganz neuen Textes bedurfte, den man aber in diesem Kreis niemals zustande bringen würde. Reden waren nicht die Domäne seines Mentors, des Bundestagsabgeordneten Bendix. Seiner heimlichen Meinung nach war diese Runde überflüssig und zeitraubend. Die

Mitstreiter disqualifizierten sich gerade alle selbst. Er schlug vor, mit einem Brainstorming fortzufahren, in dem jeder ungeschützt Ideen für eine solche Rede auf dem Flip-Chart notieren konnte. Ausdrücklich sollten diese Ideen nicht diskutiert, sondern erst mal gleichrangig gesammelt werden. Aus Erfahrung wusste Kevin, dass spätestens nach weiteren 20 Minuten die Runde auseinanderbrechen würde. Und tatsächlich: Dietmar Brandis glänzte mehr mit abfälligen Kommentaren als mit eigenen Ideen und brachte damit die Ideengeber gegen sich auf, die darauf beharrten, dass beim Brainstorming Kommentare unerwünscht seien. Der Erste, der die Runde verließ, war Oliver Hardt, der noch die Agenturmeldungen durchsehen wollte. Als Nächstes behauptete Dietmar Brandis, noch ein wichtiges Telefonat führen zu müssen. Robin Huth zog sich darauf zurück, dass er ja von der Partei komme. Zum Schluss fügten sich Stefan-Alberto Schubert und Florian Strieder aus eigenem Antrieb und gelobten, eine Nachtschicht einzulegen. Dabei wollten sie möglichst viele der genannten Punkte in das Redemanuskript integrieren. Oliver Hardt sollte dann morgen für den rhetorischen Feinschliff sorgen. Kevin Fröhlich war zufrieden.

64

Leipzig, 17.05 Uhr

Margit Kutschera wunderte sich, dass ihr Mann trotz des Nieselregens unbedingt das Altglas wegbringen wollte. So viel hatte sich noch gar nicht wieder angesammelt. Sie wusste aber genau, wenn sich Martin etwas in seinem Hausmeister-Dickschädel vorgenommen hatte, war er nicht mehr davon abzubringen. So auch diesmal.

Ihr Mann wählte aber nicht den Vordereingang, um das Haus im Innenring des Rundlings zu verlassen, sondern nutzte den Kellereingang auf der Rückseite. Vom Fenster aus war Martin ein Auto mit zwei Insassen verdächtig vorgekommen, das ungefähr an der Stelle parkte, wo auch in jener Nacht das Fahrzeug vom Schlägertrupp gestanden hatte. In der einen Hand hielt er den Stoffbeutel mit dem Altglas, in der anderen einen Regenschirm, mit dem er sein Gesicht verdeckte. Es saßen tatsächlich zwei Männer in einem weißen Audi mit Leipziger Kennzeichen. Für beide gab es keinen offensichtlichen Grund, im Auto auszuharren. Sie telefonierten nicht, aßen kein viertes Frühstück. Vielleicht wollten sie den Regen abwarten? Für einen Moment begegnete Martins Blick dem Blick eines der Männer. Abrupt brachte er seinen Schirm wieder in Schutzposition. Zu auffällig möglicherweise. Martin befand sich in einer Stresssituation, deshalb konnte er sich das Kennzeichen des Wagens nicht merken. Gut, das könnte er auf dem Rückweg nachholen. Am Container in der Dürrstraße leerte der ehemalige Hausmeister seinen Beutel und nahm sein Handy in die Hand. Vielleicht gelang es ihm, das Auto samt Kennzeichen zu fotografieren. Der nette Polizist wäre bestimmt so hilfsbereit und würde für ihn den Fahrzeughalter ausfindig machen. Als aber Martin wieder auf den inneren Ring kam, war der weiße Audi fort. Er fluchte. Eins war ihm nun klar: Rüdiger Querfurth musste aus seinem Leben verschwinden. Irgendwie.

SAMSTAG, 15. JUNI

65

Chemnitz, 12.34 Uhr

Die Chemnitzer Bevölkerung war zahlreich zur Abschlusskundgebung ihrer Oberbürgermeisterin zum Nischel gekommen. Der örtliche SPD-Kreisvorsitzende hatte eröffnet, eine lokale Band die Stimmung angeheizt. Nachdem Clemens Völker beim Streichholzziehen gegen Tom Deckers gewonnen hatte, trat er als zweiter Redner ans Mikrofon. Ihre Reden hatten die beiden Politiker zuvor ausgetauscht. Oliver Hardt hatte die Rede mit Sperrfrist über den Presseverteiler versandt und einige Ausdrucke im Gepäck, die er anwesenden Journalisten in die Hand drücken wollte. Im Pressebereich hatte er aus Leipzig Jakob Brüggemann und Uta Studtmann ausgemacht, die heute sowohl für »Leipzig Fernsehen« als auch für »Chemnitz Fernsehen« arbeitete. Clemens Völker war also der Redner, der auf den Höhepunkt der Kundgebung hinwirken sollte, wenn die Oberbürgermeisterin mit SPD-Parteichef Sigmar Gabriel auf die Bühne kommen würde. Und er teilte ordentlich sowohl gegen die schwarz-gelbe Koalition im Bund als auch im Land aus, arbeitete die Kennzeichen der modernen, weil von SPD-Oberbürgermeistern geführten sächsischen Großstädte heraus und brachte noch einige Knaller aus seiner Rede zur 150-Jahr-Feier der SPD. Oliver Hardt stellte mit Erschrecken fest, dass das geltende gesprochene Wort nur selten etwas mit dem vorab an die Medien verteilten Text zu tun hatte. Zunächst rief er bei der dpa-Zentrale an, um mitzuteilen, dass es eine Korrektur in der nächsten halben Stunde geben würde. Aber wo sollte er jetzt die »richtige« Rede herbekommen? Wer hatte sie geändert? Dietmar Brandis? Schwer vorstellbar, dass er sich da so reinhängen würde. Bliebe nur der extravagante Persönliche Referent. Bevor der Pressesprecher weiter nachdenken konnte, klopften ihm Uta Studtmann und Jakob Brüggemann auf die Schulter und baten um eine aktuelle Version der Rede. Hardt fing an zu schwimmen. Es war ein Strudel. Je häufiger mal etwas nicht klappte, desto nervöser wurde er, desto mehr ging schief. Ein teuflischer Kreislauf.

Oliver Hardt sprach Kevin Fröhlich darauf an.

»Sag mal, warum hast du mir nicht gesagt, dass die Rede noch mal überarbeitet wird? So was geht gar nicht! Ich kann jetzt eine Extraschicht einlegen, um alle Journalisten zu informieren und zu besänftigen!«

Kevin Fröhlich hatte die Wut Hardts einkalkuliert, hatte er ihn doch bewusst ins offene Messer rennen lassen.

»Weißt du, ich stimme die Rede mit Clemens ab. Da habe ich absolut keine Zeit, mich um deine Bedürfnisse zu kümmern. Im Gegenteil, es ist deine Aufgabe, am Ball zu bleiben. Im Übrigen bewundere ich die Energie von Clemens. Er hat einige Abschnitte frei vorgetragen und eigene Worte gefunden. Ich verstehe auch nicht das Problem. Auf dem Manuskript steht: ›Es gilt das gesprochene Wort.‹ Also ist klar, dass jeder Journalist sich schon selbst herbemühen und zuhören muss. Du solltest dich nicht immer so von den Medien treiben lassen!«

Kevin Fröhlich freute sich einerseits, dass er mit einem einfachen Trick den Wettkampf um die Plätze am Futtertrog angeheizt hatte und dass Oliver Hardt sich als kleine Morgengabe wieder eine Panne geleistet hatte. Kevin bedauerte es, dass der Spitzname »Pannen-Oli« leider schon vergeben war. Andererseits musste er bei Clemens vorsichtig sein. Der Oberbürgermeister neigte offensichtlich zu Alleingängen. Das musste er ihm austreiben.

66

Berlin, 12.55 Uhr

Michael Lenk hatte sich danach gesehnt, Constanze wieder zu treffen. Es war nicht nur die Aussicht, im Zuge des Bundestagswahlkampfes einen hervorgehobenen Job zu ergattern. Aus der Kopfsache wurde zunehmend eine Herzensangelegenheit. Er war allerdings noch nicht bereit, sich einzugestehen, dass er sie liebte. Das konnte aber nicht mehr lange dauern. Constanze hatte ihn kurzfristig nach Berlin in das Hauptstadtbüro ihrer SAM-Werbeagentur in der Friedrichstraße bestellt. Er sollte sie gegen 13.00 Uhr dort abholen und sich schick machen. Michael spekulierte auf einen Restaurantbesuch und war überpünktlich. Nachdem sie sich im Beisein ihrer Assistentin förmlich begrüßt hatten, vergewisserten sie sich, als sie allein im Raum zurückgelassen wurden, ihrer Zuneigung.

»Ich habe dich vermisst.«

»Und ich dich erst.« Michael bewahrte sich einen Rest von Coolness als Rückfallebene. »Wollen wir gleich los?«

»Moment, ich muss noch den Computer runterfahren.«

»Hast du was von deinem Vater gehört?«

»Meinst du etwas Bestimmtes?«

»Ich habe mitbekommen, dass er regelmäßigen Kontakt zu einem Kloster pflegt. Er wird doch nicht fromm geworden sein auf seine alten Tage?«

»So weit ich weiß, plant er spezielle Business-Seminare in einem Zisterzienserkloster. Er spricht von den ›Geist & Geld‹-Seminaren.«

»Das hat er mir noch gar nicht erzählt.«

»Würdest du dich dafür interessieren? Stille, Gebete, Fasten – das könnten schöne neue Hobbys werden.«

»Wo liegt dieses Kloster?«

»In Sachsen-Anhalt. Eisleben, glaube ich.«

»Die Lutherstadt. Na, vielleicht lege ich da mal einen Zwischenstopp ein.«

»Bist du um dein Seelenheil besorgt?«

»Ich bin mehr um dein Erbe besorgt.«

»Brauchst du nicht. Da gibt es ein Pflegezentrum der Caritas, in dem meine Oma ihre letzten Jahre verbracht hat. Das sind keine Erbschleicher.«

Constanze hatte ihren Bürokram beendet und stand vom Schreibtisch auf.

»Wir haben einen Termin im ›Berlin Capital Club‹.«

»Zum Lunch? Ich habe Hunger.«

»Erst nehmen wir einen Aperitif und besprechen das Geschäftliche. Danach lade ich dich ein. Alles Weitere erzähle ich dir unterwegs«, sagte Constanze und hakte sich bei Michael ein.

Im »Berlin Capital Club« war Michael Lenk in den Nullerjahren häufig eingekehrt, immer gern als Gast sowie als Referent und Diskussionspartner. Alles zu seiner Zeit als aktiver Wahlkampfmanager. Sollte der Termin heute etwas mit einer neuen Tätigkeit im Bundestagswahlkampf zu tun haben? Lenk war sehr gespannt. Als sich herausstellte, dass zwei Leitende Angestellte der Europäischen Zentralbank ihre Gastgeber waren, rückte der Bundestagswahlkampf in weite Ferne. Lenk ließ sich seine Enttäuschung nicht anmerken. Constanze erzählte ihm, dass für den Herbst die Veröffentlichung einer Biografie des ehemaligen Vorstandsvorsitzenden der Deutschen Bank, Josef Ackermann, angekündigt sei. Die EZB wolle sich medial beraten lassen, weil sie mit kritischen Aussagen rechne. Die beiden Banker, die sich mit Schulz und Müller vorstellten, erwarteten Constanze und Michael bereits in dem exklusiven Club im Dachgeschoss des Hilton am Gendarmenmarkt. Sie hatten in der Lounge die kleine Sitzgruppe am Kamin reserviert. Die PR-Berater setzten sich auf das gelbe Ledersofa in der Mitte, die Banker in die beiden roten Ohrensessel daneben. Zum Aperitif konnte Lenk aus sechs Sorten Glenmorangie wählen. Seine Stimmung hellte sich auf.

»Frau Sieveking, Herr Lenk, wir freuen uns, dass Sie kurzfristig diesen Termin ermöglichen konnten und gleichzeitig möchten wir uns entschuldigen, dass wir einen Vorwand benutzt haben. Es soll heute nicht um Herrn Ackermann und seine möglicherweise indiskreten und pikanten Erinnerungen aus der Bankenwelt gehen, obwohl das sicherlich ein wichtiges Thema ist«, führte Schulz in die Besprechung ein, »wir möchten heute mit Ihnen über ein Problem sprechen, das die Banken weltweit beschäftigt.«

»Dabei müssen wir auf absoluter Vertraulichkeit bestehen. Offiziell wird es bei diesem Gespräch und allen weiteren Kontakten um das Ackermann-Buch gehen. Wir wollen uns mit Ihnen über eine PR-Strategie im Umgang mit Kritikern der Globalisierung und des Bankenwesens unterhalten. Sind Sie interessiert? Können wir auf Ihre Diskretion zählen?«, fragte Müller.

Constanze und Michael schauten sich kurz an. Die Agenturleiterin bestätigte dann mit einem Kopfnicken.

»Fein. Vielen Dank«, übernahm Schulz wieder das Gespräch, »Sie haben sicherlich von der Occupy-Bewegung gehört, die sich nach der Finanzkrise weltweit formiert hat. An der Wall Street, in Frankfurt und anderswo wurden sogar Camps aus Protest errichtet. Diese Bewegung ist äußerst diffus, heterogen und desorientiert. Besonders spiegeln sich medial extreme Ansichten und Forderungen wider. Zum Beispiel der Slogan ›We are the 99%‹. Die Gruppe, die diese These vertritt, meint, dass eine winzige Minderheit gieriger Banker, Spekulanten und Superreicher für die Probleme des Finanzsystems verantwortlich ist. Wir beobachten diese Bewegung sehr genau und es gibt Anzeichen dafür, dass die Strukturen professioneller werden. Wir befürchten nicht, dass die Banken demnächst verstaatlicht werden, aber es wird zunehmend hässliche Bilder geben, die dem Image der EZB und des Bankenwesens allgemein nicht zuträglich sind. Massendemonstrationen, Straßenschlachten mit der Polizei, brennende Barrikaden, Wasserwerfer, Tränengas, Sabotageaktionen. Das wird passieren, wenn wir nicht einen Weg finden, diese Bewegung zu stoppen. Konkret fürchten wir, dass bei Fertigstellung und Bezug unseres neuen Gebäudes in Frankfurt die Gewalt eskalieren wird. Dem wollen wir vorbeugen. Es geht um einen präventiven Erstschlag. Ihr Vater, Frau Sieveking, hatte uns – natürlich unter dem Siegel der Verschwiegenheit – von Ihrer geheimen Aktivität im Leipziger Oberbürgermeisterwahlkampf erzählt. So etwas Ähnliches könnten wir uns gut vorstellen. Wir freuen uns deshalb auch sehr, dass Herr Lenk heute mit dabei ist.«

67

Chemnitz, 14.08 Uhr

»Sensationell! Sensationelle Rede!«

Gunter Bendix wischte sich den Schaum von den Lippen. Dieses Pils hatte er sich verdient. Und Clemens Völker erst recht, dem die Lobesworte galten. Beide standen nach Beendigung der Wahlkampfveranstaltung noch an einem Bierwagen und erfrischten sich.

»Aber du hast gemerkt, den Tom Deckers darf man nicht alleine wurschteln lassen. Wie der sich den Linken wieder angebiedert hat. Natürlich sind die Mehrheitsverhältnisse in Chemnitz schwierig, mit der Linken als stärkster Kraft. Eine Zusammenarbeit kann ja partiell auf kommunaler Ebene noch akzeptabel sein, wenn die SPD den Oberbürgermeister stellt und ihre Politik durchsetzen kann. Aber um Himmels willen doch nicht auf Landesebene. Da dürfen wir nicht lockerlassen. Du hast das auch in deiner Rede deutlich gemacht. Da hast du dem Tom ordentlich Paroli geboten. Und Sigmar hat auch ähnlich argumentiert. Ich finde, du solltest jetzt bald deine Kandidatur erklären.«

Bendix trank zufrieden sein Glas aus. Völker setzte an, um zu widersprechen, schwieg dann aber.

»Übrigens, Kevin hat so schnell keine vernünftige Bude gefunden. Kann er nicht übergangsweise bei euch unterkommen? Dann könntet ihr morgens auf dem Weg zur Arbeit schon den Tag durchplanen.«

MONTAG, 17. JUNI

68

Leipzig, 14.03 Uhr

Das Café Schiller war um diese Uhrzeit der perfekte Treffpunkt. Die Mittagsgäste hatten sich wieder auf den Weg gemacht, die Tische waren deshalb weitgehend leer. Lenk hatte sich im ersten Stock in die Nische am Rundfenster gesetzt. Hier konnte er sich mit dem Kontaktmann aus dem Rathaus treffen und war vor neugierigen Blicken geschützt. Der PR-Profi registrierte zufrieden, dass sein Gesprächspartner pünktlich und in jeder Beziehung ordentlich erschien. Beide bestellten ein Gericht und ein Getränk.

»Wie wird denn der Wahlausgang von Chemnitz beurteilt?«

Die Amtsinhaberin von der SPD hatte mit rund 47 Prozent das beste Ergebnis erzielt, aber die absolute Mehrheit verfehlt. Deshalb gab es in zwei Wochen eine Wahlwiederholung.

»In der Führungsetage ist man sehr zuversichtlich. Der neue Persönliche Referent hat sogar von einem ›Völker-Effekt‹ gesprochen. Etwas übertrieben finde ich.«

»Wie geht es in zwei Wochen aus?«

»Klarer Sieg für die Oberbürgermeisterin. Sie hat jetzt schon mehr als 25 Prozentpunkte Vorsprung auf den nächstbesten Kandidaten.«

»Hat das Auswirkungen auf die Spitzenkandidatur?«

»Die Medien spekulieren darauf, dass Völker antritt. Er hält sich bedeckt.«

»Er soll endlich klar absagen. Vielleicht müssen wir noch mal nachhelfen. Was machen die Drohungen?«

»Es ist eine zweite eingetroffen. Der Polizeipräsident soll sich darum kümmern. Außerdem wird an einer Ratsvorlage gearbeitet, mit der sich der OBM Finanzmittel für technische Sicherheitsmaßnahmen von der Ratsversammlung genehmigen lassen will.«

»Interessant. Und sonst?«

»Die Wahl des Sozialbürgermeisters geht in die heiße Phase. Die Fraktionen stellen ihre Kandidaten auf. Es läuft wohl darauf hinaus, dass die Grünen ihren Kandidaten durchbekommen. Jetzt ist durchgesickert, dass am gleichen Tag eine Demonstration gegen eine Tagung in der Deutschen Bank stattfinden soll.«

»Inwieweit ist das schon öffentlich?«

»Noch gar nicht. Ein Kollege hat zufällig einen Flyer gefunden und hat mich darüber informiert.«

»Wer weiß sonst noch Bescheid?«

»Im Rathaus? Nur wir beide, denke ich.«

»Gut. Die Demonstration bitte runterspielen. Sagen Sie Ihrem Kollegen, dass die Polizei die Vorbereitungen auf die Demo kennt und im Augenblick nichts zu veranlassen ist. Einverstanden?«

DIENSTAG, 18. JUNI

69

Leipzig, 18.33 Uhr

Auf ein Feierabend-Bier in den Ratskeller. So lautete die spontane Einladung an den Jugend-Amtsleiter. Natürlich tat Robert Schulte nichts uneigennützig. Nach der Nominierung durch die Bündnis-90-Grünen-Fraktion galt Siegmund Jähnig als Favorit. Zwar würde Schulte nach außen hin zu jeder Gelegenheit seine Loyalität gegenüber Oberbürgermeister Völker betonen, aber dessen Personalpräferenz zugunsten Dr. Nadine Storl erschien aussichtslos, zumal noch keine Fraktion sie nominiert hatte. Es war deshalb für Schulte wichtig, zu seinem künftigen Bürgermeisterkollegen einen guten Draht zu spinnen. Jähnig holte ihn in seinem großen Eck-Dezernentenbüro im zweiten Obergeschoss ab. Zusammen gingen sie zum Festsaal und fuhren mit dem gegenüberliegenden Fahrstuhl in das Untergeschoss, von wo sie durch eine unscheinbare Tür direkt in den Ratskeller einkehren konnten. Das Auftakt-Pils bestellten sie gleich an der Theke.

»Zunächst mal herzlichen Glückwunsch zur Nominierung. Und toi, toi, toi für die Wahl!«

Die beiden Männer hoben die Gläser und prosteten sich zu.

»Wenn wir dann Kollegen sind, können Sie auch gerne zu unserer Skatrunde dazustoßen.«

»Die legendäre Skatrunde! Ich habe schon einiges davon gehört.«

»Ja, da geht es manchmal hoch her.«

Vor dem nächsten Schluck wollte Schulte noch eine Information platzieren.

»Übrigens, Ihr Vorgesetzter läuft im Rathaus herum und verbreitet Verschwörungstheorien. Passen Sie auf, dass da nicht irgendetwas hängen bleibt.«

»Danke. Hans-Ulrich Hohmeyer wird seine Nicht-Wiederwahl nur sehr schwer verkraften. Eventuell müssen wir ihm ein Ehrenamt anvertrauen. Zum Beispiel Vorsitzender der Freunde und Förderer des Leipziger Zoos. So was in der Richtung.«

»Da fällt uns was ein. Aber Sie sollten auch aufpassen, dass er nicht Zweifel bei den Stadträten sät. Das wäre schade.«

»Alles klar!«

70

Hamburg, 19.29 Uhr

Es war frisch. Regenwolken zogen auf. Capitano und Michele hatten nach einem kleinen Imbiss keine Lust mehr, auf das Sonnendeck hinaufzugehen, und so blieben die beiden am Kombüsentisch sitzen. Karlsson, der Rhodesian Ridgeback, brachte das Kunststück fertig, sich unter dem Tisch zwischen ihre Beine zu legen.

»Letztlich sind mir die beiden Komponenten auf einem

silbernen Tablett serviert worden. Am selben Tag finden in unmittelbarer Nähe zwei hoch umstrittene Ereignisse statt: ein Finanzkongress in der Deutschen Bank und die Wahl des Sozialbürgermeisters im Neuen Rathaus. Im Untergrund laufen die Vorbereitungen für eine Spontan-Demonstration auf Hochtouren. Mit Flyern wird ein ausgewählter Personenkreis angesprochen. Ansonsten wird auf die Flashmob-Taktik gesetzt. Es wirkt alles etwas chaotisch, anarchisch. Wenn da ein Akteur mit einem Plan auftritt, kann er die Masse mitreißen. Das könnte bedeuten, dass die Demonstranten über den Haupteingang der Deutschen Bank in das Gebäude gelangen, durchlaufen, ordentlich für Rambazamba sorgen, zum Burgplatz hin wieder raus- und dann in das Neue Rathaus schwärmen. Es muss einen Leader geben, der das Ziel ›Ratsversammlung‹ vorgibt. Und dann sollten alle rechtzeitig draußen sein, bevor die Polizei eintrifft.«

»Gut, ich verstehe, dass wir damit den Auftrag der Banker erfüllen. Was bringt uns das für Völker?«

»Es ist eine weitere Umdrehung im Strudel für ihn. Er steht unter dem Eindruck der Paternoster-Fahrt. Als ich mit ihm in Halle Aufzug gefahren bin, habe ich gemerkt, wie sehr ihn das belastet. Er ist momentan hin- und hergerissen. Teile seiner Partei halten ihn schon für den neuen Messias und drängen ihn zur Kandidatur. Er hat nebenbei bemerkt auf der SPD-150-Jahr-Feier und bei der Wahlkundgebung in Chemnitz eine prima Visitenkarte abgegeben. Er ist eitel und mag es, wenn er hofiert wird. Mit diesem positiven Nebeneffekt, dass die Proteste auf das Rathaus übergehen, wird er sich im Strudel schneller drehen und vielleicht schon unter Wasser gedrückt. Irgendwann kann er dem Sog nicht mehr entrinnen. Das Beste ist, es kostet uns keinen Cent. Zahlt alles Frankfurt.«

»Dann müssen wir vor Ort nur einen Akteur in das Organisationsteam hineinschmuggeln?«

»Die Banker hatten eine Idee, wen man fragen könnte. Möglicherweise erfahre ich diese Woche noch mehr.«

»Das wird auch höchste Zeit. Nächste Woche ist schon der D-Day!«

»Willst du nicht mitkommen nach Leipzig? Am Donnerstag wollte ich wieder hinfahren.«

»Das wäre schön. Aber ich bin verplant.«

»Was machst du denn?«

»Ach, ich bin in Eisleben. Eine Familienangelegenheit.«

»Eisleben ist doch nicht weit. Dann kommst du einfach, wenn du Zeit hast.«

»Ja, das will ich gerne tun.«

MITTWOCH, 19. JUNI

71

Leipzig, 8.28 Uhr

»Donnerwetter! Wie ist dir das denn gelungen?«

Robert Schulte war tatsächlich beeindruckt von dem, was Clemens Völker der kleinen Morgenrunde, an der auch der Büroleiter und der Persönliche Referent teilnahmen, verkündet hatte.

»Ich war mit der FDP-Fraktionsvorsitzenden essen.«

»Mit Nachspeise Gehirnwäsche?«

»Nanana, ich muss doch bitten. Die FDP ist halt so frei. Ich hatte auch das Gefühl, Frau Kaiser freut sich über Dr. Nadine Storl als Kandidatin für den Sozialbürgermeisterposten.«

»Hast du Frau Kaiser irgendwelche Zugeständnisse gemacht?«

»Wie man es nimmt. Sie wollte Arved Salomon als Intendanten durchboxen. Das habe ich kategorisch ausgeschlossen. Als Zweites kam sie mit dem Acteo-Gutachten zur Zukunft der Kulturbetriebe in Leipzig an. Ich war insgeheim froh, dass das zwischendurch sang- und klanglos in Vergessenheit geraten ist. Aber gut, es wird im nächsten Kulturausschuss wieder auf der Tagesordnung stehen, und danach werden wir es richtig beerdigen.«

»Wie geht's mit der Kandidatur von Dr. Storl weiter?«

»Dr. Storl muss in die Stichwahl kommen und das bedeutet, dass sie Hans-Uli ausstechen muss. Wenn es heißt, sie oder

der schöne Siggi, dann werden manche Grüne überlegen, wo sie das Kreuz hinsetzen. Da bin ich mir sicher.«

»Das könnte in der Stichwahl funktionieren. Aber im ersten Wahlgang. Da brauchen wir Verbündete!«

»Die CDU hat noch keinen Kandidaten benannt. Und soweit ich die Signale richtig deuten kann, wird sie auch keinen eigenen Kandidaten aufstellen.«

»Na klar. Die sind heilfroh, wenn sie im nächsten Monat ihren Kandidaten durchbringen. Das heißt, sie wählen brav den Grünen-Kandidaten mit, in der Hoffnung, dass die Grünen sich erkenntlich zeigen. Eine Krähe hackt der anderen kein Auge aus. Das Gleiche gilt auch für die Linke.«

»Dann müssen wir in der SPD-Fraktion genügend Abtrünnige finden, die heimlich Dr. Storl wählen«, schaltete sich Kevin Fröhlich in die Debatte ein. »Wir sollten die weiblichen Fraktionsmitglieder daran erinnern, dass es endlich eine Frau als Bürgermeisterin in Leipzig geben muss.«

»Und wie willst du das anstellen?«, fragte Dietmar Brandis spöttisch.

»Über Bande spielen. Wie beim Billard. Jedes SPD-Fraktionsmitglied sitzt in einem Ausschuss und hat Kontakt zu den betroffenen Ämtern und deren Mitarbeiterinnen und Mitarbeitern. Wenn Clemens auf die Frauen zugehen würde, würden die sofort Lunte riechen. Wenn aber aus der Verwaltung Dr. Storl gelobt und empfohlen wird, macht das Eindruck.«

»Sehr gut, Kevin. So machen wir das! Dietmar, du musst ein bisschen beweglicher im Denken werden. Du unterstützt Kevin! Und nutzt die Kontakte, die Stefan-Alberto hat. Auf ans Werk!«

72

Leipzig, 10.02 Uhr

Siegmund Jähnig hatte seine Füße auf die Schreibtischplatte gelegt und las die taz. Wenn er in das Lager der Grünen wechselte, musste er schließlich ein paar Milieustudien betreiben. Das Telefon klingelte. »Oliver Hardt« stand auf dem Display. Ja, nein, ja, nein, ja. Beim fünften Klingeln nahm er den Hörer ab.

»Jähnig.«

»Hallo, Herr Jähnig. Hier ist Hardt, Pressestelle. Ich habe einen merkwürdigen Anruf von einem Journalisten bekommen, einem Freiberufler. Der interessierte sich für die Vergabe der Konzessionen für Kindertagesstätten an private Betreiber. Und ob es da persönliche Verwicklungen gäbe. Ich habe gesagt, ich erkundige mich und rufe zurück. Spielt dieses Thema bei uns eine Rolle?«

Siegmund Jähnig hatte wie vom Blitz getroffen seine Beine vom Tisch genommen und stand nun kerzengerade.

»Nein, natürlich nicht. Die Konzessionen werden ausgeschrieben. Den Zuschlag bekommt der Anbieter mit dem wirtschaftlichsten Angebot. Das Ganze wird von unserem Rechnungsprüfungsamt kontrolliert.«

»Der Typ kam mir auch spanisch vor. Im Internet ist er ein unbeschriebenes Blatt, und das als Journalist.«

»Wer weiß, was der wirklich will. Seien Sie am besten auf der Hut und sagen Sie ihm so wenig wie möglich.«

»Gut! Danke für die Auskunft.«

»Nichts zu danken. Sie können mich jederzeit anrufen. Tag und Nacht. Haben Sie eigentlich meine Handynummer?«

73

Leipzig, 16.14 Uhr

Dr. Nadine Storl war für niemanden zu sprechen. Ihre Sekretärin hatte die Order bekommen, unter Einsatz ihres Lebens alle Bittsteller persönlich oder telefonisch abzuwimmeln. Sie musste ihre Zeit besser nutzen. Nachdem ihr Clemens Völker mitgeteilt hatte, dass die FDP ihre Kandidatur unterstützen werde, bereitete sie ihre Bewerbungsrede im Stadtrat vor. Allerdings war das nicht so einfach. Sie würde Stefan-Alberto heute Abend zum Essen einladen. Wenn er nett war, würde sie auch nett zu ihm sein. Bis dahin überbrückte sie die Zeit mit der Vorbereitung ihrer Dankesrede, die am gleichen Tag gehalten werden musste. Das Telefon klingelte.

»Ja, was gibt es denn?«

»Ein Professor Sprengel oder so ähnlich ist in der Leitung. Er hat gesagt, dass es sehr dringend sei.«

Nadines Doktorvater. Wenn er über das Vorzimmer anrief, musste es wirklich etwas Dringendes sein.

»Bitte stellen Sie durch. Aber danach bin ich für keine Menschenseele zu sprechen!«

»Auch nicht für den Oberbürgermeister?«

»Na gut, für den vielleicht noch.«

»Und Herrn Schubert?«

»Ja ja, für den auch. Würden Sie jetzt bitte durchstellen?«

»Nadine, hallo, hier ist Kurt.«

»Hallo, mein Lieber. Was kann ich für dich tun?«

»Haha, die Frage muss lauten, was ich für dich tun kann. Hier ist ein Typ aufgetaucht, der sich für deine Doktorarbeit interessiert. Kommt angeblich von VroniPlag Wiki. Es gebe anonyme Hinweise auf Plagiate. Eine erste Prüfung ergab, dass diese stichhaltig seien. Weißt du, was das bedeutet? Die diskreditieren mich! Die schädigen mich! Die machen mich fertig! Ich hätte mich nicht auf dich einlassen sollen. Was machen wir jetzt?«

»Jetzt halt mal die Luft an, alter Mann. So weit ich mich erinnern kann – und ich stehe altersbedingt noch nicht im Verdacht, dement zu sein –, war es deine Idee, dass ich promovieren sollte. Und du hattest auch schon ein Thema und gewisse Textbausteine für mich vorbereitet. Wenn hier irgendetwas nicht in Ordnung ist, was du besser beurteilen kannst als ich, weil ich meine Promotion nie ganz gelesen habe, dann trägst du die Schuld, und dann reitest du mich jetzt gerade in die Scheiße rein. Ich habe hier einen Ruf zu verlieren. In der nächsten Woche wollen sie mich zur Sozialbürgermeisterin wählen und das ist nur eine Etappe auf dem Weg zur Oberbürgermeisterin. Und das lasse ich mir von dir Stümper nicht versauen. Wenn ich falle, fällst du mit. Und du fällst tief, mein Lieber, da ist der Mount Everest nichts dagegen. Also, jetzt reiß dich zusammen und kämpfe, du Memme! Und das Paris-Wochenende kannst du knicken dieses Jahr!«

DONNERSTAG, 20. JUNI

74

Leipzig, 7.45 Uhr

Clemens Völker war auf dem Sprung. Sein Fahrer wartete bereits vor dem Haus. Er hatte noch eine angebissene Brötchenhälfte in der einen und eine Tasse Kaffee in der anderen Hand. Im Flur biss er ins Brötchen, nahm einen Schluck Kaffee, schob sich das letzte Brötchenstück in den Mund und spülte mit dem letzten Schluck aus der Tasse alles hinunter. Die Tasse stellte er auf einer Kommode ab. Aus der Garderobe zerrte er eine Jacke vom Bügel.

»Du, Martina!«

»Ja?«

»Gunter hat mich gefragt, ob Kevin hier bei uns für eine gewisse Zeit wohnen kann?«

Martina erschien im Flur und sammelte die Tasse ein.

»Was bedeutet ›gewisse Zeit‹?«

»Bis er etwas Passendes gefunden hat. Außerdem hätte er dann ein bisschen Anschluss. Das täte ihm ganz gut. Er war zu lange im Internat.«

»Was ist am Internat so schlimm?«

»Keine normalen Leute.«

»Aha. Also wenn er aktiv auf Wohnungssuche geht, dann kann er gerne ins Gästezimmer einziehen. Aber es ist keine Dauerlösung, okay?«

»Nein, nur vorübergehend.«

»Dann soll er gleich heute kommen, denn dann kann er sich nützlich machen.«

»Nützlich? Wie denn?«

»Heute ist Elternabend. Du hast jetzt keinen Vorwand mehr, zu Hause bleiben zu müssen, um auf die Kinder aufzupassen.«

75

Leipzig, 8.29 Uhr

Michael Lenk fand Gefallen an den geheimen Treffen an möglichst unauffälligen oder uneinsehbaren Orten. Er hatte das Gefühl, dadurch Leipzig noch intensiver kennenzulernen. Wenn nur an manchen Tagen dafür das frühe Aufstehen nicht notwendig wäre. Gestern war er erst spät aus Hamburg angereist, hatte Quartier in seinem Stammhotel genommen und war noch ein wenig durch die Innenstadt geschlendert. Als er zurück ins Hotel kam, lag an der Rezeption ein Fax für ihn bereit. Schulz und Müller teilten mit, dass sie doch nicht anreisen könnten. Er würde morgen ab 7.00 Uhr eine neue Nachricht im Hotel vorfinden. Weiterhin hieß es, dass die Materialienfrage geklärt sei. Alle Personalfragen könnten morgen erörtert werden. Mit diesen vagen Informationen ging Lenk zu Bett. Um halb acht holte er sich ein Kuvert an der Rezeption ab und ging in den Frühstücksraum. Zwischen Croissant und Rührei las er das im Kuvert befindliche Schreiben: »9.00 Uhr Treffpunkt Preußenseite vorm Hauptbahnhof Renault.« Es fehlte nur noch der Hinweis »burn after reading«. Michael Lenk fand dieses Versteckspiel übertrieben und lächerlich. Sollte er jetzt zum Gaskocher an der Omelettestation gehen und das Kuvert verbrennen? Er mahnte sich, professionell zu bleiben. Er war der Auftragnehmer. Die Regeln stellten die Auftraggeber auf und offensichtlich war er auf einer Ebene angelangt, auf der die Dinge so gehandhabt wurden. Wenn es sich um Profis und nicht um Verrückte handelte, waren diese Regeln berechtigt, sodass er sich daran halten würde. Trotzdem musste er sich eingestehen, dass die Versuchung, den Plan mit dem Gaskocher umzusetzen, groß war.

An der Westseite des Hauptbahnhofs befanden sich ein Parkhaus, ein Taxistand und eine Straßenbahnhaltestelle. Es herrschte um diese Uhrzeit schon ein reges Treiben. Lenk stellte sich seitlich mit dem Rücken zum Eingang des Hauptbahnhofs und sah sich nach einem Renault um. Die Wahl des Gefährts war hervorragend, denn die Marke stach ihm nicht sofort ins Auge wie möglicherweise andere, spektakulärere oder populärere Fahrzeuge. Tatsächlich fuhr nach kurzer Zeit ein schwarzer Clio an den Taxen vorbei und hielt in zweiter Reihe. Lenk fühlte sich angesprochen. Als er ans Fahrzeug herantrat, öffnete sich die Tür.

»Steigen Sie ein.«

Mann, Sonnenbrille, Trenchcoat, Schnäuzer, Seitenscheitel.

»Schnallen Sie sich bitte an.«

Höflich und auf Sicherheit bedacht.

»Wir machen eine kleine Stadtrundfahrt. Müssen Sie irgendwo hin?«

»Ich habe keinen bestimmten Termin. Ich wäre nur gern spätestens um 10.00 Uhr wieder zurück am Hotel.«

»Das kriegen wir hin. Erst einmal einen schönen Guten Morgen. Sie mögen sich wundern, dass die Herren Schulz und Müller abgesagt haben. Das war mein Vorschlag. Nur so viele Personen sollten an einem Treffen teilnehmen, wie wir auch wirklich brauchen. In Frankfurt wären die beiden erste Wahl. In Leipzig sind Sie erste Wahl.«

»Welcher Institution kann ich Sie zuordnen? Sind Sie auch ein Banker?«

»Ich habe mehrere Konten bei verschiedenen Banken, aber deswegen bin ich wohl noch kein Banker, oder?« Der Fahrer lachte über seinen Scherz. »Ein weiteres Prinzip von mir ist, dass die Leute nur das wissen sollten, was für die Erfüllung der Aufgabe unbedingt notwendig ist. Reicht es Ihnen, wenn ich sage, dass ich kein Banker bin? Nein? Also, ich bin Produzent. Ich produziere öffentliche Sicherheit. Den Menschen ist beim Konsum von öffentlicher Sicherheit gar nicht gegenwärtig, dass sie diese konsumieren, weil sie sie nicht direkt kaufen. Das Ganze wird über Steuern finanziert, und je nachdem, wie die jeweilige Regierung ausgerichtet ist, bin ich mal mehr, mal weniger beschäftigt.«

»Sind Sie beim Geheimdienst?«

»Sie haben das Prinzip verstanden. Ende der Fragestunde.«

»Arbeiten Sie häufiger mit Schulz und Müller zusammen?«

»Sie sind Journalist, was? Immer noch eine Frage im Lauf. Lassen sie uns lieber zum eigentlichen Thema kommen. Es gibt eine Person, die im Organisationskomitee für die Demonstration gegen die Deutsche-Bank-Veranstaltung mitarbeitet. Sie ist vielseitig interessiert und in der Lage, alle Aspekte zu berücksichtigen und zu bewerten. Ein Übergriff auf das Neue Rathaus ist im Sinne der örtlichen Occupy-Bewegung und wurde bereits in die Planungen aufgenommen.«

»Wie das?«

»Nur ein kleiner Kreis ist eingeweiht, aber diese Personen führen die Masse. Es sollte nichts vorher durchsickern. Das Rathaus wird vollkommen überraschend und unvorbereitet getroffen.«

»Der Führungskreis weiß, worauf es beim Rathaus ankommt?«

»Sagen Sie's!«

»Das erste Ziel soll der Ratssitzungssaal sein, in dem die Ratsversammlung stattfindet, zweites Ziel Oberbürgermeisterbüro, drittes Ziel alle Gänge und Zimmer, bis die Polizei kommt.«

»Das kriegen wir hin.« Der Mann steuerte den Parkplatz an der Tabaksmühle an und parkte mit Blick auf das Völkerschlachtdenkmal. »Schauen Sie mal. Hübsch, nicht wahr? Es erinnert an die Opfer, die man manchmal für die Sicherheit bringen muss.«

»So kann man es auch sehen.«

»So muss man es sehen. Ich habe noch ein schönes Bonbon für Sie. Wir haben diese Masken der Occupy-Bewegung. Diese Guy-Fawkes-Masken. Schulz und Müller haben in den letzten Jahren versucht, alle Masken, derer sie habhaft werden konnten, aufzukaufen. Ihre Überlegung war simpel: Wenn die Masken ausverkauft sind, kann sie auch keiner tragen. Sie haben sie in kleinen Stückzahlen bar gekauft sowie im Internet unter wechselnden Namen bestellt. In ihrem Frankfurter Lager müssten rund 2.000 Masken sein. Da können wir gut vier Demos ausstatten. Und ich habe mir erlaubt, noch ein weiteres Accessoire hinzuzufügen: Blaumänner. Wir schaffen uns damit psychologische Vorteile. Die Demonstranten tragen praktisch eine Uniform. Damit steigt das Zusammengehörigkeitsgefühl. Sie flößen mehr Respekt, ja auch Angst ein. Da wird einem schon anders, wenn einem eine ganze Armee entgegenkommt. Und sie senken die Hemmschwelle. Das Individuum verbirgt sich hinter der Maskerade. Es lässt sich nicht mehr so einfach nachvollziehen, wer wer ist. Ordnungswidrigkeiten und Straftaten lassen sich nicht mehr so einfach Personen zuordnen.«

»Straftaten? Rechnen Sie wirklich mit Straftaten? Sind Sie nicht ein Sicherheitsfreak?«

»Manchmal müssen wir für die Sicherheit Opfer bringen.«

»Ist so eine Uniformierung wirklich notwendig. Das ist doch auch ein Riesenaufwand, diese Dinger zu verteilen. Und eventuell fallen wir damit sogar besonders auf, wo Sie doch lieber im Geheimen operieren.«

»Ja, das ist ein Aspekt. Unsere Vertrauensperson sieht aber gute Möglichkeiten, alles in kurzer Zeit zu verteilen. Zum Beispiel über den Shop auf dem Uni-Campus. Da gibt es ohnehin schon Blaumänner für Umzüge et cetera sowie die Guy-Fawkes-Masken. So gesehen sorgen wir nur dafür, dass ein ausreichender Vorrat da ist und vielleicht noch ein bisschen Geld für Not leidende Studenten reinkommt. So, jetzt fahre ich Sie zurück in die Stadt.«

76

Leipzig, 10.00 Uhr

»Kommen Sie rein und nehmen Sie Platz. Kaffee?«

Dietmar Brandis und Kevin Fröhlich nickten.

»Miss Moneypenny! Dreimal Kaffee, bitte.«

Der Polizeipräsident lachte über seinen Witz.

»Wissen Sie, sich einmal am Tag wie James Bond fühlen, das ist großartig. Und wenn es nur beim Kaffeetrinken ist. Wenn ich es einrichten kann, dann gehe ich um 0.07 Uhr in die Vorpremiere eines jeden 007-Films. Aber was führt Sie zu mir?«

»Wir haben einen dritten Drohbrief erhalten.«

Der Büroleiter des Oberbürgermeisters reichte dem Leipziger Polizeichef eine Plastikhülle mit einem weißen DIN-A4-Blatt, auf dem Buchstabenschnipsel aufgeklebt waren.

»Hoppla, das ist ja Englisch«, der Polizeipräsident las laut vor: ›Clemens Völker, you have everything, I have nothing, your purity of soul can only be regained by a painful and violent death.‹ Das ist ja aus ›Bodyguard‹.«

»Oh, das wusste ich nicht. Sie kennen den Film?«

»Das ist der Lieblingsfilm meiner Frau. Aber egal. Muss man das ernst nehmen?«

»Das wollten wir Sie fragen. Uns nerven diese Briefe. Aber müssen wir uns, muss Herr Völker sich fürchten?«

»In welchem Stil waren die ersten Briefe gehalten?«

»›Ich weiß, was du letzten Sommer getan hast‹ und ›Desperate Housewives‹«, schaltete sich Kevin Fröhlich ein.

»Ein Cineast! Prima! Aber im Ernst: Das ist reichlich merkwürdig. Wir sollten auf Nummer sicher gehen. Ich schlage vor, dass wir ab jetzt in unregelmäßigen Abständen das Neue Rathaus und das Privathaus der Völkers bestreifen. Ich spreche mit dem LKA, dass bald die Sicherheitsanalyse vorgelegt wird. Aber mehr, meine Herren, ist – so fürchte ich – zurzeit nicht drin. Tut mir leid.«

77

Lutherstadt Eisleben, 12.42 Uhr

»Wohlehrwürdige Frau, meine Familie und besonders ich sind Ihnen und Ihren Mitschwestern zu großem Dank verpflichtet. Es war nicht selbstverständlich, dass Sie meinen unglückseligen Neffen in seiner großen Not aufgenommen und gepflegt haben.«

Der Capitano schlenderte mit der Priorin des Zisterzienser-Klosters St. Marien zu Helfta durch den großen Park hinter dem Kloster. Karlsson, sein vierbeiniger Begleiter, lief frei herum und markierte das Revier nach Herzenslust.

»Herr Sieveking, anderen Menschen zu helfen, gehört zu unseren Pflichten. Die Regeln des heiligen Benedikt sind zwar für die Brüder und Schwestern untereinander bestimmt, sie lassen sich aber meines Erachtens auf alle Menschen übertragen: ›Die Sorge für die Kranken muss vor und über allem stehen: Man soll ihnen so dienen, als wären sie wirklich Christus.‹ Es war sicherlich eine glückliche Fügung, dass in diesem Monat im benachbarten Caritas-Pflegezentrum St. Mechthild der Erweiterungsbau ›Insel der Sinne‹ eröffnet werden konnte. Es existieren nun würdige Pflege- und Betreuungseinrichtungen für Menschen mit Demenz im weit fortgeschrittenen Stadium. Mit dem Patienten Nr. 1 konnten wir eine Art ›Probebetrieb‹ aufnehmen. Das hat uns auch zu neuen Erkenntnissen geführt.«

»Sie handeln wirklich nach Matthäus Kapitel 25, Vers 40: ›Was ihr für einen meiner geringsten Brüder getan habt, das habt ihr mir getan.‹ Vergelt's Gott!«

»Wir müssen aber über die Zukunft des Patienten Nr. 1 sprechen. Wir sind Ihnen für Ihre großzügige Spende sehr dankbar. Und natürlich möchte ich das Empfehlungsschreiben von Diakon Dr. Brandis nicht unerwähnt lassen. Wir sind froh über die Gelegenheit, uns erkenntlich zu zeigen. Aber wir müssen uns über die weitere Pflege von Nr. 1 verständigen. Es steht ein akuter Fall auf unserer Liste, sodass wir das Zimmer bald seiner eigentlichen Bestimmung übergeben wollen. Deshalb haben wir offiziell die Kurzzeitpflege zum letzten Mal um einen Monat verlängert.«

»Ich weiß das sehr zu schätzen.«

Die beiden waren auf ihrem Spaziergang beim lebendigen Labyrinth angekommen.

»Wollen wir hineingehen?

»Was erwartet uns darin?«

»Es ist ein mystischer Ort. Das Labyrinth hat eine Weglänge von 350 Metern und führt in sieben Umgängen zur Mitte. Zwischen den Heilpflanzen und Hainbuchenfiguren kann man sich bewegen und verweilen, tanzen und meditieren, ruhig werden und die Schöpfung genießen.«

»Bewegen, da mache ich mit.«

Kaum hatten sie die ersten Schritte gemacht, setzte sich Karlsson durch die Büsche ab. Der Capitano schrie hinter seinem Hund her. Der Rhodesian Ridgeback flitzte jedoch unbeirrt in ein nahegelegenes Wäldchen.

»Entschuldigen Sie bitte.«

So schnell es Henning Sieveking möglich war, folgte er Karlsson. Dieses Verhalten war für seinen Hund äußerst ungewöhnlich. Als er das Wäldchen erreicht hatte, tauchte Karlsson wieder auf und wedelte begeistert mit seinem Schwanz.

»Na, sag mal, wo warst du? Macht man das denn? Einfach so weglaufen? Was kaust du da eigentlich?«

78

Leipzig, 13.34 Uhr

Sandra Marhofer spürte die bewundernden Blicke. Es freute und spornte sie an. Von Männern erwartete sie förmlich die ungeteilte Aufmerksamkeit für ihr rundum betörendes Wesen. Sie schürzte ihre Lippen und zog aufreizend langsam und gründlich den Lippenstift nach. Im kleinen Taschenspiegel überzeugte sie sich davon, dass ihr Kussmund tadellos gelungen war. Sie betrachtete ausgiebig ihr Werk aus mehreren Perspektiven und bewegte den Spiegel hin und her. Zuletzt hielt sie ihn so, dass ihr Betrachter sich selbst sehen konnte.

»Na, Herr Fröhlich? Gefällt Ihnen, was Sie sehen?«

Kevin Fröhlich, der an der Tür stehend darauf wartete, beim Oberbürgermeister eingelassen zu werden, lief rot an.

»Haben Sie denn schon mal eine Frau geküsst, Herr Fröhlich?«

Jetzt musste Dorothee Messerschmidt, die sich die romantische Szene vergnügt angesehen hatte, losprusten. Der Persönliche Referent wirkte wie auf frischer Tat ertappt und brachte keinen Ton heraus. Sandra Marhofer kannte kein Erbarmen: »Das macht aber nichts. Manchmal ist es besser, wenn man sich diese Art von Erfahrung für einen besonderen Menschen aufhebt. Wie wir gehört haben, ziehen Sie doch bei den Völkers ein. Dann kann Ihnen bestimmt die kleine Antonia Nachhilfestunden geben.«

Die Tür knallte ins Schloss.

79

Leipzig, 16.30 Uhr

Sie hoffte inständig, dass niemand Bekanntes sie beim Betreten des Redaktionsgebäudes der BILD-Zeitung am Floßplatz beobachtet hatte. Früher, als sie noch an der Deutschen Journalistenschule gelernt hatte, hätte sie sich eher die Zunge abgebissen, als für eine und dann noch diese Boulevard-Zeitung zu schreiben. Aber die Zeiten hatten sich geändert. Nachdem die Zukunft von »Leipzig Fernsehen« immer noch nicht gesichert war, bemühte sich Uta Studtmann um Optionen. Diese Ansicht ermöglichte es ihr, das Gesprächsangebot des BILD-Lokalchefs anzunehmen. Und der kam gleich zur Sache.

»Frau Studtmann, Uta. Ich darf Sie doch Uta nennen? Prima. Die sächsische SPD steht vor einem Sonderparteitag, um über ihren Spitzenkandidaten zu entscheiden. Nach seinem Wahlsieg steht die Aktie von Clemens Völker dafür hoch im Kurs. Die LVZ versucht ihn ja geradezu mit ihrer Kampagne zu drängen, seinen Hut in den Ring zu werfen. Vom Blattmacher-Balken in Berlin ist an uns nun der Wunsch herangetragen worden, eine eventuell auch mehrteilige Clemens-Völker-Story vorzubereiten. Und da, Uta, habe ich an Sie gedacht. Sie haben die politische Szene in Leipzig in den letzten Jahren intensiv verfolgt und haben den Oberbürgermeister – ja, wie soll ich sagen – exklusiv kennenlernen dürfen. Was halten Sie davon?«

»Ich freue mich, dass Sie bei der Story an mich denken, und ich kann mir das auch gut vorstellen. Ich weiß nur nicht, wie ich das mit meinem Arbeitgeber vereinbaren kann.«

»Nun, wir könnten die Story unter einem Pseudonym veröffentlichen. Das wäre kein Problem. Und eventuell löst sich die Interessenkollision mit ›Leipzig Fernsehen‹ demnächst von allein. Ich habe gehört, dass der Springer Verlag darüber nachdenkt, in den Lokalfernsehsektor einzusteigen und Anteile an ›Leipzig Fernsehen‹ zu erwerben.«

»Die Verwendung eines Pseudonyms erscheint mir sinnvoll. Unter der Bedingung wäre ich dabei. Ich hätte auch schon ein paar Ideen, wie wir uns der Persönlichkeit des Oberbürgermeisters annähern können.«

»Das klingt fantastisch. Dann lassen Sie uns doch bitte bis Anfang nächster Woche eine Inhaltsangabe und eine Textprobe zukommen. Über weitere Details können Sie sich dann mit dem Chef vom Dienst austauschen. Ach, bei der Gelegenheit: Kennen Sie eine verlässliche Quelle im Grünflächenamt oder im Bauplanungsamt der Stadt Leipzig? Es mehren sich nämlich Stimmen, die behaupten, die Stadt wolle Wohnraum schaffen und dafür Parzellen von Kleingartenanlagen umwidmen.«

80

Leipzig, 18.35 Uhr

Kevin Fröhlich stand vor der Tür des Völkerschen Heimes in Lindenau und staunte nicht schlecht, als Antonia ihm mitteilte, dass ihre Eltern bereits zum Elternabend fort seien.

»Komm doch rein. Ist das dein ganzes Gepäck? Du bist wohl nur kurz hier?«

Für Kevins Geschmack stellte Antonia zu viele Fragen. Und wie kam sie dazu, sein Gepäck zu beurteilen? Immerhin hatte er einen Trolley und einen Seesack dabei.

»Für die Revolution braucht man nicht viel Gepäck.«

Etwas Dümmeres fiel ihm auf die Schnelle nicht ein.

»Oh, du bist ein Revoluzzer. So mit Che-Guevara-T-Shirt? Dir fehlt aber ein Bart wie Karl Marx.«

»Nein, ich habe nur Revolver, Messer und Plastiksprengstoff dabei.«

»Du bist ein Spinner. Ich soll dir das Gästezimmer zeigen.«

Kevin starrte ihr hinterher. Halb auf der Treppe drehte sie sich um und sagte: »Komm!«

Im Gästezimmer befanden sich ein Schlafsofa, ein kleiner Tisch und ein Sessel. Im Regal standen Bücher und DVDs.

»Es ist nicht besonders komfortabel. Aber es ist ja nicht für lange. Gesprächig bist du nicht gerade, oder?«

Kevin war blockiert. Im Umgang mit dem anderen Geschlecht war er nicht besonders geübt.

»War ein harter Tag heute.«

»OMG! Du redest, als wären wir 30 Jahre verheiratet.«

»Echt? Das wünscht du dir wohl?«

»Ich? No way. Ich werde niemals heiraten.«

»Und warum nicht?«

»Na, schau dir mal meine Eltern genauer an.«

»Sind sie dir peinlich?«

»Nein, aber die führen einen Rosenkrieg. Sie küssten und sie schlugen sich. Nichts für mich.«

»Was heißt das?«

»Bist du der Einzige in Leipzig, der nicht weiß, dass mein Vater eine Affäre hatte? Was glaubst du, was ich mir in der Schule anhören musste?«

»Mit wem hatte er eine Affäre?«

»Mit Uta Studtmann, rasende Reporterin beim ›Leipzig Fernsehen‹. Die blöde Kuh!«

»Und das hat dich sehr belastet?«

»Ja, allerdings. Wenn man fürchten muss, dass die ganze Familie im freien Fall ist.«

Das werde ich Uta Studtmann heimzahlen, nahm sich Kevin vor.

81

Leipzig, 19.03 Uhr

Die »Boygroup« hatte sich früher als üblich zum donnerstäglichen Dinner getroffen. Robin und Stefan-Alberto wollten im Anschluss noch in den Jazzclub zu einem Konzert. Das Hauptthema des Abends war schnell gefunden: der Dreikampf um das Amt des Sozialbürgermeisters. Stefan-Alberto hielt sich zurück, Oliver machte Stimmung für Jähnig, Robin machte sich für Hohmeyer stark. Einigkeit bestand nur bei einem Punkt: Kevin Fröhlich war allen negativ aufgestoßen. Jeder konnte über ihn ablästern. Oliver berichtete, wie Kevin ihn in Chemnitz ausgetrickst und vor der Presse blamiert hatte. Florian erzählte, wie sich der Neue ihm gegenüber in seinem eigenen Büro verhalten hatte. Dietmar nannte Kevin einen arroganten Schnösel, der alles besser wisse und versuchte, sich bei der Arbeit die Rosinen herauszupicken. So hatte sich Kevin geweigert, Glückwunschschreiben, die zur Wiederwahl Völkers aus aller Welt eingetroffen waren, zu beantworten. Dietmar hatte dann ihren gemeinsamen Chef informiert und gehofft, dass dieser mit der Faust auf den Tisch hauen und einen klaren Auftrag geben würde. Aber nein, Clemens wollte einen geeigneten Zeitpunkt abwarten, um ein grundsätzliches Gespräch mit seinem neuen Persönlichen Referenten zu führen.

»Ich bin der Meinung, wir müssen Kevin eine Lektion erteilen«, warf Dietmar in die Runde, »eine Lektion, die er so schnell nicht vergisst.«

»Früher nannte man das Klassenkeile«, erinnerte sich Oliver, möglicherweise aus eigener leidvoller Erfahrung.

»Es muss aber unverdächtig aussehen und er darf hinterher keinen Grund haben, sich bei Clemens zu beschweren«, führte Robin die Planungen weiter.

»So eine Art Mutprobe?«, fragte Florian.

»Genau, zum Einstand muss er eine Aufgabe erfüllen, um aufgenommen zu werden«, plante Robin weiter.

»Das heißt aber nicht, dass er dann auch ins ›Telegraph‹ mitkommt, oder?« Oliver war verunsichert.

»Nein!«, ertönte es von den anderen.

»Haben wir ihn eigentlich schon rumgeführt im Neuen Rathaus? Falls nicht, zeigen wir ihm die Kasematten und lassen ihn den Gespenstern begegnen«, schlug Dietmar vor.

»Das ist gut«, bekräftigte Florian.

»Wann?«, wollte Robin wissen.

»Morgen Nachmittag. Je eher, desto besser«, bestimmte Dietmar. Und dann legte er seine ausgestreckte Hand auf den Tisch: »Einer für alle!«

Die anderen legten ihre Hände darüber: »Alle für einen!«

82

Leipzig, 19.16 Uhr

Antonia steigerte sich in Abwesenheit ihrer Mutter richtig in die Rolle der »Dame des Hauses« hinein. Sie zeigte Kevin das Badezimmer, gab ihm Handtücher, stellte ihm ihre Brüder vor und setzte sich dann auf das Schlafsofa, während Kevin ein paar seiner Sachen auspackte und sich einrichtete.

»Paul hat es nicht einfach. Ich weiß, dass er in der Schule

gemobbt wird, aber er sagt nichts. Ich wollte es mal gegenüber unseren Eltern ansprechen, da hat er es verhindert. Was soll man da machen?«

»Was sind das für Typen? Welche aus seiner Klasse?«

»Weiß nicht genau. Du könntest ja mit ihm sprechen. Vielleicht öffnet er sich dir gegenüber. Du könntest sein großer Bruder sein. Oh ja, würdest du das machen?«

Kevin hatte sich noch nie zuvor so wohl und so anerkannt und geschätzt gefühlt, schon gar nicht von einem Mädchen.

»Ich kümmere mich drum.«

Er wunderte sich selbst, wie bestimmt er das sagte. Dabei kannte er die Familie doch gar nicht.

»Mega!«

Antonia stand auf, küsste ihn auf die Wange und ging zur Tür. Im Türrahmen drehte sie sich um: »Hast du Lust ›Need for Speed‹ zu spielen?«

83

A 2, 21.55 Uhr

Der Capitano war zufrieden. Er saß in einem Mercedes-Leihwagen und fuhr in Richtung Berlin. Das Wetter war ordentlich, die Autobahn einigermaßen frei. Er zappte durch die Radiosender auf der Suche nach Musik aus den 60er-Jahren und entspannte nachhaltig bei der Fahrt. Ein Anruf kam rein. Eine Festnetznummer. Der Capitano bediente das Display.

»Sieveking.«

»Hier ist Schwester Laetizia.«

»Nanu, wohlehrwürdige Frau, habe ich etwas vergessen?«

»Nein, Herr Sieveking. Stellen Sie sich vor, wir hatten auf der Insel der Sinne einen ungebetenen Gast.«

»Und?«

»Er wurde auf dem Flur gesehen und konnte unerkannt fliehen. Ein Pfleger hat versucht, ihn aufzuhalten. Es ist ihm aber nicht gelungen.«

»Was ist mit Patient Nr. 1?«

»Alles ruhig.«

»Gut. Können Sie sagen, wie weit der unbekannte Gast auf der Insel vorgedrungen ist?«

»Sie meinen, ob er auf der Intensivstation war? Nein, kann sein oder auch nicht.«

Der Capitano schwieg.

»Sollen wir die Polizei rufen?«

»Nein, das ist nicht nötig. Ich komme zurück. In schätzungsweise einer Stunde werde ich da sein. Sind Sie dann noch auf?«

»Ja, bin ich. Herr Sieveking, wir müssen eine Lösung finden!«

»Das werden wir. Danke für Ihren Anruf. Bis gleich!

Der Capitano setzte den Blinker und nahm die nächste Ausfahrt.

84

zeitlos

Ich. Ich bin. Kein Du. Nur ich.

Es ist. Nichts war. Was wird sein?

Es ist eng. Ich fühle mich fest, wie in Watte eingepackt, nicht gehüllt.

Es ist warm, aber nicht angenehm. Eher schwül.

Ich treibe mehr, als ich schwebe.

Ich habe eine Ahnung vom Licht. Das macht die Dunkelheit so unerträglich.

Es liegt eine Gewitterstimmung in meinem Kopf. Und da ist dieses Rauschen. Überall. Ein gewaltiges Rauschen. Mein Blut? Mein Blut, das durch die Adern rauscht?

Und ein Schlag. Und noch einer. Je mehr ich mich darauf besinne, desto härter wird der Schlag und der Abstand zwischen den Schlägen kürzer.

Ich bin keine Amöbe. Ich bin mehr als eine Zelle. Was tue ich hier? Leben wohl kaum. Sterben schon zu lange.

Ich bin ein Sensor ohne Energie. Ich sehne mich nach einer Bewegung, einem Impuls, einer Idee.

Ich fühle.

Ich will hier weg.

85

Leipzig, 14.02 Uhr

Dietmar Brandis hatte gute Laune. Das fiel den beiden Sekretärinnen auf, als er von seinem Büro durch ihr Vorzimmer ging, um auf der gegenüberliegenden Seite des Flures dem Persönlichen Referenten einen Besuch abzustatten. Er lächelte und nickte ihnen zu. Ein Tag, den man sich im Kalender hätte rot anstreichen können. Dietmar klopfte diesmal, bevor er die Tür öffnete. So höflich hatte Kevin Fröhlich Völkers Büroleiter bislang noch nicht erlebt. Dietmar blieb im Türrahmen stehen.

»Hallo, warst du eigentlich schon mal in den Kasematten?«

»Gibt es hier welche? Ich dachte, die Burg wurde überbaut.«

»Ja, aber im Kellergeschoss gibt es einen Zugang zu den historischen Gewölben. Ich hatte mir vorhin den Schlüssel besorgt, weil ich aus unserem Archivraum etwas holen musste. Wenn du möchtest, kann ich dir die Kasematten zeigen, bevor ich den Schlüssel wieder abgebe.«

»Tja, ich würde ja gern. Aber dann ist natürlich die rechtzeitige Abarbeitung deiner Aufträge vorm Wochenende gefährdet. Und die Glückwunschschreiben muss ich auch noch formulieren.«

»Der Büroleiter wird schon ein Auge zudrücken.«

»Sicher?«

»Sicher!«

»Na, dann los.«

Die beiden engsten Mitarbeiter des Oberbürgermeisters sprangen in den Paternoster und fuhren drei Etagen tiefer in das Untergeschoss. Dietmar wandte sich dann nach links und schlug den Weg in Richtung Turm ein. Vor der Tür mit der

Bezeichnung U27 hielt er und schloss auf. Dahinter verbarg sich kein Raum, sondern ein um den Turm führender Gang zu einer Treppe, die den Zugang zum Kellergeschoss ermöglichte.

»Ganz schön verwinkelt. Bist du sicher, dass du auch wieder rausfindest?«

»Keine Sorge. Ich kenne mich hier unten sehr gut aus. Wir haben ja die Bauarbeiten am City-Tunnel genutzt, um einen Safe Room sowie einen Notausgang zur S-Bahnhaltestelle Leuschner-Platz einzurichten. Ich bin deshalb ziemlich oft hier unten. Absprachen mit dem Hauptverwaltungsamt, der Polizei, der Bahn und den Baufirmen. Sobald die Abnahme vom Safe Room erfolgt ist, kann ich dir die Räume auch mal zeigen.«

»Von einem Safe Room habe ich noch nichts gehört.«

»Na, dann klappt ja wenigstens diesmal die Geheimhaltung. Das ist tatsächlich ein Top-Secret-Projekt. Also gilt auch für dich: kein Sterbenswörtchen zu irgendjemandem. Einverstanden?«

»Einverstanden!«

»Leipzig unter Tage ist sehr spannend. Ich vermute ja, dass es ein System an Wegen im Erdreich unter der City gibt, von wo man fast überall hingelangen könnte.«

Dietmar und Kevin waren auf der untersten Ebene des Neuen Rathauses angekommen. Sie standen auf einem langen Gang, der rundherum mit roten Backsteinen geziegelt war. Die Ausnahme bildete eine Steinbahn in der Mitte des Bodens. Über ihnen verlief ein eigenwilliges Geflecht von Rohren. Die Wände des Ganges säumten einzelne Schränke und Kisten. Am Ende des Ganges befand sich eine große Flügeltür aus Stahl. Unterwegs lösten irgendwann grüne Holztüren mit Eisenbeschlägen die modernen Brandschutztüren ab.

»Leipzigs Untergrund ist löchrig wie ein Schweizer Käse. Und nicht erst seit den Grabungen für den City-Tunnel. Überall gibt es Tunnel und Gänge, Leitungen und Kanäle. Denk allein an die Tiefgaragen. Es gibt die fantastischsten Erzählungen und wildesten Gerüchte. In letzter Zeit wurde von mehreren Stellen immer wieder betont, es gebe diese Geheimgänge gar nicht, wie zum Beispiel von der Universität zu Auerbachs Keller. Das wäre alles ausgedacht. Und dennoch stieß man beim Umbau des alten Sachsenplatzes auf einen Atombunker, an den sich angeblich niemand mehr erinnern konnte. Und wer weiß, was alles beim Bau des City-Tunnels entdeckt und dann geräuschlos beseitigt worden ist.«

Sie standen vor der grauen Stahltür. Dietmar wählte aus einem Bund einen Schlüssel aus, schloss die Tür auf und öffnete sie. Sie gelangten in eine Art Schleuse, denn dicht vor ihnen tauchte eine zweite Stahltür auf, die zusätzlich noch mit einem Riegel gesichert war. Beim Öffnen zeigte Dietmar Kevin einige Einschusslöcher im Stahl.

»Et voilà! Ein paar Stufen noch, und dann sind wir auf der untersten Ebene. Tiefer kann hier im Rathaus niemand fallen.«

Eine breite Treppe wurde über ihren Köpfen hinweg von einem gelben Rohr gekreuzt. Unten angekommen erreichten sie nach wenigen Metern die historischen Kasematten mit ihren Backstein-Gewölben.

»So, jetzt befinden wir uns acht Meter tief unter dem Burgplatz. Das sind Original-Pleißenburgkellergewölbe. Hier hat Hieronymus Lotter im Auftrag des Kurfürsten Moritz die neue Pleißenburg in der Form einer dreieckigen Zitadelle errichtet. Insgesamt nahm die Pleißenburg die heutigen Grundstücke des Neuen Rathauses, des Stadthauses, der Deutschen Bank und des Burgplatzes ein. Und in diesem erhaltenen und zugänglichen Teil befand sich ein Weinkeller, eine sogenannte Landwein-Niederlage. Bis 1991 wurde hier auch noch Wein gelagert. Gut 425 Jahre lang also. Einige Fässer stehen sogar noch hier.«

»Meinst du wirklich, dass es unterirdische Verbindungsgänge durch die ganze Stadt gibt?«

»Wenn ich damals Lotter gewesen wäre, hätte ich doch in der Pleißenburg nicht nur zwei Brücken in die Stadt und nach Süden gebaut. Ich hätte, auch um das Verteidigungssystem zu optimieren, unter dem Wassergraben einen Verbindungsgang zur Moritzbastei angelegt. Vielleicht findet man eines Tages Hinweise darauf. Manches ist halt in Vergessenheit geraten.«

»Was denn zum Beispiel?«

»Von dem Atombunker am Sachsenplatz erzählte ich ja bereits. Bei den Ausschachtungsarbeiten für den Bau der Tiefgarage unter dem Burgplatz sind die Bauarbeiter auf Mauerreste der Pleißenburg gestoßen, die man dort gar nicht mehr erwartet hatte. Der frühere Mauerverlauf wird mittlerweile auf dem Pflaster des Burgplatzes angedeutet. Und dann haben die Archäologen noch einen 70 Quadratmeter großen und im Gewölbescheitel 2,25 Meter hohen Raum gefunden, der in keinem Grundriss der alten Burg enthalten war. Und auf der Vorderseite des Neuen Rathauses haben wir die dort bestehenden Bunkeranlagen genutzt, um eine Verbindung zwischen Rathaus und S-Bahn-Station zu erhalten. Dadurch konnten wir wie gesagt den Plan der Anlage eines Schutzraumes und eines unterirdischen Notausganges verwirklichen.«

Die beiden hatten nun eine Art Kreuzung erreicht.

»Wo lang?«

»Links, ich zeige dir zuerst die noch vorhandenen Weinfässer.«

Sie blieben auf dem zentralen Weg und passierten einige Tonnengewölbe. Schließlich erreichten sie zwei gegenüberliegende Gewölbe, in denen jeweils am Rand Weinfässer gelagert waren.

»Schau sie dir ruhig näher an.«

Kevin ging tatsächlich in eine Tonne hinein.

»Hast du eigentlich Angst vor Gespenstern? Manche behaupten, dass es hier spukt.«

Kevin drehte sich zu Dietmar um und konnte mit dieser ganz und gar unwissenschaftlichen Einlassung nichts anfangen. In diesem Moment ging die Beleuchtung in den Kasematten aus, und es schimmerten nur noch die Fluchtwegsleuchten grünlich.

»Was ist los?«

Plötzlich wurde Kevin bis zum Bauch ein Sack übergestülpt. Er schrie vor Entsetzen laut auf: »Ey, was soll das?«

Kevin versuchte, sich zu wehren. Es mussten so zwei bis drei Leute sein. Sie packten ihn und banden den Sack mit einer Schnur auf seinem Rücken zusammen. Die angeblichen Gespenster lachten ihn aus und schubsten ihn, bis er zu Boden fiel. Sie hoben Kevin auf und schleiften ihn den Weg zurück. Kevin spürte Schmerzen. Das war aber nicht seine größte Not. Er fühlte sich im Stich gelassen, gerade in einem Moment, wo er anfing, jemandem zu vertrauen.

»Dietmar, wo bist du? Hilf mir bitte.«

Die Gespenster fingen wieder mit dem Schubsen an. Kevin schrie und versuchte, mit dem Kopf einen der Gegner zu rammen. Dieser konnte jedoch geschickt ausweichen, sodass Kevin ins Leere lief und stolperte. Wieder lachten sie ihn aus. Kevin bekam unter dem Sack Beklemmungen, die in ihm einen Panikschub auslösten. Er fühlte Angst und Wut in sich aufsteigen.

»Dietmar!«

Er begriff, dass seine Lage hoffnungslos war. Er war den Gespenstern ausgeliefert. Dietmar hatte ihn verraten. Diese Erkenntnis brachte ihn zum Heulen. Tränen rannen ihm über das Gesicht. Er wimmerte leise vor sich hin. Mittlerweile konnte er seinen Standort nicht mehr nachvollziehen. Womöglich war er irgendwo tief in den Kasematten. Er fiel wieder hin. Die Gespenster zogen ihn vom Boden hoch und gaben ihm einen letzten Schubs. Kevin prallte diesmal gegen eine Wand und rutschte daran hinunter. Seine Schulter schmerzte. Eine schwere Tür fiel ins Schloss. Kevin hörte die anderen nicht mehr und spürte sie auch nicht mehr. Er war allein. Aber wo?

Dietmar Brandis holte auf der anderen Seite der Tür sein Handy aus der Jackentasche und stellte fest, dass er keinen Empfang hatte.

»Los, raus hier.«

Die Gespenster verließen die Kasematten in Richtung Rathaus. Auf Ebene des Kellergeschosses war sein Handy wieder mit der restlichen Welt verbunden. Er rief mit unterdrückter Nummer bei der Tiefgaragenaufsicht für den Standort Petersbogen an: »Guten Tag. Ich melde Ihnen eine hilflose Person beim Kassenautomaten am Zugang bei der Deutschen Bank.«

86

Leipzig, 23.05 Uhr

Das Treffen war aus Sicht von Siegmund Jähnig überflüssig. Im Vorfeld der Wahl des Sozialbürgermeisters wollte sich ein Verein, der sich für Leipzig als Bauherr und Träger für neue Kindertagesstätten engagierte, informieren, wie die Chancen seiner Wahl stünden und was sich an den Rahmenbedingungen für den Bau und den Betrieb von Kitas ändern könnte. Der Amtsleiter hatte zunächst abgewiegelt und betont, dass der Verein keine Änderungen zu befürchten habe. Denn erstens sei es der Verwaltung grundsätzlich egal, wer unter ihr Sozialbürgermeister war, zweitens hatte er die besten Chancen, gewählt zu werden, und drittens brauchte im Falle seiner Wahl der Verein erst recht keine Änderungen in der Amtspraxis zu befürchten, weil er doch stiller Gesellschafter in einer Tochter-GmbH dieses Vereins war. Jähnig hatte zwar nicht viel Ahnung vom Steuerrecht und all den kniffligen Unterschieden bei der Wahl der Rechtsform, wichtig für ihn war lediglich, dass sein Name nicht im Handelsregister auftauchte. Gerade nach den Informationen von Oliver Hardt und Robert Schulte wollte Jähnig vor der Wahl jegliches Aufsehen vermeiden, aber die Mehrheitsgesellschafter hatten auf einem kurzfristig anberaumten Treffen bestanden. Und so hatte sich der schöne Siggi gefügt und sich um 21.00 Uhr im Paulaner in der Klostergasse eingefunden. Es war ihm in dem zweistündigen Gespräch gelungen, alle Bedenken und Unsicherheiten bei seinen Geschäftspartnern auszuräumen. Jetzt zog es ihn aber nach Hause, das er mit einer Straßenbahn ab der Haltestelle Augustusplatz erreichen wollte. Als kürzeste Strecke hatte er einen Weg ausgemacht, der ihn durch einige Passagen der Stadt führte. Er startete im Durchgang der Marktgalerie, der sich gegenüber des Paulaners befand. Siegmund Jähnig genoss wie sicherlich die wenigen Nachtschwärmer auch, dass es an diesem Wochenende mal kein Fest auf dem Markt gab, dass es ein normales Wochenende war. Die Leipziger freuten sich über Besucher und waren gute Gastgeber, aber wollten ihre Stadt auch gern einmal pur erleben, ohne großen Zinnober und Firlefanz. So konnte Siegmund Jähnig den Marktplatz direkt überqueren, ohne sich einen Weg vorbei an Buden, Stühlen und Tischen, großen Menschentrauben und beweglichen Hindernissen in Form von Kellnern bahnen zu müssen. Der Marktplatz war mitsamt den ihn umgebenden markanten Gebäuden mit Lampen und Scheinwerfern kunstvoll in Szene gesetzt. Trotz der milden Temperaturen wollte der Sozialamtsleiter nirgendwo mehr einkehren, sondern nur noch heimwärts. Erleichtert stellte er fest, dass das schmiedeeiserne Gitter noch nicht den Durchgang unterhalb des Alten-Rathaus-Turmes versperrte. Er gelangte auf den Naschmarkt und ließ die Alte Börse links und das Goethedenkmal rechts liegen. Ein ungutes Gefühl beschlich ihn. Bevor er die schmale Passage des Handelshofgebäudes betrat, drehte er seinen Kopf leicht, um hinter sich zu blicken. Zufall oder nicht? Ein Mann, der auch im Paulaner gesessen hatte, war in den Schein der Lampen getreten. Jähnig war gespannt, welchen Weg die Person einschlagen würde. Tatsächlich stoppte der Mann ab, schaute einen Moment zu lang in seine Richtung, um dann unschlüssig das Schaufenster des Museumsshops zu inspizieren. Siegmund Jähnig wartete, bis dieser Mann mit dem Rücken zu ihm stand, und schlüpfte dann flink in die nächste Passage, die mitten durch den Handelshof hindurchging. Er erhöhte sein Tempo. Er wollte wissen, ob ihn wirklich jemand verfolgte. Über die Reichsstraße hinweg eilte er in Specks Hof, schenkte der ältesten, noch erhaltenen Ladenpassage der Stadt keine weitere Beachtung und bog im zweiten Lichthof nach rechts ab. Kurz bevor er den großen Lichthof des Hansahauses erreichte, verschwand er rechts in eine Nische, die durch eine langgezogene Mauer für folgende Passanten nicht einsehbar war. Jähnig versuchte Herzschlag und Atem zu normalisieren. Die erhöhte Geschwindigkeit hatte ihn sehr angestrengt. Er wartete. Und tatsächlich lief der Mann an der Nische vorbei bis etwa in die Mitte des Lichthofes, wo er anhielt und registrierte, dass er die Spur verloren hatte. Jähnig startete einen Überraschungsangriff. Er warf sich von hinten auf seinen Verfolger und schob ihn bis zum Klangbrunnen, der kurz vor der Passage zur Grimmaischen Straße stand. Jähnig versuchte, den Kopf des Mannes in die wassergefüllte Klangschale zu drücken. Sein Verfolger hielt sich an den beiden Griffen fest, die eigentlich durch geschickte Reibung Töne erzeugen und das Wasser zum Vibrieren bringen sollten. Jähnig schaute über den Mann hinweg die Passage entlang und nahm an der gegenüberliegenden Hauswand einen roten Schriftzug wahr. Er lockerte für einen Moment seinen Griff und forderte den Mann auf, laut zu lesen, was er sah.

»Ditsch.«

»Genau das tue ich jetzt.«

Jähnig drückte das Gesicht des Mannes unter Wasser. Es gelang, weil sein Verfolger einen Moment seinen Widerstand verringert hatte. Nach fünf Sekunden gestattete ihm der Sozialamtsleiter zu atmen, bevor er das Gesicht erneut in das Wasser der Klangschale einditschte.

»Warum verfolgen Sie mich?«

Jähnig ließ den Mann hochkommen, lastete mit seinem Gewicht aber weiter auf Rücken und Schultern. Der fremde Mann hustete und spie Wasser aus.

»Ich erkläre es Ihnen!«

»So?«

Jähnig ließ von ihm ab und ging zwei Schritte rückwärts.

»Also, ich höre!«

»Muss das hier sein? In der Öffentlichkeit?«

Siegmund Jähnig drehte sich um. Einige Passanten waren stehen geblieben und hatten den Kampf verfolgt, in der Hoffnung, nicht eingreifen zu müssen. Als die beiden Männer mit etwas Abstand zueinander das Gespräch aufnahmen, wirkte das auch auf die umstehenden Menschen entspannend. Sie vergewisserten sich, dass die schlimmste Gefahr gebannt war, und gingen erleichtert weiter.

»Ich bin Privatdetektiv«, der Mann hielt sich den Hals und schnappte nach Luft, »und würde Ihnen gerne ein Angebot machen.«

SAMSTAG, 22. JUNI

87

Berlin, 8.35 Uhr

»Was machst du denn hier? Wie siehst du überhaupt aus?«

Gunter Bendix war über seinen Besuch nicht erfreut. Er überlegte, ob er seinem unehelichen Sohn die Tür vor der Nase zuschlagen sollte. Er hatte doch als heimlicher Vater alles, wirklich alles getan, um diesen vollkommen missratenen, überheblichen, unsympathischen Burschen unterzubringen, sogar mit Familienanschluss. Und jetzt stand Kevin wieder vor seiner Tür in der Wohnanlage Spreebellevue. Wie ein Boomerang. Er musste ihn reinlassen, ansonsten drohte ein Skandal, wenn sein Sohn weiter randalierte.

»Komm rein!«

Bendix machte den Eingang frei, und Kevin torkelte benommen in die Wohnung.

»Warum bist du nicht in Leipzig?«

Keine Antwort.

»Weiß Clemens, dass du hier bist?«

Kevin schwieg und setzte sich auf das Sofa.

»Hey, junger Mann nicht einschlafen. Du kannst hier nicht bleiben. Ich muss gleich weg.«

»Will nur ausschlafen.«

»Das hättest du dir eher überlegen können. Bevor du hier rumgesoffen hast. Hast du wieder Drogen genommen? Das war das letzte Mal, dass ich dir geholfen habe. Du wirst dich anstrengen und dich im Rathaus durchbeißen. Das sage ich dir!«

»Ich gehe da nicht zurück.«

»Was? Und warum nicht?«

»Die hassen mich. Die merken, dass ich ihnen überlegen bin. Die haben mich in eine Falle gelockt und mich zu zehnt verprügelt.«

»Das glaube ich nicht. Das kann nicht sein. Du musst mit diesen Drogen aufhören. Die vernebeln dir deine letzten Hirnzellen auch noch. Was hast du jetzt vor?«

»Kann ich hierbleiben?«

»Ausgeschlossen. Es ist vorbei. Du kannst zu deiner fantastischen und liebevollen Mutter zurückgehen. Ich verfluche den Tag, an dem ich sie getroffen und dich gezeugt habe.«

»Du sollst nicht so über sie reden!«

»So? Diese Schlampe hat mich erpresst. Aber jetzt ist Schluss!«

Mit einer Energieleistung katapultierte sich Kevin aus dem Sofa hoch und ging auf den Bundestagsabgeordneten los.

»Du sprichst nicht so über meine Mutter! Du wirst dich jetzt entschuldigen. Los, entschuldige dich.«

Kevin hatte seinen Vater am Schlafanzugkragen gepackt und schob ihn unsanft durch die Wohnung. Dabei verlor er das Gleichgewicht und riss Bendix zu Boden und den Couchtisch gleich mit. Unbeholfen rappelte er sich auf, während sein Vater liegen blieb. Er blutete am Kopf. Kevin glotzte auf die Wunde und schwankte ungläubig hin und her. Kopf und Magen drehten sich. Plötzlich musste sich Kevin mit einem großen Schwall übergeben. Und noch einmal. Beim dritten Mal kam kein Mageninhalt mehr. Kevin wischte sich mit dem Ärmel seinen Mund sauber, fand irgendwie den Weg ins Schlafzimmer und legte sich hin.

88

Leipzig, 8.49 Uhr

Stefan-Alberto musste nachdenken. Wann war Nadine das letzte Mal bei ihm gewesen? Und jetzt stand sie hier. Einfach so. Am frühen Morgen. Am frühen Samstagmorgen. Die Not musste groß sein.

»Komm rein.«

Stefan-Alberto mochte seine Junggesellenbude. Er hatte sich daran gewöhnt, dass seine Freundin ihn nicht besuchen wollte. Dann hatte er sein Reich eben für sich allein, einen uneinnehmbaren und unteilbaren Rückzugsort gegen alle Unbilden des Lebens. Hier konnte er lesen und Musik hören und arbeiten und Filme gucken, wie und was und wann immer er wollte. Keine Diskussionen über Luxus-Möbel und Statussymbole. Einfach nur sein Reich!

»Hast du schon gefrühstückt?«

Eine saudumme Frage. Hätte sie nicht, dann müsste er ihr jetzt ein Frühstück kredenzen.

»Nein, ich habe aber auch keinen Hunger.«

Puuh!

»Was ist passiert?«

»Mein Doktorvater hat mich informiert, dass meine Promotion unter die Lupe genommen wird.«

»Warum das denn?«

»Woher soll ich das wissen?«

»Wegen deiner Kandidatur?«

»Könnte auch ein Zufall sein.«

»Lässt dich der schöne Siggi ausspionieren? Was könnten die denn bei dir finden?«

»Na, gar nichts! Was denkst du denn?«

»Dann ist es ja gut. Dann hast du nichts zu befürchten.«

»Du bist gut. Du hast ja auch keinen Doktor gemacht. Irgendetwas bleibt immer hängen, wenn es bekannt wird. Allein der Verdacht bringt dich schon in Erklärungsnöte!«

»So schlimm?«

»Wenn du mir nicht glaubst, kann ich ja wieder gehen.«

»Nein, jetzt bleib doch da. Was kann ich tun?«

»Halt mich einfach.«

89

Leipzig, 18.05 Uhr

Kevin Fröhlich hatte seine Schuhe ausgezogen und diese irgendwo in der Unteren Wandelhalle abgestellt. Oder hatte er sie im Paternoster hinterlegt? Oder hatte er nie Schuhe besessen? Schließlich war er barfuß zur Welt gekommen, so, wie alle Menschen und Tiere barfuß zur Welt kamen. Wozu sollten Schuhe dann auch gut sein? Jetzt galt es für den Persönlichen Referenten, der mit dem Zug am Nachmittag aus Berlin zurückgekehrt war, leise zu sein, kein Geräusch zu verursachen, wodurch die gefährlichen Tiere vom Haupttreppenhaus hätten aufwachen können. Sie hatten sich im Geländer versteckt und schliefen. Kevin hoffte inständig, dass der rote Teppich seine Schritte dämpfen würde. Auf Zehenspitzen schlich er die ersten Stufen hoch. Diese Fortbewegung beanspruchte auch wegen seines Alkohol- und Aufputschmittelkonsums in den letzten Stunden einen erhöhten Koordinationsbedarf. Er ruderte mit den Armen, um sein Gleichgewicht zu halten, und musste zwischendurch immer mal wieder mit dem ganzen Fuß auftreten, wobei er nicht genau definierbare Laute von sich gab. Er verharrte dann in seiner Position und linste vorsichtig nach links und rechts, ob sich im Treppengeländer irgendetwas bewegte. Diese Manöver gestalteten sich aber zunehmend schwieriger, vor allem, weil es ihn sehr anstrengte, in Balletttänzermanier die Treppe zu meistern. Schließlich rutschte er ab und fand sich auf allen vieren wieder. Dabei stöhnte er schmerzgeplagt auf und fluchte. Als er sich aufrappelte, nahm er hinter sich eine Bewegung wahr. Er drehte seinen Kopf und riss seine Augen auf. Die beiden Fabelwesen vom Treppenabsatz glitten beziehungsweise hüpften mit ihren Hintergliedmaßen auf der Treppe hinunter und versperrten ihm den Weg. Es gab kein Zurück mehr. Langsam kamen die Meerjungfrau und der Mann-Vogel näher. Ihre dicken Ketten aus Muscheln, Blumen und Früchten hielten sie ihm entgegen, so, als wären es indische Tücher in einem Edgar-Wallace-Krimi.

»Nein!«

Kevin wollte jetzt nur noch nach oben in sein Büro und dort die Tür von innen verschließen. Neben ihm fing es an zu rascheln und zu summen. Der Tausendfüßler und die Fliege waren erwacht. Beide lösten sich aus ihrem steinernen Versteck. Die Fliege schwirrte um seinen Kopf herum, sodass Kevin nach ihr schlug, um sie zu vertreiben. Währenddessen glitt der Tausendfüßler auf dem roten Teppich elegant auf ihn zu. Der Persönliche Referent hastete die Treppe Stufe um Stufe hoch. Beim Passieren der einzelnen Geländersegmente erwachten die anderen Tiere, lösten sich ebenfalls aus ihrem Versteck und folgten ihm auf ihre natürliche Art. Als er sich vom Treppenabsatz aus umschaute, hatten sich die Libelle, der Quastenflosser, der Frosch, die zwei Fische, die Schildkröte, der Greifvogel, das Krokodil und das Eichhörnchen auch auf dem Weg begeben. Kevin erschien es, als ob diese Tiere wegen der Ruhestörung erbost und schlimmer noch sehr hungrig waren. Er schlug um sich, um die fliegenden Lebewesen zu vertreiben, und wischte mit einer Handbewegung den Tausendfüßler von seinem Bein. Als er auf die mittlere Treppe wechselte, um in das zweite Obergeschoss zu gelangen, fing die eine Putte, die auf dem Podest saß, auf ihrer Flöte an zu spielen. Kevin taumelte. Er musste aber weiter. Vor ihm verstellten jedoch die zwei Aale, der Schwan, der Fuchs, der Hahn, die Eidechse, das Wiesel, der Affe und die Fledermaus den Weg. Er schloss die Augen. Als er sie wieder aufmachte, schauten ihn die zweite Schildkröte und das Gürteltier von dem Treppengeländer aus böse an. Kevin fasste einen Entschluss. Er musste das Überraschungsmoment nutzen. Wie von den Treppentieren gebissen, lief er laut schreiend und fuchtelnd das letzte Stück der Treppe hoch, boxte und trat alles weg, was vor ihm kreuchte und fleuchte. Er lief, ohne sich umzusehen. Er wusste, er hatte diese Prüfung bestanden. Er hatte seine Angst überwunden. Ab jetzt wäre er unbesiegbar.

SONNTAG, 23. JUNI

90

Leipzig, 2.55 Uhr

Ein Kleintransporter fuhr vor dem baufälligen Gründerzeitgebäude in der Georg-Schwarz-Straße vor und hielt in zweiter Reihe. Aus dem Hauseingang lösten sich eine Handvoll Leute und huschten zur Heckklappe. Die beiden Vordertüren öffneten sich, Fahrer und Beifahrer stiegen aus und gingen ebenso zum Heck, um die Klappe zu öffnen.

»Hallo Kirsti, alles klar? Wissen alle Bescheid?«

Der Fahrer, der mit seinem schwarzen Blouson, der Sonnenbrille, dem Schnäuzer und dem akkuraten Seitenscheitel verwegen aussah, begrüßte Andreas-Marios Freundin.

»Ja, alle sind instruiert.«

»Das wird eine große Sache. Die Medien können uns danach nicht mehr ignorieren und die Politiker wissen, dass sie den Bankensektor endlich kontrollieren müssen. Es sind alle Sachen in Kisten verpackt. Habt ihr genug Lagerfläche?«

»Ja, wir haben im Keller einen abschließbaren Raum hergerichtet.«

»Gut, dann los.«

Zu siebt transportierten sie die Kisten aus dem Transporter in das Haus. Als Andreas-Mario eine Kiste stapelte, konnte er bei dem schwachen Licht im Keller das Gesicht des Beifahrers erkennen.

»Arbeiten Sie nicht im Rathaus?«

Der Beifahrer schaute Andreas-Mario unverwandt einige Sekunden an.

»Wohl kaum.«

Ohne einen Zweifel aufkommen zu lassen, dass die Konversation damit beendet war, drehte sich der Beifahrer um, um die nächste Kiste zu holen. Innerhalb weniger Minuten war die Ladefläche leer. Der Fahrer wechselte mit Kirsti noch ein paar Worte und setzte sich dann wieder hinter das Lenkrad. Erstaunt schaute er auf die Seite des Beifahrers. Dort lagen zwei gefaltete Blaumänner und zwei Masken.

»Was soll das?«

»Eigenbedarf!«

91

Leipzig, 13.10 Uhr

Als Kevin das Völkersche Heim betrat, hörte er Schritte im ersten Stock, dann war es ruhig. Er hatte sich bemüht, leise die Tür zu öffnen, damit möglichst niemand ihn in seinem derangierten Zustand zu Gesicht bekam. Die Familie schien mehrheitlich nicht zu Hause zu sein oder sich für eine Siesta zurückgezogen zu haben. Er vergewisserte sich in Küche und Wohnzimmer, dass sich unten auch wirklich niemand befand, und ging sicherer als am Tag zuvor die Treppe hoch. Oben angekommen lauschte er. Wenn jemand da sein sollte, dann doch Antonia, so hoffte er.

Kevin klopfte an ihre Tür. Von drinnen hörte er ein Husten.

Er wertete dies als ein »Herein«. Antonia lag im Bett, aus der Bettdecke schauten nur ihr Kopf und ein Schal.

»Was hast du denn gemacht?«

»Das könnte ich dich auch fragen.«

Antonia schaute ihn verstört mit großen Augen an. Kevin dämmerte es, dass er wohl dringend eine Dusche nötig hatte.

»Ich habe zuerst gefragt.«

»Bin krank. Habe Husten, Schnupfen, Halsweh, Gliederschmerzen.«

»Und wo sind die anderen?«

»Haben sich alle zur Teilnahme am Familiennachmittag verpflichtet. Der findet heute im Zoo statt.«

»Du scheinst gar nicht so traurig darüber zu sein, dass du nicht mitkonntest, oder?«

»Bin halt krank. Und wo hast du dich rumgetrieben? Am Freitag haben wir uns Sorgen gemacht und auf dich gewartet. Gestern schon nicht mehr. Und heute bist du uns egal.«

»Ich hatte meine Gründe.«

»Du hättest dich ja abmelden können.«

»Ich dachte, du bist nicht so spießig.«

»Hast du dich geprügelt?«

»Nein, warum?«

In dem Moment fiel ihm ein, dass er sich mit seinem Vater geprügelt hatte.

»Du siehst so aus.«

»Und du siehst so aus, als ob du gar nicht krank wärst.«

Ansatzlos griff sich Kevin die Decke und warf sie zurück. Und siehe da: Antonia war vollständig angezogen.

»Hey, was fällt dir ein? Das macht man nicht mit einer Dame!«

»Du hast deine Unpässlichkeit nur vorgetäuscht, gib's zu. Aber tröste dich. An deiner Stelle wäre ich auch zu Hause geblieben.«

»Du hast ja keine Ahnung!«

»Wie lange bleiben deine Eltern weg?«

»Weiß nicht. Vielleicht bis 16.00 Uhr?«

»Ich werde jetzt duschen. Du kannst mir ja ein Handtuch besorgen.«

»Das könnte dir so passen.«

»Hast du schon mal geraucht?«

»Klar!«

»Auch einen Joint?«

92

Leipzig, 13.55 Uhr

Michael Lenk hatte beschlossen, bis zum Tag der Ratsversammlung in Leipzig zu bleiben und nicht zwischendurch nach Berlin oder Hamburg zu reisen. Die Entscheidung fiel ihm leicht, weil er sich auf der Flucht aus dem Caritas Pflegezentrum St. Mechthild seinen rechten Knöchel bei dem Sprung aus einem Erdgeschoss-Fenster verstaucht hatte. Seitdem kurierte er die Verletzung aus, indem er den Fuß hoch lagerte, kühlte und einen festen Verband anlegte. Zum Arzt mochte er nicht gehen. Dass er das Wochenende ausnahmsweise ruhig verbrachte, lag auch an den Sievekings, die sich auffällig mit der Kontaktaufnahme zurückhielten. Lenk musste damit rechnen, dass vor allem der Capitano zu Recht vermutete, dass er der nächtliche Besucher war. Am Vormittag wäre er schon beinahe aufgeflogen. Weil der Capitano und die Priorin bei ihrem Spaziergang im Park ständig die Position gewechselt hatten, hatte Lenk Schwierigkeiten gehabt, sein neues Spielzeug, ein leistungsfähiges Richtmikrofon, so einzusetzen, dass er ihr Gespräch abhören konnte. Einer seiner Positionswechsel war Karlsson aufgefallen, der ihn natürlich begeistert begrüßt hatte und sich auch gern füttern ließ. Immerhin – und das war das Entscheidende – hatte er erfahren, dass der Patient Nr. 1 noch lebte, und in der Nacht konnte er sich persönlich davon überzeugen.

Um keinen Hotel-Koller zu bekommen, war Lenk zum Marktplatz aufgebrochen und hatte bei der Milchbar Pinguin einen Tisch im Freien ergattern können. Bevor er die Bestellung aufgeben konnte, rief ihn Constanze an. Nach einer knappen Begrüßung kam sie gleich zum Thema:

»Du warst in Eisleben, nicht wahr?«

»Nein, bedaure. Mein Seelenheil muss noch einen Moment ohne den Klosterbesuch auskommen.«

»Michael! Wir sind doch erwachsen und können auf solche Spiele verzichten. Am Donnerstag ist jemand in das dortige Pflegezentrum eingedrungen.«

»Ich verstehe nicht. Deine Großmutter ist doch längst verstorben. Was hätte ich da tun sollen?«

»Michael! Mein Vater ist außer sich. Sei froh, dass ich ihm ausgeredet habe, dass er dich noch in der Nacht aufsucht. Ich habe ihm gesagt, dass er seinen Groll bis nach der Ratsversammlung runterschlucken muss.«

»Vielleicht bin ich ja zu doof. Was ist denn in Eisleben passiert?«

»Sag's mir!«

»Constanze, beim besten Willen. Ich kann die Gedankengänge, in die sich dein Vater immer mehr reinsteigert, nicht mehr nachvollziehen. Tut mir leid. Ich war am Donnerstag in Leipzig.«

»Du bleibst dabei?«

»Ich habe keine Alternative, weil es stimmt.«

»Schade. Dann mach's gut.«

93

Leipzig, 14.01 Uhr

Martina Felske-Völker wollte ihren Söhnen die gemeinsame Zeit mit ihrem Vater nicht nehmen, und so bot sie an zurückzufahren, um das Diensthandy des Oberbürgermeisters zu holen. Unvorstellbar, dass die Stadt überleben konnte, wenn ihr erster Bürger mal ein paar Stunden nicht erreichbar war. Sie parkte das Auto halb auf dem Gehweg und wollte nur schnell ins Schlafzimmer, um den vergessenen Gegenstand aus der Jackentasche zu nehmen und damit wieder zum Zoo zu fahren. Sie staunte nicht schlecht, als sie ihre Tochter in der Küche herumspringen sah. Eine Wunderheilung. Antonia ging es ebenso.

»Mama, ist was passiert?«

Antonia versuchte, normal zu wirken.

»Papa hat sein Diensthandy vergessen.«

Martina versuchte, normal zu wirken.

»Warum bist du nicht im Bett? Dir ging es doch gar nicht gut.«

»Ich wollte mir einen Tee machen. Gegen die Halsschmerzen. Wo ist denn das Diensthandy?«

»Oben im Schlafzimmer. Ich bin gleich weg. Keine Sorge.«

»Soll ich es für dich holen? Ich muss doch sowieso nach oben gehen.«

Martina wunderte sich, dass Antonia plötzlich so laut sprach. Vom Inhalt ganz zu schweigen.

»Nein, es geht auch schnell.«

»Geh bitte nicht die Treppe hoch. Oder lass mich vorgehen.«

»Was ist denn da oben?«

Martina wartete keine weiteren Erklärungen ab und begann, in den ersten Stock hochzumarschieren. Halb auf der Treppe registrierte sie, dass die Haustür ins Schloss fiel. Ihre Tochter hatte offensichtlich das Weite gesucht.

Die Schlafzimmertür war einen Spalt geöffnet, romantische Musik, oder was die Jugend dafür hielt, und süßlicher Geruch drangen aus dem Raum auf den Flur. Ein nackter Hintern war der zentrale Punkt, der die volle Aufmerksamkeit Martinas fand. Der Besitzer lag im Ehebett vollkommen nackt auf dem Bauch. Seine Augen waren mit einer Krawatte verbunden. Genussvoll zog der junge Mann an einer Zigarette. Kevin! Es war der neue Untermieter. Na, warte, dachte sich Martina, und setze sich auf den Bettrand.

»Antonia? Willst du nicht doch mal ziehen?«

Martina legte ihre Hand auf den Po.

MONTAG, 24. JUNI

94

Leipzig, 6.34 Uhr

Dr. Nadine Storl hatte schlecht geschlafen. Sobald sie auf dem Kopfkissen liegend ins Grübeln verfiel, war an Schlaf nicht mehr zu denken. Das Grübeln war ihr ein hartnäckiger Wegbegleiter. Sie ärgerte sich, dass sie ihre Gedanken nicht besser kontrollieren, das Grübeln mit Befehl beenden konnte. So leicht war das leider nicht. Andererseits verlieh ihr das Grübeln Tiefgang, den ihr andere nicht zutrauten, so dachte sie. Das Grübeln, das war ihre tröstliche Erkenntnis, adelte sie gewissermaßen.

Nachdem sie letzte Nacht schwer in den Schlaf gefunden hatte, war sie um 5.00 Uhr wach. So wach, dass keine Chance bestand, noch erholsam bis zur üblichen Weckzeit zu dösen.

Sie war genervt aufgestanden und wollte wenigstens aus der Not eine Tugend machen, indem sie eine Runde durch das Rosental drehte. Sie wählte die Strecke, die durch den Zoo, die Waldstraße, den Zöllnerweg und die Emil-Fuchs-Straße begrenzt war. Die Länge war für Gelegenheitsläufer gut zu absolvieren. Ein schöner Start in diese für sie so wichtige Woche. Einfach frischen Wind um den Kopf wehen lassen und den Sorgen davonlaufen. Ihre gute Laune änderte sich schlagartig, als sie aus dem Briefkasten neben der Tageszeitung einen absenderfreien DIN-A4-Umschlag entnahm. Der Umschlag war nicht zugeklebt. Er enthielt drei Blätter. Mit angehaltener Luft überflog sie den Text und schaute sich die zwei Grafiken in den Anlagen an. Eine Katastrophe! Am liebsten hätte sie Briefkasten und Umschlag mit ihrem Pfefferspray bekämpft. Die Ankündigung ihres Doktorvaters hatte sich bewahrheitet. Ein unbekannter »Plagiatsdetektiv« teilte ihr mit, dass es begründete Hinweise für einen Anfangsverdacht gebe. Die von ihm untersuchten Seiten ihrer Promotion seien »sehr plumpe Täuschungen«. Sie habe großzügig ihre Quellen verschleiert. Dies könne sie in der Synopse selbst nachvollziehen, wo eine Textpassage von ihr mit Auszügen aus den vermeintlichen wissenschaftlichen Vorlagen verglichen wurde. Alles bunt, stellte Nadine bestürzt fest, alles Plagiate. Was war ihr Doktorvater für eine Null! Die zweite Anlage enthielt den so genannten Barcode, der Aufschluss über die Anzahl der beanstandeten textlichen Übereinstimmungen gab. Nadine schlug ihre Hand vor den Mund. 70 Prozent der untersuchten Seiten waren Plagiate. Der Plagiatsdetektiv drohte an, ihre Promotion bei der Internetplattform VroniPlag Wiki zu melden, wenn, ja wenn sie ihre Kandidatur für den Posten des Sozialbürgermeisters aufrechterhielte. 24 Stunden Bedenkzeit wurden ihr gewährt. Nadine ballte die Faust.

95

Leipzig, 7.10 Uhr

Martina setzte sich an Antonias Bett.

»Fräulein, du bist nicht krank!«

»Doch, jetzt wirklich!«

Antonia hatte sich das Donnerwetter viel schlimmer vorgestellt. Bis jetzt konnte man die sich andeutende erzieherische Maßnahme noch nicht mal als laues Lüftchen wahrnehmen. Aber Antonia wusste, dass bei ihrer Mutter der Blitz aus heiterem Himmel einschlagen konnte. Immerhin war sie als Lehrerin pädagogisch geschult und wusste durch jahrelange Fronterfahrung, wie sie Heranwachsende aus der Reserve locken konnte. Also, Vorsicht war angebracht.

»Schau mich mal an!«

Antonia schlug die Decke zurück.

»Ich habe es gestern nicht eskalieren lassen. Ich habe abends, als wir vom Zoo wiederkamen, gesehen, dass du in deinem Zimmer warst. Da war ich erst mal beruhigt. Nicht beruhigen tut mich aber der Gedanke, was passiert wäre, wenn ich nicht überraschend nach Hause gekommen wäre. Was sollte das werden?«

»Ich weiß es doch auch nicht. Plötzlich stand Kevin in meinem Zimmer. Er war berauscht, keine Ahnung, ob nur vom Alkohol oder ob er auch Drogen genommen hat. Er erzählte, dass er in Berlin durchgefeiert habe. Dann ging er duschen. Ich bin in die Küche, um ihm etwas zu essen zu machen. Er hatte großen Hunger.«

Martina schaute ihre Tochter prüfend an, strich ihr eine Strähne aus dem Gesicht und ließ ihre Hand auf ihrer Wange ruhen.

»Antonia, du bist ein hübsches, aufgewecktes Mädchen, das es durchaus versteht, Jungen den Kopf zu verdrehen. Du wirst deine Erfahrungen schon noch sammeln. Oder du hast schon einige Erfahrungen gesammelt. Die eigene Mutter ist oft der falsche Ansprechpartner für solche Angelegenheiten. Ich möchte dir aber anbieten, dass du mit allen Fragen und Zweifeln und Wünschen und Problemen zu mir kommen kannst. Dieses Abenteuer gestern bleibt unser Geheimnis. Was du mir aber versprechen musst, ist, dass du nie wieder vorgibst, krank zu sein, um nicht auf den Familienausflug mitkommen zu müssen. Das ist das, was ich dir besonders übel nehme. Außerdem möchte ich nicht noch einmal erleben, dass ein fremder Mann nackt und alkoholisiert im Schlafzimmer liegt und einen Joint raucht.«

Antonia hätte sich vor Scham am liebsten wieder die Decke über den Kopf gezogen.

»Ich konnte nichts dafür. Kevin kam nackt aus der Dusche und fand sich ganz stark und unwiderstehlich. Dann fragte er mich, ob ich rauchen würde. Ich habe das abgelehnt und bin in die Küche geflüchtet. Und dann kamst du.«

»Warum bist du nicht geblieben?«

»Weil es mir so peinlich war. Was hast du mit Kevin gemacht?«

»Ich habe ihn rausgeschmissen. Vorher durfte er sich noch anziehen. Er hat wohl in irgendeiner Pension übernachtet. Heute kommt er zurück und holt seine Sachen ab. Damit du ihm nicht wieder begegnen musst, schlage ich vor, dass du ganz normal zur Schule gehst. Was hältst du davon?«

»Und du bist nicht böse auf mich?«

»Ein wenig schon. Du kannst es aber gutmachen. Ich vertraue dir.«

Antonia umarmte ihre Mutter, die ihr plötzlich gar nicht mehr so peinlich vorkam.

96

Leipzig, 10.42 Uhr

Kevin Fröhlich war in gehobener Stimmung. Er hatte das Geld, das er seinem Erzeuger abgenommen hatte, gut investiert. Nach der Überraschung vom Sonntagnachmittag hatte er sich im Seaside Park Hotel einquartiert, weil er den Namen angesichts der Lage des Hotels lustig fand. Er freute sich riesig, als er aufgefordert wurde, die Rechnung im Voraus zu bezahlen, weil er kein Gepäck dabeihatte. Seine Freude steigerte sich noch dadurch, dass er in bar bezahlte und ein großzügiges Trinkgeld dabei einberechnet hatte. Er dinierte königlich im Restaurant Steaktrain, entspannte nachhaltig im Spa-Bereich und regulierte ausgiebig seinen Flüssigkeitshaushalt an der Hotelbar. Nachdem er ordentlich gefrühstückt und ausgecheckt hatte, kümmerte er sich um seine Garderobe. Im Akkord kaufte er Anzug, Hemd, Krawatte, Socken, Schuhe, Sonnenbrille. Auf der Petersstraße erstand er noch ein sündhaft teures Parfum und für die Vorzimmerdamen einen Blumenstrauß in Pink mit einem hohen Anteil Rosen, Anemonen und Freesien.

Sandra Marhofer und Dorothee Messerschmidt blickten ihn an, als ob er von einem anderen Stern wäre.

»Guten Morgen die Damen. Ich hoffe, Sie hatten ein schönes Wochenende. Meines war jedenfalls fantastisch. Und hier habe ich einen kleinen floralen Gruß, der Ihnen die harte Arbeit ein wenig erträglicher machen soll.«

Kevin Fröhlich hielt den Strauß am langen Arm und schwenkte ihn zwischen den Sekretärinnen hin und her in der Erwartung, dass eine aufstehen und ihn sich greifen würde. Die Chefsekretärin reagierte dann doch nach einigen Sekunden am schnellsten. Sie war sichtlich verlegen, ob ihrer frechen Behandlung des Persönlichen Referenten am Freitag.

»Vielen Dank, Herr Fröhlich! Die Überraschung ist Ihnen gelungen.«

»Sie glauben gar nicht, was mir noch so alles gelungen ist … am Wochenende.«

»Na, dann erzählen Sie doch mal, Herr Persönlicher Referent!«, Sandra Marhofer hatte zu ihrer frechen Linie zurückgefunden.

Kevin Fröhlich beugte sich zu ihr vor, so, als wollte er ihr etwas ins Ohr flüstern, um dann im letzten Moment den ausgestreckten Zeigefinger vor den Mund zu halten.

»Ein Kavalier genießt und schweigt.«

Die beiden Vorzimmerdamen sahen sich verdutzt an. Schließlich glaubte Dorothee Messerschmidt, mit dienstlichen Themen aus dieser Nummer herauszukommen.

»Herr Brandis hat sich heute krankgemeldet. In der Vergangenheit hat dann Herr Strieder die Post erledigt. Wie wollen Sie das machen? Soll Herr Strieder wieder einspringen?«

»Nein, natürlich nicht. Das ist meine Aufgabe, da bin ich mir auch mit dem Dietmar einig. Wissen Sie denn, was der gute Dietmar hat?«

»Nein, er hat nur eine E-Mail geschickt. Er wollte jedoch morgen wiederkommen.«

»Ach der Gutste. Er soll sich mal lieber schonen. Er ist ein richtiger Workaholic.«

»Soll ich Ihnen die Post in Ihr Zimmer bringen?«

»Nein, ich nutze sein Zimmer und nehme mir die Post einfach aus dem Fach. Nur keine Umstände.«

Erst saß Kevin minutenlang nur am Schreibtisch, dann lehnte er sich an den Fensterrahmen und genoss die Aussicht auf das Bundesverwaltungsgericht. Gleich würde er die Post erledigen, so, wie sie noch nie vorher jemand erledigt hatte. Dietmar Brandis sollte sich warm anziehen. Kevin überlegte sich schon eine neue Aufgabe für seinen Feind Nr. 1. Die Steuerung der Bewerbung um die Europäische Kulturhauptstadt war leider bereits vergeben. Als er sich bereit für die Post fühlte, zog er seine Anzugjacke aus, krempelte die Ärmel hoch und holte sich eine erste Fuhre aus dem Postfach. Sämtliche Post an den Oberbürgermeister wurde im OBM-Büro erst mal zugeordnet und dann verteilt. Nicht jedes Schreiben, was an Clemens Völker gerichtet war, lief über dessen Schreibtisch. Manches wanderte gleich in die Ämter oder Sachgebiete. Kevin war begeistert. Das war hohe Politik, fast schon Staatskunst. Etwas ganz anderes als diese Sklavenarbeit, die ihm Brandis häufig zumutete. Nicht die x-te Danksagung für die guten Glückwünsche zum Amtsantritt. Sondern spannende Themen aus dem prallen Leben. Die Einladung zur Abschiedsparty des Intendanten des Schauspiels nahm er dankend an. Vielleicht würde er Clemens mitnehmen oder Frau Marhofer. Mal sehen. Der Veranstalter der Gefechtsdarstellungen zur 200-Jahr-Feier der Völkerschlacht bat per E-Mail um Zustimmung für seine Bitte, die Anzahl der Besucher für die zentrale Veranstaltung des Jubiläumsjahres zu erhöhen. Der bisherige Kartenabsatz sei sehr zufriedenstellend und man wollte doch möglichst jedem die Teilnahme ermöglichen. »Kein Problem«, antwortete der amtierende Ministerbüroleiter. In einer OBM-Stadtratsvorlage, die die Darstellung der Kleingartenanlagen in der Fortschreibung des Flächennutzungsplanes betraf, korrigierte er einzelne Passagen. Aus Sicht der Wirtschaft durfte man nicht vor den Datschisten in die Knie gehen. Oliver Hardt schickte eine Anfrage von Uta Studtmann. Sie wollte für ein nicht näher genanntes Medium eine Reportage über den Oberbürgermeister verfassen. Dazu hätte sie ihn gern innerhalb der nächsten Woche einen Tag lang begleitet.

»Studtmann?«, Kevin erinnerte sich. Ist das nicht die Ehebrecherin? Die kommt mir nicht mehr in die Nähe von Clemens, dachte sich der Persönliche Referent und erteilte eine Absage.

97

Leipzig, 11.22 Uhr

Das Treffen diente der letzten Absprache vor dem D-Day. Michael Lenk hatte als Treffpunkt einen blau-gelben Doppeldecker aus der Busflotte der Stadtrundfahrt Leipzig ausgesucht. Wegen des sonnigen Wetters war das Verdeck zurückgeklappt. Er saß mit seinem Kontaktmann auf dem Oberdeck in der letzten Reihe. Sie konnten beobachten, wer sich zu ihnen in Hörweite begab. Außerdem sorgten die Fahrtwindgeräusche für einen zusätzlichen Schutz.

»Ich werde während der Ratsversammlung auf der Besuchertribüne sein. Sie sollten regelmäßig hochschauen, damit Sie mein Zeichen mitbekommen, wenn die Demonstranten ins Rathaus eindringen.«

»Das werde ich früh genug mitbekommen, glauben Sie nicht?«

»Je eher Sie sich darauf einstellen können, desto besser ist es. Die Idee mit dem Safe Room als schnell erreichbares und exklusives Ziel ist nicht schlecht. Dann wäre Völker erst mal von der Bildfläche verschwunden. Wir halten ihn eine gewisse Zeit lang gefangen, schüchtern ihn ein. Am Ende soll er sich wünschen, niemals mehr nach Dresden fahren zu müssen.«

»Das lassen Sie mal meine Sorge sein.«

»Sie müssen das nicht alleine machen.«

Das Verhalten des Kontaktmannes überraschte Lenk. Ihn beschlich das Gefühl, dass dieser mit Völker noch eine andere Rechnung begleichen wollte.

»Ich mache das gern. Außerdem hat Herr Sieveking gesagt, ich könne ihn so behandeln, wie er es verdient hat.«

»Na, wenn Herr Sieveking meint.«

Daher wehte also der Wind. Der Capitano arbeitete an ihm vorbei. Michael Lenk war klar, dass er am D-Day besonders auf Dietmar Brandis würde achten müssen. Dieser verließ am Südplatz den Bus, während Lenk bis zum Westin Hotel durchfuhr.

98

Leipzig, 14.20 Uhr

Kevin allein zu Haus. In seiner Mittagspause erfüllte er seinen Teil der Abmachung mit Martina und packte seine Sachen, um nach nur einem verlängerten Wochenende das Völkersche Heim wieder zu verlassen. Clemens hatte er um Verständnis gebeten, dass er als Individualist seine eigenen vier Wände brauchte, und sein Chef hatte nichts dagegen einzuwenden. Und mit seinem Auszug konnte Martina weiter ihre Version der Geschichte gegenüber Antonia vertreten. Alles in Ordnung so weit.

Trolley und Seesack waren gepackt und standen im Flur. Kevin zog es noch einmal an den »Tatort« zurück. Im Schlafzimmer setzte er sich auf das Bett, strich über die Decke und schnüffelte an ihrem Kissen. Er stand auf und ging zu ihrem Schminktisch. Er schaltete die Beleuchtung an und zog die Schubladen heraus. Er legte sich eine Perlenkette um und benutzte ihren Lippenstift. Martina hatte sogar Ohrclips, die ihm besonders gut standen. Im Schrank begutachtete er ihre Unterwäsche. Schließlich legte er alles wieder sorgfältig zurück.

Bevor er runter in das Erdgeschoss ging, stattete er Pauls Zimmer noch einen Besuch ab. Vieles erinnerte ihn an sein eigenes Jugendzimmer, vor allem die Unordnung. Er warf auch einen Blick in den Papierkorb und staunte nicht schlecht, als er Zeitungs- und Zeitschriftenseiten mit ausgeschnittenen Wörtern und Buchstaben fand. Pauls Geheimnis war bei ihm gut aufgehoben. Kevin grinste.

99

Leipzig, 17.49 Uhr

Hans-Ulrich Hohmeyer hatte den ganzen Tag auf einen Termin gewartet. Jetzt platzte ihm der Kragen. Ohne Kommentar stapfte er an Dorothee Messerschmidt, die heute Spätdienst hatte, vorbei und öffnete die Tür zum OBM-Büro, wo Völker am Stehpult Unterlagen las. Die Chefsekretärin wollte den Sozialbürgermeister wieder hinausbefördern, aber Clemens Völker winkte ab.

»Hans-Uli, aber nur kurz.«

Clemens setzte sich auf einen blauen Sessel. Hans-Ulrich zog es vor, stehen zu bleiben.

»Du, ich bin immer noch Sozialbürgermeister. Das ist doch Schikane, dass du mir keinen Termin gegeben hast!«

»Hans-Uli, das war schon immer dein Problem. Du schätzt dich wichtiger ein, als du bist. Ich habe mir gar nicht diese anstrengenden Gedanken gemacht, dich bewusst zu ignorieren. Da würde ich ja immerfort denken müssen ›den Hans-Uli will ich jetzt nicht sehen, nein, den Hans-Uli will ich jetzt nicht sehen‹. Ich habe gar nicht an dich gedacht. Du bist der Typ, den man unbewusst übersieht.«

Hans-Ulrich Hohmeyer war diese philosophische Unverschämtheit zu hoch.

»Du solltest dich daran gewöhnen, dass du mich demnächst nicht mehr ignorieren kannst. Immerhin hat mich unsere gemeinsame Fraktion nominiert. Du hast bei deinen eigenen Leuten keinen Rückhalt mehr. Und ich sag dir noch was: Die nächste Amtsperiode wird meine letzte sein. Und da werde ich neue Saiten aufziehen. Ich werde dir keinen Gefallen mehr tun und mich in irgendeine Disziplin einbinden lassen. Ich werde nicht mehr so tun, als würde ich dir folgen. Das ist vorbei!«

»Hans-Uli, komm zur Sache!«

»Ich habe gehört, dass meine beiden Gegenkandidaten morgen ihre Kandidatur aufgeben. Als alleiniger Kandidat würde ich mich sehr über deine Unterstützung freuen. Clemens, du hast noch mal die Chance, auf das richtige Pferd zu setzen.«

»War's das, Hans-Uli?«

DIENSTAG, 25. JUNI

100

Leipzig, 8.55 Uhr

»Bei dir hackt es wohl?«

Dietmar Brandis war wutentbrannt und ohne Anklopfen in das Dienstzimmer von Kevin Fröhlich gestürmt, der froh sein konnte, dass der Schreibtisch zwischen ihnen stand.

»Guten Morgen, Dietmar. Was kann ich für dich tun?«

»Spiel dich nie wieder wie ein Chef auf! Wir kennen alle deinen Lebenslauf. Da kannst du dich hinten anstellen. Und wag es nicht, dich noch mal in mein Zimmer zu setzen und die Post zu bearbeiten!«

Kevin blieb unbeeindruckt, was Dietmar weiter aufbrachte.

»Frau Messerschmidt hatte mich darum gebeten und Clemens fand es richtig gut, wie ich deine spontane Abwesenheit gemeistert habe. Wenn es ein Problem gibt, dann sollten wir zu Clemens gehen.«

»Freundchen, wir sprechen uns noch!«

»Und dir, Freundchen, rate ich, nie wieder allein in die Kasematten zu gehen. Das ist für dich der zurzeit unsicherste Ort!«

101

Leipzig, 18.38 Uhr

Holger Stepansky verdrehte innerlich seine Augen. Es bahnte sich eine neue Runde an, in der sein Klient die Fakten wieder aus einer ganz anderen Perspektive betrachten wollte. Aber die Fakten waren klar und unveränderlich, zumindest für ihn, den Privatdetektiv. Er war am Donnerstag unvorsichtig gewesen, und er hatte körperlich dafür bezahlen müssen, aber geschäftlich gesehen, war der Klientenwechsel vorteilhaft. Siegmund Jähnig würde noch oft auf seine Dienste zurückgreifen. Er war der aufgehende Stern am Leipziger Politfirmament. Und Hans-Ulrich Hohmeyer bald Geschichte. Eine tragische Gestalt.

»Warum hat denn nur die Storl ihre Kandidatur zurückgezogen? Sie hatten doch zu beiden Kandidaten belastendes Material gefunden. Eine Namensverwechslung schließe ich aus.«

»Herr Hohmeyer, da ist mein Informant und somit ich einem Irrtum aufgesessen. Ihren Verdacht, dass Herr Jähnig korrupt ist, konnte ich nicht belegen. Es ist bedauerlich, dass ich Ihnen zunächst ein anderes Ergebnis in Aussicht gestellt habe. Ich würde Ihnen meine Spesen bezüglich der Recherchen zu Herrn Jähnig auch nicht berechnen wollen. Ich finde, das ist ein faires Angebot.«

»Er soll gar nicht auf die Erpressung reagiert haben? Weil er so ein reines Gewissen hat? Mir kommen die Tränen. Das sieht doch ein Blinder, dass der ein korruptes Schwein ist.«

»Herr Hohmeyer, bitte! Ich arbeite vollkommen seriös.«

»Aber Sie waren doch so überzeugt. In Ihrem ersten Dossier hatten Sie ihm eine Verbindung zu einem Investor nachweisen können. Ein stiller Gesellschafter. Das hatte alles Hand und Fuß!«

»Ja, aber ich bin so souverän, dass ich Ihnen einen solchen, bedauerlichen Fehler sofort melde. Apropos Dossier. Es war ja nur der erste Entwurf. Gott sei Dank! Aber ich bräuchte es wieder.«

»Wieso?«

»Nun, es ist falsch, und ich berechne es Ihnen ja nicht.«

»Das könnte Ihnen so passen. So weit kommt es noch. Mir den einzigen Trumpf wegnehmen zu lassen. Das Dossier behalte ich.«

»Was wollen Sie denn damit anfangen?«

»Selber recherchieren.«

»Dann stelle ich es Ihnen auch in Rechnung!«

»Herr Stepansky, dann haben Sie ja auch nichts dagegen, wenn ich Ihr falsches Dossier mit Falschgeld bezahle, oder?«

MITTWOCH, 26. JUNI

102

Leipzig, 14.25 Uhr

Ein großer Tag für Leipzig sollte es werden. Das hatte zumindest der Ressortleiter Lokales der Leipziger Volkszeitung behauptet. Die feierliche Verpflichtung des Oberbürgermeisters Völker für dessen zweite Amtszeit und die Neuwahl des Sozialbürgermeisters standen ganz oben auf der Tagesordnung der Ratsversammlung. Und so hatte sich Jakob Brüggemann pflichtbewusst auf den Weg zum Neuen Rathaus begeben. Ärgerlich war, dass die Konkurrenz der elektronischen Medien sämtliche Presse-Plätze im Saal belegte. Da half auch ein intensives Gespräch mit seinem Kumpel Hardt wenig. Dem LVZ-Reporter blieb nichts anderes übrig, als vor sich hin grummelnd auf die Besuchertribüne hochzutrotten und das Gebaren der kommunalen Polit-Elite aus der Vogelperspektive zu betrachten. Trotz dieses vermeintlich großen Tages für Leipzig waren die Besucherränge im dritten Obergeschoss des Neuen Rathauses nur mäßig besetzt. Er suchte sich einen Platz in der Mitte am Gang aus, sodass er schnell wieder die Tribüne verlassen konnte. Block, Kugelschreiber und Handy legte er auf den Tisch, drückte den Klappsitz runter und nahm Platz. Unauffällig schaute er sich um, ob er jemanden kannte. Dies war nicht der Fall, und so konnte es der Journalist wagen, sich hinzufläzen.

Der Oberbürgermeister eröffnete relativ pünktlich die Sitzung und ratterte die Formalitäten routiniert runter. Dem Journalisten missfiel, dass viele Themen bereits vorab in den verschiedenen Gremien zwischen den Akteuren abgestimmt worden waren und es so kaum noch zu spannenden Diskussionen kam. Da waren die Lokalpolitiker keinen Deut besser als ihre höherklassigen Kollegen. Unten winkte RoRo hoch. Sein Leib- und Magenfotograf stand seitlich an der Sitzbank der Dezernenten und hielt seinen Apparat im Anschlag. Jakob Brüggemann widerstand, zurückzuwinken. Nach einer guten halben Stunde betrat ein Lichtblick auf Stöckelschuhen die Zuschauertribüne. Jakob nahm Haltung auf seinem Platz ein.

»Habe ich etwas verpasst?« Uta Studtmann quetschte sich an ihrem Kollegen vorbei und setzte sich neben ihn. Die Sinne des LVZ-Reporters waren nun deutlich geschärft. Augen, Ohren und Nase gefielen, was sie wahrnahmen.

»Nein, es sei denn, du stehst auf solche Rituale wie Vereidigungen.«

»Ach nein, ist die schon gewesen? So ein Mist! Wie hat er sich denn geschlagen?« Mit »er« war Oberbürgermeister Clemens Völker, ihr Ex-Geliebter, gemeint.

»Oho, anscheinend hast du ja immer noch großes Interesse an seiner Person.«

»Rein beruflich.«

»Sei froh, dass du nicht mehr mit ihm zusammen bist.«

»Aber gut sieht er heute wieder aus.« Auch wenn diese Bemerkung ironisch gemeint sein mochte, verspürte Jakob einen kleinen Seitenhieb. Prüfend schaute er Uta an.

»Wichtig ist doch nicht die Verpackung, sondern der Inhalt.«

»Du musst es ja wissen.«

»Also, der gute Clemens hat sich nicht verhaspelt, und er hat brav den göttlichen Beistand heraufbeschworen, sodass die Stadt die nächsten sieben Jahre nichts zu befürchten hat.«

»Sei mal still.«

Clemens Völker rief als nächsten Tagesordnungspunkt die Wahl des Sozialbürgermeisters auf und verlas die von den Fraktionen nominierten Kandidaten. Nachdem er alle Namen verkündet hatte, ging ein Raunen durch den Saal.

»Was? Die Storl ist wieder dabei?« Uta Studtmann beugte sich vornüber, um besser die Reaktionen im Sitzungssaal sehen zu können. Tatsächlich ebbte das Gemurmel nicht ab, einzelne Zwischenrufe waren zu vernehmen. Unbeirrt fuhr der Oberbürgermeister fort, erklärte, dass die FDP-Fraktion kurz vor Beginn der Sitzung trotz zwischenzeitlich anders lautender Meldungen ihren Vorschlag bekräftigt und eine Prüfung ergeben habe, dass Dr. Nadine Storl tatsächlich gewählt werden könne. Nach dieser Aussage stieg der Geräuschpegel an, sodass das Stadtoberhaupt sich mit dem Einsatz einer Glocke wieder Gehör verschaffte. Weil auch die Stadtverwaltung nur von zwei Kandidaten ausgegangen sei, unterbreche er die Sitzung, bis die Stimmzettel neu ausgedruckt vorlägen.

»Unglaublich.« Damit hatte der LVZ-Reporter nicht gerechnet.

»Na, die hat Mut.« Jakob schaute zu seiner Sitznachbarin rüber. Uta wirkte mehr empört als beeindruckt. Unten im Saal war Hans-Ulrich Hohmeyer wie von der Tarantel gestochen zum Oberbürgermeister gelaufen und redete wild gestikulierend auf ihn ein. Wo war denn jetzt RoRo? Der könnte doch zuhören, was der noch amtierende Sozialbürgermeister und Kandidat zu sagen hatte. Völker ließ Hohmeyer reden und zuckte nur mit den Schultern. Schließlich verließ Hohmeyer mit großen Schritten den Saal.

»Na, wie geht's jetzt weiter?« Rolf Rozok tauchte breit grinsend neben ihm auf.

»Warum bist du nicht unten?«

»Ist doch Pause.«

Bevor Jakob seinem Fotografen den Kopf waschen konnte, wurde er von einer Stimme abgelenkt, wobei ihn sowohl der Klang als auch der Inhalt aufmerksam werden ließen. Der LVZ-Reporter drehte sich um und sah zwei Reihen hinter ihm zwei Männer im Seniorenalter, von denen der weniger sorgsam Gekleidete aus seinem Herzen keine Mördergrube machte. Er schimpfte wie eine Armee von Rohrspatzen auf die unfähige Stadtverwaltung. Wie könne es sein, dass die Stimmzettel nicht ordnungsgemäß vorbereitet seien? Diese Wahl sei dadurch anfechtbar. Außerdem drohe, dass die Tagesordnung wegen der Unterbrechung nicht komplett abgearbeitet werden könne. Dadurch könne die Petition zu den Rüpelradlern nicht behandelt werden und müsse auf die nächste Sitzung verschoben werden. Und da ging Jakob ein Licht auf. Diesen Vogel kannte er.

»Du, RoRo, mach doch mal 'n paar Fotos von Waldorf und Statler. Aber so, dass sie es nicht merken.«

»Ay ay Käpt'n!«

RoRo musste sich beeilen, denn der »Bekannte« befand sich im Aufbruch. Er stand auf und nahm einen großen Stapel Blätter von seinem Pult. Offensichtlich Unterschriftenlisten. Wahrscheinlich einer der Initiatoren der Petition. Der Rohrspatz drängelte sich aus der Reihe, während sein Nachbar ohne Gemütsregung sitzen blieb und nun einen anderen Mann auf der Tribüne mit der Hand grüßte. Dieser erwiderte mit einem verhaltenen Kopfnicken.

»Lasst uns mal rausgehen. Draußen ist jetzt wohl mehr los. Vielleicht bekommen wir ein Statement von Nadine Storl.«

»Dann stell dich aber hinten an. Das Fernsehen hat schließlich Vorfahrt vor dem Print.«

103

Leipzig, 14.41 Uhr

Für Michael Lenk kam die Unterbrechung der Ratsversammlung ungelegen. Dadurch könnte das Überraschungsmoment ausbleiben und im Gegenteil, die Wucht der wild einfallenden Demonstranten in den Saal abebben. Er schaute auf sein Handy, ob über den Messenger-Dienst eine aktuelle Positionsmeldung einging. Der letzte Stand war, dass vor gut zehn Minuten der Flashmob mit rund 200 Demonstranten vor der Deutschen Bank begonnen hatte. Tatsächlich fiel es nicht auf, dass es aus allen möglichen Richtungen zu einer Zusammenrottung von Aktivisten gekommen war, die sich blitzschnell ihre »Uniformen«, bestehend aus blauen Overalls und Guy-Fawkes-Masken, überzogen. Bevor irgendjemand vom Wachpersonal der Bank reagieren konnte, war die Horde bereits in den historischen Schaltersaal eingedrungen, um danach in alle Stockwerke des Gebäudes auszuschwärmen und für Chaos zu sorgen. Wichtig für ihn war, dass alle Welt – einschließlich seiner Auftraggeber und der Demonstranten selbst – glauben sollte, die Aktion ziele einzig auf die böse Finanzwelt ab. Unterschwellig sollte das Chaos aber auch auf das Rathaus übergreifen und diesen Oberbürgermeister zur Räson bringen. Die Unterbrechung war das Schlechteste, was hätte passieren können.

Michael Lenk schaute von der Besuchertribüne in den Saal hinab. Völker war im Gespräch mit dem Noch-Sozialbürgermeister, an dem er nicht sonderlich interessiert schien. Hohmeyer rauschte ab. Hoffentlich blieb Völker jetzt im Saal. Er durfte nicht entwischen. Lenk bemerkte, dass Dietmar Brandis fragend hochschaute, woraufhin er mit der rechten Hand auf den Oberbürgermeister zeigte und eine plappernde Bewegung mit seinen Fingern ausführte. Brandis schien diese Geste zu verstehen, ging zu seinem Vorgesetzten und verwickelte ihn in ein Gespräch, sodass Völker keine Anstalten machte, den Saal zu verlassen. Sehr gut. Lenk drehte sich um und sah zu Martin Kutschera, der kurz seine Hand hob, um ihn zu grüßen. Lenk nickte zurück. Es war gut, dass er den ehemaligen Hausmeister gestern wieder aktiviert hatte. Seine Dienste konnten ihm nützlich sein. Eine Nachricht kam rein. Es ging los. Der Mob zog weiter, verließ mit ungebändigter Kraft und aufgestauter Wut das Bankgebäude. Jetzt musste Brandis nur mal hochschauen, damit er das verabredete Zeichen geben konnte.

104

Leipzig, 14.46 Uhr

Uta Studtmann war es gar nicht recht, den Kollegen Brüggemann im Schlepptau zu haben. Er war ein lieber Mann, der aber mit zunehmender Zeit attraktiven Frauen, und als solche schätzte sich Uta ohne Zweifel ein, lästig wurde. Und in ihrem Fall gleich doppelt lästig durch dieselbe Berufsausübung. Hätte sie mal ihre Sneakers angezogen, schalt sie sich selbst. Mit ihren High Heels kam sie nicht richtig auf Touren, drohte sogar, von Jakob Brüggemann, den offensichtlich gerade noch rechtzeitig das Nachrichtenfieber ergriffen hatte, überholt zu werden. Uta nahm sich fest vor, das nächste Mal pünktlich zu sein, um einen Presseplatz im Ratssaal zu ergattern.

Über das Geländer konnten sie die zunehmende Spannung unter den Stadträten wahrnehmen, die sich in der Wandelhalle zu entladen drohte. Als sie an den Treppenabsatz kamen, ertönte aus dem Sitzungssaal die Glocke. Offensichtlich waren die Stimmzettel gedruckt, und der Wahlgang konnte eröffnet werden. Der überwiegende Teil der Stadträte folgte dem Signal, einzelne von ihnen zeigten sich unbeeindruckt und verharrten an ihren Plätzen, um die begonnenen Gespräche fortzuführen. Uta hielt nach Dr. Nadine Storl Ausschau. Konnte ihr Zickzackkurs bedeuten, dass sie sich doch noch gute Chancen ausrechnete, als lachende Dritte die Wahl zu gewinnen? Hatten ihr ausreichend Stadträte ihre Unterstützung versichert? Dann wäre sie das Gesprächsthema Nr. 1 in der Stadt. Und »Leipzig Fernsehen« oder die BILD-Zeitung brauchten sie dann exklusiv. Die Justiziarin war nicht zu sehen, dafür stand ihr der überhebliche Pressesprecher Oliver Hardt plötzlich gegenüber. Mit einem Auge blickte er unterwürfig auf seinen Gesprächspartner, den schönen Siggi, und mit dem anderen fixierte er sie mürrisch. Da ließ sie gerne Jakob Brüggemann den Vortritt.

»Frag doch mal den Olli, wo sich die Kandidatin aufhält. Ihr seid doch dicke Tinte.«

»Kein Problem.« – »Entschuldigung die Herren, haben Sie Frau Dr. Storl gesehen?« Während Siegmund Jähnig eine Grimasse zog, als ob er auf eine Zitrone gebissen hätte, klappte der Mund des Ex-Kollegen auf. Bevor er etwas sagen konnte, trat ein Mann an den Amtsleiter heran und flüsterte ihm etwas ins Ohr. Siegmund Jähnig starrte den Fremden ungläubig an, dann nickte er den Umstehenden zu und ging an den Rand der Oberen Wandelhalle. Aus dem Ratssitzungssaal war die Stimme Völkers zu vernehmen, der den Wahlgang eröffnete.

»Also, weißt du, wo sich Frau Dr. Storl aufhält?«

Oliver Hardt sah die beiden Journalisten unverwandt an.

»Bedaure. Frau Dr. Storl ist nicht Kandidatin der Stadt, sondern der FDP-Fraktion. Folglich müsst ihr dort nachfragen.« Der Pressesprecher setzte an, um noch etwas, wahrscheinlich gewählt Unfreundliches, zu sagen, wurde aber durch schnell näher kommende, kriegsähnliche Geräusche wie schlagende Türen, zersplitterndes Glas, Schritte einer Kompanie, Schreien und Pfeifen gestört. Sie sahen erschrocken zu der Stelle, an der die Treppe vom Erdgeschoss im zweiten Stock endete. Mit Gejohle tauchten die mit ihren Masken und Overalls gespenstisch aussehenden Demonstranten auf. Geistesgegenwärtig griff sich Jakob Uta und schob sie unsanft zur Seite. Der Mob raste an ihnen vorbei in den Sitzungssaal.

105

Leipzig, 14.50 Uhr

Das Zeichen. Die Demonstranten waren auf dem Weg in das Neue Rathaus. Dietmar Brandis erhob sich von seinem Stuhl, den er so in die hinterste Ecke gestellt hatte, dass er den Teil der Besuchertribüne, in dem Lenk saß, sehen konnte. Jetzt würde in Sekunden die Situation eintreten, auf die er Jahre gewartet hatte. Im Ratssitzungssaal hatte der erste Wahlgang begonnen. Die Stadträte wurden in alphabetischer Reihenfolge aufgerufen, erhielten einen neu ausgedruckten Stimmzettel, kreuzten in der Kabine ihren Favoriten an und warfen den Stimmzettel in die Urne. Bei 71 Stimmberechtigten würde allein die Stimmabgabe rund eine halbe Stunde dauern. Deshalb gab es momentan bunte Reihen. Fraktionsübergreifend plauderten die Stadträte miteinander. Merkwürdig war, dass keiner der Kandidaten sich im Sitzungssaal befand.

Völker unterhielt sich mit Schulte. Brandis trat an ihn heran und bat um ein vertrauliches Gespräch.

»Clemens, hör mir bitte genau zu. Ich weiß, es klingt verrückt. Und du solltest mich auch nicht fragen, woher ich die Information habe, was gleich geschehen wird. Es sind maskierte Demonstranten auf dem Weg ins Rathaus. Sie werden jeden Moment hier einfallen. Für deine Sicherheit steht der Safe Room zur Verfügung. Ich werde dich über die Innentreppe im Nebenraum hoch in den dritten Stock lotsen und von dort aus in das Kellergeschoss. Wir werden uns zur Tarnung gleich einen Blaumann und eine Maske überziehen. Es ist alles vorbereitet. Du musst mir vertrauen!«

Völker schaute seinen Büroleiter ungläubig an. In dem Moment sprangen die Türen auf und eine Armee von Blaumännern stürmte den Saal. Völker stand wie angewurzelt da.

»Komm!«

Brandis ergriff Völkers Hand und zerrte ihn in den seitlichen Nebenraum. Tatsächlich lag dort die Kostümierung der Demonstranten bereit. Hastig schlüpften die beiden in die Blaumänner. Die Tür öffnete sich und Fröhlich erschien.

»Das ist jetzt ungünstig, Kevin!«

Brandis hatte dieser Lausejunge gerade noch gefehlt.

»Was ist hier los? Warum habt ihr auch diese Masken?«

»Geheime Sache. Zum Schutz des Oberbürgermeisters. Du kannst nicht mit.«

»Dietmar hat recht. Es ist wichtiger, dass du hier die Stellung hältst und verhinderst, dass uns jemand folgt.«

»Und außerdem musst du die Wahlurne sichern!«

106

Leipzig, 14.51 Uhr

Ratsversammlungstage waren für Dorothee Messerschmidt die besten Arbeitstage. Der Oberbürgermeister leitete als Vorsitzender dieses Gremium. Ebenso waren alle Bürgermeister, Amtsleiter, Stadträte, wichtigen Mitarbeiter und Journalisten bei dem Geschehen dabei. Fast hätte man das Rathaus verlassen können, weil sich in dieser Zeit kaum jemand blicken ließ oder anrief. Dorothee hatte es sich mit ihrer Kollegin im OBM-Büro an der Sitzgruppe bequem gemacht. Es gab Kaffee und Kuchen. Die Tür zum Vorzimmer stand offen, ebenso die Fenster in beiden Räumen, um an diesem schwülen Tag ein wenig frische Luft in dem alten Gemäuer zirkulieren zu lassen.

Beide hörten plötzlich undefinierbare Geräusche, die nicht ununterbrochen intensiver wurden. Dorothee war neugierig. Sie ging zur Flurtür. Beim Öffnen fuhr sie erschrocken zurück. Demonstranten im Blaumann und mit grässlichen Masken liefen über den Flur und fassten die Türöffnung als Einladung auf, näher zu treten. Vier, fünf Demonstranten strömten an ihr vorbei, stießen hart gegen ihren Arm. Ein Teil warf alles, was es im Vorzimmer greifen konnte, in die Luft, während der andere Teil durchlief und Sandra körperlich bedrohte. Dorothee kam ihrer Kollegin zu Hilfe, boxte einige Demonstranten über und unter der Gürtellinie, ergriff Sandras Arm und zog sie aus dem OBM-Raum auf den Flur hinaus. Die Alarmsirene ertönte klagend. Demonstranten, die ihnen zu nahe kamen, wusste sich Dorothee zur Wehr zu setzen. Ihr Ziel war das gegenüberliegende Zimmer des Persönlichen Referenten. Die Demonstranten waren dort schon durch. Dorothee schloss hinter ihnen die Tür und stemmte sich dagegen.

107

Leipzig, 14.57 Uhr

Kevin gönnte es Dietmar nicht, dass er Clemens rettete. Allerdings musste er sich eingestehen, dass er sich nicht gut genug im Neuen Rathaus auskannte, um den Oberbürgermeister sicher aus der Gefahrenzone zu bringen. So gab er ihnen in gewisser Weise Rückendeckung, indem er die Tür von innen zuhielt. Über die Schulter sah er beide in ihrer Verkleidung durch die Tür zur Besuchertribüne verschwinden. Sein Auftrag war jetzt die Sicherung der Wahlurne und der darin enthaltenen Stimmzettel. Sollte Dr. Nadine Storl bereits im ersten Wahlgang gewählt worden sein, wäre es fatal, dieses Ergebnis nicht bewahrt und dokumentiert zu haben. Mit einem Ruck öffnete er die Tür. Größtenteils waren die Demonstranten schon weitergezogen. Von Weitem tönten bereits Martinshörner. Sie waren sicherlich nicht besonders scharf darauf, den Bullen zu begegnen. Drei Blaumänner hatten es sich auf der Sitzreihe der Bürgermeister bequem gemacht und versuchten, die Mikrofone auszureißen. Einer hatte sich den Laptop des Oberbürgermeisters unter den Arm geklemmt. Sie schauten kurz auf und fanden es interessanter, nachzusehen, woher er kam, als wohin er wollte. Als die Polizeisirenen lauter wurden, verschwanden sie im inneren Treppenhaus. Kevin gelangte unbehelligt zu den Wahlutensilien, die verstreut auf dem Boden lagen. Der Deckel der Urne war fort. Einige Stimmzettel waren in der Urne geblieben, andere sammelte Kevin vom Boden auf. Für alle Fälle nahm er noch einen Stapel nicht ausgeteilter Stimmzettel mit und setzte sich auf den Oberbürgermeisterplatz. Die Tür zum Ratssaal ging auf, und ein Sanitäter blickte herein. Als er erkannte, dass es für ihn nichts zu tun gab, verließ er den Saal wieder. Der Persönliche Referent faltete die Stimmzettel auseinander und sortierte sie nach gewähltem Kandidaten. Siegmund Jähnig lag mit Abstand vorne, Hans-Ulrich Hohmeyer kam auf den zweiten Platz. Ein Ergebnis, das Clemens gar nicht gefallen würde. Kurzerhand griff Kevin nach einem Kugelschreiber und kreuzte bei den Jähnig- und Hohmeyer-Stimmzetteln noch einen zweiten Kandidaten an, sodass diese Stimmzettel ungültig wurden. Er führte das so lange fort, bis Nadine eine leichte Mehrheit hatte. Kevin war zufrieden. Er stopfte alle Stimmzettel in die Urne, nahm sie in beide Hände und machte sich auf den Weg in Richtung OBM-Trakt.

Kevin bot sich ein Bild der Verwüstung. Er ließ aber Gefühle der Angst oder der Wut erst gar nicht aufkommen. Er musste jetzt der Demokratie zum Sieg verhelfen. Dafür war kein Opfer zu groß. An der Glastür im OBM-Trakt standen zwei Polizisten, ein Mann und eine Frau.

»Guten Tag, könnten Sie mir bitte die Tür aufhalten?«

»Guten Tag, das geht leider nicht. Der Flur ist abgesperrt.«

»Ich muss aber hier durch. Da hinten liegt mein Zimmer und ich muss die Wahlurne dort in Sicherheit bringen.«

»Hören Sie, meine Kollegin hat Sie doch deutlich darüber informiert, dass dieser Bereich gesperrt ist. Wir erwarten die Spurensicherung. Auch wenn Sie Mitarbeiter sind, müssen Sie draußen bleiben.«

»Was ist denn passiert?«

»Das können wir Ihnen nicht sagen.«

»Und warum ist mein Kollege in dem abgesperrten Bereich?« Kevin hatte Florian Strieder erkannt, der in sein Zimmer ging. Das war doch nicht fair.

Die Polizistin drehte sich um.

»Der Herr wird nachher als Zeuge vernommen und hält sich dort zur Verfügung.«

»Ich bin auch Zeuge.«

»Was haben Sie denn gesehen?«

»Das kann ich Ihnen hier nicht sagen.«

»Schade, dann vergessen Sie es nicht.«

»Und wer ist das da?«

Die Polizistin drehte sich noch mal um. Kevin nutzte diese Chance, ließ die Urne fallen und rannte los. Die Tür zum Vorzimmer stand offen. Das Zimmer war leer. Bevor die Polizei ihn einholen konnte, war er schon an der Tür zum OBM-Büro, das er mit einer Handbewegung öffnete. Drinnen bot sich ihm eine schreckliche Szene: Eine Person im Blaumann und mit dieser Guy-Fawkes-Maske saß mit einem messerähnlichen Gegenstand in der Brust in Clemens' Chefsessel.

»Kommen Sie heraus!«

Die Freunde und Helfer legten ihm jeweils eine Hand auf die Schulter.

»Das ist Herr Fröhlich, der Persönliche Referent des Herrn Oberbürgermeister. Vielleicht kann er etwas zum Verbleib von Herrn Völker sagen?«, legte Dorothee Messerschmidt ein gutes Wort für Kevin ein.

»Und was ist, wenn dort Clemens liegt?«

TEIL 3

MITTWOCH, 26. JUNI 2013

108

Leipzig, 15.35 Uhr

Ordnung hilft. Das habe ich in meinem Berufsleben früh erfahren und stets beherzigt. Und das nicht, weil ich ein gelernter Volkspolizist bin und aus einem untergegangenen Land stamme, das ein Polizeigesetz kannte, in dem die Ordnung vor der Sicherheit rangierte. Darüber habe ich mir damals keine Gedanken gemacht. Das war so. Als Organ der einheitlichen sozialistischen Staatsmacht der Deutschen Demokratischen Republik gewährleistete die Deutsche Volkspolizei gemäß der gesetzlichen Theorie die öffentliche Ordnung und Sicherheit. Getreu meines Eides hatte ich meine ganze Kraft in den Dienst des sozialistischen Vaterlandes gestellt. Unablässig unterstützte ich aktiv die sozialistische Entwicklung, ehrte Erich und Margot und begehrte nicht meines Nächsten Haus, Knecht, Magd, Vieh, Datsche oder Wartburg. Was hatte dieses Volk von Arbeitern und Bauern nur, dass es im Sommer '89 so aufbegehrte? Mir blieb das lange Zeit ein Rätsel. Das Volk verhielt sich absolut unkooperativ. Aber was konnte ich tun, um es besser vor sich selbst zu schützen? Im Übergang zur Sieger-Polizei kam die Ordnung aus der Mode. Sicherheit wurde großgeschrieben. Bitte schön! Ich gab mir die größte Mühe, das »Volk« aus meiner Berufsbezeichnung abzuschütteln und nur noch Polizist zu sein. Ein normaler, ein guter Polizist halt. Dazu besuchte ich mit den anderen zufrieden durchgesiebten ehemaligen Volkspolizisten eifrig die Fortbildungen an der Polizeischule in Bautzen, von manchen auch abschätzig Umerziehungslager genannt, und sang das Hohelied der Sicherheit. Und stimmte auch begeistert immer wieder auf Wunsch und zur Erbauung eines einzelnen Dozenten die dritte Strophe des Liedes der Deutschen an, obwohl ich mich innerlich wie auferstanden aus Ruinen fühlte und ganz der Zukunft zugewandt war. Meine Euphorie hielt aber nicht lange an. Denn endlich wähnte ich mich in der richtigen Demokratie angekommen, da behauptete ein westdeutscher Spitzenbeamter aus dem Innenministerium in einem Interview mit der Gewerkschaftszeitung, dass die sächsische Polizei so lange nicht demokratisch sein könne, wie sie noch Ex-Vopos in ihren Reihen hätte. Was sollte das? Schon wieder dieses Misstrauen. Dabei taten wir doch nur das, was die Politik von uns verlangte. Plötzlich flackerte in mir ein Schamgefühl auf. War das echt oder nur eingeredet? Warum sollten wir uns schämen? Warum sollten wir Polizisten zweiter Klasse sein? In diesem Moment bekam das neue, mein zweites Gesellschaftsmodell erste Risse. Ich wollte nie wieder zu gutgläubig sein. 1991 hörte ich oft den Song »Losing My Religion« von R.E.M. Heute weiß ich, dass die Titelzeile nicht wortwörtlich übersetzt werden darf. Damals passte aber die von mir diesem Song zugedachte Bedeutung hervorragend in meine Gemütsverfassung. Jeder Mensch glaubt an etwas, selbst wenn er das abstreitet. Opium ist schließlich für alle da! Keiner kann sich entziehen. Und wenn du ein Atheist oder ein Agnostiker bist, dann glaubst du an das Gegenteil oder verzweifelst am Glauben. *That's me in the corner.* Was it really just a dream?

Ordnung. Ordnung hilft. Ordnung hilft dir die Übersicht zu behalten, die notwendigen Schritte einzuleiten, Wichtiges von Unwichtigem zu trennen, Ballast abzuwerfen. Ordnung hilft dir zwar nicht immer, die Wahrheit zu entdecken, aber dafür, leichter die Lüge aufzudecken. Hinter die Maske zu schauen. Jeder Mensch trägt seine Maske, ansonsten wäre dieses Spiel des Lebens nur schwer zu überstehen. Ich schaute zum Toten im Chefsessel, der einen skurrilen Anblick bot. Wer weilte nicht mehr unter den Lebenden? Ein Demonstrant? Der Oberbürgermeister? Sonst ein hohes Tier oder ein einfacher Mitarbeiter der Stadtverwaltung? Wer trug diesen blauen Overall, aus dem auf Brusthöhe der auffällige Brieföffner herausragte, und diese verwegene Maske der Occupy-Bewegung, die seine Identität verbarg? Nachdem es am unfreiwilligen Ableben der Person keinen Zweifel gab, hatte ich der Tatortgruppe den Vorzug vor dem Rechtsmediziner eingeräumt. Als Arzt sollte er lieber seine Kollegen von Feuerwehr und Hilfsverbänden bei der Versorgung der Verletzten unterstützen. Ich setzte darauf, dass unsere Kriminaltechniker noch Spuren sichern konnten, um zu retten, was nach der chaotischen Stürmung des Rathauses und dem katastrophalen Zwischenfall mit dem durchgeknallten Persönlichen Referenten noch zu retten war. Wichtig waren Fotos vom Tatort und die Dokumentation, was bei diesem Durcheinander wo in welcher Konstellation gelegen hatte. Der Schreibtisch war fast komplett abgeräumt. Monitor, Familienbilder, eine Vase samt Strauß, Unterschriftenmappen, Kugelschreiber, Büroutensilien aller Art und sogar Autogrammkarten vom Oberbürgermeister lagen auf dem Boden verstreut. Der Telefonhörer hing am Schreibtisch runter, das Stehpult und Besucherstühle waren umgestürzt. Weiße Blätter verzierten wie Zuckerguss den Raum. Ich machte mit meinem Handy einzelne Fotos, damit ich mir selbst schnell Begebenheiten und Zusammenhänge wieder vergegenwärtigen konnte. Dabei entdeckte ich einen etwas lädierten Herrenschuh. Vom Opfer? Ich spähte an einem Kriminaltechniker, der ebenso wie ich einen weißen Overall übergezogen hatte, vorbei auf den Toten. Tatsächlich trug dieser keine Schuhe.

»Klaus, schau mal. Der Schuh gehört eventuell zum Toten. Hast du das Gegenstück schon entdeckt?«

»Nein, noch nicht.«

»Wie lange braucht ihr noch hier beim Schreibtisch?«

Der angesprochene Kriminaltechniker drehte unschlüssig sein Handgelenk hin und her. »Eine Viertelstunde vielleicht?«

»Zehn Minuten. Seht zu, dass ihr hier im hinteren Bereich zum Abschluss kommt. Ich schaue kurz nach, was die anderen machen, und sage dem Doc Bescheid.«

»Okay!«

Ordnung hilft. Vor allem, wenn das Team klein ist. Es galt, nach dem unerquicklichen Intermezzo mit dem Verrückten schnell in die Lage zu kommen. Kevin Fröhlich, so hieß der arme Tropf, der sich nicht wie ein zurückhaltender und ergebener Persönlicher Referent aufführte. Er wirkte eher wie der Statthalter von Klein-Paris, der im Nebenberuf das Drehbuch für das Dschungelcamp schreibt. Ihn ließ ich nach meinem K.-o.-Schlag medizinisch betreuen und dann mit der Grünen Minna ins Café Viereck bringen. Gedanklich machte ich mich auf eine Anzeige wegen Körperverletzung und auf eine Dienstaufsichtsbeschwerde gefasst.

Der Typ war jedoch nicht der einzige verdächtige Fisch, der uns ins Netz gegangen war. In den hinteren Gemächern, die über eine Nebentür im OBM-Büro zu erreichen waren, stießen wir auf einen halb nackten Mann, der benommen mit einigen Prellungen und Hautabschürfungen auf dem Boden lag. Er war ansprechbar, hielt sich aber vor Schmerzen den Arm und wimmerte vor sich hin. Der Doc untersuchte ihn und befand ihn transportfähig – also ab ins Knastkrankenhaus.

Die an das OBM-Büro angrenzenden Räume, bei denen es sich um eine Küche, einen Aufenthaltsraum und Dienstzimmer von Beschäftigten aus Völkers Umfeld handelte, waren ebenso verwüstet. Ein Blick auf den Fluchtplan ließ die besondere Struktur der Diensträume erkennen. Jedes Dienstzimmer war mit einer Tür zum Nebenraum verbunden, sodass man in diesem Teil des Rathauses parallel zum Flur durch die gesamte Etage gehen konnte. Das bedeutete einerseits, dass es wegen dieser Verbindungstüren eine zweistellige Zahl von Räumen und dadurch Möglichkeiten gab, sich Zugang zum Tatort zu verschaffen. Andererseits konnte man auf gleichen Wegen auch verschwinden, ohne dass das jemand bemerken konnte, der in diesem verwinkelten Teil des Gebäudes auf dem Flur stand. Aber darum musste ich mich später kümmern.

Kriminalkommissar Rocco Meißner und Polizeihauptmeister Peter Richter hatte ich eingeteilt, sich um die anwesenden Mitarbeiter zu kümmern, sie vom Tatort fortzuführen, Personalien und erste Hinweise aufzunehmen. Ein Blick in einen Nebenraum zeigte mir, dass beide noch voll beschäftigt waren. Auf dem Flur, den ich in beide Richtungen von den Schutzpolizisten hatte absperren lassen, war es ruhig geworden. Am Ende des Ganges erkannte ich den Doc, der auf mich zukam. Das Kribbeln in meinem Körper nahm zu. Ich gestehe, im Laufe der Jahre bin ich zunehmend abgestumpft. Der Anblick einer Leiche ist zwar nicht alltäglich, macht mir aber in den meisten Fällen nicht zu schaffen. Vielmehr steigert sich meine Neugier ins Unermessliche, wenn die Identität nicht feststellbar ist. Es fängt dann an zu kribbeln so wie jetzt. Ich wollte endlich wissen, wer er war. Gab es nach fast 70 Jahren wieder einen toten Oberbürgermeister im Rathaus? Ich nickte unserem Rechtsmediziner Dr. Pavel Becker zu. Nacheinander gingen wir durch das Vorzimmer ins OBM-Büro, in dem die Kriminaltechniker augenblicklich ihre Tätigkeit unterbrachen und sich vor den Schreibtisch stellten. Ich zog mir meine Einweghandschuhe über. Gleich würde ich Maske und Geheimnis lüften. »Zehn auf den Oberbürgermeister«, flüsterte ich dem Doc zu.

109

Leipzig, 15.52 Uhr

Warum war er nicht der Kulturbürgermeister? Dann könnte er jetzt beispielsweise in die nahe gelegene Musikschule Johann Sebastian Bach gehen und den anmutigen und erhabenen Klängen der begabten Musikschüler lauschen. Er würde mit dem Leiter einen Kaffee trinken und seinen Keksvorrat plündern. Und vielleicht gäbe es noch die Gelegenheit, mit einer reizenden Mutti zu flirten, die auf ihr Kind wartete. Und vor allem müsste er nicht hier auf dem Burgplatz stehen und auf das geschändete und evakuierte Rathaus schauen. Robert Schulte verglich die Situation mit dem Untergang der Titanic, deren Sinkbewegung von den hilflosen Insassen der Rettungsboote still beobachtet wurde.

Was ihn ärgerte, war diese Unprofessionalität. Er organisierte Schulungen und Übungen. Es gab Notfallpläne und Merkzettel. Alles war mehrfach ausgetüftelt und optimiert worden, und jetzt agierte diese stolze Stadtverwaltung wie ein Hühnerhaufen. Der Burgplatz war der zentrale Sammelpunkt im Katastrophenfall. Sobald das Alarmsignal, ob im Ernstfall oder zur Übung, ertönte, hatte jedermann alles stehen und liegen zu lassen, Fenster und Türen zu schließen und ruhig, aber auf schnellstem Weg über die Fluchtwege das Gebäude zu verlassen. Alle hatten sich auf dem Burgplatz in ihren Einheiten einzufinden. Der Sachgebietsleiter berichtete dem Abteilungsleiter, der dem Amtsleiter, der seinem Bürgermeister, und dann gingen alle Meldungen über die Anzahl der Anwesenden und Namen der Vermissten bei ihm ein. In der Theorie, aber nicht heute in der Praxis. Es dauerte deutlich zu lange, bis die Meldungen bei ihm als oberstem Einsatzleiter eintrafen, dann auch noch unvollständig. Die Namen der Vermissten wurden minütlich korrigiert. Und siehe da, auch der schöne Siggi gab sich die Ehre.

»Warum hat das so lange gedauert?«

»Hey, nicht so vorschnell. Ich leite schließlich momentan zwei Ämter, und wenn ich mich richtig erinnere, hatte ich heute für einen Bürgermeisterposten kandidiert. Oder, Herr Kollege?«

Robert Schulte überhörte diese Spitze. Schließlich galt Jähnig als Favorit. Sein Handy klingelte. Es war die Frau vom Chef. Er gab Jähnig ein Zeichen und nahm das Gespräch an.

»Hallo Martina. – Nein, Clemens ist nicht hier. Ich habe ihn auch seit der abgebrochenen Ratsversammlung nicht mehr gesehen. – Das ist jetzt gut eine Stunde her. – Du, mach dir keine Sorgen. Vielleicht hat er sein Handy im Ratssitzungssaal liegen gelassen. Ich bin noch bei der Sammelstelle auf dem Burgplatz und nehme die Anwesenheitsmeldungen entgegen. Sobald ich hier fertig bin, suche ich ihn. – Ja, ich melde mich. Mach dir bitte keine Sorgen. Clemens ist immer wiederaufgetaucht. – Ja, tschüss.«

»Und außerdem musste ich für meinen amtierenden Noch-Chef die Meldungen der anderen Amtsleiter entgegennehmen. Wo steckt der alte Hohmeyer denn?«

In diesem Moment sahen sie, wie auf dem inneren Martin-Luther-Ring ein schwarzer Leichenwagen vorbeifuhr.

110

Leipzig, 15.55 Uhr

Jakob Brüggemann tippte missmutig auf seiner Tastatur herum. Als etablierter Politikredakteur war er es nicht mehr gewohnt, gegen die Uhr zu schreiben. Die Kommunalpolitik in Leipzig mit ihrem harmoniesüchtigen Leipziger Modell war so vorhersehbar. Häufig hatte er seinen Artikel schon fertig, bevor er mit der Recherche anfing oder Interviews führte. Das waren dann die letzten Mosaikstücke, die dem Beitrag einen aktuellen Anstrich verliehen. Und jetzt rang er um Formulierungen für die LVZ-Online-Ausgabe. Das Telefon klingelte, als er gerade wieder einen misslungenen Nebensatz löschte.

»Ja?«

Der Online-Chefredakteur war dran und wütend.

»Ich habe es gleich. Ja. Fünf Minuten. Zwei Minuten. Nein, habe ich noch nicht gesehen. Schnell. Ja.«

Jakob sollte mal während des Telefonats auf die Homepage der BILD-Zeitung schauen. Gesagt, getan. Jakob erschrak.

»Toter im Rathaus«, las der LVZ-Redakteur laut vor, »Aktion der Occupy-Bewegung fordert erstes Todesopfer. Wie aus Polizeikreisen verlautet hat es bei dem linksterroristischen Angriff auf den Leipziger Stadtrat mindestens einen Toten gegeben. Nachdem die gewalttätigen Kapitalismuskritiker durch einen massiven Polizeieinsatz wieder aus dem Rathaus gedrängt werden konnten, sei im Amtszimmer von Oberbürgermeister Clemens Völker eine Leiche aufgefunden worden. Die Identität und die Todesursache sind noch unklar. Die Polizei kann einen Mord nicht ausschließen. Oberbürgermeister Völker gilt seit der gewaltsam beendeten Stadtratssitzung als vermisst.«

Das Telefon klingelte erneut.

»Ja. Unglaublich. 180 Zeilen. Geht klar.«

Jakob beendete das Gespräch, um anschließend eine neue Nummer zu wählen. Oliver, geh ran. Ich brauche dich jetzt, dachte der Journalist. Tatsächlich nahm Völkers Pressesprecher das Telefonat an.

»Oliver! Hallo. Hier ist Jakob, dein Lieblingsjournalist. Oliver?«

Der andere Gesprächspartner hatte aufgelegt. Verdammt! Was bildete sich dieser Möchtegern-Spindoctor ein? Für Ärger hatte Jakob Brüggemann aber keine Zeit. Und so fing er an, seine Überschrift einzutippen: »Ist Oberbürgermeister Völker der geheimnisvolle Tote im Rathaus?«

111

Leipzig, 15.58 Uhr

»Kommen wir zu spät?«

Nein, leider nicht. Im Türrahmen standen der Polizeipräsident und mit ihm im Schlepptau der Oberstaatsanwalt. Das infernalische Duo. Manchmal waren sie wochenlang nicht zu sehen, aber immer dann, wenn ein besonderes Ereignis anstand, waren sie zuverlässig zur Stelle. Die Kriminaltechniker vergrößerten ihren Kreis und ließen die beiden Top-Verbrechensbekämpfer ein.

»Bitte!«

Mein oberer Chef sagte das so, als ob er einem Dirigenten

den Taktstock in die Hand legte, damit das Konzert beginnen konnte.

Ich nickte ihm dienstbeflissen zu, prüfte den Sitz meiner Handschuhe und trat an den schwarzen Chefsessel heran. Von der Leiche strömte bereits ein leichter, süßlicher Duft aus. Ich fasste ihr mit meiner linken Hand unter das Kinn und zog die Maske über das Gesicht.

Ein älterer Mann mit einem wächsernen, leicht bläulich angelaufenen Gesicht. Die Augen und der Mund waren geschlossen. Aus dem Mund und von einer Platzwunde auf der Stirn war Blut hinabgeronnen, das dünne Fäden bildete.

»Wer ist das?«

112

Leipzig, 15.59 Uhr

Michael Lenk fühlte nur diesen durchdringenden Schmerz. Er lag gekrümmt wie ein Embryo auf einem weichen Fußboden und rollte sich ungleichmäßig hin und her, um eine Position zu finden, die seine Pein minimierte. Vergeblich. Er biss die Zähne zusammen und kniff die Augen so fest zu, dass er Sterne sah. Der anhaltende Schmerz beunruhigte ihn zunehmend. Er schwitzte. Er atmete schneller. Ihm wurde schwindlig. Lenk sah lange Gänge, Steintreppen, Stahltüren, Warntafeln; er sah eine Maske, mehrere Masken, einen ganzen Maskenball; er folgte zwei Menschen mit blauen Overalls durch die langen Gänge. Je mehr er sich anstrengte, um zu ihnen aufzuschließen, desto größer wurde der Abstand. Sein Puls hämmerte, er japste nach mehr Luft. Die beiden Männer vor ihm liefen durch die Gänge, passierten Türen, durchquerten Räume. Und er lief ihnen hinterher. Dann hielten sie an. Im Halbdunkel nahm er deren Bewegungen wie mysteriöse Schatten wahr. Seine Erinnerung zoomte auf die beiden Männer. Wie in Zeitlupe attackierte der hintere Mann den vorderen mit einem roten Gegenstand, wieder und immer wieder. Der vordere Mann riss die Arme hoch, zuckte, schrie bei jeder Berührung mit dem Gegenstand und ging zu Boden. Wer ist Völker, wer ist Brandis? Lenk erkannte nun den Gegenstand: einen Elektroschocker. Unerwartet setzte bei Lenk der Hilfsreflex ein. Ungeachtet dessen, dass er ausgerechnet dem Mann half, dessen Wiederwahl als Oberbürgermeister er verhindern wollte. In Slow-Motion sah er sich auf den Angreifer zulaufen. Er packte ihn an dessen Overall und schubste ihn zur Seite. Der Mann blieb jedoch auf den Beinen. Er stellte sich breitbeinig hin und schaute Lenk an. Dann nahm er die Maske ab: Es war Brandis. Grinsend ging Brandis mit ausgestrecktem Arm und angeschaltetem Elektroschockgerät auf Lenk los und traf ihn. Lenk zählte in seiner Erinnerung die Treffer mit. Vier oder fünf. Ihm wurde schwarz vor Augen. Er taumelte und fiel hin.

»Herr Lenk, wie geht es Ihnen?«

Eine vertraute Stimme. Martin Kutschera, der Hausmeister, der gute Geist. Hoffnung keimte auf. Eine Veränderung, eine Besserung kam in Betracht. Michael Lenk wollte etwas sagen, aber konnte seinem Mund keine Wörter entlocken.

»Ganz ruhig. Beruhigen Sie sich. Ich weiß, dass es sehr schmerzhaft ist. Versuchen Sie, ruhig zu atmen.«

»Völ-ker?«

»Ruhig. Er lebt. Den hat es wesentlich schlimmer erwischt als Sie. Seien Sie aber versichert, ich habe ihn gerächt.«

»Was?«

»Er hat wohl einen richtigen Schock erlitten und ist nicht ansprechbar. Bei seinem Sturz hat er sich Verletzungen zugezogen, möglicherweise ist etwas gebrochen.«

Kutschera schüttete Mineralwasser aus einer Plastikflasche auf Lenks Gesicht und gab ihm zu trinken.

»Können Sie aufstehen?«

Kutschera griff Lenk unter die Arme. Es gelang ihm, Lenk in der Hocke auf die Füße zu stellen. Hier verharrte Lenk, während Kutschera ihn stützte.

»Besser?«

»Ja. Wo – sind – wir?«

Lenk versuchte, mit zusammengekniffenen Augen die Gegend zu erkunden.

»In dem Safe Room zwischen Neuem Rathaus und der City-Tunnel-Station ›Wilhelm-Leuschner-Platz‹. Wie ich Ihnen gestern schon gesagt habe, hat die Stadt die Bauarbeiten am City-Tunnel genutzt, um die Kasematten sowie die Reste eines alten Luftschutzbunkers mit der S-Bahn-Station zu verbinden.«

Michael Lenk erinnerte sich. Nachdem er zu der Überzeugung gelangt war, dass er Dietmar Brandis nicht mehr vertrauen konnte, hatte er wieder Kontakt mit Martin Kutschera aufgenommen, der ihm bereits bei seinen Aktionen im Oberbürgermeisterwahlkampf treue Dienste geleistet hatte. Und dies erwies sich als Glücksgriff. Zum einen, weil Martin Kutschera sofort bereit war, ihm zu helfen, und zum anderen, weil er auch im Ruhestand noch Mitglied der Hausmeister-Gilde geblieben war und dadurch von dem Rathaus-Kollegen wichtige Hinweise erhalten hatte. Wann immer bei der Verfolgung von Brandis und Völker eine geschlossene Tür zu überwinden war oder kurzfristig der Sichtkontakt abbrach, hatte Martin Kutschera einen Schlüssel und eine Orientierung.

»Herr Lenk, wir müssen hier raus. Ich helfe Ihnen.«

Kutschera fasste den Journalisten an beiden Händen und zog ihn langsam hoch. Wacklig stand Lenk auf seinen Beinen und stützte sich mit einer Hand an der Wand ab. Erleichtert stellte er fest, dass die Schmerzen nachließen. Puls und Atem beruhigten sich allmählich wieder. Er hielt sich seine Schläfe und sah sich um, wobei es ihm schwerfiel, seinen Kopf zu drehen. Im Safe Room brannte nur die Notbeleuchtung. Über einer Tür konnte Lenk das grüne Exit-Schild sehen. Auf dem Boden nahm er zwei Menschen in blauen Overalls wahr.

»Können wir für die zwei etwas tun?«

»Nur Hilfe holen. Wir verlassen gleich durch die Exit-Tür den Safe Room. Über eine Schleuse gelangen wir auf den Bahnsteig der S-Bahn-Haltestelle. Die Bauarbeiten sind noch nicht abgeschlossen, sodass sicherlich um diese Uhrzeit noch Handwerker tätig sein werden. Die sollen Hilfe holen«

»Gut!«

Michael Lenk löste sich von der Wand und humpelte in Richtung Ausgang.

»Warten Sie.«

Michael Lenk drehte sich um.

»Wir können so nicht raus. Wir sollten ihnen die Overalls und Masken ausziehen.«

»Warum?«

»Als Eigenschutz. Damit wir von den Bauarbeitern nicht erkannt werden.«

113

Leipzig, 16.00 Uhr

»Wer das ist?«

Ich meinte Ungläubigkeit, Entsetzen und Empörung gleichermaßen aus der schrillen Stimme des Polizeipräsidenten herauszuhören. »Hoffmann! Ich schicke Sie auf Streife durch Connewitz! Das ist ja nicht zu fassen! Das ist Hans-Ulrich Hohmeyer! Unser Sozialbürgermeister! Wo leben Sie denn? Lesen Sie denn keine Zeitung? Hoffmann!«

»Bedaure, die habe ich nach meiner Scheidung abbestellen müssen. Wissen Sie, bei dem Gehalt …«

»Hoffmann! Seien Sie still! Das ist unglaublich! Einen der höchsten Repräsentanten und verdienten Politiker unserer Stadt kennen Sie nicht!«

Der Polizeipräsident kam um den Schreibtisch herum, dicht gefolgt vom Oberstaatsanwalt. Instinktiv machte ich ihnen Platz. Beide Juristen wirkten mitgenommen. Der Polizeipräsident drehte den Toten im Bürostuhl ein wenig in seine Richtung. Stumm standen sie vor ihm, so als ob sie sich telepathisch entschlossen hätten, eine Schweigeminute einzulegen. Schließlich riss sich mein oberer Chef mit einem Ruck los.

»Hoffmann, kommen Sie mal«, sagte er nahezu väterlich und lotste mich durch die Nebentür in einen kleinen fensterlosen Raum, der als Küche diente und die dahinter liegenden Räume verband.

»Ich habe mich mit dem Oberstaatsanwalt abgestimmt. Sie übernehmen den Fall bis auf Weiteres. Stellen Sie sich ein Team zusammen. Nehmen Sie keine Rücksicht auf die anderen Sonderkommissionen. Die Soko »Rathaus« hat absoluten Vorrang, höchste Priorität. Wissen Sie, der Hans-Uli war noch ein echter Fachmann und Vollblutpolitiker. Kein Amigo, der über Beziehungen ins Amt gekommen ist. Ein honoriger Zeitgenosse, wenn auch Sozialdemokrat. Übrigens auch Clubmitglied. Daher kannten wir uns. Seine Frau ist vor einigen Jahren verstorben. Er lebte für seine Arbeit und ansonsten sehr zurückgezogen. Die Ehe war kinderlos. Ich glaube, dass er alle Kinder dieser Stadt, egal, ob er über sozial- oder bildungspolitische Themen mit ihnen in einer Beziehung stand, als seine Ersatzkinder ansah. Verrückt, was? Aber das war mein Eindruck. Es tat ihm in der Seele weh, wenn Kinder unter irgendwelchen prekären Lebensbedingungen, schwierigen familiären Verhältnissen, schlechten schulischen Rahmenbedingungen oder gesundheitlichen Einschränkungen litten. Er engagierte sich ehrenamtlich über das normale Maß hinaus in vielen sozialen Einrichtungen. Unser Club sammelt auf seine Anregung regelmäßig Spenden für soziale Zwecke. Er war ein guter Mensch. Und deswegen will ich seinen Mörder finden. Hoffmann, verstehen Sie? Und wenn wir ihn haben, dann gnade ihm Gott!«

Er hielt in seinem Redefluss kurz inne, sah mich an und legte mir eine Hand auf die Schulter.

»Hoffmann! Gehen Sie ruhig mal in die Pressestelle. Da liegen die ganzen Tageszeitungen und Zeitschriften. Nehmen Sie sich abends ein paar davon mit. Die werden eh weggeschmissen. Und lesen Sie nicht nur den Sportteil, hören Sie!«

Der Polizeipräsident ließ von mir ab und inspizierte den Kühlschrank.

»Sterni! Wunderbar!«

Er angelte eine Flasche heraus, öffnete sie mit einem Werkzeug, das an seinem Schlüsselbund befestigt war, schüttete sich ein wenig in ein Glas und reichte mir die Flasche mit dem Rest.

»Prost, Herr Kriminalhauptkommissar!«

Wir nahmen einen Schluck.

»Übrigens, Clemens Völker hat Drohbriefe erhalten. Es gab dazu einige Besprechungen zwischen Polizei und Rathaus. Das Landeskriminalamt sollte eine Gefährdungsanalyse erstellen. Vielleicht gibt es da einen Zusammenhang.«

Der Polizeipräsident schaute auf sein Glas, als ob er sich vor seinem letzten Schluck noch einmal sammeln müsste.

»Auf Hans-Uli!«

Aus Solidarität trank ich mit.

»Morgen um 10.00 Uhr ist Lagebesprechung. Ich verlasse mich auf Sie«, sagte der Polizeipräsident feierlich, um mir dann zuzuflüstern: »Und falls Sie bei der Spurensuche möglicherweise zufällig auf neue Erkenntnisse in Sachen ›Herrenlose Häuser‹ oder ›Sachsensumpf‹ stoßen, lassen Sie es mich wissen und nur mich. So, ich bereite mich auf die Pressekonferenz vor.«

Mit einem Schulterklopfen ließ er mich in der Küche zurück.

114

Leipzig, 16.11 Uhr

Jeder Mensch reagiert anders auf grauenhafte Ereignisse, jeder muss für sich selbst eine Strategie finden, wie er am besten damit umgehen kann. Dorothee Messerschmidt betrachtete Dr. Nadine Storl, wie sie auf dem Boden saß und abwechselnd ihre schwarz bestrumpften Füße knetete. Beide waren von der Polizei in ein nahegelegenes Büro gebracht worden, das jetzt als Wartezimmer für die Befragungen diente. Mit wenigen Handgriffen hatte Dorothee in diesem Zimmer wieder Ordnung geschaffen. Stühle aufgestellt, Akten aufgehoben, Bilder gerade gerückt. Die Justiziarin hätte sich auf einen Stuhl setzen können, aber sie wirkte abwesend. Sie knetete ihre Füße und summte leise vor sich hin.

»Frau Dr. Storl?«

Dorothee legte eine Hand auf ihre Schulter, um auf sich aufmerksam zu machen. Sie hatte Erfolg. Die Justiziarin schaute sie an.

»Möchten Sie sich nicht auf einen Stuhl setzen?«

»Ich habe eine Laufmasche. Sehen Sie! Dabei habe ich die Strümpfe noch gar nicht oft getragen. Ich hatte sie extra für den heutigen Tag ausgesucht.«

Das ist schon sonderbar, dachte sich Dorothee und musste schmunzeln. Irgendwie schafft es die Natur des Menschen, dass die größte Gefahr, die größte Katastrophe zum eigenen Schutz komplett ausgeblendet werden kann. Wenn die Laufmasche jetzt das größte Problem für Dr. Storl ist, dann funktioniert ihr Selbstschutz hervorragend. Für die ersten Stunden mochte das tröstlich sein, aber was passiert, wenn das Erwachen kommt? Das würde sie dann besonders hart treffen, vermutete die Chefsekretärin.

»Kommen Sie, setzen Sie sich zu mir. Sie stehen bestimmt unter Schock.«

Dr. Nadine Storl ließ sich von Dorothee Messerschmidt zu einem Stuhl führen.

»Nennen Sie mich Nadine. Wir kennen uns doch schon so lange.«

»Gerne, Nadine. Dann müssen Sie oder du mich aber auch Dorothee nennen.«

»Du!«

»Fein, Nadine. Ist alles in Ordnung mit dir?«

»Ja, mir ist doch nichts passiert.«

»Wann bist du denn in das OBM-Zimmer gekommen?«

Nadine schaute Dorothee einen Moment irritiert an.

»Ich weiß nicht mehr genau. Überall waren diese Demonstranten. Ich bin einfach davongelaufen. Ich kann gar nicht mehr sagen, wo ich war. Aber wahrscheinlich habe ich gespürt, dass ich zum OBM-Trakt kommen muss. Es hat mich unbewusst hierhin gezogen.«

»Du identifizierst dich halt besonders mit dem Oberbürgermeister und der Stadtverwaltung. Das ist vielleicht die Erklärung.«

»Ja. Ja! So wird es sein!«

»Hast du denn irgendjemanden erkannt? Konntest du der Polizei einen Hinweis geben?«

»Nein, leider nicht. Als ich in das Vorzimmer kam, war die Durchgangstür geschlossen. Und dann tauchten ja auch schon Herr Strieder und du und Frau Marhofer auf. Und als wir die Tür öffneten, sahen wir den Toten. Hätten wir doch die Tür niemals aufgemacht.«

»Davon wäre der Tote auch nicht lebendig geworden. Immerhin konnten wir einigermaßen zeitnah die Polizei rufen. Wer der Tote wohl ist? Denkst du auch wie Herr Fröhlich, dass es Clemens Völker sein könnte?«

»Nein, er ist es nicht.«

»Warum bist du dir da so sicher?«

»Hast du die Strümpfe des Toten gesehen? Unser Oberbürgermeister hat nicht so einen schlechten Geschmack.«

»Wo sind eigentlich deine Schuhe?«

»Weg. Einfach weg. Verrückt, nicht? Irgendwo im Rathaus müssen sie sein.«

Nadine hatte bei ihrer Antwort die Arme gehoben und mit den Schultern gezuckt. Ihren rechten Arm legte sie nun über Kreuz, um sich ihre linke Schulter zu reiben.

»Oh Nadine, du hast Blut an deinem Ärmel. Hast du dich verletzt?«

Nadine raffte mit ihrer linken Hand den Stoff am rechten Ärmel und musste feststellen, dass Dorothee recht hatte. Es waren mehrere Blutspritzer auf dem schwarzen Stoff.

»Ach ja, ich hatte ganz dolles Nasenbluten. Die Wahl und die Demonstranten und der Tote. Die ganze Aufregung. Weißt du? Das passiert mir immer in den ungünstigsten Momenten. Das Blut schießt mir so aus der Nase raus.«

Die Flurtür ging auf und Rocco Meißner führte Sandra Marhofer in das Wartezimmer. Sandra lief auf Dorothee zu und warf sich ihr schluchzend in die Arme.

»Wen dürfen wir als Nächstes befragen?«

115

Leipzig, 16.16 Uhr

Ich sah mich um. Dies war ein Ort, von dem ich zu Schulzeiten viel gehört hatte. Der Geschichtspauker war ganz versessen darauf gewesen, uns wehrlosen Schülern zu vermitteln, dass am 19. April 1945 die Nazis in Leipzig entweder ihrem Leben selbst ein Ende bereitet hatten oder sie getötet, vertrieben, verhaftet worden waren. 19. April 1945. Ein großer Tag – Leipzig war für ihn danach praktisch nazifrei. Dass es die garstigen Amis waren, die Leipzig befreit hatten, und nicht das sowjetische Brudervolk in spe – geschenkt. Tatsächlich hatten die Nazis, aber auch Soldaten und Volkssturmleute vor allem in zwei markanten Gebäuden der Stadt erbitterten Widerstand geleistet: im Völkerschlachtdenkmal und hier im Neuen Rathaus. Rund 150 Menschen hatten sich in diesem Gemäuer verschanzt und konnten von den Fenstern aus sehen, wie sich die feindlichen Panzer in Stellung brachten. Ein Entkommen war praktisch unmöglich. Deshalb ergab sich ein Großteil, der harte Kern der Nazis vergiftete sich. Hier. Hier in diesen Räumen. Die Augen des Paukers hatten geglänzt, als er das erzählt hatte.

Ich blickte in das schmale Zimmer, in dem Völker anscheinend eine kleine Liege für das Powernapping zwischendurch nutzte. Außerdem gab es hier die einzige Tür zum Rathausbalkon. Durch die Glastür und das Fenster rechts daneben konnte ich die überlebensgroße Statue der Justitia mit ihren zwei ausbalancierten Waagschalen sehen. Wahnsinn, wie groß diese Figur war. Von der Straße aus betrachtet, wirkte sie gar nicht so riesig. Irgendwann nach dem Ende des zweiten Weltkrieges hatte es Umbauarbeiten gegeben. Die eine Hälfte dieses Zimmers war dem heutigen OBM-Büro nebenan zugeschlagen worden, sodass es als einziger und dadurch größter Raum auf dieser Seite über drei Fenster verfügte.

Ich schaute noch mal zur Balkontür, und plötzlich erinnerte ich mich an ein Foto der amerikanischen Kriegsreporterin Lee Miller. Darauf konnte man ebenfalls die Justitia sehen. Ich musste mich ungefähr an der Stelle befinden, an der die Fotografin einst gestanden hatte. Als ich mir der Perspektive bewusst wurde, erschrak ich und wich zurück. Unmittelbar vor mir, zu meinen Füßen musste damals die Leiche des ehemaligen Oberbürgermeisters und Obernazis Walter Dönicke gelegen haben. Es konnte gar nicht anders sein. An diesem Fleck musste Lee Miller auf den Auslöser ihrer Kamera gedrückt haben. Eine Wahnsinnsfrau, diese Kriegsreporterin. Dönicke lag in seiner Nazi-Uniform ausgestreckt auf dem

Rücken. Vergiftet hatte er sich. Seitlich lehnte ein ramponiertes Bild des Führers an der Wand. Berichten zufolge sollen in diesem ehemals größeren Raum zwei weitere Leichen von Nazi-Schergen aus dem Volkssturm-Stab gelegen haben.

Walter Dönicke. Ein oft gehörter Name. Der Inbegriff des Teuflischen. Unser Pauker hatte sich lustig über ihn gemacht. Das Letzte, was Dönicke in seinem irdischen Leben gesehen hätte, sei das Antlitz des geliebten Führers gewesen, hatte er oft gesagt. Hitler sehen und sterben. Der Pauker hielt Dönicke für einen Trottel, denn er hatte nicht gemerkt, dass sein Idol einen erheblichen Anteil daran hatte, dass er als Oberbürgermeister abgesetzt worden war. Nach seinem letzten überlieferten Leipzig-Aufenthalt im März 1938 hatte Hitler NSDAP-Gauleiter Martin Mutschmann geschrieben, dass Dönicke als OBM überfordert sei. Ein halbes Jahr später schließlich wurde Dönicke wegen Unfähigkeit seines Amtes enthoben.

Bei diesen Gedanken lief es mir kalt den Rücken runter. Ein britischer Korrespondent sprach von einem »grausigen Schauspiel«, und die Amis nannten das Neue Rathaus »suicide alley«, die Selbstmord-Allee, weil die Soldaten bei der Einnahme des Rathauses auf die Körper der Menschen stießen, die sich selbst gerichtet hatten. In den Räumen, die zum Oberbürgermeisterbereich gehörten, fanden sie noch die Leichen der Familien des Oberbürgermeisters Alfred Freyberg und des Kämmerers Dr. Kurt Lisso. Nach Ansicht unseres Geschichtslehrers sollten es die letzten Leipziger Nazis gewesen sein. Danach sei die neue sozialistische und antifaschistische Gesellschaftsform angebrochen. Es gab nichts, was es nicht geben durfte! Pustekuchen! Damit sollte der Pauker nicht recht behalten. Es gab auch zu DDR-Zeiten Nazis. Der Schoß war weiterhin fruchtbar.

Eventuell lag auch vor 68 Jahren an der Stelle, an der sich jetzt die Leiche Hohmeyers befand, ein Toter. Denn der

Schreibtisch stand an dem dritten Fenster, das ursprünglich zu diesem schmalen Raum gehört hatte. Mir wurde schwindlig. Ich durchschritt eilig das Zimmer. Durch die Balkontür, die nur angelehnt war, trat ich hinaus. Warum war die Tür offen? Sollte sich hier etwa noch jemand aufhalten? Ich schaute mich um, aber außer mir waren nur die insgesamt fünf überlebensgroßen Statuen anwesend.

Ich entspannte mich. Wären nicht Einsatzwagen unterhalb zu sehen gewesen, hätte man diesen Mittwoch für einen normalen Sommertag halten können. Ich nahm einen Schluck aus der Sternburg-Flasche und genoss den imposanten Ausblick. Links war die Baustelle der neuen katholischen Kirche, hinter der Kreuzung das Bundesverwaltungsgericht, unterhalb das Goerdeler-Denkmal und halbrechts war das Grün des Johanna-Parks zu sehen. Ich setzte die Flasche ein letztes Mal an meine Lippen. Auf der gewellten Grünfläche vor dem Bundesverwaltungsgericht befand sich ein Rollstuhlfahrer, der ebenfalls ein Flaschenbier trank und zu mir hochschaute. Wir prosteten uns zu. Ob er den ganzen Nachmittag auf der kleinen Anlage verbracht hatte? Ich nahm mir vor, das bald zu prüfen.

»Ach hier bist du«, Pfeffi tauchte im Türrahmen auf, »woher hast du denn das Bier?«

»Aus dem Kühlschrank.«

Sofort machte sich Pfeffi an dem Elektrogerät zu schaffen und förderte auch ein Sterni zutage.

»So einen guten Geschmack hätte ich unserem Westimport gar nicht zugetraut.«

»Wieso das denn? Ich wusste gar nicht, dass du so kleinkariert bist. Meinst du wirklich, dass Völker sich nur noch von Margon, Nudossi, Vita Cola und Rotkäppchen ernähren darf, damit er von uns Eingeborenen anerkannt wird? Das grenzt ja an Rassismus. Dafür standen wir aber '89 nicht hinter der Gardine.«

»Schon gut, schon gut«, Pfeffi nahm einen Schluck und strahlte, »schön ist es hier. Oberbürgermeister müsste man sein.«

»Apropos, wo ist der Kerl eigentlich?«

»Niemand hat ihn seit der Ratsversammlung gesehen.«

»Bis auf seinen Persönlichen, den Kevin. Der hat ausgesagt, Völker sei über die interne Treppe im Ratssitzungssaal auf die Tribüne hoch. Er soll sich irgendwo Overall und Maske besorgt und übergezogen haben. Unglaublich, der Oberbürgermeister als Verwandlungskünstler. Eine Nummer für den Zirkus, meinst du nicht auch? Ach ja, sein Büroleiter soll ihn begleitet haben.«

»Wie heißt der?«

»Dietmar Brandis.«

Pfeffi schaute auf seinen Notizblock.

»Der war nicht bei den Mitarbeitern dabei, die wir jetzt befragt haben.«

»Wir sollten uns bei den Krankenhäusern erkundigen, ob die beiden dort in Behandlung sind. Völker hat übrigens Drohbriefe erhalten. Das hat sowohl der Präsident als auch Kevin unabhängig voneinander gesagt. Hat sich dazu schon einer der Mitarbeiter geäußert?«

»Nein, das war kein Thema.«

Rocco kam ebenfalls auf den Balkon.

»Carlo, jemand hat das Büro vom Sozialbürgermeister aufgebrochen und durchwühlt. Da sieht's aus, als hätte der Blitz eingeschlagen.«

»Verdammt. Findet die Privatadresse von ihm heraus und lasst die Wohnung sichern. Irgendjemand sucht etwas und wir müssen ihm zuvorkommen. Und dann bestellt eine Hundertschaft der Bereitschaftspolizei. Wir lassen das ganze Rathaus absuchen. Los, ihr beiden, an die Arbeit!«

116

Leipzig, 17.35 Uhr

»Frau Völker?«

Martina schaute auf.

»Felske-Völker.«

Sie erhob sich und strich sich nervös eine Strähne aus dem Gesicht. Nach dem Anruf der Uniklinik war sie sofort zur Neurologischen Abteilung in der Liebigstraße gefahren. Bislang hatte ihr noch niemand etwas sagen können.

»Ich bin Dr. Simone Grube.«

»Wie geht es ihm?«

»Sein Zustand ist stabil. Ihr Mann ist mehreren Elektroschocks ausgesetzt worden. Wie es aussieht, normalisiert sich sein Herzrhythmus wieder. An den Gehirnströmen ist nichts Auffälliges zu beobachten. Wir werden ihn aber vorsichtshalber noch einige Tage bei uns behalten.«

»Elektroschocks? Wie konnte das passieren?«

»Ich fürchte, jemand hat Ihrem Mann diese Schmerzen bewusst zugefügt. Wir können froh sein, dass er über eine gute Konstitution verfügt. Darüber hinaus hat er Sekundärverletzungen durch einen Sturz erlitten: zwei Rippenbrüche und Prellungen. Aber alles in allem scheint er glimpflich davongekommen zu sein.«

»Kann ich ihn sehen?«

»Nein, momentan werden die Brüche und Prellungen behandelt und danach führen wir noch einige Tests durch.«

»Wo haben sie ihn gefunden?«

»Ich habe nur gehört, dass ein Notruf von der S-Bahn-Haltestelle Leuschner-Platz bei uns einging. Bauarbeiter müssen ihn und noch eine Person dort gefunden haben.«

»Aber der City-Tunnel ist doch noch gar nicht in Betrieb. Wie konnte er dahin gelangen? Ist die Polizei schon eingeschaltet? Und wer ist die andere Person?«

»Bedaure. Leider habe ich darüber keine Informationen.«

»Kann ich hier warten?«

»Das wird sich nicht lohnen. Ihr Mann muss sich erholen. Am besten, Sie kommen morgen wieder.«

»Frau Doktor, ist er hier denn sicher? Wird sein Zimmer bewacht? Sollen wir nicht doch lieber die Polizei einschalten?«

»Frau Felske-Völker, wir kümmern uns rund um die Uhr um Ihren Mann. Das sind wir doch einem Vorstandsmitglied der Förderer- und Freundesvereinigung schuldig. Glauben Sie mir bitte, hier ist er bestens aufgehoben.«

»Gut! Dann vielen Dank, Frau Doktor.«

117

Leipzig, 17.56 Uhr

Innerhalb von einer guten Stunde lernte ich anhand von Plänen und durch eigenes Erleben die unendlichen Wege im Neuen Rathaus und dem dazugehörigen Stadthaus kennen. Ich staunte über dieses Labyrinth, das sich irgendwann einmal Hugo Licht und Co. hatten einfallen und bauen lassen. Irre! Vor allen Dingen, wenn man auf Mördersuche war und sich nicht sicher sein konnte, ob der oder die Täter sich noch im Gebäude befanden. Eine Hundertschaft der Bereitschaftspolizei traf ein. Alle Ausgänge, Übergänge und Treppenhäuser samt Aufzügen und Paternoster wurden bewacht. Danach gingen einzelne Gruppen systematisch durch die Etagen, Flure und Dienstzimmer. Ich hatte das Gefühl, dass die Tötung des Sozialbürgermeisters nicht im Affekt geschehen war, sondern im Zusammenhang mit etwas anderem, möglicherweise der Wahl, stand. Dass Hohmeyers Büro heimgesucht worden war, bestärkte mich in meiner Theorie. Jemand versuchte, Beweismaterial an sich zu bringen oder zu vernichten.

Als ich wieder am Tatort eintraf, wartete vor dem abgesperrten OBM-Trakt jemand auf mich.

»Herr Hoffmann?«

»Ja.«

»Mein Name ist Florian Strieder. Ich bin ein Mitarbeiter von Oberbürgermeister Völker.«

»Das überrascht mich jetzt nicht.«

»Also aus seinem Geschäftsstellenbereich. Ich war mal Persönlicher Referent und koordiniere jetzt die Bewerbung der Stadt für die Europäische Kulturhauptstadt.«

»Junge, sind Sie auch so durchgeknallt?«

»Wie bitte?«

»Sie haben doch Ihren Nachfolger heute erlebt. Das war doch nicht normal. Oder benehmen sich alle hier so?«

»Nein, der Herr Fröhlich ist sicherlich eine Ausnahme.«

»Was macht eigentlich so ein Persönlicher Referent? Gibt es dafür ein Tätigkeitsprofil?«

»Das ist sehr unterschiedlich und hängt stark vom Chef ab.«

»Was haben Sie gemacht?«

»Ich war so ein bisschen das ›Mädchen für alles‹. Ich habe an vielen Besprechungen von Herrn Völker teilgenommen, Sonderaufgaben wahrgenommen und den Büroleiter unterstützt, manchmal auch vertreten.«

»Wie wird man Persönlicher Referent? Gibt es eine Art Ausschreibung, auf die man sich bewerben kann? Wie sind

Sie an die Stelle gekommen, und warum haben Sie diese aufgegeben?«

»Aufgegeben habe ich sie nicht. Persönlicher Referent ist man eben nur eine gewisse Zeit. Es ist eine sehr verantwortungsvolle Arbeit, die auch nach Dienstschluss oder am Wochenende Einsatz erfordert. Ich habe viel erlebt und kennengelernt. Es ist klar, dass man nach zwei bis drei Jahren eine neue Aufgabe übernimmt.«

»Weil Sie die Lügen und die faulen Kompromisse nicht mehr aushalten?«

»Moment, Sie haben eine vollkommen falsche Sicht auf die Dinge. Warum sehen Sie die Stadtverwaltung so negativ? Ich arbeite gern für Herrn Völker!«

»Erstens tue ich das gar nicht und zweitens stelle ich hier die Fragen! Und Sie haben mir noch nicht beantwortet, wie Sie Persönlicher geworden sind?

»Warum ist das wichtig?«

»Erstens ist so ziemlich alles wichtig und zweitens … Sie wissen schon.«

»Mein Vater ist mit der Familie von Clemens Völker bekannt. Er hat mich sozusagen empfohlen.«

»Woher kennen sich Ihr Vater und der Herr Oberbürgermeister?«

»Aus Hannover. Mein Vater war Professor am Fachbereich Jura, an dem auch Herr Völker studierte.«

»Interessant. Dann verfügte Ihr Vater über ausreichend Vitamin B?«

»Sie machen sich wieder ein falsches Bild. Natürlich ist eine persönliche Empfehlung wichtig, denn Herr Völker muss mit dieser Person sehr eng zusammenarbeiten können.«

»Und konnte der Oberbürgermeister sich auf Sie verlassen?«

»Klar, warum auch nicht?«

»Er hat einen neuen Persönlichen Referenten eingestellt.«

»Weil er unbedingt wollte, dass ich die Koordinierung der Bewerbung für die Europäische Kulturhauptstadt übernehme. Für mich ist das eine große Chance!«

»Warum meinen Sie das?«

»Leipzig ist bereits eine Kulturhauptstadt. Quasi eine immerwährende Kulturhauptstadt. Eigentlich bräuchten wir keinen Extra-Titel. Aber schaden kann er auch nicht. Ich soll sicherstellen, dass Leipzig diesen Titel verliehen bekommt.«

»Es ärgert Sie gar nicht, dass Herr Fröhlich Ihr Nachfolger geworden ist?«

»Nein, nicht im Geringsten. Ich wusste von vornherein, dass es eine Aufgabe auf Zeit ist und dass danach etwas Wichtiges auf mich wartet. Und so kam es.«

»Nun, gut. Aber warum wollten Sie mich sprechen?«

»Herr Hohmeyer ist doch mit einem Brieföffner erstochen worden …«

»Das nehmen wir an. Die genaue Todesursache wird im Obduktionsbericht stehen.«

»Ich wollte Ihnen nur sagen, dass der Oberbürgermeister zwei besonders gestaltete Brieföffner besaß. Es waren Abschiedsgeschenke, die der amerikanische Konsul ihm bei seiner Feier übergeben hat. Sie unterscheiden sich durch die Griffe. Auf einem ist die Flagge der USA angedeutet und auf der anderen die sächsische. Die amerikanische Version ist doch wohl jetzt sichergestellt worden. Haben Sie die sächsische Version auch schon gefunden?«

»Vielen Dank für diesen Hinweis. Ich werde mich darum kümmern. Bitte machen Sie morgen bei der Kriminalinspektion eine entsprechende Aussage. Melden Sie sich bei Polizeihauptmeister Peter Richter. Auf Wiedersehen!«

Florian Strieder nickte und wollte sich verabschieden, als ich doch noch eine Frage hatte: »Herr Strieder, wer hat eigentlich Herrn Fröhlich empfohlen?«

»Soweit ich weiß der Bundestagsabgeordnete Gunter Bendix.«

118

Leipzig, 18.08 Uhr

Margit hatte auf dieses Geräusch gewartet und sich im Flur postiert. Kaum drehte sich der Schlüssel endlich im Schloss, war sie auch schon an der Wohnungstür und öffnete sie für ihren Mann.

»Oh, hallo.«

»Wo kommst du jetzt her? Weißt du, was los ist? Ganz Leipzig ist ein einziger Tumult. Die Nachrichten überschlagen sich. Verletzte, Tote. Chaos im Rathaus. Und du bist nicht zu erreichen. Du rufst auch nicht an. Ich habe mir Sorgen gemacht, mein lieber Ehemann!«

»Verzeih mir bitte! Mir ist nichts passiert. Ich hatte das Telefon lautlos geschaltet, als ich auf die Besuchertribüne gegangen bin. Tut mir leid, dass ich daran nicht mehr gedacht habe.«

»Du hast sowieso überhaupt nicht daran gedacht anzurufen. Darüber bin ich noch viel mehr enttäuscht.«

»Ja, das stimmt. Tut mir leid!«

»Tut dir leid! Hör mir auf. Du warst bestimmt mit diesem Querfurth unterwegs. Dieser linke Terror beflügelt doch eure Weltanschauung zu neuen Höhenflügen, oder? Wahrscheinlich wart ihr wieder in irgendeiner Kneipe, die billiges Bier anbietet, oder in Querfurths Datschenidyll.«

»Nein, mit Rüdiger Querfurth hatte das Ganze nichts zu tun.«

»Wie war es denn dann?«

»Ich habe Erste Hilfe geleistet. Einige Verletzte habe ich vor den Demonstranten geschützt. Dann wurde ich aus dem Rathaus evakuiert und musste an einer bestimmten Stelle ausharren.«

»Aber ein Anruf wäre doch wohl drin gewesen?«

»Das tut mir wirklich schrecklich leid. Ich war mit meinen Gedanken ganz woanders.«

»Helfen, retten, schützen. Du bist auch so ein guter Mensch von Sezuan!«

119

Leipzig, 18.21 Uhr

Er konnte sich nicht erinnern, wann ihm ein Wannenbad jemals so gutgetan hatte. Michael Lenk mochte zwar nicht ausschließen, dass sein Erinnerungsvermögen unter den Elektroschocks gelitten hatte, aber es fühlte sich einfach großartig an. Im Nachhinein beglückwünschte er sich, dass er auf einer Suite mit Badewanne bestanden hatte. Er lag einfach still im Wasser, gerade so, dass sein Gesicht rausschaute. Er hörte ein Geräusch. Alarm? Wecker? Anruf? Ja, er hörte das Klingeln seines Handys. Langsam schraubte er sich in der Wanne hoch. Sein Handy lag in Reichweite. Constanzes Bild veredelte das Display.

»Hallo.«

»Hey, wie geht es dir?«

»Ich lebe noch.«

»Das ist schön. Was ist denn passiert?«

»Der Herr Brandis hat versucht, Völker zu töten. Er hat ihn mit seinem Elektroschocker wie ein Berserker traktiert. Er wollte gar nicht mehr ablassen von ihm. Ich musste dazwischengehen und habe selbst Stromschläge abgekriegt.«

»Das ist ja schrecklich! Wie konnte das passieren?

»Keine Ahnung, was bei Brandis im Kopf vorging. Stille Wasser sind tief.«

»Dabei hält Vater doch große Stücke auf ihn.«

»Ja, auch dein Vater kann sich irren. Oder er hat Brandis beauftragt, Völker aus dem Weg zu räumen.«

»Michael, das darfst du nicht denken. Mein Vater stiftet keinen Mord an.«

»Hoffentlich hast du recht.«

»Du kannst ihn nachher selbst fragen. Er wird heute Abend noch in Leipzig eintreffen.«

»Na, wunderbar!«

»Hey, vertragt euch!«

»An mir soll es nicht liegen!«

120

Leipzig, 19.01 Uhr

Das menschliche Gehirn und seine Leistungsfähigkeit begeistern mich seit Langem. Das Sich-erinnern-Können und manchmal noch praktischer: das Vergessen-Können. Etwas ist fort, steht nicht im Weg, belästigt einen nicht mehr. Und dann plötzlich kommt alles zurück. Wie ein Springteufel – voll präsent und wackelt bedrohlich auf seiner Feder. Dieser Springteufel stand im Neuen Rathaus vor der Station des Sicherheitsdienstes am Personalausgang und grinste mich breit an. Es war ein spöttisches Grinsen, und es galt mir. Er hatte es sicherlich oft vorm Spiegel geübt, um es in dem einen wichtigen Moment abrufen zu können. Wahrscheinlich hatte dieses spezielle Grinsen es ihm ermöglicht, sein verkorkstes Leben weiterzuführen. Sollte ich mir etwas darauf einbilden? Nein, dieser Springteufel beförderte lästige Erinnerungen an die Oberfläche meines Bewusstseins. Ich schaltete in den Unkenntnis-Modus, nickte ihm freundlich zu und steuerte unbeirrt auf den Ausgang zu.

»Aus dir ist ja richtig was geworden!«

Ein vergiftetes Kompliment.

»Wie bitte?«

Zwangsläufig hielt ich an.

»Na, vom Offiziersanwärter zum Kommissar? Gratulation!«

»Kriminalhauptkommissar, um genau zu sein. Aber sagen Sie: Kennen wir uns?«

Der Springteufel grinste nun überheblich.

»Das will ich wohl meinen. Na, erkennst du mich nicht? Wir sind doch … alte Kameraden.«

Die Pause in seinem letzten Satz kostete er diebisch aus.

»Bedaure. Sie sprechen in Rätseln.«

»Rätsel ist ein gutes Stichwort. Mir kommt bei dir tatsächlich Einiges rätselhaft vor. Du hast mich längst erkannt und willst es nicht zugeben. Feige bist du geworden.«

Der Springteufel hatte recht. Ich gönnte es ihm.

»Hören Sie, das war ein anstrengender Tag. Warum sagen Sie nicht einfach, wer Sie sind und was Sie wollen?«

»Ich bin dein schlechtes Gewissen. 1991. Polizeipräsidium. Andreas Lambert. Erinnerst du dich?«

»Lambert?«

»Ja, Lambert. Offiziersanwärter Lambert. Polizeiobermeister Lambert. Personalfragebogen-Lambert. Ex-Polizeiobermeister Lambert!«

Das Grinsen war weg.

»Ach, ja sicher. Andreas. Lange ist es her.«

»Noch nicht zu lange, als dass man sich nicht daran erinnern könnte.«

»Hör zu. Wir können uns gern mal auf ein Bier treffen und über alte Zeiten plaudern. Jetzt ist das mehr als ungünstig.«

»Plaudern? Das hättest du wohl gerne. Ich habe Fragen. Ganz konkrete Fragen.«

»Na prima. Das klären wir alles, wenn wir uns treffen.«

Ich klopfte ihm auf die Schulter und nahm die Treppe abwärts.

»Damit kommst du nicht davon. Das weißt du. Du kannst jetzt weglaufen. Eines Tages holt es dich ein. Jeden holt es ein. Und wenn es beim Jüngsten Gericht ist.«

Sein Gefasel ließ mich kalt, denn was wusste er schon vom Jüngsten Gericht?

121

Leipzig, 19.03 Uhr

Wer will schon gerne in den Knast? Stefan-Alberto Schubert schauderte es bei dem Anblick dieses unwirtlichen Ortes.

Hohe Mauern, Stacheldraht, Scheinwerfer, Stahltüren, Barrieren, Schleusen, Sicherheitskontrollen, Handy-Abgabe. Wenigstens, dachte er sich, durfte er seine Klamotten anbehalten und musste sich nicht in die Anstaltskleidung zwängen. Er fühlte sich unwohl und klein. Ein Ort, an dem sich niemand länger aufhielt, als er musste.

Dieser Tag war durch und durch gebraucht. Da war zum Beispiel der unerklärliche doppelte Sinneswandel von Nadine. Erst ließ sie sich von der FDP nominieren, dann zog sie ihre Kandidatur zurück, um dann doch auf dem Wahlzettel aufzutauchen. Als besonders belastend empfand es Stefan-Alberto, dass er in die letzten beiden Schritte von ihr nicht eingeweiht worden war. Nadine benahm sich ihm gegenüber kühl und abweisend. Einen Grund dafür kannte er nicht. Hatte sie wirklich geglaubt, dass sie die lachende Dritte werden könnte? Wäre er im Falle Ihres Erfolgs überflüssig? Nicht mehr gut genug für sie und ihre Ambitionen? Der Leiter des Planungsstabes musste sich eingestehen, dass ihre Beziehung auf einem absoluten Nullpunkt angekommen war. Andererseits, und da war Stefan-Alberto ein unverbesserlicher Optimist, konnte es nur noch aufwärts gehen.

Aufgrund der außergewöhnlichen Ereignisse hatte er heute keine Möglichkeit mehr gehabt, mit ihr zu sprechen. Zu allem Überfluss kam dann der ersehnte Anruf nicht von Nadine, sondern von der Justizvollzugsanstalt. Sein Bruder sei inhaftiert. Ob er kommen könne, um ein paar Sachen wie Kleidung, Toilettenartikel und eventuell Medikamente abzugeben.

Die Tür vom Besuchsraum ging auf und Andreas-Mario wurde in Handschellen reingeführt. Am Tisch angekommen, wurden ihm die Handschellen abgenommen. Er setzte sich, ohne seinen Bruder anzusehen.

»Bist du von allen guten Geistern verlassen? Warum bist du nicht beim Bankdirektor eingedrungen? Das hättest du doch tun können! Warum ausgerechnet bei meinem Chef? Weißt du eigentlich, in welche Lage du mich damit gebracht hast? Aber du bist ja nie verantwortlich. Bei dir sind es immer die anderen. Jetzt schau mich an und sag was!«

Tatsächlich schaute Andreas-Mario für einen Moment hoch.

»Ich habe dir Klamotten mitgebracht. Mutter habe ich gesagt, dass du mit Kirsti campen gehen willst und du mich gebeten hast, ein paar Sachen vorbeizubringen.«

Andreas-Mario grinste.

»Was gibt es da zu grinsen?«

»Du kannst Mutter nicht die Wahrheit über ihren missratenen Sohn sagen. Du packst sie immer in Watte, nicht wahr?«

»Sei mir dankbar. Würde ich nicht als Puffer zwischen euch fungieren, hättest du ihr schon zigmal das Herz gebrochen. Wo ist eigentlich deine Freundin hin? Warum ist die nicht auch im Knast?«

Andreas-Mario zuckte mit den Schultern.

»Die hat dich ja fein reingeritten. Und lässt dich dann im Stich.«

»Das ist nicht wahr! Du sollst nicht so böse Sachen über sie sagen. Immer machst du sie schlecht.«

»Du wirst schon noch dahinterkommen, was das für eine Braut ist. Wie geht es jetzt weiter? Wann wirst du hier raus sein? Du solltest besser mit den Behörden kooperieren. Und wieder zu Hause einziehen. Dann gibt es auch einen Haftgrund weniger.«

»Bist du dir sicher?«

Stefan-Alberto schaute seinen Bruder scharf an.

»Du hast doch wohl den Sozialbürgermeister nicht umgebracht. Davon gehe ich jetzt mal aus.«

Andreas-Mario schwieg und grinste.

»Andi, das ist kein Spaß mehr! Du kannst dich hier mächtig in die Scheiße reinreiten. Und Kirsti ist über alle Berge und lacht sich ins Fäustchen. Was weißt du eigentlich über sie? Wo kommt sie her? Was hat sie alles vor ihrem Studium gemacht? Diese Frau hat dir gründlich das Gehirn vernebelt. Das Semester ist verloren. Jetzt pass auf, dass du dein Leben nicht verlierst!«

»Du hast ja überhaupt keine Ahnung.«

»Da bin ich manchmal auch ganz froh darüber. Was soll ich Mutter sagen? Wenn es in der Zeitung steht, ist es vorbei. Dann weiß sie es!«

»Das ist deine größte Sorge, was? Das ist doch nur vorgeschoben! Es geht doch nur um dich, immer nur um dich! Lass endlich unsere Mutter aus dem Spiel!«

»Was soll ich Mutter also sagen?«

»Dass sie immer noch einen Sohn in Freiheit hat, auf den sie stolz sein kann.«

»Du bist ein Spinner.«

»Vielleicht, aber ich bin kein angepasster Feigling.«

»Du gefällst dir wohl in deiner Rolle als Opfer, als Märtyrer. Dann kann ich dir auch nicht mehr helfen. Soll ich Nadine fragen, ob sie mir einen Verteidiger empfehlen kann?«

»Bei Nadine wäre ich an deiner Stelle vorsichtig.«

»Was soll das denn jetzt heißen? Du kannst natürlich auch einen Pflichtverteidiger nehmen. Glaub mir, da gibt es hier in Leipzig wirklich ganz schlechte.«

»Du brauchst dich gar nicht um mich zu kümmern.«

»Weißt du, Bruderherz, so eine Maske macht aus dir keinen Superman.«

»Und ein Aktenordner macht aus dir keinen Staatsmann.«

Stefan-Alberto hatte genug. Er stand auf, ging zur Tür und klopfte. Dann drehte er sich noch mal um.

»Was ist mit Nadine?«

»Glaub mir, das willst du alles gar nicht wissen.«

122

Leipzig, 19.11 Uhr

Mein Kopf fühlte sich so an, als wäre er eine Metallkugel in einem Flipperautomaten. Von dem Moment an, in dem die volle Zugkraft der Spannfeder dich auf die geneigte Spielfläche schießt, bis zu dem Moment, in dem du das Spiel in der Lücke zwischen den Flipperhebeln verlässt, wirst du erbarmungslos hin- und hergeschleudert. Jeder Bumper vergrößert deine Not. Lass dich nicht von der kurzen Ruhe in den Holes täuschen, die katapultieren dich gnadenlos wieder raus. Und stelle dich darauf ein, wenn du langsam die Rampe auf die Backbox hochrollst, dass du doppelt so schnell runtersaust. Ein Tilt kann für die Kugel kurzfristig einen Segen bedeuten, zumindest so lange, bis sie wieder im Plunger angekommen ist, um dann erneut ins Spiel geschossen zu werden. Was für mich auf dem Jahrmarkt oder in einem Ferienheim an der Ostsee ein großer Spaß war, bereitete mir jetzt ernsthaften Verdruss. Ich war nah dran am Game over. Selten, dass ich so viele Ereignisse und Sinneswahrnehmungen verarbeiten musste. Occupy-Proteste mit Überfall auf einen Kongress in der Deutschen Bank. Weiterzug der Demonstranten in das Neue Rathaus. Überfall auf die Ratsversammlung, in der ein neuer Sozialbürgermeister gewählt werden sollte. Das Chaos im Ratssitzungssaal überträgt sich auf das gesamte Gebäude. Die Demonstranten laufen über sämtliche Stockwerke und sorgen für Angst und Schrecken. Ein Toter, gekleidet wie ein Demonstrant, wird im OBM-Büro entdeckt. Der Kampf mit dem Persönlichen Referenten. Der halb nackte Mann im Nebenzimmer. Die Verwüstung der Dienstzimmer des Oberbürgermeisters und des Sozialbürgermeisters. Der tote Hans-Ulrich Hohmeyer. Der in ein Krankenhaus eingelieferte Clemens Völker. Die Durchsuchung aller Räume im Neuen Rathaus und im Stadthaus. Der Einbruch in Hohmeyers Wohnung. Und als absoluter Jackpot mein Schulwissen über die Ereignisse im Jahr 1945 sowie meine Erinnerungen an Begebenheiten in den Jahren 1989 und 1991. Alles innerhalb von fünf Stunden. Ich zwang mich, alles auf zwei Fragen zu reduzieren: Wer hat Hans-Ulrich Hohmeyer getötet? War es Mord oder Totschlag? Morgen um 10.00 Uhr war Lagebesprechung. Dort musste ich die ersten Ermittlungsergebnisse bewerten und die Richtung bei der Suche nach dem Täter weisen.

»Sind Sie Kriminalhauptkommissar Hoffmann?«

Ein Mann, der aussah wie ein Lehrer, stand vor der Eingangstür zur Polizeidirektion an der Dimitroffstraße. Ich war so beschäftigt, dass ich im Autopiloten den kurzen Weg vom Neuen Rathaus zu meiner Dienststelle zurückgelegt hatte und nun einen Moment brauchte, um die Situation zu realisieren.

»Ja, das bin ich.«

»Mein Name ist Hartmut Lötzsch. Ich bin Leiter des Evangelischen Jugendzentrums Noah und Stadtrat. Ich möchte eine Aussage zu dem Mord an Hans-Ulrich Hohmeyer zu Protokoll geben.«

»Das freut mich, aber das hätten Sie längst bei meinen Kollegen erledigen können.«

»Ich weiß. Das hat man mir auch vorgeschlagen. Ich ziehe es aber vor, mit Ihnen direkt zu sprechen.«

Ich überlegte. Eigentlich hatte ich mich darauf gefreut, mich endlich hinzusetzen oder noch besser die Beine auf den Schreibtisch hochzulegen, einen Kaffee für die Lebensgeister zu trinken und einen kurzen Moment zu chillen. Sollte ich mir von diesem Stadtrat meine Pläne durchkreuzen lassen? Ich hatte schon ein »Kommen Sie bitte morgen noch einmal wieder« auf den Lippen, als mich der entschlossene und gleichzeitig traurige, zutiefst verstörte Gesichtsausdruck eines Besseren belehrte.

»Kommen Sie mit!«

Hartmut Lötzsch folgte mir in mein Büro und setzte sich an den kleinen quadratischen Tisch, während ich mich in meinen Bürostuhl fallen ließ und den Computer startete. Mir war sein Name entfallen. Ab morgen würde ich täglich den Lokalteil der LVZ lesen, damit ich nach und nach die kommunalpolitische Prominenz Leipzigs kennenlernte und verinnerlichte.

»Also Sie sind Herr?«

»Lötzsch. Hartmut Lötzsch. Ich bin seit 2004 Mitglied des Stadtrates.«

Das klang ein wenig beleidigt und ein wenig belehrend. Ich verspürte den Wunsch, den Vorgang abzukürzen.

»Wenn Sie einverstanden sind, Herr Lötzsch, dann mache ich mir Notizen, die ich als Soko-Leiter für meine Arbeit brauche. Für eine ordnungsgemäße Aussage bitte ich Sie, morgen wiederzukommen.«

»Ich bin jetzt hier, und ich mache meine Aussage. Was Sie dann damit anstellen, ist mir total egal. Ich weiß nur, dass ich nicht zweimal kommen werde.«

Du glaubst gar nicht, wie schnell und wie oft du hierher kommen wirst, wenn ich dich einlade, dachte ich mir.

»Wie Sie wollen. Ich denke, als Mitglied des Stadtrats ist es sicherlich in Ihrem Interesse, dass der Todesfall Hans-Ulrich Hohmeyer aufgeklärt wird. Dann sollten Sie die Ermittlungen kooperativ unterstützen.«

»Dafür bin ich jetzt da.«

»Also, was möchten Sie mir mitteilen?«

Ich hoffte inständig, dass der Herr Stadtrat jetzt nicht irgendwelches Blabla aus langweiligen Ausschusssitzungen referierte. Was er dann aber sagte, elektrisierte mich:

»Hans-Ulrich Hohmeyer hat einen Privatdetektiv engagiert, um seine Konkurrenten auszukundschaften.«

123

Leipzig, 22.35 Uhr

»Mann, siehst du scheiße aus.«

Michael Lenk war mehr Herzlichkeit und Anteilnahme im Umgang der beiden PR-Profis miteinander gewohnt. Diese Begrüßung spiegelte sicherlich den momentanen Zustand ihrer Partnerschaft unverblümt wider. Das Wort »Freundschaft« war ihm gar nicht mehr in den Sinn gekommen. Lenk schwieg, Henning Sieveking fuhr fort: »Richtig scheiße. Na, nun setz dich hin. Ein Whisky, und die Welt sieht wieder besser aus, was?«

»Ich nehme Schmerztabletten, deshalb musst du leider alleine trinken.«

»Alleine trinken? Dafür hätte ich nicht nach Leipzig fahren brauchen. Jetzt komm. Sei keine Memme. Wir haben doch etwas zu feiern!«

»Was genau?«

In diesem Moment kam ein Kellner des »Falco«, der Mutter aller Skybars in der Messestadt, zu ihnen an den Platz vor der großen Panoramascheibe. Beide gaben ihre Bestellung auf und der Seniorchef der SAM-Agentur ergriff das Wort: »Der Auftrag der EZB ist zur vollsten Zufriedenheit ausgeführt worden. Das Ergebnis übertraf die Erwartungen. Fast hätten sie mir ein singendes Glückwunschtelegramm geschickt.«

»Das sehen die wirklich so?«

»Na klar. Alle Welt weiß jetzt, wohin dieser abgrundtiefe und sinnlose Hass auf unser Finanzsystem führt. Die Occupy-Bewegung ist erst mal in der Defensive.«

»Und was sagen unsere Auftraggeber zu dem Toten?«

»Sehr bedauerlich. Ein echter Kollateralschaden. Aber der Hohmeyer wird nicht umsonst gestorben sein. Sein Tod wird Politik und Polizei sensibilisieren und wachsamer machen, und die hartgesottenen Linksterroristen werden sich für eine gewisse Zeit in ihr Schneckenhaus zurückziehen. Die Spaß- und Gelegenheitsterroristen kommen vielleicht zur Besinnung, bereuen ihren Irrweg und kehren um.«

»Du meinst das wirklich so, oder?«

»Na klar! Das war ein prima Ablenkungsmanöver. Ich habe erwähnt, dass du großen Anteil an diesem Erfolg hast. Sie werden sich erkenntlich zeigen. Da bin ich mir sicher.«

»Erkenntlich? In welcher Form?«

»Oh Michele. Jetzt gibt's du dich aber betont störrisch. Wir hatten doch mal darüber gesprochen. Eine kleine, schnucklige Talkshow im Spätprogramm von Phönix oder NTV. So ein bisschen mit wirtschaftsliberalem Touch. Du als Gastgeber. Die EZB würde sich in irgendeiner Form als Sponsor gewinnen lassen. Jetzt lach doch mal, auch wenn's wehtut.«

Schau an, der Capitano kann also doch noch freundlich sein, dachte Lenk. In seinem leutseligen Redefluss wurde der Ältere der beiden vom liefernden Kellner gestoppt. Standesgemäß hatte der Capitano Champagner geordert, Michele nahm mit Mineralwasser vorlieb.

»Prosit! Also mein Zeug prickelt, und deins?«, und ohne eine Antwort abzuwarten, redete der Capitano weiter: »Hinter die EZB-Kiste können wir jetzt einen Haken setzen. Wie geht es mit unserem Freund Völker weiter? Das war ja sozusagen der günstige Nebeneffekt, dass wir ihm noch ein paar Argumente zum Nachdenken geben konnten. Und Zeit zum Nachdenken hat er jetzt im Krankenhaus in Hülle und Fülle.«

»Wir können froh sein, wenn er jemals wieder klar denken kann. Brandis hat ihn wie ein Berserker traktiert. Ich weiß gar nicht, was in ihn gefahren ist.«

»Na, jetzt übertreib mal nicht. So ein Elektroschocker ist doch harmlos.«

»Harmlos? Der Irre ist auch auf mich damit losgegangen. Sag bloß, du findest das gut.«

»Michael, jetzt muss ich doch mal ernst werden. Du hast einen klaren Auftrag. Schon die Oberbürgermeisterwahl ging in die Hose. Völker ist wiedergewählt worden. Jetzt müssen wir ihn unbedingt stoppen. Da ist dem Dietmar halt der Elektroschocker ausgerutscht. Das kann im Eifer des Gefechts passieren. Du hast doch auch Druck auf Brandis ausgeübt.«

»Er sollte ihn aber nicht umbringen.«

»Ah, du wirst im Alter immer sonderbarer. Früher hättest du darüber gelacht und dem Völker eine Glühbirne in den Mund gesteckt, um zu sehen, ob sie nach der Energieübertragung leuchtet.«

»Ich bleibe dabei. Brandis ist ein Risiko. Du weißt schon, dass er trinkt und spielt, oder? Wir haben ihn nicht mehr unter Kontrolle.«

»Nicht mehr unter Kontrolle? Wer liegt denn auf der Intensivstation? Brandis! Er hat am meisten abbekommen – nun, nach Hohmeyer vielleicht. Und jetzt frage ich mich: Wer war das? Wer hat Brandis auf dem Gewissen? Wenn du es nicht warst, wer war es dann?«

»Gibt es einen Grund, warum du ihn in Schutz nimmst? Anscheinend kennt ihr euch von irgendwoher?«

»Das ist meine Sache. Aber du, lenk nicht ab. Hast du dir irgendeine studentische Hilfskraft angelacht? Damit du es weißt: Brandis bleibt im Umfeld des Oberbürgermeisters. Er ist die letzte Bombe, die hochgehen kann, bevor Völker in die Sächsische Staatskanzlei einzieht!«

»Deine Sache ist auch die Zukunft von Sewing?«

»Gut, dass du es ansprichst. Sewing geht dich noch weniger an. Und versuch ja nicht wieder, ihn aufzuspüren. Sewing ist in meiner Hand, und da bleibt er. Basta!«

»Du als Herr über Leben und Tod. Das ist doch größenwahnsinnig.«

»Mein lieber Michael, überleg dir genau, was du als Nächstes sagst. Du erlebst mich in einer positiven Grundstimmung, die aber schnell umkippen könnte.«

»Wie lange willst du ihn noch im künstlichen Koma halten?«

»Dann warst du also der ungebetene Gast! Jetzt weiß ich es! Sewing wird dahinvegetieren, solange er mir nützlich ist. Mit seinem Halbtod hatte er schon Einfluss auf Völker, wie wird Völker erst auf seinen Tod reagieren?«

»Vielleicht hat Völker seine Lektion gelernt?«

»Das war schon immer dein Problem. Du bist zu weich. Du bist zu schnell zufrieden. Du hast uns schon im Mai versichert, dass Völker sich selbst aus dem Rennen genommen hat. So ein Irrtum! Dann tritt er bei seiner Kollegin Oberbürgermeister in Chemnitz auf und hält eine fulminante Rede, und plötzlich sehen ihn alle wieder als kommenden Ministerpräsidenten. Die Leipziger Volkszeitung ist ja schon ganz high! Der Kennedy vom Pleißemühlgraben!«

»Sonst noch was?«

»Warum bist du so gereizt? Dafür hast du keinen Grund. Ich könnte gereizt sein.«

»Und warum?«

»Lass die Finger von Constanze. Meinst du, ich kriege das nicht mit?«

»Constanze ist erwachsen. Ich übrigens auch.«

»Du könntest ihr Vater sein!«

»Ich bin ihr Vater! Entschuldige, das war ein Scherz.«

»Du kleines, mieses Arschloch. Was bildest du dir ein? Das Erste, was ich nach ihrer Geburt getan habe, war, heimlich einen Gentest zu organisieren. War nicht einfach. Aber es war auch nicht einfach, ihre Mutter und dich auseinanderzubringen. Doch es hat geklappt. Sie konnte mir nicht widerstehen! Es hat vor allem deshalb geklappt, weil du so ein eitler und unzuverlässiger Pfau bist. Constanze ist mein Fleisch und Blut! Und du bist draußen. Du kannst dir den Bundestagswahlkampf und die Talkshow in deine silbernen Haare schmieren. Ab sofort bist du ein Rentner auf dem Abstellgleis. Verschwinde, du Arschloch!«

DONNERSTAG, 27. JUNI

124

Leipzig, 1.03 Uhr

»Guten Morgen!«

»Guten Morgen!«

»Du hast dich gar nicht gemeldet.«

»Nein, ich habe mich spontan entschieden, hierhin zu kommen. Da war es schon sehr spät.«

»Du hast auch die letzten Male nichts von dir hören lassen.«

»Woher willst du das wissen?«

»Carlo, wie lange wohnen unsere Familien hier nebeneinander?«

»Und ich dachte, ich wäre der Polizist.«

»Das hat nichts mit Polizei zu tun. Ich erkenne Geräusche und kann sie zuordnen. Du warst nicht allein.«

»Ja, Cora war da. Waren wir zu laut?«

»Keine Sorge. Wir haben den Fernseher lauter gestellt. Hast du das nicht gehört?«

»Nein, ich war wohl beschäftigt.«

»Wie lange willst du dich noch mit deiner Ex in der Wohnung von deiner Mutter treffen? Und wie lange willst du überhaupt noch hier wohnen bleiben?«

»Mir gefällt es hier. Es hängen jede Menge Erinnerungen dran. Außerdem kann ich sie mir mit dem DDR-Mietvertrag als Zweitwohnung leisten.«

»Ach, gib doch zu, dass du zu faul bist, die Wohnung deiner Mutter aufzulösen.«

»Nein, das stimmt nicht. Ich bin nicht faul, ich habe nur noch keine Entscheidung getroffen.«

»Was gibt es da zu entscheiden? Deine Mutter wird nicht zurückkehren. Sie ist in dem Pflegeheim gut aufgehoben. Du könntest mit dieser Wohnung zum Beispiel einer jungen Familie eine große Freude bereiten.«

»Es ist ein Teil meiner Jugend, meines Familienlebens, den ich noch nicht aufgeben möchte.«

»Genau, wie du Cora nicht aufgeben möchtest?«

»Wir sind geschieden. Wir haben eine Tochter und eine daraus resultierende Verantwortung.«

»Deswegen müsst ihr euch aber hier nicht heimlich zum Sex verabreden.«

»Warum nicht? Wir leben halt nur vom Tisch getrennt.«

»Sei froh, dass du sie los bist. Wahrscheinlich bist du aber jetzt wieder hoffnungslos in sie verknallt und schmiedest einen Plan, um sie zurückzuerobern.«

»Unsinn!«

»Mir kannst du nichts vormachen.«

»Bist du eifersüchtig?«

»Nein, aber ich habe ältere Rechte.«

»Ist das so? Was macht eigentlich dein Mann gerade?«

»Der schläft in seinem Zimmer tief und fest.«

»Nanu, dann seid ihr nur noch am Tisch vereint?«

»Quatsch, wenn ich Frühschicht habe, will ich ihn nicht wecken. Dann kann er ausschlafen. Diese Nacht wird er besonders gut schlafen.«

»Oh nein!«

»Oh doch!«

»Du hast ihm ein Schlafmittel verpasst.«

»Ein leichtes. Du weißt, es ist sehr hellhörig hier.«

»Machst du das jede Nacht?«

»Nur, wenn ich ungestört sein möchte.«

In diesem Moment beugte Sonja ihren Oberkörper nach vorne und schaute um die Trennwand herum auf den kleinen Nachbarbalkon. Und trotz ihres Alters war sie immer noch sehr attraktiv.

»Hi.«

»Hi.«

»Hast du etwas dagegen, wenn ich dir Gesellschaft leiste?«

»Nein, du hast ja bekanntermaßen die älteren Rechte.«

»Genau und die fordere ich mir jetzt ein. Öffnest du die Tür, wenn ich gleich bei dir klingle?«

»Ja, sicher.«

»Du bist doch noch nicht müde, oder? Und du hast doch auch noch Lust?«

»Klar.«

»Gut, dann gib mir eine Viertelstunde Zeit. Ich packe meine Sachen für die Schicht zusammen. Du übernachtest doch hier, oder?«

»Ja, das mache ich.«

»Fein, das muss ich ausnutzen.«

»Wann musst du los?«

»Gegen vier. Ist das okay?

»Ja!«

»Schön. Dann bis gleich.«

Sonja verschwand so plötzlich, wie sie aufgetaucht war. Die meisterhafte Deuterin der leisen und lauten Geräusche. Ich grinste. Ein verrückter Tag. Eigentlich müsste ich an meinem Vortrag feilen und dann versuchen, ausreichend erholsamen Schlaf zu finden. Aber ich bin zu aufgewühlt. Diese Wohnung von meiner Mutter, in die meine Familie in den 80er-Jahren eingezogen ist, ist mein Rückzugsort. Ja, ich bin faul. Aber ich habe mich auch noch nicht überwinden können, die

Habseligkeiten meiner Mutter auszuräumen und zu entsorgen. Dann wäre es endgültig vorbei. So habe ich immer noch einen Verstärker für meine Erinnerung und einen Rückzugsort. Und es ist praktisch. Cora wohnt um die Ecke. Selbstverständlich komme ich für den Unterhalt meiner Tochter auf und meinen gewohnheitsrechtlichen ehelichen Pflichten nach, wenn sie mich lässt. Meistens lässt sie mich, wenn ich ihr eine Extrazahlung in Aussicht stelle. Zum Beispiel, wenn in der Schule eine Klassenfahrt ansteht. Uns fällt immer etwas ein.

Ich schaute vom Balkon im zehnten Stock auf die wenigen erhellten Fenster in diesem Block an der Breisgauer Straße und etwas weiter hinten in den Blocks an der Mannheimer Straße. Es wirkte beruhigend auf mich. Weniger beruhigend war ein Fakt, an den mich Andreas Lambert meinte, erinnern zu müssen. Diese Wohnung barg mindestens ein Geheimnis. Kurz nach dem Einzug verstarb mein Vater plötzlich. Meine Mutter erlaubte etwas später, dass ein Zimmer unserer Wohnung als konspirativer Treffpunkt der Stasi genutzt werden konnte. Es war wohl verbunden mit einer regelmäßigen Zahlung. Außerdem stieg sie bei ihrer Arbeit auf. So entstand mein Kontakt zu der Firma. Als ich 18 Jahre alt wurde, unterschrieb ich eine handschriftliche Schweigeerklärung. Dieses Dokument müsste auf jeden Fall in meiner Stasi-Akte enthalten sein. Aber diese Akte ist bislang nicht aufgetaucht. Und das soll bitte schön auch so bleiben. Ich will nicht wissen, was darin alles über mich geschrieben steht.

Sonja ist eine treue Seele und eine einfühlsame »Lehrerin«. In den 80ern war sie mit ihrem Mann und ihren zwei Kindern hier nach Grünau in die WK4 gezogen. Sie war schon damals unkompliziert und anschmiegsam. Als Krankenschwester weiß sie zu beleben und zu heilen. Es kann nicht schaden, ihre Kraft und ihre Energie zu spüren und mich von ihr aufladen zu lassen.

Es klingelte.

125

Leipzig, 8.55 Uhr

Die Stille füllte das kleine Besucherzimmer und lastete bleischwer auf seinen Schultern. Er wusste, dass es an ihm war, das Schweigen zu beenden. Er hätte niemals gedacht, dass so viel Ungesagtes so viel Raum einnehmen konnte. Die Situation erinnerte ihn an einen Luftballon, der immer mehr Luft aufnimmt und dessen Hülle unendlich dehnbar ist. Irgendwann füllt der Luftballon den ganzen Raum aus. Wird er platzen, bevor er alle Anwesenden erstickt?

Der Aufseher von der Polizeidirektion räusperte sich. Gunter Bendix fragte sich, ob es eine zeitliche Begrenzung gab, so, wie beim Onlinebanking. Fünf Minuten kein Tastendruck und keine Mausbewegung würden dort für einen Abbruch der Transaktion sorgen. Kevin sagte aber auch nichts und schaute nur auf eine Stelle auf dem Tisch, der zwischen ihnen stand. Er hätte den Vornamen verhindern sollen. Wie sollte er dieses schwierige Gespräch beginnen, wenn er diesen Vornamen verwenden musste? Seine Mutter hatte das nicht bedacht. So, wie sie vieles nicht bedacht hatte. Zum Beispiel für Verhütung zu sorgen. Allerdings hatte er das auch nicht bedacht. War aber auch nicht seine vordringlichste Aufgabe. Hätte er gewusst, dass sie dem Jungen diesen Vornamen verpassen würde, dann wäre er eingeschritten. Vielleicht war es Absicht. Irgendwann, so ihr Kalkül, wird der leibliche Vater über diesen Vornamen stolpern, und dann würde es ihm leidtun. Aber sie hatte die Rechnung ohne den Wirt gemacht. Und er war ein erstklassiger Wirt. Kevin hin oder her.

»Kevin, ich vergebe dir.«

»Wie bitte?«

»Ja, ich vergebe dir. Du bist wütend. Das ist dein Recht. Das Recht der Jugend. Du bist wütend auf die ganze Welt. Auf die Schwierigkeiten, wenn hochbegabte junge Leute keinen Job finden. Wenn die Zeit für ihre Ideen noch nicht angebrochen ist. Wenn andere zu dumm oder zu eigensinnig sind und nicht deine Führungsqualitäten erkennen. Du bist wütend auf mich, auf Clemens, auf deine Mutter bestimmt auch. Auf die bin ich auch wütend. Ja, aber das erzähle ich dir ein anderes Mal. Also, du bist wütend, und ich vergebe dir.«

Kevin Fröhlich stand auf.

»Gunter, ich bleibe hier lieber noch ein bisschen drin.«

»Junge, ich vergebe dir, dass du mich zusammengeschlagen und hilflos liegengelassen hast, dass du mein Wohn- und mein Schlafzimmer vollgekotzt hast, dass du mir mein gesamtes Bargeld und meinen kleinen Pillenvorrat geklaut hast. Was willst du noch?«

Kevin gab dem Aufseher ein Zeichen, dass er zurück in seine Zelle wollte.

»Kevin, ich werde dir der Vater sein, den du dir immer gewünscht hast. Komm, wir schreiben alles auf. Die guten und die schlechten Aspekte, und dann diskutieren wir alles. Junge, mach dich nicht unglücklich. Ich stehe zu dir. Ich hole dich hier raus.«

Die Tür schloss sich hinter Kevin. Der Luftballon war geplatzt.

126

Leipzig, 9.58 Uhr

Der Polizeipräsident und der Oberstaatsanwalt setzten sich nicht an den Besprechungstisch, sondern wählten zwei Stühle an der Wand, mit denen sonst nur die Praktikanten oder die Zu-spät-Kommer vorliebnehmen mussten. Mit einer Geste bot ich ihnen einen Platz neben mir an, jedoch winkten beide ab. Komisch. Hatte ich bisher die Erfahrung gemacht, dass ich mein Lampenfieber immer besser in den Griff bekomme, je näher der erwartete Moment rückt, stieg das Thermometer jetzt unerwartet wieder an. Was sollte das? Distanzierten sie sich von etwas? Von mir? Eigentlich hatte ich in der letzten Nacht alles gegeben, um mich abzulenken, um nicht ständig an diese Lagebesprechung denken zu müssen. Nicht sich das Gehirn zermartern für Galerie-Sätze, auf die man im Ernstfall nicht mehr kam. Aber gut. Die beiden waren erwachsen genug, um zu wissen, was sie taten.

Ungefähr 20 Personen hatten sich im Besprechungsraum der Polizeidirektion eingefunden. Einige waren gestern schon im Einsatz gewesen, andere stießen heute mit dazu. Nach der Begrüßung stellte ich den Aufbau der Soko Rathaus vor und skizzierte die Aufgabenverteilung. Im Laufe des Tages wollte ich die Soko weiter auffüllen und durchaus in den anderen Einheiten wildern. Ich bat den Leiter der Soko Bank, die bisher bekannten Fakten von den Geschehnissen rund um den Finanzkongress zu schildern. Danach übernahm ich wieder.

»Nach meiner Information sind bei den Aktionen in der Deutschen Bank und im Neuen Rathaus insgesamt elf Personen in Gewahrsam genommen und polizeidienstlich behandelt worden. Dabei handelt es sich ausschließlich um Demonstranten. Hier ist es erforderlich, ihnen die verübten Straftaten eindeutig zuordnen zu können. Aufgrund des gewählten Dress-Codes nicht ganz einfach. Weiterhin wird versucht, anhand von Video- und Fotoaufnahmen Merkmale festzustellen, die der Identifizierung weiterer Straftäter dienen. Zwei Personen sind am beziehungsweise in der Nähe des Tatortes festgenommen worden. Beide werden heute noch dem Haftrichter vorgeführt. Dazu aber später mehr. Bei dem Opfer handelt es sich um den Sozialbürgermeister der Stadt Leipzig, Hans-Ulrich Hohmeyer, der sich just an dem Tag auf der Ratsversammlung der Wiederwahl als einer von drei Kandidaten gestellt hat. Nach der unfreiwilligen Unterbrechung der Ratsversammlung ist er nicht mehr gesehen worden. Das bedeutet, wir müssen herausfinden, wo er sich zwischen 14.40 und 15.10 Uhr aufgehalten, wen er getroffen, was er getan hat. Weiter ist zu klären, warum er im Büro des Oberbürgermeisters war. Übrigens: Clemens Völker war der Letzte, mit dem er gesprochen hat. Augenzeugen zufolge lief dieses Gespräch nicht besonders harmonisch ab. Geklärt ist mit einer hohen Wahrscheinlichkeit, dass der Overall und die Maske, die Hohmeyer getragen hat, von einer der Personen stammen, die wir am Tatort aufgegriffen und in Gewahrsam genommen haben. Dazu aber, wie gesagt, später mehr.«

Ein Blick in die Runde zeigte mir, dass die Kolleginnen und Kollegen aufmerksam zuhörten und meine ersten Schlussfolgerungen nachvollziehen konnten. Sehr schön.

»Der Obduktionsbericht liegt noch nicht vor. Was bisher feststeht, ist: Hohmeyer hatte eine Platzwunde am Kopf und Schnittverletzungen an den Händen, Handgelenken sowie an den Unterarmen, was auf Gegenwehr, auf einen Kampf schließen lässt. Wenn er sich den Overall oder die Maske nicht selbst übergezogen hat, bedeutet das, dass er es über sich hat ergehen lassen oder zu dem Zeitpunkt nicht handlungsfähig oder bereits tot war. Die Tatwaffe steht noch nicht eindeutig fest«, bei diesen Worten war ein erstauntes Raunen zu hören, »es gibt ein starkes Indiz dafür, dass der nicht funktionsgerechte Einsatz des Brieföffners, der in der Brust des Opfers steckte, zum Tod führte. Bewiesen ist das noch nicht. Ein Zeuge hat ausgesagt, dass sich auf dem Schreibtisch zwei ähnliche Brieföffner befunden haben. Von dem zweiten fehlt bis jetzt noch jede Spur. Kevin Fröhlich, der Persönliche Referent des Oberbürgermeisters, hat mit seiner Aktion dafür gesorgt, dass überwiegend seine Fingerabdrücke auf dem Schaft des vorgefundenen Brieföffners gesichert wurden.«

»Es könnte sich dabei auch um ein raffiniertes Ablenkungsmanöver handeln«, wandte der Polizeipräsident ein, »falls Herrn Fröhlichs Fingerabdrücke bereits auf dem Schaft waren, dann hat er im Nachhinein für eine überzeugende Begründung gesorgt.«

»Das ist richtig. Das werden wir beachten. Gibt es bis hierhin Fragen oder Anmerkungen? Nein? Okay. Der OBM-Trakt im zweiten Obergeschoss des Neuen Rathauses ist abgesperrt und wird bewacht. Die Tatortgruppe hat heute Morgen ihre Untersuchungen wieder aufgenommen. Die Arbeit wird dadurch erschwert, dass im OBM-Büro generell ein hoher Publikumsverkehr ist und wir es mit überdurchschnittlich vielen Spuren zu tun haben. Es ist auch nicht auszuschließen, dass eine größere Anzahl von Demonstranten durch die Diensträume gelaufen ist. Natürlich haben alle ihre Spuren hinterlassen. So sind in den Räumen, die sich an Völkers Büro anschließen, zum Beispiel Blätter von Unterschriftenlisten einer Bürgerinitiative gegen so genannte Rüpelradfahrer gefunden worden. Wir haben Hinweise darauf, dass diese erst in der wilden halben Stunde dorthin gelangt sein können. Ein Aktivist, ein gewisser Rüdiger Querfurth, hat während der Ratsversammlung auf der Besuchertribüne gesessen.

Herr Querfurth ist nach Unterbrechung der Ratsversammlung nicht mehr gesehen worden.«

»Ist eine Fahndung eingeleitet worden?«, meldete sich der Polizeipräsident vom hinteren Rand.

»Nein, noch schätzen wir Herrn Querfurth als Zeugen ein.«

»Status ändern, Fahndung einleiten!«

»Wird erledigt. Pfeffi, du kümmerst dich darum. Okay? So, weiter. Dass parallel zum Flur alle Dienstzimmer mit Türen untereinander verbunden sind, erleichtert es auch nicht, den Tathergang zu rekonstruieren. Kommen wir zu den Personen: Hans-Ulrich Hohmeyer. Neben der Frage nach dem Aufenthalt im eben genannten Zeitraum interessiert uns, was er im OBM-Büro wollte. War er mit jemandem verabredet? Mit dem Büronutzer zum Beispiel. Hat er etwas gesucht oder wollte er etwas übergeben? In welchem Zusammenhang steht sein Aufenthalt dort? Spielt die Sozialbürgermeisterwahl eine Rolle?«

»Das ist Spekulation«, bemerkte der Polizeipräsident.

»Natürlich. Es ist eine Möglichkeit.«

Was war in meinen Chef gefahren? Es sah ihm gar nicht ähnlich, dass er meinen Vortrag so oft mit seinen Bemerkungen würzte. Ein wenig irritiert fuhr ich fort: »Weiterhin mussten wir feststellen, dass Unbekannte sowohl in das Dienstzimmer des Sozialbürgermeisters als auch in dessen Privatwohnung eingedrungen sind. Es sind Sachen durchwühlt und beschädigt worden. Ob Gegenstände entwendet wurden, ist noch offen. An dieser Stelle möchte ich anmerken, dass der Getötete einen Privatdetektiv beauftragt hat, seine beiden Kontrahenten auszukundschaften. Hier könnte ein Motiv …«

»Warum ist uns das bislang vorenthalten worden?«

»Der Zeuge hat sich erst gestern Abend in der Direktion gemeldet.«

»Liegt denn ein Protokoll der Zeugenaussage vor?«

»Nein, das wird heute nachgeholt.«

Der Polizeipräsident schwieg daraufhin. Das war schlimmer, als wenn er mich kritisiert hätte.

»Es könnte also ein Motiv sein, dass es über die anderen Kandidaten möglicherweise belastendes Material gibt.«

»Wenn dem so wäre, warum hat Hans-Ulrich Hohmeyer dieses Material dann nicht genutzt? Wahrscheinlicher ist doch, dass der Detektiv gar nichts herausgefunden hat. Siegmund Jähnig und Dr. Nadine Storl sind angesehene, beliebte und erfolgreiche Führungskräfte in unserer Stadtverwaltung. Ich kann mir nicht vorstellen, dass sie ein dunkles Geheimnis haben. Und mit Verlaub: Hans-Ulrich Hohmeyer ist ein Ehrenmann und kein Erpresser. Ihre Schlussfolgerungen gehen mir hier zu weit, Hoffmann.«

Ich empfand diese Einlassung als ungerecht. Lohnte sich eine Diskussion? Nicht vor versammelter Truppe. Ich beschloss, diesen Vortrag zu beenden, abzuwarten, bis die beiden Juristen den Raum verlassen hatten, und dann noch ein paar verbale Fußnoten anzufügen.

»Auf jeden Fall werden wir den Privatdetektiv befragen. Neben Kevin Fröhlich, dem Persönlichen Referenten, haben wir Andreas-Mario Schubert in Tatortnähe aufgefunden und in Gewahrsam genommen. Schubert ist Student und in diversen politischen Gruppen aktiv. Gentrifizierung, Hausbesetzerszene, Globalisierungs- und Wachstumskritik, Zivilklausel, also die Anti-Kriegsforschung – überall war er aktiv. Keine Feier ohne Meier. Ob er zu den beiden Demonstranten gehört, die Völkers Vorzimmerdamen vertrieben haben, steht bislang noch nicht fest. Schubert befindet sich noch im Krankenhaus in der JVA und verweigert bislang jede Aussage. Wie wir mittlerweile festgestellt haben, gibt es einen interessanten Anknüpfungspunkt zum Oberbürgermeister. Dessen Planungsstabsleiter ist nämlich der Bruder: Stefan-Alberto Schubert. Ebenso interessant ist ferner, dass dieser Bruder offenbar mit Dr. Nadine Storl eng befreundet ist, also der Gegenkandidatin des Opfers.«

»Was heißt das ›eng befreundet‹?«

»Die uns vorliegenden Informationen sind nicht ganz eindeutig. Manche bezeichnen sie als Liebespaar. Ich bin deshalb etwas vorsichtig.«

»Liebespaar. Soso. Was folgern Sie daraus?«

»Zumindest stand Schubert zu der Gegenkandidatin von Hohmeyer in einer persönlichen Beziehung. Ein Fakt, dem wir nachgehen müssen.«

Ich wartete auf eine Bemerkung des Polizeipräsidenten. Als die ausblieb, fuhr ich zusammenfassend fort:

»Wir konzentrieren unsere Ermittlungen auf folgende Punkte: Warum war Hohmeyer im OBM-Büro? Wurde er zufällig ein Opfer? Oder gab es einen Vorsatz? Galt der Übergriff mit Todesfolge ihm oder jemand anderem? Wir werden hierzu zeitnah Oberbürgermeister Völker befragen. Er befindet sich stationär in der Uniklinik. Es gibt zurzeit keine Anzeichen dafür, dass er nach Verlassen der Ratsversammlung – übrigens in Begleitung seines Büroleiters – noch in seinem Büro war. Andererseits trug er ebenso wie Dietmar Brandis einen Overall und eine Maske. Hier stellt sich mir die Frage, wie er an diese Gegenstände gekommen ist. Das Rathaus betreibt ja schließlich keinen Kostümverleih. Weitergedacht: Könnten die beiden Demonstranten, die die Sekretärinnen bedrängt haben, Völker und Brandis gewesen sein?«

»Vorsicht, Hoffmann, Vorsicht! Das ist ganz dünnes Eis! Herr Völker ist doch an der City-Tunnel-Station in einem sehr medizinisch-kritischen Zustand aufgefunden worden. Bevor wir den Oberbürgermeister mit dem Todesfall in einen Zusammenhang bringen, sollte mit der Stoppuhr geklärt werden, ob er in der kurzen Zeit überhaupt den Weg hätte zurücklegen können, wenn er zuvor in seinem Büro gewesen wäre. Das erspart uns eine peinliche Befragung und kommunalpolitischen Ärger.«

»Ich bleibe dabei: Wenn wir den Grund Hohmeyers kennen, warum er sich im OBM-Büro aufgehalten hat, haben wir den Schlüssel zum Täter. Außerdem hat Völker zuletzt mit Hohmeyer im Ratssitzungssaal gesprochen. Ihn zu befragen, ist dringend geboten.«

»Ja doch, Hoffmann! Aber muss es im Krankenhaus sein? Der Mann hat schwere Verletzungen davongetragen. Lassen Sie ihn erst mal wieder auf die Beine kommen. Was wissen wir denn über diese Verletzungen? Warum wird er stationär behandelt? Es gab doch Drohbriefe gegen ihn. Möglicherweise ist er auch ein Opfer geworden.«

»Das wissen wir nicht, deshalb müssen wir ihn auch dazu befragen. Eine Anzeige hat er jedenfalls bis jetzt noch nicht erstattet. Wir werden uns an den früheren amerikanischen Konsul wenden, der ja ebenfalls die Brieföffner in der amerikanischen und der sächsischen Variante besitzt, um ein Foto des vermissten Brieföffners zu erhalten.«

»Um Himmels willen. Sorgen Sie aber dafür, dass es zu keinen diplomatischen Verwicklungen kommt. Kein Schritt ohne Interpol, hören Sie?«

Ich merkte, wie mir der rote Faden mehr und mehr entglitt. Das Verhalten meines oberen Chefs war sehr merkwürdig. Es kam mir vor, als ob er bewusst überkritisch reagierte. Was war sein Ziel? Ich wollte jetzt nur noch die Lagebesprechung beenden und meine Arbeit fortsetzen.

»Gut, wir werden darauf achten. Ich bin überzeugt, wer im Besitz des fehlenden Brieföffners ist, kann uns sagen, wer der Täter ist. Gibt es Fragen?«

Der Oberstaatsanwalt stand auf und knöpfte sein Jackett zu.

»Haben Sie schon Kontakt zum Staatsschutz aufgenommen?«

»Nein, warum?«

»Nun, die Stürmung der Veranstaltung in den Räumen der Deutschen Bank hatte einen politischen Hintergrund. Die Personen, die dies getan haben, sind identisch mit denjenigen, die die Ratsversammlung gesprengt haben. Ich sehe beide Vorfälle in einem starken Zusammenhang. Sie sollten nicht getrennt, sondern in einem Komplex behandelt werden. Einer der beiden Tatverdächtigen ist Aktivist in der linken Szene. Eine Zusammenarbeit mit dem Staatsschutz ist auch deshalb angezeigt. Und gerade bin ich informiert worden, dass ein Bekennerschreiben auf der linksextremistischen Plattform Indymedia eingegangen ist. Eine bisher nicht bekannte Aktionsgemeinschaft AG Zahltag übernimmt die politische Verantwortung für den Mord an Hans-Ulrich Hohmeyer. Hohmeyer wird als hervorgehobener Repräsentant des neoliberalen, kapitalistischen, menschenverachtenden Systems angesehen. Sein Tod sei verdient. Die Echtheit dieses Schreibens wird zurzeit geprüft. Die Initiale von Zahltag ist in der Form des Zorro-Zs gezeichnet. Zorro und Guy Fawkes, dem die Maske gewidmet ist, sind beide Rächer, Brüder im Geiste. Ich habe mich deshalb entschlossen, die Ermittlungen dem Landeskriminalamt zu übertragen. Herr Hoffmann, Ihnen und Ihrem Team danke ich sehr. Ich bitte Sie, Ihre bisherige Arbeit zu dokumentieren und die Übergabe zügig vorzubereiten. Guten Tag!«

127

Leipzig, 10.13 Uhr

»Hey Nadine, jetzt warte doch!«

Kaum hatte die Justiziarin Stefan-Alberto Schubert auf dem Flur entdeckt, machte sie auf dem Absatz kehrt und steuerte den Ausgang am Burgplatz an. Mit ihren hochhackigen Schuhen trippelte sie geschickt die Treppe runter, verlor dann aber entscheidende Sekunden im Außenbereich des Ratskellers. Zwischen den Stühlen, Tischen, Schirmen und Weinfässern gab es kein schnelles Durchkommen. Stefan-Alberto hatte sie eingeholt.

»Was ist denn los? Warum läufst du mir davon?«

»Was los ist? Ein Mensch ist tot. Weißt du, wie das ist, wenn man einen Toten sieht? Vor allem, wenn derjenige kurz zuvor noch quicklebendig dein Gegenkandidat war. Vielleicht wollen sie mich als Nächste abmurksen. Ich bin auch eine hohe Repräsentantin der Stadt.«

»Hey, komm doch mal her.«

Nadine blockte sämtliche Umarmungsversuche ihres Freundes ab.

»Kann ich irgendetwas für dich tun?«

»Nein! Oder doch! Lass mich einfach für die nächste Zeit in Ruhe!«

»Aber warum denn?«

»Es ist alles so furchtbar, so furchtbar traurig und so furchtbar sinnlos«, Siegmund Jähnig stand plötzlich zwischen ihnen, so als hätte Scotty ihn vom Raumschiff runtergebeamt, »Hans-Ulrich Hohmeyer ging viel zu früh von uns.«

Die Blicke von Nadine und Stefan-Alberto begegneten sich. Was mochte nur in den schärfsten Konkurrenten vom Sozialbürgermeister gefahren sein?

»Er war ein guter Mensch und Vorgesetzter. Das Herz immer am rechten Fleck.«

Nadine fand, dass der schöne Siggi sprach, als ob ein Zufallsgenerator die Wörter für seine Sätze aussuchte.

»Es sollten alle Zwistigkeiten ruhen. Einfach innehalten und bedenken, wie kurz und kostbar unser Leben ist. Wie heißt es doch so treffend auf unserer Rathaus-Uhr: Mors certa, hora incerta. Der Tod ist gewiss, die Stunde ungewiss. Wie wahr! Jetzt hat uns der alte Knabe eine Erfahrung voraus.«

Mit den letzten Worten schaute der Doppel-Amtsleiter Nadine beschwörend an.

»Frau Dr. Storl, gewissermaßen teilen wir uns ein Schicksal. Wenn Sie mit jemandem reden möchten, zögern Sie nicht, auf mich zuzukommen. Wenn Sie lieber schweigen möchten, werde ich das sicherlich akzeptieren.«

Er nahm ihre Hand und deutete einen Handkuss an.

»Ahoi!«

Nadine und Stefan-Alberto schauten Siegmund Jähnig hinterher, bis er um die Rathausecke entschwunden war. Nadine schüttelte den Kopf. Bei dieser Bewegung fielen ihren Augen zwei Dinge besonders auf. Die Fassadenfigur »Steuermoloch« am Eckstrebepfeiler des Rathauses, die einen Bürger verschlang, und auf dem Brunnen vor dem Rathaus die Figur des Rattenfängers, wie er mit seiner Flöte Kinder erst ver- und dann entführte. Aber wer von den beiden Männern hier war der Moloch, wer der Rattenfänger?

»Läuft da was zwischen euch?«

»Ihr könnt mich alle mal.«

Mit diesen Worten setzte Nadine ihre Flucht fort.

128

Leipzig, 10.27 Uhr

Zeit. Wie viel Zeit bleibt mir noch? Nicht für mein irdisches Leben, sondern für die Aufklärung dieses Falles. Ich nahm die Entscheidung des Oberstaatsanwalts gelassen entgegen. Zu oft hatte ich schon Entscheidungen hinnehmen müssen, die nur von Menschen mit ein paar Gehaltsgruppen mehr verstanden werden konnten. Mich schockte das nicht mehr. Häufig wurde mir dabei die Ereigniskarte »Staatsschutz« auf das Spielbrett gelegt. *Gehen Sie direkt ins Gefängnis.* Das war dann auch mein nächster Gedanke.

Ich fühlte mich nicht in meiner Ehre verletzt und meine Eitelkeit war auch nicht gekränkt. Als Kriminalbeamter ist man mal Figaro hier, mal Figaro dort. Mir geht es um Gerechtigkeit. Und mein Eindruck war, dass hier sehr rasch etwas konstruiert werden sollte, um einen möglichst schnellen Ermittlungserfolg verbuchen zu können. Deshalb wollte ich mit Andreas-Mario Schubert sprechen, der noch im Knastkrankenhaus in Dösen versorgt wurde. Und außerdem wusste ich nicht, wann ich den Fall übergeben musste. Deshalb wählte ich als erste Station vorsorglich den Ort mit der größten Anfahrtszeit aus, als ich mir ohne Anmeldung die Schlüssel für ein Dienst-Kfz schnappte.

Als ich im Besuchsraum dem jüngeren Schubert begegnete, trug er schon sein Opfer-Jackett. Es passte perfekt. Ein politischer Hintergrund, eine verworrene Lage, ein Verdächtiger am Tatort, ein junger Mann, beseelt mit den richtigen Idealen, aber besessen von den falschen Ideologien.

»Guten Tag, mein Name ist Hoffmann. Ich bin Kriminalhauptkommissar und leite die Soko Rathaus. Ich möchte Sie zu den Ereignissen gestern im Rathaus befragen.«

Schubert schaute mich ausgewählt gelangweilt an.

»Sie können Ihre Aussage verweigern. Das ist Ihr gutes Recht. Aber glauben Sie mir, Sie verbessern Ihre Situation nicht, wenn Sie schweigen. Zumal sich die Ermittlungen, so glaube ich, in eine bestimmte Richtung verfestigen, die Ihnen nicht recht sein kann.«

Schubert streckte die Beine aus und lümmelte sich in seinem Stuhl. Wenn ich ihm sagte, dass ich nicht mehr lange Soko-Chef sei, hielte er mich erst recht für eine »lame duck«. Also schummelte ich ein wenig.

»Aufgrund der politischen Proteste gegen Finanz- und Kommunalpolitik und des Todesfalles eines Kommunalpolitikers werde ich mit dem Staatsschutz kooperieren müssen. Ich bin aber überzeugt, dass das Motiv für den Todesfall nicht auf dieser Ebene zu suchen ist. Deshalb kann ich Ihnen nur empfehlen, mit mir zu sprechen, bevor Sie der Staatsschutz in die Mangel nimmt und Sie als politischen Gefangenen behandelt.«

Schubert schaute kurz auf, schien aber überwiegend unbeeindruckt zu sein.

»Es gibt ein Bekennerschreiben auf Indymedia. Sie kennen sicherlich diese Internetplattform.«

Schubert schaute auf. Das interessierte ihn.

»Gehören Sie der Gruppe ›Cleanup-Times‹ an?«

»Allerdings.«

»Und Sie haben sich auf die Fahnen geschrieben, gegen diese kapitalistische, neoliberale, menschenverachtende Gesellschaftsform vorzugehen? Und haben an Hans-Ulrich Hohmeyer ein Exempel statuieren wollen?«

»Warum nicht?«

»Warum gerade an ihm?«

»Persönliches Pech. Falscher Ort, falsche Zeit. Aber mehr sage ich auch mit meinem Anwalt nicht.«

Damit schien für Schubert das Gespräch beendet zu sein.

Er stand auf und klopfte an die Tür, damit er abgeholt wurde und wieder in sein Krankenzimmer gehen konnte.

»Herr Schubert! Hören Sie mir bitte genau zu. Sie sind kein Mörder. Aber jemand will sie eventuell als Sündenbock ausnutzen. Merken Sie sich bitte meinen Namen: Kriminalhauptkommissar Carlo Hoffmann. Wenn Sie Hilfe brauchen, wenden Sie sich bitte an mich.«

Er schaute mich kurz an, dann verließ er den Raum.

129

Leipzig, 10.34 Uhr

Sonja wollte immer schon mal den Oberbürgermeister kennenlernen. Clemens Völker war ein gut aussehender Mann, wie sie fand. Ein Mann, der dieses Amt ausfüllte und die Stadt eindrucksvoll repräsentierte. Bislang kannte sie ihn lediglich von Plakaten oder aus den Nachrichten, wenn ihr mal auf der Station eine Tageszeitung in die Hände fiel. Es war sicherlich kein glücklicher Zufall, dass er in die Uniklinik und zumal in die Neurologie eingeliefert wurde. Nerven waren kompliziert. Aber sie empfand es als eine angenehme Aufgabe, einen Promi und dann auch noch den Oberbürgermeister versorgen zu dürfen. Die linken Demonstranten hatten ihn übel zugerichtet. Mit einem Elektroschocker! Der Chefarzt schätzte ein, dass das Gerät gezielt als Waffe eingesetzt und bei der Qual bewusst eine tödliche Folge in Kauf genommen wurde. Das ging zu weit. Das durfte sich der Staat nicht gefallen lassen.

Clemens Völker hatte aber eine gute Konstitution. Das konnte sie bei der Körperpflege schon feststellen. Er würde sicherlich bald wieder auf die politische Bühne zurückkehren. Als sie zwischendurch unter einem Vorwand zu ihm in das Zimmer wollte, war seine Gattin gerade da. Offensichtlich herrschte eine gereizte Stimmung. Sie schaute schnell auf das Krankenblatt am Fußende des Bettes und schnappte sich das Tablett mit den Frühstücksresten. Beim Verlassen des Zimmers ließ sie die Tür einen Spalt weit offen, sodass sie hören konnte, um was es ging. Dem Oberbürgermeister fiel das Reden immer noch schwer.

»Ich schmeiße Kevin raus. Hätte niemals auf Bendix hören dürfen.«

»Das wirst du nicht tun. Er ist ein junger Mann. Er kann und darf auch Fehler machen.«

»Fehler? Er hat sich der Polizei widersetzt. Hat sich in meinem Büro in meinem Namen wie ein Vollidiot benommen. Er hat einen Teil der bereits abgegebenen Stimmzettel manipuliert. Er hat die Totenruhe gestört. Was soll er noch alles anstellen?«

»Stell dir vor, er könnte unsere Tochter verführen.«

»Was?!«

»Keine Sorge, ich konnte das verhindern.«

»Was ist passiert?«

»Tja, wie soll ich dir das schonend beibringen? Eigentlich sollte es unser Geheimnis bleiben.«

Clemens Völker sagte kein Wort.

»Ich habe es getan. Ich habe mich revanchiert. Und es tut mir nicht leid, kein bisschen.«

Martina Felske-Völker setzte sich an den Bettrand und streichelte ihrem Mann durch das Haar.

»Es war nicht geplant, passierte zufällig. Eine schöne kleine Liebesgeschichte zwischen einem jungen Mann und einer reifen Dame. Keine Sorge, es wird sich nicht wiederholen. Du solltest aber Verständnis dafür haben, dass ich möchte, dass Kevin bei dir eine zweite Chance erhält. Denk mal drüber nach.«

Völkers Ehefrau stand auf. Höchste Zeit für Sonja, sich zurückzuziehen. So hatte sie sich die OBM-Gattin nicht vorgestellt. Mitleid für Völker und Bewunderung für seine Frau hielten sich bei ihr die Waage. Carlo würde das sicherlich interessieren.

130

Leipzig, 11.05 Uhr

Andreas-Mario Schubert hatte sich selbst in eine üble Situation manövriert. Offensichtlich gefiel er sich in der Rolle des politischen Märtyrers. Auch wenn er selbst gar nicht der Täter war, konnte er mit seinem Schweigen die Mär vom politischen Mord aufrechterhalten. Wem nützte das? Nun, in seinen Kreisen konnte er Aufmerksamkeit, Respekt, wenn nicht sogar Bewunderung erwarten. Vielleicht wollte er insbesondere seiner Freundin imponieren. Aber für welch hohen Preis? Indem Andreas-Mario angab, dass er die von mir ausgedachte Gruppierung »Cleanup-Times« kannte, hatte er zu verstehen gegeben, dass weder ein Mord geplant war noch eine linksterroristische Gruppe dahintersteckte. Ich musste mir nachher überlegen, wie ich ihm helfen konnte.

Als ich wieder in der Kriminalinspektion eintraf, werteten Rocco und Pfeffi gerade das vorhandene Foto- und Videomaterial aus. Beide wussten nicht so recht, wie sie sich mir, dem Soko-Leiter auf Abruf, gegenüber verhalten sollten. Aber mir ging es gut. Sie mussten sich keine Sorgen machen. Ich war voller Energie und Tatendrang.

»Lasst mal schauen.«

Rocco breitete auf dem Tisch die Fotos aus, die der LVZ-Fotograf auf der Besuchertribüne während der Ratsversammlung aufgenommen hatte.

»Obwohl die Wahl des Sozialbürgermeisters anstand, waren nicht viele Bürger auf der Tribüne. Alles sehr übersichtlich. Den Herrn kennen wir. Rüdiger Querfurth, der Rüpelradler-Aktivist, der eine Unterschriftenliste überreichen wollte. Da auf dem Pult liegt der Stapel. Die Blätter haben wir dann in den hinteren Räumen des OBM-Büros gefunden«, erklärte Rocco.

»Pfeffi, hast du Querfurth schon zur Fahndung ausgeschrieben?«

»Fahndung läuft!«

»Sehr gut. Mir kommt der Typ bekannt vor. Ist der schon mal erkennungsdienstlich behandelt worden.«

»Nein, bislang gehört er eher zu unseren ›Auftraggebern‹, weil bestimmt kein Quartal vergeht, in dem er nicht irgendeine Anzeige – und wenn es gegen Unbekannt ist – stellt«, wusste Pfeffi zu berichten.

»Wer ist der Mann neben ihm?«

»Martin Kutschera, ehemaliger Hausmeister, jetzt im Ruhestand. Vielleicht erinnerst du dich. Als wir im Rundling Befragungen zu dem Neonazi gemacht haben, da bin ich doch mit einem Ehepaar intensiver ins Gespräch gekommen.«

»Du hast ihnen die Haare vom Kopf gefressen. Gute Observation, Pfeffi! Und jetzt weiß ich auch, woher ich Querfurth kenne. Ich war ein paar Tage später im St.-Elisabeth-Krankenhaus, um den Neonazi zu befragen. Da lungerte Querfurth am Empfang herum und erkundigte sich nach diesem … wie hieß er noch …«

»Grumlich.«

»Ja, Grumlich, danke. Ich stellte ihn zur Rede, wo er denn hinwolle, woher er das mit dem Überfall wisse. Und da sagte er, er hätte es in der Zeitung gelesen, aber wir hatten doch eine Pressesperre verhängt. Da war er mir also schon mal sehr verdächtig. Allerdings ist er ausgerissen und weggelaufen.«

»Dir ist mal einer davongelaufen? Unglaublich.«

»Ja, auch ich habe mal eine schwache Sekunde. Aber wie es halt so ist im Leben: Man sieht sich immer zweimal.«

»Kutschera könnte es ihm gesagt haben. Die zwei sind wohl befreundet. Ich traf beide im Gleis 8.«

»Du gehst ins Gleis 8? Aber du rauchst doch gar nicht.«

»Ich kann ins Gleis 8 gehen, wie ich lustig bin.«

»Ich habe ja auch nichts dagegen. Ich wollte es nur erwähnen. Also, die zwei sind gut befreundet. Dann wird Kutschera vielleicht wissen, wo Querfurth sich aufhält. Eventuell hat er bei ihm Unterschlupf gefunden. Und die Grumlich-Sache, die sortieren wir uns mal auf dem Stapel ganz nach oben. Weiter, Rocco. Was hast du noch?«

»Hier. Kutschera winkt einem anderen Mann zu. Der ist leider etwas unscharf.«

»Sieht eher aus wie ein Politiker. So eine Art ›elder statesman‹. Nicht unbedingt der Umgang eines Aktivisten und eines Hausmeisters. Versuch mal, ihn schärfer zu bekommen. Und ich will, dass wir möglichst von allen Personen, die auf den Fotos zu erkennen sind, die Namen herausbekommen.«

»Sollen wir das jetzt noch machen? Wir übergeben doch heute den Fall,« Pfeffi betonte besonders das Wort »wir«.

»Das ist richtig. Aber die Kollegen vom Staatsschutz freuen sich, wenn wir gute Vorarbeit leisten.«

»Sonst bist du nicht so zuvorkommend.«

»Besondere Umstände verlangen besondere Taten – alter Pfadfindergrundsatz.«

»Zwar ist der City-Tunnel noch nicht eröffnet, aber die Leipziger Verkehrsbetriebe haben gerade die Videoaufzeichnung vom Bahnsteig an der Station ›Leuschner-Platz‹ im Probebetrieb. Es hat nicht die beste Qualität, ist auch nur schwarz-weiß. Aber wir sehen hier, wie zwei Demonstranten aus der Richtung ins Bild laufen, in der der Ausgang vom sagenhaften Safe Room liegt. Wir können uns die Sequenz anschauen, in der sie den Bauarbeitern den Notfall mit Völker und Brandis melden«, schlug Pfeffi vor.

»Okay.«

Pfeffi spielte die Sequenz mehrfach vor und zurück. Es war nach den Angaben auf dem Schwarz-Weiß-Video, der 26. Juni, 16.11 Uhr. Zwei Personen, maskiert und in dunklen Overalls, gingen eilig in das Bild. Einer humpelte stark. Sie sprachen zwei Bauarbeiter an, zeigten mit dem Arm zu der Ausgangstür vom Safe Room und suchten dann das Weite, ohne dass die Bauarbeiter sie daran gehindert hätten.

»Das ist Pech, dass sie nicht festgehalten worden sind. Also suchen wir jetzt vier tatverdächtige Demonstranten. Wie der Polizeichef schon erkannt hat, weder Völker und Brandis noch diese beiden Demonstranten können in dem kurzen Zeitraum an beiden Orten gewesen sein. Haben wir eigentlich den Elektroschocker gefunden?«

»Nein, die Bereitschaftspolizei hat alles abgesucht«, antwortete Rocco.

»Die beiden Personen könnten dieses Gerät mitgenommen haben«, brachte sich Pfeffi ein.

»Wenn sie mit dem Anschlag auf Völker und Brandis etwas zu tun haben, ja.«

»Davon gehen wir doch mal aus, oder?«

»Übrigens, die Bepo hat auch keine weiteren Overalls oder Masken gefunden«, warf Rocco ein.

»Das bedeutet?«

»Da unser Kevin ausgesagt hat, dass Völker und Brandis sich auch wie die Demonstranten verkleidet und wir sie aber nicht verkleidet, sondern sogar mit ausgezogenen Schuhen angetroffen haben, müssen die zwei deren Maskierung übernommen haben.«

»Also ursprünglich keine Demonstranten. Sehr gut, Rocco!«

»Es sei denn«, überlegte Pfeffi laut, »unsere zwei Personen hätten jeweils zwei Overalls und Masken übereinander getragen, um uns zu täuschen.«

»Natürlich, Pfeffi.«

»Ja, ausschließen soll man doch gar nichts, oder? Das sagst du doch immer.«

»Hat eigentlich Völker schon Anzeige erstattet?«

»Bislang nicht«, sagte Rocco.

»Gut, dann werden wir von Amtswegen nach den beiden fahnden. Auch wenn wir demnächst den Fall abgeben.«

»Alles klar, Carlo. Wo willst du jetzt hin?«

»Ich muss noch mal los.«

131

Leipzig, 11.09 Uhr

Bald müsste er doch kommen. Martin Kutschera schob sich zum wiederholten Mal den Ärmel der Strickjacke hoch, um auf seine Armbanduhr zu schauen. Bevor sie gestern auseinandergegangen waren, hatte Michael Lenk ihm noch diesen Treffpunkt genannt: der Bäckerei-Pavillon zwischen den Gleisen 23 und 24. Er solle ab 11.00 Uhr da sein, einen Kaffee und irgendein Teil bestellen, sich an einen Stehtisch stellen und durch die großen Glasscheiben die oberste Etage des Hauptbahnhofes beobachten. Es sei nicht auszuschließen, dass sich ihm irgendjemand an die Fersen heften würde. Nun stand der ehemalige Hausmeister an einem Stehtisch, trank aus einer Tasse und knabberte an einem Rosinenbrötchen. Bald war die Tasse leer und die letzte Rosine gegessen. Dann fiele es auf, dass er immer noch in dem Pavillon ausharrte. Was ihn aber eigentlich nervös machte, war, dass Margit pünktlich um 12.00 Uhr das Mittagessen servierte. Bis dahin musste er unbedingt wieder am Rundling sein.

»Sind Sie Herr Kutschera?«

Die Bedienung hinter dem Tresen hatte ihn angesprochen und hielt ein Handy in die Höhe.

»Ja.«

»Ein Anruf für Sie!«

Verdutzt nahm er den Apparat entgegen.

»Kutschera.«

»Guten Tag, Herr Kutschera. Hier ist Lenk. Alles in Ordnung?«

»Das müsste ich Sie eigentlich fragen. Mir geht es gut. Und Ihnen?«

»Unkraut vergeht nicht. Was haben Sie mit dem Elektrogerät gemacht?«

»In Einzelteile zerlegt und in das Elsterbecken entsorgt.«

»Einmal Tüftler, immer Tüftler was?«

»Ja, obwohl man als Hausmeister eher das Reparieren von Gegenständen lernt.«

»Und die anderen Sachen?«

»Ich habe einen polnischen Freund, der unter der Woche in Leipzig auf Baustellen arbeitet. Der hat sich sehr gefreut. Und für seine Kinder hat er noch ein Spielzeug mitgenommen.«

»Sehr gut!«

»Und selbst?«

»Ich bin eben kurz in einen Zug gestiegen, der ein wenig Aufenthalt hatte. Im Gepäcknetz war noch etwas Platz. Wenn Sie aus dem Bäckerei-Pavillon hinaussehen, können Sie irgendetwas Verdächtiges feststellen?«

»Nein, da ist niemand.«

»Gut, dann gehen Sie zum Museumsgleis 24. Hinter dem Mahnmal für die Deportierten sehen Sie schon die Museumszüge. Vor der Dampflok ist ein Aufzug für das Parkdeck. Steigen Sie ein und fahren Sie ganz runter. Ich warte unten auf Sie und steige ein. Ich werde Ihnen einen Umschlag überreichen, den Sie möglichst schnell wegstecken sollten. Ist ein bisschen Aufwandsentschädigung und etwas für die Reisekasse von Herrn Querfurth. Sie steigen aus. Ich fahre mit dem Aufzug auf das mittlere Parkdeck. Haben Sie noch Fragen? Ich würde im Aufzug nur den Umschlag übergeben und kein Wort mehr wechseln wollen. Wir sehen uns bald mal wieder.«

»Alles klar, Herr Lenk. Und vielen Dank!«

»Ich habe zu danken! Auf Wiedersehen!«

»Auf Wiedersehen!«

132

Leipzig, 11.27 Uhr

Ich war gespannt, wie der Persönliche Referent auf mich reagieren würde. Aus Zeitgründen bat ich darum, direkt in seiner Zelle, die sich im historischen Gefängnistrakt in der Polizeidirektion befand, zu sprechen. Meinen Schlag soll er gut überstanden haben. Ein Veilchen sei wohl noch zu sehen. Am Vorabend hatte er Besuch von seinem Ziehvater, dem Bundestagsabgeordneten Bendix. Als ich das hörte, habe ich erst mal gegoogelt, um wen es sich handelt. Noch mal so eine Blöße wollte ich nicht riskieren. Herr Bendix sei nur ein paar Minuten da gewesen. Kurze Zeit später hätte ein Rechtsanwalt seine Aufwartung gemacht.

Was ich genau in dem Gespräch herausfinden wollte, wusste ich nicht. Es war mehr das Gefühl, nichts unversucht zu lassen. Kevin Fröhlich grinste höhnisch, als er mich sah, und blieb auf seiner Pritsche sitzen.

»Schön haben Sie es hier. Ein paar Pflanzen fehlen vielleicht noch.«

»Ich habe nicht vor, mich hier auf längere Zeit einzurichten.«

»Das höre ich gern. Wie haben Sie den gestrigen Tag überstanden? Haben sie eventuell noch Kopfschmerzen?«

»Nein, aber Ihnen würde ich empfehlen, einen Aspirinvorrat anzulegen.«

»Wieso?«

»Das wird Ihnen mein Rechtsbeistand noch früh genug mitteilen. Also, machen Sie sich auf etwas gefasst.«

»Na, da bin ich aber gespannt. Wollen Sie Ihre Aussage von gestern noch ergänzen? Ist Ihnen noch irgendetwas eingefallen?«

»Ich habe keine Aussage gemacht, und ich werde auch ohne meinen Rechtsbeistand … das kennen Sie gewiss.«

»Sicher. Sie haben aber gestern sehr viel gesagt. Vor vielen Zeugen. Mich wundert es ein wenig, dass Sie heute nicht so redselig sind. Vielleicht brummt Ihnen ja doch der Schädel?«

»Ist das alles? Deshalb sind Sie gekommen? Traurig, wer heutzutage bei der Polizei eingestellt wird.«

»Ihnen ist schon klar, dass Sie gestern die Wahl zum Sozialbürgermeister – auch wenn diese nicht vollständig durchgeführt werden konnte – gefälscht haben, oder?«

»Ich habe damit nichts zu tun.«

»Interessant ist, dass Frau Dr. Storl bei den Stimmzetteln in der Wahlurne eine Mehrheit hatte. Stimmzettel für die anderen Kandidaten waren fast alle ungültig, weil zwei statt maximal ein Kandidat angekreuzt waren.«

»Das Wahlsystem ist für unsere Stadträte anscheinend zu kompliziert. Aber die Stadträte spiegeln auch nur unsere Gesellschaft wider.«

»Haben Sie eine gewisse Präferenz für Frau Dr. Storl?«

»Dazu sage ich nichts.«

»Oder wollten Sie verhindern, dass Hans-Ulrich Hohmeyer erneut gewählt wird?«

»Quatsch! Der Jähnig hatte doch viel mehr Stimmen …«

»Danke! Einen angenehmen Aufenthalt wünsche ich noch.«

133

Leipzig, 11.37 Uhr

Robert Schulte hielt die Hand des Oberbürgermeisters.

»Es ist schlimm, dich so zu sehen. Aber Gott sei Dank geht es dir wieder besser. Ich soll dir die Genesungswünsche von allen Mitarbeiterinnen und Mitarbeitern ausrichten, die ich getroffen habe. Der Personalrat lässt dich grüßen. Es herrscht blankes Entsetzen und eine herzliche Anteilnahme vor. Alle wünschen, dass es dir bald wieder besser gehen möge.«

Der erste Bürgermeister schob sich einen Stuhl an das Bett heran.

»Kannst du dich an etwas erinnern? Hast du gesehen, wer es getan hat?«

Clemens Völker schüttelte den Kopf. Robert Schulte sah, dass er mit den Tränen kämpfte.

»Die Attentäter sind ja über die Baustelle der S-Bahn-Station Wilhelm-Leuschner-Platz geflüchtet. Immerhin haben sie einige Bauarbeiter darauf hingewiesen, dass du und Dietmar im Safe Room lagt. Das hätten sie nicht machen müssen.«

»Sie hätten uns auch nicht mit einem Elektroschocker angreifen müssen.«

»Ja, das stimmt. Dietmar hat es noch schlimmer getroffen. Bei ihm sind immer noch Lähmungen vorhanden. Er wird vorerst auf der Intensivstation bleiben müssen. Einer der Attentäter hat gesagt, dass du dich bei dem Kofferträger bedanken könntest. Damit meinten sie wohl, dass Dietmar dafür gesorgt hat, dass du nicht mehr abbekommen hast, oder? Vielleicht besuchst du ihn mal, wenn du aufstehen kannst. Aber übertreibe es nicht. Wir packen im Rathaus alle mehr an und versuchen, dich so zu ersetzen. Also, nimm dir Zeit mit dem Gesundwerden. Wir schaffen das!«

Clemens Völker weinte.

134

Leipzig, 12.43 Uhr

Der Leiter des Jugendzentrums Noah, Hartmut Lötzsch, wollte partout nicht noch einmal in die Polizeidirektion kommen, um seine Aussage vom Vortag protokollieren zu lassen. Aber für eine Spurensuche in der Wohnung des Toten ließ er alles stehen und liegen. Wir trafen uns vor dem Wintergartenhochhaus, in dem Hohmeyer eine Dreizimmerwohnung im 28. Stockwerk bewohnte. Während ich das Siegel vor der Wohnungstür durchtrennte, schloss der Freund des Verstorbenen mit dem Zweitschlüssel auf.

»Dürfen wir eigentlich hier so einfach reingehen?«

»Nun, ich arbeite bei der Polizei, und ich kann sogar wieder ein neues Siegel anbringen.«

»Ja, aber wir gehören nicht zur Spurensicherung und könnten hier weitere Spuren hinterlassen.«

»Keine Sorge. Unser Team hat gestern gründlich gearbeitet. Viele Dinge sind zur Auswertung mitgenommen worden. So weit ich weiß, steht kein zweiter Termin an.«

»Oh mein Gott, das sieht ja aus, als ob eine Bombe eingeschlagen hätte. Der Hans-Uli war zwar Witwer, aber hat doch eine gewisse Ordnung gehalten. Hier müssen Barbaren gewütet haben.«

Barbaren? Das ist ja noch ein Kosename für unsere Tatortgruppe, dachte ich mir.

»Fällt Ihnen irgendetwas auf? Jetzt hat natürlich auch die Polizei Gegenstände mitgenommen und somit die Einrichtung verändert. Aber vielleicht gibt es irgendetwas, was Ihnen ins Auge sticht. Lassen Sie sich ruhig Zeit.«

Wenn ich nicht Soko-Leiter auf Abruf gewesen wäre, hätte ich mir von der Tatortgruppe die Liste der gesicherten Gegenstände geben lassen. Aber es war besser, diskret die Wohnung zu durchsuchen.

»Wo ist denn der Platz des Computers gewesen?«

»Hans-Uli hatte keinen Computer. Und im Büro hat er sich geweigert, seinen Dienst-PC zu benutzen. Seine Sekretärin hat ihm immer alles ausdrucken müssen.«

»Ah, ein Verwaltungsfachmann der alten Schule!«

»Ja, auf den neumodischen Kram wollte er sich nicht mehr einlassen.«

»Das heißt, wenn der Privatdetektiv ihm etwas übergeben hätte, dann nicht per E-Mail oder auf einem USB-Stick, sondern als Ausdruck.«

»Wahrscheinlich.«

»Und wo hat er wichtige Dokumente aufbewahrt? Gibt es hier einen bestimmten Ort, vielleicht ja ein Versteck für solche wertvollen Schriftstücke?«

»Sie meinen Verträge, Zeugnisse und so?«

»Zum Beispiel.«

»Nein, das ist mir nicht bekannt.«

»Wenn er Ihnen den Zweitschlüssel gegeben hat, hat er Ihnen dann nicht gesagt, wo Sie im Fall des Falles Vollmachten, Adressverzeichnisse oder von mir aus auch Röntgenbilder finden können?«

»Ja, er hatte eine alte Weinkiste, in der er einzelne Papiere, Fotos, Artikel aufbewahrte. Das war kein Geheimversteck, aber ein Ort, an dem er solche Sachen wiederfinden konnte.«

»Und wo bewahrte er diese Kiste auf?«

»Auf seinem Kleiderschrank im Schlafzimmer.«

»Dann schauen wir doch mal nach.«

Im Schlafzimmer stellte Hartmut Lötzsch eine Trittleiter an den Kleiderschrank und stieg die zwei Stufen hoch.

»Sie ist weg.«

Da die Kiste auch in den übrigen Zimmern nicht auftauchte, stellte sich die Frage, wer uns zuvorgekommen war: der Mörder oder die Barbaren?

135

Leipzig, 13.12 Uhr

»Haben Sie noch Zeit?«

»Wofür?«

»Sie waren doch mit Herrn Hohmeyer bei diesem Privatdetektiv. Könnten Sie mit mir dorthin fahren? Dann befragen wir ihn zusammen. Er kann zumindest, was den Auftrag anbelangt, nicht ausweichen.«

Hartmut Lötzsch überlegte. In seinem Gesicht konnte ich förmlich sehen, wie er jedes Gramm Für und jedes Gramm Wider einzeln und bedächtig auf die Waagschalen legte. Welche Seite würde gewinnen?

»Gut. Ich bin dabei.«

»Können wir mit Ihrem Auto fahren? Ich bin gerade zu Fuß unterwegs.«

»Kein Problem. Es ist nicht weit. Aber ich fange nicht an, irgendwelche polizeilichen Hilfstätigkeiten auszuüben. Damit das klar ist!«

Ich beruhigte ihn. Über sein Gefährt, wahrscheinlich das Dienstfahrzeug des Jugendzentrums, wunderte ich mich. Ein schwarzer VW Touran mit dunkel getönten Scheiben. Wenn innen auch noch die Kindersicherung aktiviert sein oder sich der Gurt nicht mehr lösen lassen sollte, wäre das das ideale Entführungsfahrzeug. Ich sollte den unauffälligen Herrn Lötzsch besser im Auge behalten, dachte ich mir insgeheim.

Der Privatdetektiv residierte in der Langen Straße in einem schmucklosen 70er-Jahre-Verlegenheitsbau. Hartmut Lötzsch parkte auf der eingezäunten Freifläche nebenan. Auf der Werbetafel standen viele Dienstleister und eine Sprachenschule.

»Wann waren Sie hier, um den Auftrag zu erteilen?«

»Das ist erst gut zwei Wochen her.«

»Warum hat Herr Hohmeyer sich diesen Detektiv ausgesucht?«

»Ich hatte Hans-Uli den Tipp gegeben. Bei meiner Scheidung hatte Herr Stepansky sich bewährt.«

Im zweiten Stock befand sich die Detektei. Auf das Klingeln erfolgte fast nahtlos der Summer. Wir traten in einen spärlich beleuchteten, fensterlosen Flur ein, in dem nur Platz war für ein älteres Sofa und vier Stühle, die an den Wänden standen, sowie eine halbhohe Kommode und eine Garderobe. Vier Türen gingen vom Flur ab. Die hinterste öffnete sich und Holger Stepansky, der Detektiv, kam uns entgegen.

»Ja, bitte.«

»Kriminalhauptkommissar Hoffmann«, ich zeigte ihm meinen Dienstausweis, »und den Herrn kennen Sie ja bereits.«

»Wirklich? Ich kann mich nicht erinnern.«

»Hartmut Lötzsch. Erkennen Sie mich nicht mehr? Die Scheidungssache. Und dann war ich doch zusammen mit Hans-Ulrich Hohmeyer bei Ihnen.«

»Jetzt, wo Sie es sagen. Ja, kommen Sie doch herein.«

Er führte uns in sein Arbeitszimmer und bot uns vor seinem Schreibtisch die zwei Stühle an.

»Ja, Hans-Ulrich Hohmeyer. Das ist tragisch. Sehr tragisch. Wer zahlt die Rechnung, wo er jetzt verstorben ist?«

Ein Geschäftsmann durch und durch, der unsentimental an das Wesentliche denkt.

»Herr Stepansky, ich leite die Soko Rathaus. Ich habe Herrn Lötzsch mitgebracht, weil ich gern den genauen Arbeitsauftrag von Hans-Ulrich Hohmeyer wissen wollte und natürlich an Ihren Ergebnissen interessiert bin.«

»Werter Kollege. Ich darf Sie doch Kollege nennen, schließlich arbeiten wir in derselben Branche?«

»Es gibt da doch in Nuancen Unterschiede.«

»Ja, in Nuancen. Es ist schon ungewöhnlich, dass Sie einen Dritten mitbringen. Darüber hinaus ist Ihnen bestimmt geläufig, dass auch Detektive ein Auskunftsverweigerungsrecht besitzen.«

»Bei Herrn Lötzsch ist das etwas anderes. Er war der Vertrauensmann Ihres Auftraggebers und hat auch am ersten Gespräch teilgenommen.«

»Das ist richtig. Mein Auftraggeber, dem ich mich immer noch verpflichtet fühle, war aber einzig und allein Herr Hohmeyer. Deshalb sehe ich mich außerstande, Ihre Frage zu beantworten.«

»Ich verstehe Ihren Standpunkt. Die Aufklärung der Umstände seines eigenen Todes wären aber sicherlich im Interesse Ihres Auftraggebers.«

»Das ist reine Spekulation. Das würde auch bedeuten, dass der Auftrag in einem Zusammenhang mit seinem Tod stand. Dazu sage ich nichts.«

»Weil es zutrifft?«

»Ach, das sind doch jetzt Kindereien. Wir können es kurz machen. Meinen Brief haben Sie bestimmt schon in seinem Nachlass gefunden.«

»Was für einen Brief?«

»Ich habe ihm mitgeteilt, dass ich seine Hinweise geprüft habe, aber sich daraus keine Verdachtsmomente ergeben haben. Folglich habe ich den Auftrag mit dem vereinbarten Grundhonorar abgerechnet. Wenn er schnell war, hat er die Summe vielleicht schon überwiesen.«

»Wann haben Sie den Brief verschickt?«

»Am Wochenende. Am Wochenende mache ich immer die Buchhaltung.«

»Aber Hans-Uli hat mir gegenüber angedeutet, dass Sie bei beiden Personen auf etwas Belastbares gestoßen seien«, warf Lötzsch ein.

»Hat er genau gesagt, dass die Informationen von mir stammen?«

»Nein, aber von wem sollten sie sonst sein?«

»Sehen Sie, da haben wir es. Ich hatte von Anfang an das Gefühl, dass Herr Hohmeyer ein ausgeprägtes Wunschdenken hatte. Er war getrieben von Verlustangst. Anscheinend wollte er nicht akzeptieren, dass es andere Bewerber für seine Posten gab und schon gar nicht konnte er akzeptieren, dass von seinen Vorstellungen nichts übrig blieb. Möglicherweise hat er noch eine zweite Agentur beschäftigt?«

»Eine zweite Agentur, die erfolgreicher gearbeitet hätte als

Sie? Das wirft kein gutes Licht auf Ihre Arbeitsweise«, provozierte ich ein wenig.

»Vorsicht! Ich arbeite seriös und schreibe keine Gefälligkeits-Dossiers. Genau genommen bin ich auch stark beschäftigt momentan. War's das?«

»Nein, noch nicht. Was waren das genau für Hinweise, die Ihnen Herr Hohmeyer genannt hat? Welche Schwachpunkte sollte es bei Jähnig und Dr. Storl geben?«

»Das weiß ich nicht mehr. Ist mir entfallen.«

»Bei Frau Dr. Storl sollte es um ihre Doktorarbeit gehen und bei Herrn Jähnig gab es mehrere Punkte. Ich erinnere mich an Auffälligkeiten bei der Konzessionsvergabe zum Bau von privat betriebenen Kindertagesstätten an immer die gleichen Akteure«, sagte Lötzsch.

»Also Korruption?«

»Dazu sage ich nichts.«

»Alles Hirngespinste, oder was?«

»Sie verschwenden Ihre und vor allem meine Zeit?«

»Wo waren Sie denn gestern Nachmittag?«

»Herr Kommissar, ich war im Einsatz. Eine Observation. Und ich will verdammt sein, wenn mich jemand dabei gesehen hätte und mir ein Alibi geben könnte.«

136

Leipzig, 13.39 Uhr

Ein Rauswurf zweiter Güte. Aber wir konnten dem Herrn Privatdetektiv nichts anhaben, solange wir in den Unterlagen des Sozialbürgermeisters keine Hinweise auf die dunklen Seiten von Jähnig oder Dr. Storl fanden. Hartmut Lötzsch war so freundlich, mich in Richtung Polizeidirektion mitzunehmen.

»Vielleicht hat der Detektiv recht? Wenn Hans-Uli sich etwas in den Kopf gesetzt hatte, dann war es sehr schwer, ihn davon abzubringen. Aber er wirkte in den letzten Tagen so überzeugt.«

Ich wollte etwas erwidern, als das Handy klingelte. Pfeffi verlangte mich.

»Carlo, wo bist du? Die drehen hier alle am Rad. Das LKA ist da. Die wollen den Fall jetzt übernehmen. Ich kann dich nicht mehr herausreden.«

137

Leipzig, 13.41 Uhr

Siegmund Jähnig hatte alle Termine abgesagt. Er fühlte sich nicht in der Lage, irgendetwas zu entscheiden, zu besprechen, zu lesen, zu durchdenken. Dabei war sein Terminkalender eigentlich seit dem Zeitpunkt randvoll, als er kommissarisch neben der Leitung des Jugendamtes auch die des Sozialamtes übernommen hatte. Mit dem Ableben des Sozialbürgermeisters schoben sich dessen Termine und neue Anfragen automatisch in seinen Kalender. Das Los des Stellvertreters. Zusätzlich schmerzte ihn, dass er gestern schweren Herzens die Reservierung in einem feinen Lokal aufgeben musste, in das er anlässlich seiner doch hochwahrscheinlichen Wahl zum Sozialbürgermeister den engsten Freundeskreis eingeladen hatte. Seine Sekretärinnen sowohl auf der Dezernats- als auch auf der Amtsebene wiesen ihn immer wieder auf neue Anfragen und Gesprächspartner hin. Mitarbeiterinnen und Mitarbeiter lauerten darauf, dass er endlich seinen Kopf aus der Tür steckte. Aber Jähnig fühlte sich nicht in der Lage zu agieren. Sein zweites Handy mit der Prepaid-Karte vibrierte. Es erschien die meistverbundene Nummer der letzten Tage auf dem Display.

»Ja? – Wer? – Hoffmann? Nein, sagt mir nichts. Hat er etwas in der Hand? – Gut. – Lötzsch war auch dabei? Na prima. – Bei mir hat sich telefonisch ein anderer Kommissar angekündigt. – Ich weiß von nichts. – Einverstanden. – Ja. Ciao.«

Siegmund Jähnig stand von seinem Schreibtisch auf, steckte sein zweites Handy in die linke und sein Diensthandy in die rechte Jackentasche. Aus der untersten Schreibtischschublade kramte er eine blaue Plastiktüte hervor, in der sich ein länglicher Gegenstand befand. Die Plastiktüte wickelte er mehrfach um den Gegenstand, dessen Konturen Ähnlichkeit mit einem Messer bekamen. Vorsichtig verstaute er die Tüte in der Innentasche seiner Jacke und verließ sein Büro.

138

Leipzig, 13.46 Uhr

Im Eingangsbereich der Polizeidirektion wurde ich bereits erwartet.

»Hoffmann, so geht das nicht. Kommen Sie mal mit!«

Und so trottete ich dem Polizeipräsidenten hinterher. Er öffnete die Tür des nächstgelegenen Vernehmungszimmers. Da es frei war, bugsierte er mich hinein und schloss diese.

»Was ist denn in Sie gefahren, Mann? Der Auftrag von heute Morgen war eindeutig, und er war leistbar. Ich schätze Ihre Arbeit sehr, und ich finde es gut, wenn jemand seinen eigenen Kopf hat und sich auch mal von der eigenen Intuition leiten lässt. Aber das Ding hier ist heiß! Und ich verbrenne mir daran nicht die Finger. Es gibt in der Polizei Sachsen Arbeitsteilung. Für politische Kapitalverbrechen haben wir unsere Experten im Landeskriminalamt. Ich hätte mir noch vorstellen können, dass Sie in der Soko Rathaus weiter tätig sind. Aber damit ist jetzt Schluss. Finito! Sie sind draußen! Sie können sich bei Polizeihauptmeister Richter bedanken. Der hat sich für Sie in die Bresche geschlagen. Guter Mann! Den müssen wir endlich mal in den gehobenen Dienst bringen.«

»Sir, mit Verlaub. Hans-Ulrich Hohmeyer ist einer der schwächsten politischen Repräsentanten, den ich mir vorstellen kann. Warum sollten sich linke Terroristen damit brüsten, ihn ermordet zu haben? Das ist doch auch unter deren Würde.«

»Lassen Sie den Quatsch mit dem Sir. Auslöser waren die Proteste der Occupy-Bewegung. Wir haben dieses Bekennerschreiben. Und wir haben einen Tatverdächtigen, der aus der linken Szene kommt. Dem Oberstaatsanwalt blieb gar nichts anderes übrig. Und jetzt unterstützen Sie Ihren Kumpel bei der Übergabe. So, gleich ist wieder Pressekonferenz. Und Hoffmann, vergessen Sie nicht, Zeitung zu lesen!«

139

Leipzig, 13.58 Uhr

Männern konnte Sonja nur sehr schwer etwas ausschlagen. Vor allem, wenn sie gut aussahen, das Amt des Oberbürgermeisters bekleideten und hilflos wirkten. Sie ließ sich schließlich darauf ein, Clemens Völker nach ihrem Schichtende in einem Rollstuhl zum nahegelegenen Zimmer seines Büroleiters auf der Intensivstation zu schieben. Vielleicht, so bestärkte sie sich, hilft ein kurzes Treffen den beiden, die ja dieselben schmerzhaften Erfahrungen teilen mussten. Sonja schaute erst nach, ob ein Arzt oder eine andere Krankenschwester im Zimmer war, fixierte die Tür und schob den Oberbürgermeister an das Krankenbett. Völker war vom Anblick sichtlich berührt. Dietmar Brandis lag im künstlichen Koma, hing an unzähligen Kabeln und Schläuchen, wurde beatmet und ernährt. Er legte seine Hand auf die seines Mitarbeiters.

»Dietmar, ich weiß nicht, ob du mich hören kannst. Der menschliche Geist ist leistungsfähiger als der menschliche Körper. Ich gehe davon aus, dass du mich hören oder doch wenigstens spüren kannst. Ich wollte mich bei dir bedanken. Du hast mir das Leben gerettet. Das werde ich dir nie vergessen. Es tut mir leid, wenn ich manchmal dir gegenüber ungerecht war. Ich bessere mich. Du bist mir ein loyalerer Mitarbeiter, als ich es mir je vorstellen konnte. Danke! Jetzt werde aber schnell wieder gesund! Hörst du? Ich werde dir helfen, wo immer ich kann.«

Der Oberbürgermeister senkte seinen Kopf, strich seinem Mitarbeiter noch einmal über die Hand und schaute dann Sonja mit wässrigen Augen an. Sonja verstand. Sie reichte ihm ein Taschentuch und schob ihn wieder raus.

140

Leipzig, 14.19 Uhr

Mit schlechtem Gewissen, vor allem gegenüber Pfeffi, steckte ich kurz meinen Kopf in den Besprechungsraum, in dem die erste Vorhut der LKA-Truppe begann, sich einzurichten. Spätestens am Montag werden noch mehr Kolleginnen und Kollegen von der Nachbarbehörde hier einfallen, und das Ruder dann ganz fest in der Hand halten. Pfeffi war mittendrin und erläuterte die bisherigen Ermittlungen und deren Ergebnisse. Wir hatten kurz Blickkontakt, bei dem er mir zunickte. *Verschwinde. Ich mache die Übergabe allein.* So war ich raus. Das traf zumindest für die Soko Rathaus zu, aber nicht für den Fall an sich. Ich erinnerte mich an den Moment, in dem ich gestern kurz durchatmen konnte. Wo ich mit einer Flasche Sterni auf dem Rathaus-Balkon stand und einem Herrn im Rollstuhl zuprostete. Jetzt war doch auch so ein wunderbarer Moment zum Durchatmen. Ich deckte mich im gegenüberliegenden Kiosk mit zwei Flaschen Gerstensaft ein und schlenderte die Dimitroffstraße runter in Richtung Bundesverwaltungsgericht. Vielleicht hatte ich Glück, und der Herr war wieder an der gleichen Stelle wie gestern. Der Verkehr war zu dieser Zeit noch mäßig, sodass ich ohne Eile eine Lücke abpassen konnte, um über die vierspurige Harkortstraße zu gelangen. Ich steuerte direkt auf den Fußweg der Parkanlage neben dem Bundesverwaltungsgericht zu, der am Ende auf einen runden Springbrunnen zulief. Und da entdeckte ich ihn. Er saß in seinem Rollstuhl hinter dem Springbrunnen auf der linken Seite und hielt sich im Schatten der Bäume auf. Aber er war nicht allein. Beim Näherkommen sah ich, wie er sich mit einem Mann unterhielt, der hinter ihm auf der halbrunden Bank saß. Beide wirkten so vertraut, als ob sie sich an diesem Platz regelmäßig träfen.

»Guten Tag! Nutzen Sie auch das schöne Wetter aus?«

Die beiden schauten mich reserviert an. Wahrscheinlich waren sie bei fast jedem Wetter an diesem Platz anzutreffen. Das heutige war ihnen vielleicht schon zu warm.

»Wir haben uns gestern gesehen«, sprach ich den älteren Herrn im Rollstuhl direkt an. Er mochte um die 70 Jahre alt sein und hatte weißes, dichtes, ungekämmtes Haar, einen Fünf-Tage-Bart sowie ein faltiges Gesicht. Seine Kleidung wirkte abgetragen bis auf seine Schuhe. Das waren braune Businessschuhe vom Feinsten. Top gepflegt. Im seitlichen Netz seines Rollstuhls dudelte ein kleines Transistorradio.

»Wir haben uns zugeprostet. Ich stand da auf dem Rathaus-Balkon. Erkennen Sie mich wieder?«

Der Alte schaute zum Balkon und dann wieder auf mich. Er lächelte. Das Eis schien zu schmelzen.

»Ich fand das einen ganz freundlichen Moment, und da dachte ich mir, dass wir uns heute mal nicht nur zuprosten, sondern richtig anstoßen. Sehen Sie, ich habe uns ein feines Bier mitgebracht.«

Ich gab ihm die zweite Flasche.

»Leider wusste ich nicht, dass Sie auch da sind. Dann hätte ich noch eine Flasche mehr mitgebracht. Aber warten Sie«, ich kramte mein Portemonnaie aus der Hosentasche und nahm einen Zehn-Euro-Schein heraus, »wenn Sie mögen, besorgen Sie uns doch bitte für jeden noch eine Flasche Bier. Von dort, wo Sie auch sonst einkaufen.«

Die Augen des zweiten Mannes leuchteten. In der Otto-Schill-Straße sei noch ein Markt. Er wäre gleich zurück. So hatte ich den älteren Herrn für mich allein.

»Haben Sie einen Öffner?«

Hatte er, im Netz auf der anderen Seite vom Rollstuhl. Kurioserweise steckte da auch eine etwas verbeulte Bratpfanne drin.

»Ich bin Carlo.«

»Rolf.«

Wir stießen an und nahmen einen ersten Schluck.

»Bist du öfter hier?«

»Du bist von der Polizei, stimmt's?«

»Bin ich so leicht zu durchschauen?«

»Aber ja.«

Der Alte trank.

»Ich hoffe, das ist kein Problem.«

»Warum sollte es? Ich bin ein gesetzestreuer Bürger. Ich werde nur wütend, wenn man mich für dumm hält.«

»Wer tut denn so was?«

»Ich will es nur gesagt haben. Nach der Unruhe war es doch normal, dass da nur noch die Polizei auf dem Balkon stehen kann. Oder habe ich etwas verpasst? Hatten wir schon wieder eine Revolution?«

Rolf lachte leise.

»Schöne Schuhe hast du!«

»Danke. Manchmal fühle ich mich wie ein Strandspaziergänger, der darauf wartet, was die Wellen anspülen.«

Worauf wollte er hinaus? Was hatten die Schuhe mit einem Strand und Meer und Wellen zu tun? Fühlte er sich inspiriert durch den wellenförmig angelegten Rasen, der die hervorstechendste Eigenschaft der Parkanlage war?

»Und die Schuhe waren dabei?«

»Ja, stell dir vor. Das Rathaus ist das Meer. Und das Meer ist bevölkert mit Lebewesen. Sie können hineingehen und es auch wieder verlassen. Sie transportieren Sachen rein, und dann schmeißen sie auch schon mal Sachen raus. Wie es ihnen gefällt. Und eines Tages spülte das Meer diese Schuhe an den Strand. Ich bin über die gefährliche Kreuzung gegangen und habe sie mir von einem Passanten aus dem Busch holen lassen. Der hat merkwürdig geguckt, aber was soll's. Das sind die besten Schuhe, die ich jemals hatte. Echte Oberbürgermeisterschuhe.«

»Wirklich? Das ist ja ein Wahnsinn. Clemens Völker wirft seine vornehmen Schuhe vom Balkon?«

»Nicht vom Balkon und nicht der Völker. Seine kleine Vorzimmerprinzessin war das. Sie öffnete das Fenster und warf die Schuhe an den Strand.«

»Dann gehören die Schuhe jetzt dir. Das ist gerecht.«

»Das will ich wohl meinen. Vom Balkon sind gestern Schuhe gefallen.«

Ich verschluckte mich am Bier.

»Wann war das?«

»Na, so viertel vier.«

Das könnte der Todeszeitpunkt Hohmeyers gewesen sein.

»Und wo sind die Schuhe jetzt?«

»Wenn sie sich niemand geholt hat, dann liegen sie noch am Strand.«

»Und wer hat die Schuhe geworfen?«

»Eine Lady in Black.«

»Aha. Und du hast das gesehen?«

»Mit eigenen Augen.«

»Und warum hat sie das getan? Ist ja nicht so ganz alltäglich.«

»Nein, das ist es nicht. Keine Ahnung. Sie ist vom Balkon an der Fassade des Rathauses entlang, um in ein offen stehendes Fenster reinzuklettern.«

Ich traute meinen Ohren nicht.

»Die Frau in Schwarz ist wohlgemerkt in das Vorzimmer des OBM geklettert und hat sich vorher ihrer Schuhe entledigt.«

»Genau!«

»Was hatte die Frau in Schwarz für Klamotten an? Rock oder Hose?«

Der Alte überlegte nicht lange: »Kleid! Kurz!«

»Haben Sie sie schon mal vorher gesehen?«

»Nein, hier kommt sie leider nie vorbei. Sie sah aus, als ob sie so verrückte Sachen öfter macht. Mut hat sie jedenfalls.«

»Und die Schuhe liegen immer noch am Strand?«

141

Leipzig, 14.44 Uhr

Jakob Brüggemann war unzufrieden. Selten war eine Pressekonferenz so unergiebig gewesen. Polizei und Staatsanwaltschaft gefielen sich darin, die bereits bekannten Fakten nochmals aufzukochen und mit wenig schmackhaften Kräutern zu garnieren. Diese Veranstaltung hätte er sich schenken können. Das Bekennerschreiben auf Indymedia war von der dpa bereits am frühen Morgen gemeldet worden. Neue Erkenntnisse zu der bislang unbekannten AG Zahltag oder zu der Echtheit des Schreibens konnten nicht vorgelegt werden. Die Übernahme der Ermittlungen durch das Landeskriminalamt war schon gegen Mittag durchgesickert. Das neue Personal brachte aber keine neuen Tatverdächtigen geschweige denn Festnahmen, stattdessen mussten sieben festgenommene Demonstranten wieder auf freien Fuß gelassen werden. Selbst die Öffentlichkeitsfahndungs-Maschinerie hatten die Behörden noch nicht angeworfen. Unterm Strich war es eine vergebliche Dreiviertelstunde. Auf seine Frage, wie der Zustand des Oberbürgermeisters sei, herrschte das »Schweigen im Walde«. Einen Vertreter der Stadt hatten die Verantwortlichen gar nicht erst eingeladen. Auch Oliver Hardt, der gerne mal den stillen Beobachter bei Pressekonferenzen spielte, glänzte durch Abwesenheit. Gottseidank lag alles nah beieinander. Redaktionsgebäude, Polizeidirektion und Stadtbibliothek, in der die Pressekonferenz stattgefunden hatte. Vorm Gebäude überlegte der LVZ-Reporter, ob er das in Sichtweite liegende Neue Rathaus ansteuern sollte, um dem Pressesprecher der Stadt direkt das Mikrofon unter die Nase zu halten. Die Sehnsucht war aber nicht groß genug, sodass er sich entschloss, von der Redaktion aus anzurufen. Jakob Brüggemann hatte mit seinem Ex-Kollegen, der einst von der LVZ ins Neue Rathaus die Seiten gewechselt hatte, noch ein Hühnchen zu rupfen. Was erlaubte sich dieser Wichtigtuer vom Dienst, neulich einfach aufzulegen? Mal sehen, ob sich Hardt diesmal überhaupt traute, ranzugehen.

»Hardt.«

»Brüggemann. Wie geht's, wie steht's?«

»Komm zur Sache. Ich habe nicht viel Zeit.«

»Du hast ja nie viel Zeit.«

»Exakt. Also, was gibt's?

»Ich bin ja froh, dass du nicht gleich wieder aufgelegt hast so wie gestern.«

»Da war die Technik gestört.«

»Soso. Ich brauche ein Statement der Stadt zum Stand der Ermittlungen.«

»Tut mir leid. Wir unterstützen die Ermittlungen, wo wir nur können, aber wir kommentieren sie nicht.«

»Gibt es etwas Neues zum Gesundheitszustand des Oberbürgermeisters? Wann kann er die Amtsgeschäfte wieder aufnehmen?«

»Entschuldigung, das ist privat.«

»Das Private ist politisch.«

»Das ist ein unpassendes Zitat, Herr Redakteur.«

»Sind irgendwelche Bereiche des Rathauses durch die Geschehnisse des gestrigen Tages eingeschränkt?«

»Mir nicht bekannt.«

»So, mein lieber Oliver. Dein Verhalten ist ein permanentes Missachten der Rolle der Medien. Mit dieser Auskunftsverweigerungstaktik behinderst du meine Arbeit und die meiner Kolleginnen und Kollegen. Ich gebe dir noch eine Chance: Wenn du dir jetzt nicht innerhalb von 15 Minuten passable Antworten auf meine Fragen einfallen lässt, beschwere ich mich zunächst beim Ersten Bürgermeister, und danach werde ich dich bei der Landespressekonferenz für den Negativ-Preis ›Tonstörung‹ vorschlagen. Los, Dalli-Dalli!«

142

Leipzig, 15.01 Uhr

Es hat einen Hauch von Hollywood, wenn man über das Haupttreppenhaus mit seinem roten Teppich in die oberen Stockwerke des Neuen Rathauses gelangen will. Allerdings sollte man sich nicht vom Prunk, der ja Ausdruck des selbstbewussten Bürgertums im beginnenden 20. Jahrhundert war, nicht blenden und ablenken lassen. Um zur Leiterin der Ratsgeschäftsstelle und Justiziarin der Stadt Leipzig zu kommen, musste ich auf halber Treppe die Kurve kriegen. Die Nase einer mürrisch dreinschauenden Schildkröte auf dem Geländer wies mir den Weg. Die Tür zum Vorzimmer stand auf. Ich ging rein und sah Dr. Nadine Storl im Gespräch mit ihrer Sekretärin. Die Justiziarin schaute auf und wirkte kein wenig überrascht.

»Ah, da ist ja der Henry Maske von der Polizei.«

Mein Faustschlag schien sie beeindruckt zu haben.

»Guten Morgen, ich habe noch ein paar Fragen.«

»Ja, natürlich. Gehen Sie doch schon mal vor in mein Zimmer.«

Da ich gestern einige Räume des Rathauses im Schlepptau der Bereitschaftspolizei betrachten konnte, musste ich neidvoll anerkennen, dass sie über einen der außergewöhnlichsten Räume verfügte. Dem Knick des Ganges, der sich an den Konturen des Innenhofes orientierte, verdankte dieser Raum die besondere Form und Größe. Vor dem einmaligen Erker stand ihr Schreibtisch mit einem Modellflugzeug als Eyecatcher drauf. Die meiste Fläche nahm jedoch der Besprechungstisch ein, dessen Größe wahrscheinlich mit den vielen rechtlichen Problemen des Rathauses korrespondierte.

»Was führt Sie zu mir?«

Dr. Nadine Storl schloss hinter ihr die Tür und wies mir mit einer Handbewegung einen Platz am Besprechungstisch zu.

»Warum haben Sie uns nicht gesagt, dass Sie schon vorher im OBM-Raum waren? Bevor die Leiche von Hans-Ulrich Hohmeyer gefunden worden ist.«

Die Leiterin der Ratsgeschäftsstelle zog eine Augenbraue hoch.

»Das ist Unsinn. Wer behauptet das?«

»Sie sind gesehen worden.«

»Von wem?«

»Das spielt keine Rolle. Sie waren auf dem Balkon des Rathauses, haben Ihre Schuhe ausgezogen und über die Brüstung geworfen und sind dann an der Fassade entlanggeklettert, um durch das offen stehende Fenster in das OBM-Vorzimmer zu gelangen.«

»Da hat aber jemand eine blühende Fantasie.«

Ihre Stimme klang etwas schrill. Als Joker stellte ich die Plastiktüte so auf den Tisch, dass diese einen Blick in das Innere freigab.

»Sind das Ihre Schuhe?«

»Definitiv nicht.«

Sie streckte die Hand aus, um nach der Tüte zu greifen. Bevor sie sie erreichte, hielt ich sie fest. Auf ihrem Unterarm waren Striemen zu sehen.

»Sind das Schnittverletzungen?«

Dr. Nadine Storl überlegte.

»Von einer zerstörten Glastür.«

»Natürlich.«

»Wollen wir es so machen wie bei Aschenputtel? Wenn die Schuhe Ihnen passen, legen Sie ein Geständnis ab?«

In diesem Moment klopfte es, und ihre Sekretärin stand in der Tür.

»Hier sind Herren von der Polizei. Sie wollen unbedingt mit dazukommen, sagen sie.«

»Hoffmann, was machst du hier? Verdammt! Du bist raus aus dem Fall«, Herbert Ritter, der Schrecken der Unterwelt, hatte leider recht.

Die Justiziarin lächelte mich an und stand auf. Meine Hand hielt immer noch ihre fest. Unbewusst stand ich mit ihr auf. Sie legte ihren anderen Arm um mich, drückte sich an mich und gab mir einen absolut leidenschaftlichen Kuss. Ich reagierte wie gewünscht und ließ zudem noch ihre Hand frei, mit der sie sofort nach der Tüte griff. Einen Sekundenbruchteil später hatte ich meine Finger ebenfalls in das Plastik gekrallt.

»Herr Hoffmann war so freundlich, mir meine Schuhe von der Reparatur zu bringen. Die Polizei, dein Freund und Helfer«, flötete sie und drückte mir noch einen Abschiedskuss auf die Lippen. Dann zog sie an der Tüte, und ich zog zurück. Für die verdutzten Kollegen mochte es aussehen, als ob wir zu zweit mit einem Fuchsschwanz einen imaginären Baum zersägen wollten.

»Na los, Hoffmann, jetzt gib ihr endlich die Schuhe, damit sie glücklich ist. Oder soll ich einschreiten?«

Ich ließ los. Es war nicht zu erklären.

»Aber Sie geben zu, dass es Ihre Schuhe sind?«

»Ich gebe gar nichts zu. Das wissen Sie doch.«

»So Hoffmann. Abflug. Jetzt kommen die Profis. Geh mit Pfeffi rüber zum Kiosk.«

Wie ein begossener Pudel stand ich da. Mir blieb nichts anderes übrig, als das Feld zu räumen. Dr. Nadine Storl sah mich fröhlich an: »Alles klar, Herr Kommissar?«

143

Leipzig, 15.10 Uhr

Martin Kutschera stand am Gleis 2 und schaute der ausfahrenden S-Bahn hinterher. Was für ein Drama! Was für eine Überredungskunst er hatte an den Tag legen müssen. Aber sein Spezi Rüdiger Querfurth war an Bord des Zuges, falls er nicht im letzten Moment abgesprungen war. Der ehemalige Hausmeister beobachtete sicherheitshalber die ihm entgegenkommenden Menschen, die entweder jemanden zum Zug gebracht hatten oder für die Leipzig End- oder Zwischenstation auf ihrer Reise war. Kein Rüdiger Querfurth. Und die Notbremse hatte er auch nicht gezogen. Die Sorge wich und Erleichterung füllte den entstehenden Raum. Vielleicht sollte er heute Lotto spielen. Manche Dinge fügten sich glücklich. Aber eine alte Hausmeisterweisheit besagte: Man soll den Morgen nicht vor dem Abend loben. Irgendwo passiert immer ein Wasserrohrbruch!

Nachdenklich stimmte ihn, was Querfurth ihm in den letzten Minuten noch mitgeteilt hatte. Auch wenn er bei ihm immer vorsichtig sein musste und dessen Aussagen nie für bare Münze nehmen durfte. Querfurth erklärte, dass er noch vor dem Sozialbürgermeister im OBM-Raum war, und möglicherweise mit dem Täter gekämpft hätte. Kutschera rief sich die Worte seines Spezis ins Gedächtnis.

»Ich wollte meine Unterschriftenlisten loswerden und der Völker war weg. Wo mag er hingegangen sein, dachte ich mir. Naheliegend ist natürlich: in sein Büro. Einen Cognac trinken und ein bisschen auf der Klampfe zupfen. Ich also hin. Unterwegs treffe ich auf ein paar Masken, die über den Flur umherlichterten. Die Tür zum Vorzimmer stand auf, ebenso wie ein Fenster. Klar, war ja auch ein heißer Tag. Niemand drin. Ich gehe rein. Da sehe ich durch die geöffnete Tür voll das Chaos beim Oberbürgermeister. Alles raus- und umgerissen. Und die Krönung: Auf dem leergefegten Schreibtisch vergnügen sich zwei Masken, wohl Männlein und Weiblein. Er ist auf ihr drauf und filmt alles mit seinem Handy. Sodom und Gomorra sag ich dir. Sodom und Gomorra. Ist dafür das Telefon mit Fotoapparat erfunden worden? Der Mensch als Krone der Schöpfung? Was? Die Maske sieht mich und wird fuchsteufelswild. Vielleicht doch ein letzter Hauch von Schamgefühl? Oder will er mir Angst einjagen? Mit seiner Maske und seiner Unterhose sieht er eher lächerlich aus. Aber er geht auf mich los wie eine Dampfwalze und schubst mich weg. So was lasse ich mir ja nicht gefallen. Ich will mich wehren, aber er ist mir überlegen. Er entreißt mir meine Unterschriftenlisten und wirft sie in die Luft. Dann versucht er, mich auf das blaue Sofa zu drücken. Ich kann ihm entwischen und flüchte durch die Nebentür in eine Art Küche. Aber er ist fix und holt mich ein. Ich sehe auf dem Abtropfgestell bei der Spüle eine Pfanne, greife den Stil und haue sie ihm auf die zwölf. Nur einmal. Wirklich nur einmal. Aber gezielt. Der geht sofort in die Knie. Da höre ich ein großes Gekreische, und da kommt auch schon die Maid um die Ecke, mit der er sich vergnügt hat. Jetzt wieder im geschlossenen Overall und mit Maske. Könnte also auch jemand anderes gewesen sein. Ich denke mir, nur schnell weg, und öffne jede Tür, die sich mir in den Weg stellt. Ich will nur raus. Und beim dritten, vierten Zimmer ist die Tür zum Flur offen, und ich nehme die Beine in die Hand. Martin, so was habe ich noch nicht erlebt. Die schönen Unterschriftenlisten.«

Kutschera fröstelte ein wenig, als er sich überlegte, dass kurze Zeit danach Hans-Ulrich Hohmeyer im OBM-Büro aufgetaucht sein muss. Vielleicht ist er seinem Mörder direkt in die Arme gelaufen? Oder es kam noch jemand danach rein? Eigentlich unglaublich. Er traute Querfurth einiges zu, aber nicht die Fantasie, um sich das alles auszudenken.

Es kostete ihn viel gutes Zureden, um Querfurth davon zu überzeugen, dass es das Beste für ihn und insgeheim auch für alle sei, wenn er eine Zeit lang von der Bildfläche verschwände. Querfurth überlegte noch, ob er sich bei der Polizei stellen sollte. Da traf er aber auf erbitterten Widerstand des ehemaligen Hausmeisters, der befürchtete, dadurch selbst ins Visier der Polizei zu gelangen. Deshalb empfahl Kutschera ihm einen Kurzurlaub. Urlaub war nicht strafbar. Er könnte so lange wegbleiben, bis Gras über die Sache gewachsen war. Er kannte auf Usedoms Nachbarinsel Wollin einen ehemaligen Kollegen, der im Ruhestand zurück in seine polnische Heimat gegangen war und auf der Insel eine kleine Pension betrieb. Sicherlich könnte sich Querfurth dort als zahlender Gast einquartieren. Eine WhatsApp ergab, dass tatsächlich ein Zimmer frei und Querfurth willkommen war. Irgendwann hielt auch Querfurth diesen Vorschlag für einen guten Plan. Michael Lenk bat vorsorglich darum, ein Ablenkungsmanöver zu veranstalten. Während Kutschera das Bahnticket Leipzig-Seebad Ahlbeck buchte und in bar bezahlte, kaufte sich Querfurth ein paar Schalter weiter eine Fahrkarte nach Prag und zahlte mit seiner EC-Karte. Kurz bevor sie sich trennten, überreichte Kutschera Querfurth noch Taschengeld und eine Prepaidkarte für sein Handy.

»Apropos Handy«, bemerkte Querfurth, »hier, nimm das Teil von der Maske. Ich hab's ihm in der Küche abgenommen. Bei dir ist es besser aufgehoben.«

144

Leipzig, 15.25 Uhr

Ich war benommen. Von diesem Kuss und von dieser Riesendummheit, wie ich mir die Tüte mit dem Beweismaterial habe abnehmen lassen. So dumm habe ich mich ja selbst als Pionier nicht angestellt. Wenn der Ritter das rumerzählt, bin ich unten durch. So stand ich eine undefinierbare Zeit auf dem Flur und wusste nicht so recht wohin. Mir fiel ein, dass ich die Justiziarin gar nicht mit der Tatsache konfrontiert hatte, dass Hohmeyer sie hatte ausspionieren lassen. Aber es gab ja noch einen anderen Kandidaten, dem der Einsatz des Privatdetektivs ebenso gegolten hatte. Ich ging den Flur geradeaus weiter, beim Paternoster um die Ecke und dann weiter in Richtung Burgplatz. Am Ende des Flurs bog ich links ab und nutzte die untere Beamtenlaufbahn, um in das Stadthaus zu gelangen, wo auf gleicher Ebene Siegmund Jähnig sein Büro hatte. Mal sehen, was der schöne Siggi zum Fall zu sagen hatte.

Ich war erstaunt, dass Jähnig mich freundlich empfing und gleich einen Platz anbot. Es fehlten nur noch eine Zigarre, ein Whisky und Filzpantoffeln.

»Herr Hoffmann, was führt Sie zu mir?«

»Ich wollte Ihnen einige Fragen zum Todesfall Hohmeyer stellen. Ich vermute, der Tod ist Ihnen sehr nah gegangen. Immerhin waren Sie ein enger Mitarbeiter des Verstorbenen.«

»In der Tat. Auch wenn wir am Ende Konkurrenten waren, habe ich ihn und seine Lebensleistung sehr geschätzt. Wir werden die Arbeit in seinem Sinne fortführen. Aber, gestatten Sie mir die Nachfrage, Herr Hoffmann, und ich sage bewusst ›Herr Hoffmann‹, ohne Ihren Dienstgrad zu nennen, denn Sie können nur rein privat hier sein. Herr Ritter vom LKA leitet doch die Soko Rathaus, oder?«

»Das ist richtig. Ich bin aber gebeten worden, meine begonnenen Ermittlungen zu einem Abschluss zu bringen, und da fehlt mir nur noch Ihre Aussage. Danach erarbeite ich selbstverständlich für Herrn Ritter einen Bericht. Hier geht nichts verloren.«

»Herr Hoffmann, das ist ein netter Versuch. Nur … Ihre Kollegen waren doch schon da. Ich habe ihnen alles gesagt. Wir können uns also gerne über Wetter und Fußball unterhalten, aber ganz sicher nicht über Hans-Ulrich Hohmeyer.«

»Auch nicht, wenn ich Ihnen sage, dass Herr Hohmeyer einen Privatdetektiv engagiert hat, um Sie auszuspionieren?«

»Das ist doch ein Trick von Ihnen, um mich aus der Reserve zu locken. Ich finde das schäbig von Ihnen, das Andenken Hans-Ulrich Hohmeyers so zu beschmutzen. Das Gespräch ist beendet.«

»Sie haben also nichts bemerkt?«

»Herr Hoffmann, wo nichts ist, kann ich beim besten Willen auch nichts bemerken? Sie überschreiten jetzt eindeutig Ihre Kompetenzen.«

Jähnig stand auf und griff nach dem Telefonhörer.

»Ich rufe jetzt bei Ihrem Vorgesetzten an und frage, ob hier alles mit rechten Dingen zugeht. Können Sie mir bitte die Nummer sagen?«

»110!«

145

Leipzig, 15.35 Uhr

Clemens Völker war zu bemitleiden. Dem Tod von der Schippe gesprungen, große Schmerzen erlitten, das Empfinden durch Medikamente gedämpft, von Lähmungserscheinungen eingeschränkt, von der eigenen Frau betrogen und erpresst. Hinzu kam, dass er momentan zu nah am Wasser gebaut war. Wenn er nicht abgelenkt wurde, verfiel er ins Grübeln. Dann dauerte es nicht lange, bis ihn eine Decke der Traurigkeit umhüllte. In der Nacht hatte es längere Phasen gegeben, in denen er nicht einschlafen konnte. Nun übermannte ihn der Schlaf, den er so dringend brauchte.

Als er aus der kurzen, traumlosen, aber dennoch in irgendeiner Form erholsamen Schlafphase erwachte, erschrak er, als er bemerkte, dass ein Mann an seinem Bett saß: Michael Lenk.

»Was machen Sie denn hier? Gibt es keine Wachen an der Tür?«

»Warum denn?«

»Sie sind mein Feind! Sie werden mich gleich wieder bedrohen, wie Sie es immer gemacht haben. Verlassen Sie also sofort dieses Zimmer!«

Clemens Völker versuchte nach dem Alarmknopf zu greifen, der an einem roten Kabel den Galgen herunterhing. Michael Lenk kam ihm zuvor.

»Herr Völker, ich kann verstehen, dass unsere letzten Begegnungen nicht sehr freundschaftlich verlaufen sind. Ich bin aber nicht Ihr Feind. Im Gegenteil: Ich komme in friedlicher Mission und freue mich, dass es Ihnen langsam wieder besser geht.«

»Haben Sie etwas mit dem Anschlag zu tun? Letztlich

waren es doch keine Demonstranten, die uns gefolgt sind. Sie stecken dahinter. Sie wollten mich umbringen.«

»Nein, Herr Völker. Das stimmt nicht. Ganz ehrlich! Ich werde mich künftig, aus allen Wahlkämpfen im Freistaat Sachsen heraushalten. Sie haben von mir nichts zu befürchten.«

»Das soll ich Ihnen glauben?«

»Ich kann mir vorstellen, dass das schwerfällt, aber ich bitte Sie, es zu versuchen. Ich möchte Sie aber warnen. Und ich bitte Sie, diesen Warnhinweis ernst zu nehmen. Die Gefahr ist möglicherweise nicht gebannt. Behalten Sie Ihr berufliches und privates Umfeld im Auge.«

»Ist das Ihre neue Taktik? Erst schleimen Sie sich ein, sind superfreundlich, um mir dann doch wieder Angst einzujagen.«

»Herr Völker, lassen Sie uns ein anderes Mal drüber sprechen. Hier ist meine Karte. Rufen Sie mich an, wenn Ihnen danach ist.«

Michael Lenk stand auf, um sich zu verabschieden.

»Ach, Herr Völker. Bevor ich es vergesse. Sind Sie noch im Besitz von Sewings Handy?«

»Ich weiß nicht, wovon Sie sprechen.«

»Vielleicht wird sich bald wieder jemand dafür interessieren. Machen Sie's gut! Auf Wiedersehen!«

146

Leipzig, 16.02 Uhr

Siegmund Jähnig wollte schon immer mal im Pappenheimer Erker stehen und auf den westlichen Innenhof runterschauen.

Dort konnte man tagsüber besonders gut das vielfältige Verwaltungsleben beobachten. Zum Beispiel wann der Oberbürgermeister mit seinem Dienstwagen wegfuhr und wiederkam. Oder Müllcontainer zur Leerung bereitgestellt oder irgendwelche wichtigen Materialien angeliefert wurden. Nicht minder interessant war auch, wer sich im Kellereingang wann wie oft mit wem zum Rauchen traf. Leben pur.

»Sie wissen, was es mit dem Pappenheimer Erker auf sich hat?«, fragte der schöne Siggi die Raumnutzerin.

»Es ist ein Originalteil der Pleißenburg, das auf den Neubau übertragen wurde.«

»Richtig. Hieronymus Lotter hat diesen Erker im Renaissance-Stil entworfen. Aber wissen Sie, was es mit dem Pappenheimer auf sich hat?«

Dr. Nadine Storl ertrug diesen aufgesetzten Geschichtsunterricht nur aus einem Grund.

»Nicht genau. Hat es etwas mit den sprichwörtlichen Pappenheimern zu tun?«

»Ja, so ungefähr. ›Ich kenne meine Pappenheimer‹ hatte ursprünglich eine positive Bedeutung. Gemeint waren die Entschlossenheit, Zuverlässigkeit und Furchtlosigkeit, für die die Kürassiere des Generals Gottfried Heinrich Graf zu Pappenheim bekannt waren. Friedrich Schiller hat dem General dann in ›Wallensteins Tod‹ ein Denkmal gesetzt. Wissen Sie, wo er starb?«

»Nein, ist das wichtig?«

»Oh ja, der Pappenheimer Erker ist nach ihm benannt, weil er zu dem Raum in der Pleißenburg gehörte, in dem der General verstorben ist – am 17. November 1632. Einen Tag nach dem Schweden-König Gustav Adolf. Beide wurden bei der Schlacht bei Lützen verwundet. Also, sprechen Sie mal zwischendurch ein Gebet für die arme Seele, die immer noch in diesen Gemäuern herumirren mag.«

»Wollen Sie mir Angst machen?«

»Könnte ich das überhaupt? So mutig, wie Sie sind? Eben hatte ich Sie noch durch das Fenster auf dem Balkon gesehen, und dann waren Sie weg.«

»Was hätten Sie gemacht, wenn Sie mich dort aufgefunden hätten?«

»Das ist doch nebensächlich. Wie ich sagte, Sie waren weg.«

»Und ich hatte Sie auch durch das Fenster gesehen. Sie waren nicht allein. Mit Ihnen waren drei Personen im Raum.«

»Drei?«

»Einer hielt die Tür von innen zu, damit Sie ungestört Ihr mörderisches Werk vollenden konnten.«

»Aber, aber meine Liebe. Wir beide wissen, wer Hans-Ulrich Hohmeyer auf dem Gewissen hat. Ich habe mich nur bemüht, Spuren zu verwischen. Sicherlich war das auch in Ihrem Interesse. Ich denke, wir sind quitt.«

»Nein, denn ich habe niemanden getötet.«

»Dann sind wir ja schon wieder quitt.«

»Sie lügen.«

»Nein, Sie lügen. Denken Sie doch an den hübschen Brieföffner. Nicht das Exemplar, das zum Schluss das Herz durchbohrte, sondern das Erste an gleicher Stelle.«

»Damit habe ich nichts zu tun.«

»Nun, es sind Ihre Fingerabdrücke an dem Schaft.«

»Weil ich mich wehren musste gegen Hohmeyer. Der war wie von Sinnen.«

»Das haben Sie schön gesagt. Stammt die Platzwunde von der Bratpfanne, die neben dem Schreibtisch lag?«

»Woher soll ich das wissen?«

»Soll ich Ihnen sagen, was ich glaube, wie es sich zugetragen hat? Hohmeyer war sauer auf Sie, weil Sie sich nicht an eine Abmachung gehalten haben. Er hatte Beweismittel, die Sie an sich bringen wollten. Sie beide sind aufeinander los wie die Kampfhähne. Sie haben sich gejagt und versucht, den anderen zu bezwingen: mal mit der Bratpfanne, mal mit dem Brieföffner. Irgendwann lag Hohmeyer auf dem Boden. Als ich kam, war jede Hilfe zu spät.«

»Aber doch nur, weil Sie das Todesurteil gefällt und vollstreckt haben, Sie Henker. Ich habe gesehen, wie Sie den Brieföffner auf seine Brust gesetzt und runtergedrückt haben.«

»Und wissen Sie, warum es so einfach war? Weil der Schnittkanal vom ersten Exemplar des Brieföffners schon in seiner ganzen Tiefe existierte.«

»Ich habe ihn nicht erstochen!«

»Mich müssen Sie nicht überzeugen. Beten Sie, dass der Brieföffner nie gefunden wird!«

»Und was jetzt?«

»Nichts.«

»Wie nichts?«

»Wir sind quitt. Es sei denn, Sie wollen Ihr Gewissen reinigen und sich jemand anderem anvertrauen als mir.«

»Das habe ich nicht nötig.«

»Sie haben ihn ja auch mit dem Pfannenschlag fachmännisch betäubt. Er hat sicherlich danach nichts mehr gemerkt.«

»Als ich auf den Balkon gegangen bin, hat Hohmeyer noch gelebt.«

»Psst. So kommen wir doch nicht weiter. Ich kann Sie beruhigen. Die Pfanne habe ich über den Balkon geworfen. Die ist mittlerweile weg.«

»Ist mir egal.«

»Und der Brieföffner ist praktisch unauffindbar. Natürlich nur so lange, wie Sie sich kooperativ verhalten. Sind Sie eigentlich an dem Dossier interessiert, das Hohmeyer über Sie hat anlegen lassen? Falls nicht, könnte ich es ja dann vernichten.«

»Ich kenne mein Dossier, aber ich kenne Ihres auch. Hohmeyer hatte beide Exemplare dabei, als er in Völkers Zimmer ging.«

»Sie bluffen. Wir haben alles durchsucht. Und bei Ihrer Klettertour hatten Sie es nicht dabei. Wissen Sie was, Frau Dr. Storl? Wir sollten unser Kriegsbeil begraben und an einem Strang ziehen.«

»Ich ziehe höchstens an dem Strang, der Ihnen eines Tages um den Hals gelegt wird.«

»Haha, Sie sind lustig. Das gefällt mir an Ihnen. Und mir gefällt sogar noch mehr an Ihnen. Ich verstehe gar nicht, warum Sie immer mal wieder mit Herrn Schubert ein Date haben. Warum daten Sie mich nicht mal zur Abwechslung? Schließlich bin ich im Rathaus der kommende Mann.«

Der schöne Siggi kam Nadine gefährlich nahe.

»Das würde Ihnen gefallen.«

»Allerdings!«

»Ihnen gelüstet es nach Körperkontakt.«

»Sie haben es erkannt.«

Er legte eine Hand auf ihre Wange und strich dann mit dieser durch ihr Haar.

»Sie sind ein Schwein.«

»Das habe ich schon mal gehört.«

Im nächsten Moment rammte Nadine ihr Knie in seine Weichteile. Siegmund schrie auf, krümmte sich und presste seine Hand auf die schmerzhafte Stelle unterhalb der Gürtellinie.

»Du Nutte. Du dreckige Nutte. Das wirst du mir büßen. Glaub nicht, dass die Beweise nicht eines Tages auftauchen. Sei dir niemals sicher.«

Mit diesen Worten schleppte sich Siegmund Jähnig aus dem Büro.

147

Leipzig, 16.05 Uhr

Und wieder war ich benommen. Ich hatte nicht damit gerechnet, wie schnell es sich herumspricht, wenn man von einer Aufgabe entbunden worden ist. Und auch nicht, wie die Leute auf einen reagieren. Wie hochmütig und arrogant.

Mein Handy klingelte. Es war Sonja, neuerdings wieder meine Lieblingsnachbarin.

»Hallo. Wie geht's dir?«

»Gut. Du, ich muss dir schnell etwas erzählen, was dir vielleicht helfen kann. Stell dir vor, bei mir auf der Station liegt Oberbürgermeister Völker.«

»Das ist interessant!«

»Ich kam zufällig dazu, als er sich mit seiner Frau gestritten hat. Er wollte seinen Persönlichen Referenten rausschmeißen. Wegen einiger dicker Fehler. Sie hat ihm gesagt, dass der Kevin ihr Lover wäre, und ihm gedroht, das öffentlich zu machen, wenn Völker ihn im Rathaus künftig nicht ordentlich beschäftigt.«

Ich pfiff durch die Zähne. Aber die Wahrheit war: Für die Klatschpresse wunderbar geeignet, für die Ermittlungen eher weniger.

»Was hältst du davon?«

»Das hätte ich der Frau nicht zugetraut. Wie hat Völker reagiert?«

»Im ersten Moment erstaunlich ruhig. Ich sehe aber, wie er kämpft, um mit der Situation fertigzuwerden. Du, meine Bahn kommt. Ich muss auflegen. Melde dich bald mal wieder?«

»Ja, mache ich! Ciao! Und vielen Dank!«

Ich beschloss, in der Angelegenheit Hohmeyer, ein Fall war es für mich objektiv nicht mehr, noch einen letzten Besuch abzustatten. Oberbürgermeister Clemens Völker fehlte auch noch auf meiner Liste. Immerhin war er der Letzte, mit dem Hans-Ulrich Hohmeyer gesprochen hatte.

Auf mein Klopfen hin hörte ich nichts. Vorsichtig öffnete ich die Tür und trat ein. Clemens Völker lag auf dem Bett und starrte an die Decke.

»Herr Völker?«

»Ich habe nicht ›herein‹ oder dergleichen gesagt. Warum kommen Sie trotzdem herein? Ich finde das unhöflich und meinem gesundheitlichen Zustand nicht angemessen.«

»Entschuldigen Sie bitte. Ich dachte, Sie hätten so leise geantwortet, dass ich Sie deshalb nicht gehört habe.«

»Natürlich. Es liegt immer an den anderen. Nehmen Sie bitte zur Kenntnis, dass ich nicht gestört werden möchte. Gehen Sie bitte!«

»Herr Oberbürgermeister. Ich bin Kriminalhauptkommissar Carlo Hoffmann und möchte Ihnen im Rahmen der Ermittlungen einige kleine Fragen stellen.«

»Hoffmann? Man hat mich vor Ihnen gewarnt. Ich soll die Polizei rufen, wenn Sie auftauchen.«

»Davon wird Hans-Ulrich Hohmeyer nicht lebendig.«

»Das will auch niemand, oder?«

»Darf ich das als Geständnis werten?«

Ich fing mir einen wütenden Blick.

»Wissen Sie, mich interessiert, was Hans-Ulrich Hohmeyer gesagt hat, als Sie gestern die Sitzung unterbrochen haben, damit die Stimmzettel gedruckt werden konnten. Er stand bei Ihnen am Platz und soll lautstark geredet und wild gestikuliert haben.«

»Das weiß ich nicht mehr. Ist schon so lange her.«

»Herr Völker, ich empfehle Ihnen, mit mir zusammenzuarbeiten.«

»Wollen Sie wirklich wissen, was er gesagt hat? Also, er fragte mich, ob die Pause lang genug sei, um aufs Klo gehen zu können. Und wenn Sie jetzt nicht gehen, drücke ich auf diesen Knopf.«

Clemens Völker hatte seinen Trigger-Finger auf dem Alarmknopf in Anschlag gebracht.

»Wenn Sie das tun, dann wird morgen auf Seite 1 der BILD-Zeitung von dem flotten Dreier zu lesen sein, der sich im Rathaus zugetragen hat. Ihre Frau hat offensichtlich ein Verhältnis mit Ihrem Persönlichen Referenten. Es ist bewundernswert, wie dieser junge Mann allen Bedürfnissen gerecht wird.«

Völker sagte nichts, er starrte an einen imaginären Punkt an der Wand, ließ jedoch den Alarmknopf los.

»Tut mir leid. Sie ließen mir keine andere Wahl. Haben Sie mir noch irgendetwas mitzuteilen, Herr Oberbürgermeister?«

Er schwieg weiterhin.

»Dann wünsche ich Ihnen gute Besserung. Schönen Gruß an Ihre Gemahlin! Man hört, dass Herr Fröhlich heute noch entlassen werden soll.«

148

Leipzig, 16.30 Uhr

Lenk würde es vermissen. Es erinnerte ihn an Spiele aus seiner Kinderzeit. Cowboy und Indianer. Oder Spion und Spion in Anlehnung an die Comicserie in der Zeitschrift MAD. In irgendwelchen Parkhäusern oder Abrisshäusern die andere Gruppe in einen Hinterhalt locken. Mittlerweile sah er für sich mehrere Grenzen überschritten. Ein Toter war nicht eingeplant gewesen. Die Dimension des Kampfes um Posten auf der zweiten politischen Ebene der Stadtverwaltung hatte er unterschätzt. Dieser Kampf war auch geprägt von äußerst egozentrischen Motiven. Ebenso kreuzten sich persönliche mit Parteiinteressen genauso wie mit den Interessen des Bankenverbandes und des Verfassungsschutzes. Hatte Hans-Ulrich Hohmeyer mit dieser Konstellation einfach nur Pech gehabt? Oder gab es ein Muster dahinter?

Eine weitere Grenze hatte der Capitano überschritten. An eine Zusammenarbeit war nicht mehr zu denken. Lenk würde die Spaziergänge mit Karlsson vermissen. Und Constanze … Aber sie war alt genug. Wenn sie sich irgendwann emanzipiert hatte von ihrem Vater, könnte sie sich bei ihm wieder melden. Ihm schwebte ein Urlaub vor. Einfach mal abschalten, wobei er in seinem Kopf bereits neue Pläne schmiedete: für Tageszeitungen eine Kolumne schreiben, im Internet einen Blog starten, dem Stern eine Reportagereise durch die USA anbieten. Er wollte nur Abstand zu Leipzig und zu Hamburg und zu Sylt gewinnen.

Michael Lenk ging den verabredeten Bahnsteig bis zu der Treppe entlang, die zu einer Unterführung zum benachbarten Bahnsteig führte. Und tatsächlich wartete sein Kontaktmann bereits unten im Gang.

»Ist Ihnen jemand gefolgt?«

Immer die gleiche Begrüßung. Er fragte doch auch nicht, ob das Mikrofon unter dem Hemd abgestellt war. Im Zweifelsfall nutzten diese Jungs alles gegen einen aus.

»Nein. Mittlerweile kenne ich mich auf dem Hauptbahnhof sehr gut aus. Vielleicht sollte ich demnächst Führungen anbieten.«

»Besser nicht, dann sind alle unsere Treffpunkte enttarnt.«

Offensichtlich war sein Kontaktmann gut aufgelegt heute.

»Dies wird planmäßig unser letztes Treffen sein. Sie wissen ja, wie Sie mich im Notfall erreichen können. Wir schätzen die Aktion als erfolgreich ein, auch wenn natürlich jeder Tote ein Toter zu viel ist.«

»Natürlich.«

»Ihre Idee mit dem Bekennerschreiben auf Indymedia hat sich als genialer Schachzug erwiesen. Es war der entscheidende Impuls, dass die Soko Rathaus dem Landeskriminalamt übergeben wurde. Die linke Szene ist sich zwar unsicher, was sie von dieser AG Zahltag halten soll, aber durch ein paar weitere Aktionen werden wir sie etablieren. Es ist bedauerlich, dass wir unsere verdeckte Ermittlerin abziehen mussten. Aber das Risiko der Enttarnung ist zu groß. Sie hat uns noch einen großen Dienst erwiesen, in dem sie in dem ganzen Durcheinander, wann welche Person wo in welchem Raum dieser Hinterzimmerflucht gewesen ist, die Dossiers von Hohmeyer an sich genommen hat.«

»Na, dann hoffe ich, dass Sie daraus Kapital schlagen können.«

»Es ist immer besser, wenn wir die Dossiers kennen, als wenn andere diese kennen.«

»Was ist mit ihrem Freund? Oder muss man ab jetzt Exfreund sagen?«

»Herr Schubert? Ja, Exfreund. Schwierig. Eigentlich hatte er nie viel mit Politik am Hut, anders als sein Bruder. Unsere verdeckte Ermittlerin hat ihn in die Szene eingeführt und aufgebaut. Und jetzt scheint er voll von seiner Mission erfüllt zu sein. Wir beobachten das. Er wird sich wohl wegen Sachbeschädigung verantworten müssen. Einen politischen Mord wird man ihm nicht anhängen können.«

Der Kontaktmann reichte Michael Lenk die Hand.

»Leben Sie wohl!«

149

Leipzig, 16.40 Uhr

Was gab es noch zu tun? Was gab es für mich noch zu tun? Die Soko Rathaus war für mich gelaufen. Meine Recherchen, die ich auf eigene Faust durchgeführt hatte, liefen ins Leere. Sicherlich auch begünstigt durch meine Fehler. Sollte ich mich jetzt in irgendeiner Spelunke volllaufen lassen? Das war nicht mein Stil. Und auf den Katzenjammer am Tag danach konnte ich hervorragend verzichten. Ich war eigentlich auf dem Weg zurück in meinen Heimathafen, die Kriminalinspektion innerhalb der Polizeidirektion. Mit ein bisschen Glück hatte die Soko Rathaus unter der neuen Regie des LKA mein Büro vielleicht noch nicht für ihre Zwecke beschlagnahmt. Ich hätte mir einen regulären Fall ziehen und daran weiterarbeiten können. Mich zog es aber zunächst auf die andere Seite des Petersteinweges. Das Klang.Kombinat ist das Paradies auf Erden und für mein geschundenes Gemüt jetzt genau das Richtige. Wer den Laden, der gegenüber der Polizeidirektion liegt, betritt, wird sofort jede eidesstattliche Erklärung unterschreiben, dass die Welt eine Scheibe ist. Vinyl, wohin das Auge sieht. An den Wänden, unter der Decke, in den Regalen und auf den Tischen. Wenn ich hier bin, geht es nicht darum, irgendetwas Neues zu entdecken oder zu kaufen. Ich kaufe selten etwas. Es ist wie eine Seelenmassage. Mit Gleichgesinnten kann man sich über die Amiga-Platten austauschen. Und endlich die Platten in den Händen halten, an die man nicht herankam. Es eröffnet sich ein unendlicher Kosmos an Gesprächsstoff. Wer »High Fidelity« von Nick Hornby gelesen hat, weiß, wovon ich spreche. Jüngere Menschen und bequeme Familienväter mit ihren gebuchten Streamingdiensten können nicht ermessen, was Sammler-Leidenschaft und Besitzerstolz bedeuten.

Nach einer kleinen Runde durch den Laden inklusive eines Schwatzes mit dem Inhaber sicherte ich mir meinen Lieblingsplatz auf der kleinen Holzbank neben der Ladentür. Das Klang. Kombinat ist für mich so etwas wie das Kaffeehaus des Edgar Lloyd in London, in dem sich Reeder, Seemänner und Kaufleute im 17. Jahrhundert trafen und fachsimpelten. So entwickelte sich eine Nachrichtenbörse für maritime Neuigkeiten, die sogar in der Herausgabe von Zeitungen mündete. Nicht so alt wie die Einkommenden Zeitungen aus Leipzig, der ältesten bekannten Tageszeitung der Welt, aber immerhin. Das Klang. Kombinat ist meine Nachrichtenbörse. Vor allem wenn ich auf der Holzbank vor der Tür sitze und einen Kaffee oder ein Glas Wein trinke, komme ich zwangsläufig mit den Passanten ins Gespräch. Und die Kunden wollen erzählen, ohne dass ich sie polizeilich dazu auffordern müsste. Manchmal schaut eine Kollegin oder ein Kollege aus dem Fenster, sieht mich und entscheidet sich spontan, eine kleine Pause einzulegen. Mit diesem »Kollegen« hatte ich allerdings nicht gerechnet.

»Hoffmann, Hoffmann! Das war nicht Ihr Tag heute, oder?«

Ohne eine Antwort abzuwarten, setzte sich der Polizeipräsident auf die schmale Bank neben mir, sodass ich schnell ein Stück nach außen rücken musste, und erzählte weiter: »Aber eines muss der Neid Ihnen lassen: Schlag bei den Frauen haben Sie. Der LKA-Ritter hat mir alles erzählt. Sie sind sich aber schon bewusst, dass die Frau Doktor mindestens eine Zeugin, wenn nicht sogar eine Tatverdächtige ist. Sie haben Ihre Objektivität eingebüßt. Sie sind befangen. Allein deshalb hätte ich Sie vom Fall abziehen müssen. Das sehen Sie doch auch so, oder? – Freunde?«

Der Polizeipräsident hielt mir seine rechte Pranke hin.

»Freunde!«

Er schien erleichtert zu sein.

»Sir, darf ich Ihnen eine Frage stellen?«

»Ach, lassen Sie doch dieses alberne Sir weg. Nur zu.«

»Glauben Sie wirklich an die Echtheit des Bekennerschreibens auf Indymedia?«

»Darum geht es doch gar nicht, Hoffmann. Es reicht die Existenz und der Umstand, dass die Proteste der Occupy-Bewegung von der Deutschen Bank aus auf das Neue Rathaus übergeschwappt sind. Ich wäre ein schlechter Polizeichef, wenn ich darauf nicht entsprechend reagieren würde. Außerdem ist das auch Teil des Auftrages an das LKA herauszufinden, ob das Schreiben authentisch ist. Wir dürfen den Ermittlungen nicht vorgreifen. Haben Sie eigentlich noch einen Plattenspieler?«

»Ja, in meinem Jugendzimmer.«

»Das ist ein Schatz, Hoffmann, das ist ein Schatz. Bewahren Sie Ihre Schätze. Das ist ein Befehl!«

»Werden Sie dem Hinweis auf den Privatdetektiv nachgehen?«

»Das ist ja schon eine zweite Frage. Ja, wir haben Herrn Lötzsch noch mal eingeladen, um eine Zeugenaussage von ihm zu bekommen. Einverstanden?«

»Ich bin halt mehr der Ansicht, dass es kein politischer Mord war.«

»Keine Sorge, wir ermitteln in alle Richtungen. Also, ich muss wieder ans Band! Haben Sie nicht noch ein paar Überstunden? Dann nehmen Sie sich doch ein paar Tage frei.«

Der Nächste, der auftauchte, war Pfeffi, selbst ein großer Langspielplattenfan.

»Was wollte denn der Chef?«

»Ein bisschen plauschen. War ihm heute wohl selbst nicht alles so recht.«

»Hart, aber herzlich. Nachtragend zu sein, kennt er nicht. Hast du schon etwas gegessen?«

»Nein, hast du Hunger?«

»Arbeit macht schon hungrig.«

»Aber du arbeitest doch gar nicht wirklich!«

Pfeffi schaute mich mit gespielt gekränkter Miene an.

»Nein, das war ein Scherz. Du hast den Laden heute prima zusammengehalten. Vielen Dank! Ohne dich hätte ich diesen Tag so nicht überstanden. Du bist ein guter Polizist!«

Pfeffi wurde verlegen.

»Soll ich dir eine Pizza von Lala mitbringen?«

»Das wäre große Klasse!«

»Salami, wie üblich!«

»Wird erledigt.«

Und fort war er. Ich merkte, wie ich begann, den Fall loszulassen und zu entspannen.

»Dreh dich nicht um!«

Eine kühle, schneidende Stimme erklang aus meinem Rückraum, aus dem Klang.Kombinat.

»Oder soll ich besser sagen: Drah di net um, Herr Offiziersschüler der Volkspolizei im zweiten Lehrjahr?«

»Wenn es Ihnen Freude bereitet.«

Erlaubte sich hier einer einen schlechten Scherz?

»Nein, es bereitet mir keine Freude. Wir könnten aber eine Abmachung treffen: Du lässt die Dinge auf sich beruhen, dann lassen wir sie auch auf sich beruhen. Hört sich doch gesund an?«

»Nur für den, der ums Überleben kämpfen muss.«

»Das ist ein gutes Stichwort. Überleben. Hast du dich jemals gefragt, warum du kein Problem bei der Entstasifizierung hattest?«

Mir wurden die Fragen und vor allem die Letztere langsam zu bunt.

»Nein. Da war nichts, und es wird auch künftig nichts sein.«

»Sicher? Hast du dich nie gefragt, warum deine Akte nicht gefunden wurde?«

»Hat mich nie interessiert.«

»Du lügst. Vielleicht wurde sie vernichtet, vielleicht sind von ihr noch Fragmente übrig. Es könnte sein, dass eines Tages die Schnipsel deiner Akte im Fraunhofer Institut wieder zusammengesetzt werden. Der technische Fortschritt macht's möglich. Dank unseres Bundespräsidenten Gauck sind einige Genossen übernommen worden und wirken an der Aufarbeitung mit. Es wäre einfach, ihnen zu sagen, welcher Sack als Nächstes in die Schnipselmaschine geschüttet werden soll. Sehr einfach. Oder deine Akte wurde nie zerstört, sondern nur für Tag X aufgehoben. Und glaube mir, tu alles dafür, dass der Tag X nicht so schnell kommt.«

Mir war heiß. Warum kam denn hier keiner? Hatte Pfeffi für seine Pizza wieder eine komplizierte Sonderbestellung? Ich sollte mich umdrehen und ihm ins Gesicht schauen. In diesem Moment kam eine Straßenbahn langsam in Richtung City angefahren. Sie hielt so, dass ich mich in einer der Türen spiegeln konnte. Und dabei konnte ich das Gesicht des Stasi-Mannes sehen. Natürlich verschwommen, aber es reichte, um mir einige Kennzeichen zu merken.

»Darf ich mich jetzt umdrehen?«

»Denk an Tag X! Zwing uns nicht, diesen Tag anbrechen zu lassen!«

Mit diesen Worten verstummte die Stimme. In der Straßenbahntür konnte ich sehen, dass er durch die Seitentür, die zu den Sozialräumen im Klang.Kombinat führte, verschwand. Hatte ihn denn der Inhaber nicht bemerkt? Warum konnte er hier einfach ein- und ausgehen, so wie es ihm beliebte? Plötzlich schwebte ein X in meinem Gehirn. Mir wurde übel. Jetzt hatte ich am Ende des Tages unerwartet einen Fall übernommen – meinen eigenen.

150

Leipzig, 17.02 Uhr

Gestern war die Welt noch in Ordnung. Dorothee Messerschmidt konnte immer noch nicht begreifen, was passiert war. Sie suchte nach einem Ausweg. Nach Anhaltspunkten, dass sie sich in einem Albtraum befand. Wo war nur die Reset-Taste? Hätte sie an irgendeinem Punkt den Verlauf ändern können? Sie ärgerte sich, dass sie weggelaufen war, als die Demonstranten in das OBM-Büro eindrangen. Sie hätte es verteidigen sollen. Sie hätte die Demonstranten rausdrängen sollen. Aber sie war geflüchtet und hatte sich mit Sandra Marhofer im gegenüberliegenden Zimmer verbarrikadiert.

Ihr kam Hans-Ulrich Hohmeyer in den Sinn. Sie mochte diesen knorrigen Mann, der sich selbst nicht so wichtig, aber für andere immer Zeit nahm. Und zum Geburtstag und zum Frauentag schenkte er selbstverständlich einen Blumenstrauß. Anders als ihr Chef. Jetzt war Hans-Uli schon mehr als 24 Stunden tot. Nicht mehr da. Seine Existenz war einfach ausgelöscht worden. Für was? Was war wertvoller als das Leben?

Der heutige Tag war furchtbar gewesen. Überall waren im Neuen Rathaus die Spuren der Verwüstung zu sehen. Weil der OBM-Trakt abgesperrt war, kam sie im Vorzimmer von Robert Schulte unter. Alle, die anriefen, wollten von ihr genau erfahren, was passiert war. Und sie erzählte, bis sie nicht mehr konnte. Am frühen Nachmittag hatte sie sich abgemeldet. Sie schlenderte ziellos durch die Innenstadt. Dankbar dafür, dass ihre Augen durch das bunte Treiben auf den Straßen und Plätzen die erhoffte Ablenkung fanden. Unbeholfen entzündete sie zum Gedenken in der Nikolaikirche eine Kerze.

Dann dachte sie an Clemens Völker, der lange Zeit als vermisst gegolten hatte. Bei dem man zwischendurch befürchtet hatte, dass der Tod ihn an seinem Schreibtisch ereilt hatte. Er hatte überlebt. Schwer verletzt. Sie beschloss, ihm einen Krankenbesuch abzustatten. Wenn sie für den Toten nichts mehr ausrichten konnte, dann wollte sie dem Lebenden eine Stütze sein.

Auf ihr Klopfen hörte sie keine Reaktion. Vorsichtig drückte sie die Klinke runter und trat ein. Die Jalousie war zu weiten Teilen heruntergelassen, sodass Streifen auf das Bett fielen, in dem Clemens Völker lag und mit offenen Augen an die Decke starrte. Was hatte dieser Tag aus diesem Mann gemacht?

»Clemens, bist du wach?«

Keine Reaktion.

»Clemens, ich bin's. Dorothee.«

Sie setzte sich zu ihm auf den Rand des Bettes und ergriff seine Hand. Er bewegte seinen Kopf und schaute sie an. In diesem Moment fingen beide an zu weinen. Clemens richtete sich mühsam auf und barg seinen Kopf an ihrem Busen. Sie ließ ihn gewähren und streichelte seinen Kopf.

ENDE